ANDREA WALBERG

# DER HAUCH DES SOMMERS

Roman

2. Roman der Jahreszeiten-Reihe

Bibliografische Information der Deutschen Nationalbibliothek:
Die Deutsche Nationalbibliothek verzeichnet diese Publikation in der
Deutschen Nationalbibliografie; detaillierte bibliografische Daten sind im
Internet über http://dnb.dnb.de abrufbar.

© 2014 Andrea Walberg

Herstellung und Verlag: BoD - Books on Demand, Norderstedt
Umschlaggestaltung: Casandra Krammer
Umschlagmotiv: © Shutterstock / Ivonne Wierink - 61559620

Alle Rechte vorbehalten

Nachdruck nur mit schriftlicher Genehmigung der Autorin. Personen und
Handlung sind frei erfunden, etwaige Ähnlichkeiten mit real existierenden
Personen sind rein zufällig und nicht beabsichtigt.

ISBN: 978-3-7357-5143-0

# 1

Wieder einmal hatte er es geschafft. Wütend über sich selbst starrte Mel das Telefon vor ihr auf dem Tisch an. Warum konnten sie nicht ein einziges Mal vernünftig miteinander reden? Wie lange kannten sie sich schon? Acht, neun Jahre? Und fast genauso lange war sie bereits in ihn verliebt, was allerdings nicht auf Gegenseitigkeit beruhte. Zornig dachte sie an ihre kurze Konversation am Telefon.

„Hallo, Kleines", hatte er fröhlich in den Hörer gedröhnt. „Ich hab gerade an dich gedacht."

„Ach ja?", hatte sie geargwöhnt.

„Du Zweifler. Gib mir eine Minute und du wirst mir vor lauter Dankbarkeit die Füße küssen."

Sie hatte verächtlich geschnaubt. „Da kannst du lange warten."

„Oh, wir sind heute wieder nicht in bester Stimmung, aber davon lasse ich mich erst gar nicht irritieren. Es geht um ein neues Projekt für dich." Ohne auf ihre Reaktion zu warten, fuhr Arno unbeirrt fort. „Ich weiß, du bist vor Freude sprachlos. Ich werde dir gleich die Baupläne vorbeibringen, dann kannst du noch heute mit der Arbeit beginnen. Ich brauche deinen ersten Entwurf nämlich schon am Montag."

„Montag?" Vor lauter Entsetzen hatte sie ins Telefon geschrien. „Das ist in vier Tagen. Bist du wahnsinnig? Das schaffe ich nie!"

Sie hielt den Hörer so fest umklammert, dass ihre Knöchel weiß hervortraten.

„Hey, Kleines, dazwischen liegt doch noch das ganze Wochenende. Bitte lass mich nicht hängen. Du schaffst es." Und in beschwörendem Ton hatte er „Bitte Mel, ich brauch dich", hinzugefügt. Er wusste, dass sie es nie schaffte, ihm zu

widerstehen. Dafür verabscheute sie sich und noch viel mehr verabscheute sie ihn dafür, dass er so mit ihr spielte.
„Ich hasse dich", hatte sie gefaucht und aufgelegt.
Resigniert über ihre eigene fehlende Durchsetzungskraft Arno gegenüber schüttelte sie den Kopf und riss sich vom Anblick des Telefons los. Sie hatte Arbeit zu erledigen und konnte es sich nicht leisten, ihre Zeit mit Tagträumen zu vergeuden, die eh zu nichts führten. Dabei schweifte ihr Blick durch das Büro, das sie vor drei Jahren bezogen hatte. Ein Lächeln huschte ihr über die Lippen, als sie daran dachte, wieviel Energie sie in die Gestaltung dieses Raumes gesteckt und mit wieviel Eifer sie sich jedes kleine Detail der Einrichtung überlegt hatte. Als Innenarchitektin stellte dies schließlich ihre Visitenkarte dar. Wie sollte sie neue Kunden von ihrem Können überzeugen, wenn ihr eigenes Büro nicht ihren Stil ausdrückte? Sie hatte sich für helle Farben entschieden; cremefarbige Sessel, weiße Lamellen vor den Fenstern und einen dicken, weißen Velourteppich. Ihr ganzer Stolz war der rote Lackschreibtisch, der die volle Aufmerksamkeit auf sich zog. An den Wänden hingen zwei gerahmte, großformatige Meeresfotografien. Das Blau der Wellen reflektierte unterschiedlich im Licht und bildete einen beruhigenden Gegenpol zum Schreibtisch. Mel schlüpfte aus ihren hochhackigen Pumps und fühlte den weichen Teppich unter ihren Füßen. Mit geschlossenen Augen atmete sie tief ein und genoss die Ruhe ihres Büros. Dann griff sie zu den vor ihr ausgebreiteten Bauplänen. Eigentlich war die Zusammenarbeit mit Arno und Christopher eher zufällig entstanden. Als Christopher vor zwei Jahren entschieden hatte, sich größtenteils aus dem operativen Geschäft zurückzuziehen, um sich

strategischen Fragen zur Weiterentwicklung seines Architekturbüros zu widmen, hatte Arno die Geschäftsführung übernommen. Nachdem er zunehmend Kunden betreute, die neben der Gestaltung des Gebäudes auch Entwürfe zur Inneneinrichtung sehen wollten, hatte er sie gefragt, ob sie sich eine Zusammenarbeit auf Projektbasis vorstellen konnte. Es war ihr wie ein Wink des Schicksals erschienen, dass ihr bester Studienfreund sich an sie wandte, als sie sich gerade selbstständig gemacht hatte. Seitdem hatten sie zahlreiche Projekte in Zusammenarbeit betreut. So wie heute. Seufzend fuhr sie mit der Hand über die vor ihr liegenden Stoffmuster und verdrängte Arno aus ihren Gedanken.

Ein ungeduldiges Klopfen riss sie aus der Arbeit. Mit gerunzelter Stirn blickte Mel zur Tür. Kerstin wusste doch genau, dass sie im Moment nicht gestört werden wollte. Noch während sie dies dachte, öffnete sich die Tür schwungvoll und Arno stürmte in einem dunklen enggeschnittenen Anzug herein. Unter dem Arm trug er eine große Papprolle, in der die Baupläne verstaut waren. Seine blonden kurzen Haare standen an der Stirn ein wenig ab und verliehen ihm etwas Spitzbübisches. Seine blauen Augen strahlten aus seinem gebräunten Gesicht und seine große, schlanke Figur ließ ihn athletisch erscheinen. Die gelbe Krawatte hatte sich durch sein stürmisches Eintreten verdreht, aber ihn schien das nicht zu stören.
„Hey, Kleines. Hier bin ich." Mit aufsteigendem Zorn beobachtete Mel, wie er mit ausholenden Schritten den Raum durchquerte und auf sie zukam. Aus den Augenwinkeln sah sie Kerstin flink die Tür ihres Büros zuziehen. Besser war das,

schließlich mussten ja nicht alle ihre Mitarbeiter mitbekommen, was hier passierte. Finster blickte sie Arno an, der sich in einen der cremefarbenen Sessel vor ihrem Schreibtisch setzte, die Beine übereinander schlug und sie unbekümmert anstrahlte. Er schaute ihr prüfend ins Gesicht und krauste die Stirn, als er sie kritisch musterte. „Du siehst ein wenig blass aus. Ich glaube, du solltest mehr an die frische Luft gehen."

„Das hatte ich am Wochenende auch vor", antwortete Mel schnippisch. Zur Beruhigung tippte sie mit ihrem Fuß rhythmisch auf den weichen Teppich.

Für einen Sekundenbruchteil umwölkte sich Arnos Stirn. „Das tut mir Leid, aber weißt du was, ich fahre kommendes Wochenende zu Christopher und lade dich herzlich ein, mitzukommen. Die Bergluft wird dir bestimmt bekommen."

„Ich bin nicht krank, sondern brauche einfach ein freies Wochenende, Arno. Außerdem bin ich keine Maschine, die du einfach bedienen kannst, wann du willst. Ich habe schließlich auch noch andere Projekte auf dem Tisch." Demonstrativ deutete sie auf die Berge von Stoffmustern vor ihr. „Du hättest mich wenigstens fragen können, ob mir der Abgabetermin passt. So wie sich das zwischen Geschäftspartnern gehört." Vor lauter Empörung sprang sie auf und ging zum Fenster. Sie wandte Arno ihren Rücken zu, denn er sollte nicht ihren verletzten Gesichtsausdruck sehen. Er war ebenso aufgesprungen und dicht hinter sie getreten. Beruhigend legte er seine Hände auf ihre Schultern. Sie spürte seinen Atem auf ihrem Haar, denn sie reichte ihm selbst mit Schuhen nur bis zum Kinn.

„Komm, mein kleiner Zwerg, sei nicht böse. Ich entschuldige mich bei dir und gelobe, mich zu bessern."

„Nenn mich nicht Zwerg", fauchte Mel. Seine Nähe irritierte sie. Die Wärme seiner Hände prickelte auf ihren Schultern. Arno schwieg einen Moment, dann flüsterte er ihr leise ins Ohr: „Ich stelle mir gerade vor, wie es wäre, wenn ich diese ordentliche Frisur mal so richtig durcheinander bringe und du wegen einer feurigen Umarmung außer Kontrolle gerätst."

„Bitte was?" Mel fuhr entsetzt herum. Ihre großen Augen starrten Arno entgeistert an. Doch der lachte ihr belustigt ins Gesicht.

„Wusste ich es doch, dass du eher wieder mit mir sprichst, als dich überrumpeln zu lassen." Mels Gefühle fuhren Achterbahn. Barsch schob sie Arno von sich.

„Ach, verschwinde einfach, Arno. Lass mich arbeiten." Dabei eilte sie wieder hinter ihren Schreibtisch. Dort war sie wenigstens vor ihm sicher. Für einen Augenblick schaute er überrascht hinter ihr her, dann nickte er nur kurz.

„Gut, dann lass ich dich arbeiten." Und bevor Mel etwas erwidern konnte, hatte er die Tür schon leise von außen ins Schloss gezogen.

Missmutig verließ Arno Mels Büro. Warum war jedes Gespräch mit ihr nur so schwierig? Anstatt sich darüber zu freuen, dass er ihr neue Projekte anbot, und ihm als Dank ein nettes Lächeln zu schenken, fuhr sie einfach ihre Krallen aus. Diese kleine Furie gehörte wirklich einmal übers Knie gelegt. Und wenn sie so weiter machte, dann würde er irgendwann seine Geduld mit ihr verlieren und es selbst tun. Er verzog seinen Mund zu einem schiefen Grinsen. Wie man sich in Frauen täuschen konnte. Eine so kleine und zierliche Person, bei derem Anblick jedem Mann das Herz schneller schlug. Ihre braunen Augen schauten meist schelmisch und verrieten ihren Sinn für Humor. Und dann war da noch dieser sinnliche Mund. Er kannte keine andere Frau, die so einen sinnlichen Mund wie Mel besaß. Missbilligend schüttelte er den Kopf. Mel versuchte wirklich alles, um bloß nicht weiblich zu wirken. Ihr langes, volles, braunes Haar trug sie stets streng am Hinterkopf zu einer Banane eingedreht. Wann hatte er sie das letzte Mal mit offenen Haaren gesehen? Das musste schon Jahre her sein.

Ein Blick auf die Uhr verriet ihm, dass er sich beeilen musste, wollte er zum Mittagessen mit Christopher und Jessie pünktlich sein. Arno beneidete seinen besten Freund. Er hatte sich aus dem operativen Geschäft zurückgezogen und konzentrierte sich auf die Projekte, die er als anspruchsvoll und interessant einschätzte. Dazu hatte er seinen Wohnort in die Berge verlegt, und kam nur hin und wieder nach München. Dies war in letzter Zeit dank Jessie, seiner Verlobten, häufiger der Fall, da sie hier arbeitete. Eine wunderbare Frau, intelligent, humorvoll und unglaublich attraktiv. Für Arno stand außer Frage: sein bester Freund war ein absoluter Glückspilz.

Mit rasantem Tempo fuhr Arno durch die Innenstadt und beglückwünschte sich, als er einen freien Parkplatz fand. Schnell stieg er aus und eilte mit ausholenden Schritten ins Restaurant. Der helle rechteckige Raum, dessen eine Längsseite aus einer riesigen Glasfront bestand und an dessen gegenüberliegende tiefrot gestrichenen Wand dunkle Lederbänke mit ebenso dunklen Holztischen und vereinzelten Stühlen standen, wirkte sehr einladend. Die weißen Tischdecken bildeten einen hellen Kontrast zu den dunklen Möbeln und untermalten die schlichten weißen Halogenlampen mit ihren milchglasigen Lampenschirmen über den Tischen. Das Restaurant war bereits gut gefüllt; teils mit Geschäftsleuten in dunklen Anzügen, teils mit Leuten, die einfach nur ein gutes Essen in angenehmer Atmosphäre genießen wollten. Arnos Blick glitt über die Köpfe der Anwesenden. Wie erwartet sah er an einem der hinteren Tische bereits Christopher und Jessie sitzen. Als Jessie Arno erblickte, breitete sich ein strahlendes Lächeln auf ihrem Gesicht aus. Mit ausholendem Schritt durchquerte Arno das Restaurant und beugte sich für einen Begrüßungskuss zu ihr hinunter. Dabei konnte er ihr leichtes Parfüm riechen. Der passende Duft für eine tolle Frau.

„Hallo, Jessie. Wie schön dich endlich wiederzusehen."

„Hallo, Arno. Es freut mich auch, dass wir es endlich schaffen, zur gleichen Zeit am gleichen Ort zu sein. Die letzten Male habe ich dich ja leider immer verpasst." Ungeniert ließ sie ihren Blick über ihn gleiten. „Gut siehst du aus."

Arno zog verschmitzt eine Augenbraue hoch. Dann wandte er sich Christopher zu und die beiden Männer umarmten sich herzlich.

„Hey, Chris, du musst auf deine Verlobte besser achtgeben. Sie macht anderen Männern ungeniert Komplimente."

„Petze", kam es in entrüstetem Ton von der anderen Tischseite. Christopher nickte betont ernst. „Du hast Recht, Arno. Ich sollte sie wirklich nicht so oft aus den Augen lassen. Aber nun setz dich. Was gibt es Neues?"

Arno nahm neben seinem Freund Platz und streckte genüsslich seine Beine aus. „Ich komme gerade von Mel." Unmut schwang in seinen Worten, worauf Christopher fragend eine Augenbraue hob.

„So, hattet ihr heute wieder eine von euren beliebten kleinen Meinungsverschiedenheiten?"

Genervt zuckte Arno mit den Achseln. „Professionelles Verhalten ist eben nicht jedermanns Stärke. Anstatt sich über einen neuen Auftrag zu freuen, muss man wegen einer kleinen, dummen Deadline streiten." Er atmete tief ein und lachte dann schadenfroh. „Zumindest, bin ich als Sieger vom Platz gegangen."

„Daran zweifle ich nicht eine Sekunde", antwortete Christopher lakonisch.

„Darf ich fragen, wer Mel ist?" Jessie schaute neugierig von einem zum anderen.

„Unser Innenarchitekt, mit dem wir auf Projektbasis zusammenarbeiten. Ein echt harter Brocken und nicht selten unangenehmer Zeitgenosse." Als Christopher auf Arnos Beschreibung laut auflachte, bedachte Arno seinen Freund mit einem finsteren Blick.

„Arno und Mel streiten fast immer. Allerdings scheint das der Arbeit eher zuträglich zu sein", erklärte Christopher an Jessie gewandt.

Sie hatte interessiert zugehört und nach ihrem Wasserglas gegriffen. Dieser Mel musste wirklich ein interessanter Typ sein, wenn er Arno kontinuierlich aus der Reserve lockte. „Ich würde Mel wirklich gerne kennenlernen", murmelte sie leise, bevor sie einen Schluck Wasser trank.

Arno griff nach der Menükarte. „Habt ihr schon bestellt? Ich habe einen Bärenhunger."

Jessie schüttelte verneinend den Kopf. „Nein, wir haben auf dich gewartet. Und da ich ebenfalls fast verhungere und gleich schon wieder los muss, würde ich vorschlagen, wir verlieren keine weitere Zeit und bestellen direkt." Noch während sie zustimmungsheischend die beiden Männer anschaute, hatte sie bereits den Arm leicht gehoben und dem Kellner ein Zeichen gegeben. Der junge Mann schlenderte in gemächlichem Tempo auf die drei zu und zog seinen Block aus der Tasche.

„Darf ich die Bestellung aufnehmen?" Hoffnungsvoll blickte er zu Jessie, die zustimmend nickte.

„Sehr gerne. Ich nehme den gemischten Salat mit den gegrillten Scampi." Entschieden klappte sie die Menükarte zu.

„Dem schließe ich mich an", schob Christopher nach. "Und danach nehme ich den gegrillten Zander."

„Hm", Arno blätterte unschlüssig die Seiten der Karte vor und zurück. „Ich nehme das Gazpacho und den gegrillten Lachs."

Nickend steckte der Kellner seinen Stift hinters Ohr und sammelte die drei Menükarten ein. „Ich serviere Ihnen dann zuerst die Salate und das Gazpacho und danach die gegrillten Fische, ja?" erkundigte er sich sicherheitshalber. Als er zustimmendes Nicken erntete, drehte er sich um und verschwand.

„Bist du derzeit in München, Jessie?" Arno hatte sich entspannt in seinem Stuhl zurückgelehnt und einen Arm auf Christophers Stuhllehne ausgestreckt.

„Ja, zum Glück. Ich weiß gar nicht mehr, wann ich das letzte Mal einen Kunden in München betreut habe. Es ist zwar nur ein kleines Projekt, aber ich genieße es, jeden Abend nach Hause zu kommen. Zumal ich ja erst vor kurzem aus Toulouse zurückgekommen bin."

„Zum Glück", fiel Christopher ihr ins Wort und schaute Jessie liebevoll an. Sie schenkte ihm ein verführerisches Lächeln und Arno spürte gegen seinen Willen einen kleinen Stich.

„Ach, ihr Turteltauben", murmelte er und trank einen Schluck Wein. Jessie wandte sich entschuldigend Arno zu. „Ich hoffe doch, dass es dich nicht abschreckt und du uns am kommenden Wochenende am See besuchen wirst. Das Wetter ist im Moment herrlich und wir hatten gedacht, dass wir grillen und vielleicht sogar ein bisschen pokern könnten."

„Das klingt wirklich viel zu verlockend, als dass ich dieses Angebot ablehnen könnte. Außerdem könnten Chris und ich ein wenig an unserem neuen Projekt arbeiten." Fragend schaute er Christopher an.

„Ich wollte dir den gleichen Vorschlag machen, denn ich habe mir nochmal einige Gedanken gemacht, die ich mit dir gerne besprechen würde."

„Gut", Arno nickte zustimmend und schaute leicht angespannt in sein Weinglas. Dann gab er sich einen Ruck: „Würde es euch etwas ausmachen, wenn ich Mel mitbringe?"

Jessie und Christopher schauten ihn schweigend mit großen Augen an.

„Ich meine, das wäre doch eine gute Gelegenheit, mit Mel auf neutralem Boden alle wesentlichen Aspekte des neuen Projektes durchzukauen." Er fuhr sich müde mit der Hand durchs Haar. „Vielleicht können wir zu dritt alles sachlich diskutieren. Chris, auf dich hört Mel. Was meinst du, wäre das ok?"

„Klar kannst du Mel mitbringen. Allerdings bete ich jetzt schon inständig, dass ihr beide das Wochenende lebend übersteht."

Ein verschmitztes Lächeln umzog Arnos Mund. „Mit deiner Hilfe bestimmt." Sein Blick wanderte zu Jessie, deren Gesicht strahlte. „Worüber freust du dich denn so?"

„Ach, nur so. Ich fand eure Unterhaltung einfach nur amüsant", erwiderte sie ausweichend. Eher würde sie sich auf die Zunge beißen als zuzugeben, wie neugierig sie war, Mel kennenzulernen. Welch ein glücklicher Zufall, dass Arno ihn mitbringen wollte. Sie blickte auf ihre Uhr. Mist, sie musste sich beeilen, um zu ihrem nächsten Termin pünktlich zu erscheinen. Schnell schob sie sich das letzte Salatblatt in den Mund.

„Es tut mir wirklich leid", begann sie entschuldigend, „aber ich muss los. Sonst komme ich zu spät zu meinem Termin." Sie legte rasch die Serviette zusammen und griff nach der Tasche neben sich. Sie warf Christopher einen vielsagenden Blick zu. „Und außerdem habt ihr zwei ja noch so einiges zu besprechen." Dabei stand sie auf. Arno und Christopher hatten sich ebenfalls erhoben. Jessie umarmte Arno zum Abschied.

„Ich sehe dich und Mel dann also am Wochenende. Ich freue mich schon sehr darauf."

„Ich mich auch, Jessie. Pass auf dich auf."

„Mache ich." Sie drehte sich zu Christopher um, der sie küsste und dann etwas in ihr Ohr flüsterte, worauf sie spitzbübisch schmunzelte.

„Wehe dir", drohte sie mit gespielter Entrüstung. „Ich sehe dich dann heute Abend bei mir, ja?"

„Freu mich schon", antwortete Christopher leise, bevor er sich wieder neben Arno setzte.

„So, und nun raus mit der Sprache. Warum hast du mit Mel gestritten?"

Leicht genervt zuckte Arno mit den Schultern, ohne jedoch seinen Blick vom Weinglas abzuwenden. „Ich habe wirklich keine Ahnung, was sie heute schon wieder hatte. Ich habe sie angerufen und ihr von dem neuen Projekt erzählt. Gut, den ersten Entwurf brauche ich bereits am Montag, aber das ist doch erst in vier Tagen und es ist auch nicht das erste Mal, dass sie kurzfristig eine Deadline erhält. Außerdem ist nichts Schwieriges an dieser Architektur. Sie kann den Entwurf bei ihrer Kreativität doch schnell aus dem Ärmel schütteln." Missbilligend schüttelte er den Kopf und schaute Christopher leicht wütend an. „Am Ende des Tages ist sie selbstständig und sollte uns für all die Aufträge dankbar sein. Wenn sie lieber ihre freien Wochenenden haben möchte, dann hätte sie eben nie ihr eigenes Büro gründen dürfen." Fast trotzig trank er einen Schluck Wein.

„Mach dir keine Gedanken. Vielleicht braucht sie einfach mal eine kleine Schaffenspause. Das Wochenende am See wird ihr bestimmt gut tun."

„Hoffentlich", antwortete Arno lakonisch.

„Davon abgesehen wollte ich dir eine Neuigkeit mitteilen." Arnos Kopf fuhr herum und er schaute Christopher zuerst fragend an, doch dann begriff er und grinste breit. "Ihr habt endlich einen Termin für eure Hochzeit gefunden, stimmts?"

Christopher nickte zustimmend. „Du hast es erraten."

„Mensch Chris, wann ist es denn soweit?"

„Wir hatten an Anfang September gedacht."

Arno überlegte kurz. „Das ist ja schon in vier Monaten. Wow. Da wirst du in den kommenden Wochen ja gut beschäftigt sein."

Christopher schüttelte belustigt den Kopf. „Ich glaube, ehrlich gesagt, dass sich mein Engagement auf einige wenige Bereiche beschränken wird. Jessie hat bereits so viele Ideen und sprudelt vor Energie geradezu über."

Arno nickte langsam. „Tja, so sind die Frauen."

## 2

Mel blickte erschöpft von ihren Unterlagen auf. Sie hatte bis spät in die Nacht daran gearbeitet und war seit den frühen Morgenstunden dabei, ihre Entwürfe in eine präsentable Form zu bringen. Langsam stand sie von ihrem Esszimmertisch auf und ging hinüber in die Küche, um sich einen starken Espresso zu genehmigen. Die große Wanduhr tickte beruhigend und bestätigte ihr, dass es bereits früher Nachmittag war. Warum lief die Zeit bei engen Abgabefristen immer nur so schnell? Resigniert schüttelte Mel den Kopf. Für dieses Phänomen würde sie heute sicherlich keine Erklärung finden, also musste sie sich einfach so schnell wie möglich beeilen, ihre Entwürfe fertig zu stellen. Während sie den Espressokocher mit Kaffee und Wasser füllte, klingelte es. Neugierig eilte sie in den Flur und griff nach ihrem Handy, das auf dem Seitentisch lag. In blinkenden Leuchtziffern erkannte sie Arnos Name im Display. Warum rief er sie an? Wahrscheinlich um sicherzustellen, dass sie wirklich arbeitete und sich nicht anderweitig vergnügte. Also ehrlich, ein bisschen mehr Vertrauen hatte sie wirklich verdient.

„Hallo, Arno", meldete sie sich kurz.

„Hallo, Kleines. Wie geht es dir an diesem schönen Samstag?"

„Bist du betrunken?" fragte Mel überrascht.

„Nein, wieso?" Arnos Stimme klang leicht verwirrt.

„Weil es eine total bescheuerte Frage ist. Du hast mich zu Nachtschichten und einem Wochenende am Schreibtisch verdonnert und fragst, wie es mir an so einem wunderschönen Tag geht?"

„Ich wollte ja nur einen freundlichen Anfang unseres Gespräches, bevor du wieder über mich herfällst", verteidigte sich Arno und fuhr in leicht beleidigtem Ton fort: „Aber klar, das hätte ich mir ja bei dir sparen können."

„Wenn ich so ätzend bin, dann sag mir doch einfach, warum du mich anrufst und dir damit deinen Tag verdirbst", fauchte Mel. Zur Beruhigung drückte sie ihren Handrücken gegen die Stirn.

„Weil ich die letzten zwei Stunden mit unserem Auftraggeber am Telefon verbracht habe und mir dachte, du solltest das Ergebnis lieber gleich erfahren."

Mel spürte, wie sich ihr Magen leicht verkrampfte. Das waren keine guten Neuigkeiten.

„Und die wären?" fragte sie vorsichtig.

„Es gab in letzter Minute eine Veränderung in der Investorenstruktur und somit im vereinbarten Projektbudget, was wiederum unsere Arbeit beeinflusst."

„Das ist nicht dein Ernst. Ich habe mir also die Nacht umsonst um die Ohren geschlagen", entfuhr es ihr ärgerlich.

„Mensch Mel, du tust so, als ob das meine Schuld wäre. Ich kann doch auch nichts dafür." Nun klang auch Arno ärgerlich und Mels schlechtes Gewissen regte sich. Er hatte ja Recht. Sie war einfach nur so unglaublich müde und erschöpft.

„Entschuldige, ich weiß, dass es nicht deine Schuld ist. Kannst du mir sagen, was das genau bedeutet?" meinte sie entschuldigend.

„Deswegen rufe ich ja an. Können wir uns treffen?"

„Ja, magst du vorbeikommen?" Noch während sie es vorgeschlagen hatte, verdrehte sie die Augen. Wie dämlich von ihr. Sie selbst sah total fertig aus und ihre ganze Wohnung bedurfte einer dringenden Aufräumaktion, zu der sie in der letzten Woche leider nicht mehr gekommen war. Wie sollte sie das alles schaffen bis Arno klingelte? Als ob er ihre Gedanken erraten hatte, antwortete er spottend:

„Lieber nicht. Ich habe heute nicht den Mut, in die Höhle des Löwen zu gehen."

Obwohl Mel leicht verstimmt war, musste sie lachen. „Das ist eine gute Entscheidung. Wo magst du dich denn treffen?"

„Ich schlage einen neutralen Ort vor." Mel konnte Arnos Grinsen förmlich vor sich sehen und spürte einen leichten Stich in ihrer Herzgegend. „Was hältst du vom Café Brasselio gegenüber von unserem Büro?" unterbrach Arno ihre Gedanken.

„Ja, das ist ok. Ich kann in einer Stunde dort sein, passt dir das? Soll ich etwas mitbringen?"

„In einer Stunde ist prima. Könntest du bitte deine Friedenspfeife mitbringen?" Arnos Stimme klang plötzlich erschöpft. „Für heute ist meine Kapazität an ungemütlichen Diskussionen wirklich aufgebraucht."

Mel nickte zustimmend. Wie gerne hätte sie jetzt einfach Arnos Kopf zwischen ihre Hände genommen und ihm einen tröstenden Kuss gegeben. Stattdessen antwortete sie: „Einverstanden. Ich werde sie mitbringen." Sie hörte, wie er erleichtert ausatmete.

„Ach, Arno", entfuhr es Mel.

„Ja?"

„Es tut mir leid, dass ich so grantig zu dir war. Ich bin einfach nur sehr müde."

„Kein Problem, ich verstehe dich doch", antworte er sanft.

Gegen ihren Willen stiegen Mel Tränen in die Augen.

„Dann bis gleich." Schnell legte sie auf, damit er ihre belegte Stimme nicht hörte. Mit dem Telefon in der Hand starrte sie regungslos vor sich hin. In ihrem Bauch kribbelte es freudig, obwohl sie eigentlich keine guten Nachrichten erhalten hatte. Aber wieso eigentlich nicht? Sie würde gleich Arno auf einen Kaffee treffen. Die Arbeit würde ihnen einen neutralen Boden fürs Gespräch liefern, und vielleicht schafften sie es ja heute Nachmittag friedlich miteinander umzugehen. Sehnsüchtig dachte sie an die Zeit vor einigen Jahren, als sie beide unzertrennlich gewesen waren und die Zeit zu zweit so genossen hatten. Stundenlang hatten sie miteinander reden können. Sie kannten einander so gut, konnten genau die Reaktion des anderen einschätzen, und dennoch war ihre Beziehung kompliziert geworden. Sie selbst hatte sie kompliziert gemacht, denn sie hatte sich in Arno verliebt. Das war nicht Teil des Pakets gewesen. Es war schließlich nicht seine Schuld, dass er sie nicht liebte, also lag es an ihr, sich entsprechend zu verhalten und die eigenen Gefühle außen vor zu lassen. Das war leider sehr viel einfacher gesagt als getan. Mel atmete tief ein und ging langsam in Richtung ihres Schlafzimmers.

Arno sah Mel schon, bevor sie das Café betrat. Ihre Haare waren zu einem Pferdeschwanz zusammengebunden, der bei jedem ihrer Schritte fröhlich wippte. Dazu trug sie eine enge Jeans und ein T-Shirt mit buntem Aufdruck auf der Vorderseite. Es fiel in Wellen bis zur Hüfte und war durch den länglichen Halsausschnitt über eine Schulter gerutscht, was ziemlich sexy aussah. An ihrem Arm baumelten drei dicke orangefarbene Armreifen. Mit ihrer quer hängenden Aktentasche wirkte sie wie eine Studentin. Gerade überquerte sie auf ihren mörderisch hohen Absätzen die Straße. Arnos Mund umspielte ein amüsiertes Lächeln. Auch wenn sie auf diesen Stelzen ging, sie blieb halt doch sein Zwerg, der ihm kaum bis zur Schulter reichte. Fasziniert beobachtete er, wie sie die Cafétür öffnete und sich lässig ihre Sonnenbrille ins Haar schob. Zwei Strähnen hatten sich an der Seite aus ihrem Pferdeschwanz gelöst und verliehen ihrem Gesicht etwas Mädchenhaftes. Wie anders Mel heute wirkte.

Ihr Blick glitt über die besetzten Tische. Als sie Arno im hinteren Teil des Cafés entdeckte, lächelte sie ihm zu und bahnte sich ihren Weg durch die engen Tischreihen. Er hatte sich erhoben und begrüßte sie mit einem leichten Kuss auf die Wange.
„Hallo, Mel." Ihr blumiges Parfüm stieg ihm in die Nase.
„Hallo, Arno. Ich hoffe, du hast nicht allzu lange gewartet." Sie legte ihren Kopf leicht schief und schaute ihn neugierig an. Sein Mund verzog sich zu einem leichten Lächeln. „Keine Sorge, ich bin auch erst gerade gekommen."
„Gut, dann bin ich ja erleichtert." Mit einem schnellen Griff streifte sie sich die Tasche von der Schulter und rutschte auf die freie gegenüberstehende Bank. Dann hob sie die Hand, damit der Ober ihre Bestellung aufnehmen konnte.
„Gut siehst du aus", Arno schaute Mel bewundernd an. Bei diesen Worten tat ihr Magen einen kleinen Hüpfer.
„Danke", meinte sie schlicht. Er hatte sie also doch angeschaut.
„Und was hast du bisher am Wochenende so gemacht?"
Er fuhr sich nachdenklich mit der Hand durchs Haar, das wie immer vorne leicht abstand. „Ehrlich gesagt, habe ich ausgiebig geschlafen und dann über einem neuen Auftrag gebrütet, bis mich unser gemeinsamer Auftraggeber in Beschlag genommen hat. Und nun bin ich hier."

Mel zog eine Augenbraue hoch: „Das hört sich auch nicht sehr viel aufregender an als bei mir."

„Siehst du." Arno nahm seine frische Cappuccinotasse und trank einen Schluck. „Wir zwei sitzen wie immer im selben Boot."

Mel warf ihm einen zweifelnden Blick zu. Nichts würde sie sich lieber vorstellen als das, aber dass sie beide definitiv nicht in einem Boot und vor allem nicht in die gleiche Richtung ruderten, wusste sie schmerzlicher Weise sehr genau. Schweigend beobachtete sie, wie er neben sich zu den in einer Papprolle mitgebrachten Plänen griff. Enttäuscht stellte sie fest, dass er kaum ein privates Wort mit ihr gewechselt hatte. War es nun schon so weit mit ihnen gekommen, dass sie sich außer Geschäftlichem nichts mehr zu sagen hatten? Ein leiser Seufzer entrann ihrer Kehle. Wahrscheinlich war das die bittere Wahrheit. Sie beobachtete, wie er mit seinen langen feingliedrigen Händen die Pläne vor ihr auf dem Tisch ausbreitete. Unwillkürlich rückte sie ihre Espressotasse zur Seite und dachte wieder einmal, dass dies wahre Pianistenhände waren, auch wenn Arno kein Klavier spielen konnte. Dann riss sie sich von ihren Gedanken los, griff in ihre Aktentasche und holte einen Skizzenblock heraus, bevor sie sich auf seine Ausführungen konzentrierte.

Während Arno die Rolle ausbreitete, seufzte Mel leise. Es tat ihm leid, dass er sie das Wochenende umsonst hatte arbeiten lassen. Sie sah so müde und zerbrechlich aus. Am liebsten hätte er sie sich einfach über die Schulter geworfen und ins Bett gesteckt, damit sie sich mal so richtig ausschlief. Aber stattdessen musste er ihr nun weitere Arbeit aufbürden. Kein Wunder, dass sie nicht glücklich war. Am besten, er machte es so kurz wie möglich, damit sie wieder nach Hause konnte und eventuell noch ein oder zwei ruhige Stunden für sich hatte. Also erklärte er ihr, dass einer der vier Investoren abgesprungen war und sich dadurch das Budget verringerte. Davon abgesehen hatte nun einer der verbleibendenden Investoren das Sagen und er wollte ein weiträumiges, modernes Großraumbüro auf der einen Seite und eine Büroraumflucht auf der anderen. Unterteilt durch luftige einzelne Trennwände, die als kleine Oasen gestaltet werden sollten. Dazu ein offenes, luftiges und modernes Design. Arno zeigte Mel, welche Wände versetzt würden, welche stehen blieben und an welchen Orten die sogenannten Oasen entstehen sollten. Sie folgte seinen Ausführungen aufmerksam und schrieb eifrig in ihr Skizzenbuch. Dann warf sie kurze, unverständliche Bildchen aufs Papier, sagte jedoch kein Wort. Als er geendet hatte, nickte sie: „Verstehe. Das verändert zwar vollkommen mein bisheriges Design, ist aber nicht unmöglich." Sie kniff die Augen leicht zusammen. „Und wenn ich es mir recht überlege, macht es wahrscheinlich sogar mehr Sinn. Nur werde ich es unmöglich bis Montag schaffen. Was meinst du?"

Arno zuckte mit den Schultern. „Du hast wahrscheinlich Recht. Glücklicherweise konnte ich eine neue Deadline für dich herausschlagen. Du hast nun Zeit bis Donnerstag."

Mel stützte ihr Kinn auf ihre Handfläche und schaute Arno an. „Das sind mal gute Neuigkeiten. Mach dir nichts aus der vertanen Zeit. Schließlich ist es nicht zu ändern. Der Kunde ist König." Sie lächelte matt.

„Woher kommt denn diese plötzliche Einsicht? Vorhin am Telefon hattest du die aber noch nicht."

Mels Gesichtsausdruck wurde verschlossen. „Ich dachte, du wolltest heute keine weiteren Diskussionen. Hast du deine Meinung gerade geändert?"

„Nein, habe ich nicht, du kleiner Streitzwerg."

„Nenn mich nicht Zwerg", zischte Mel.

Arno ergriff ihre freie Hand, die auf dem Tisch lag.

„Entschuldige, ich wollte dich nicht ärgern. Ich schlage vor, wir zahlen jetzt, und dann kannst du in Ruhe noch den restlichen Tag verbringen." Ohne Mels enttäuschtes Gesicht zu sehen, hatte er bereits die Rechnung bestellt.

Keine zehn Minuten später standen sie draußen vor dem Café. Arno schaute auf Mel hinunter, die beide Hände in ihre Jeanstaschen vergraben hatte.

„Und, hast du über meine Einladung in die Berge nachgedacht? Ich würde mich echt freuen, wenn du mitkommst." Er legte den Kopf leicht schief und blickte sie aufmunternd an. Ein Lächeln lag auf seinen Lippen und Mel spürte, wie ihr Widerstand gegen ein Wochenende in den Bergen unter diesem Blick schmolz.

„Ja, habe ich." Sie strich sich eine Strähne hinters Ohr und versuchte gelassen zu wirken, dabei war sie plötzlich nervös. „Ich nehme deine Einladung an. Ein bisschen Abwechslung wird mir nach all der Arbeit bestimmt gut tun."

Sein Lächeln verwandelte sich in ein breites Grinsen. „Eine sehr gute Entscheidung." Er nickte zufrieden. „Dann wünsche ich dir jetzt einen schönen Abend."

„Danke, den wünsche ich dir auch." Bevor sie es realisierte, beugte Arno sich zu ihr hinunter und küsste sie auf den Mund. Völlig überrascht starrte sie ihn mit weit aufgerissenen Augen an.

Arnos Augen funkelten fröhlich und er unterdrückte ein Grinsen. „Daran könnte ich mich gewöhnen. Mach es gut, Kleines." Ohne ihre Reaktion abzuwarten, drehte er sich um und hob hinter seinem Kopf einfach eine Hand winkend in die Höhe. Beschwingt schlenderte er zur Straßenecke. Dort drehte er sich aus Neugier um. Mel stand noch immer wie angewurzelt an der Stelle, wo er sie geküsst hatte und blickte ihm regungslos nach. Vielleicht sollte er das öfter tun, wenn sie danach so brav war? Fröhlich warf er ihr eine Kusshand zu und verschwand hinter der Häuserfront.

Sie war wie vom Donner gerührt. Arnos Kuss war zwar nur flüchtig, aber so vollkommen unerwartet gewesen. Sie wusste nicht, ob sie glücklich oder traurig sein sollte. Wie lange hatte sie darauf gehofft, dass er sie küssen würde, aber natürlich nicht so. Er hatte sie vollkommen überrascht. Sie spürte immer noch seine Lippen auf den ihren. Sein warmer, fester und zugleich zärtlicher Kuss war so kurz und doch zugleich so viel mehr gewesen als sie sich in den letzten Jahren erträumt hatte. Gab es vielleicht doch noch Hoffnung? Vielleicht hatte er es endlich erkannt. Als Arno aus ihrem Blickfeld verschwand, fühlte Mel sich plötzlich beschwingt. Und am kommenden Wochenende fuhr sie mit Arno in die Berge. Ein ganzes Wochenende würde sie mit ihm zusammen sein. Wenn das kein Zeichen war. Danach wusste sie bestimmt, woran sie war.

# 3

Endlich war Donnerstag. Die letzten Tage hatten sich unendlich hingezogen und Mel hatte das Gefühl, dass die Zeit gar nicht vergehen wollte. Glücklich stand sie vor ihrem Badezimmerspiegel und gab Mascara auf ihre Wimpern. Gleich sah sie Arno das erste Mal nach dem letzten Wochenende wieder. Ob er vielleicht auch an den Kuss gedacht hatte? Sie rief ihn sich wieder und wieder ins Gedächtnis und lächelte verträumt bei dem Gedanken. Und heute fuhren sie am Abend zusammen in die Berge. Mel atmete tief ein, dann schüttelte zweifelnd den Kopf. Besser sie gab sich keinen Träumereien hin. Er war bestimmt nicht an romantischen Stunden mit ihr interessiert, zumal sie ja auch Christopher und Jessie besuchen würden. Außerdem wusste sie ja noch nicht einmal, ob es am Ende nicht sogar Christopher gewesen war, der sie in die Berge einlud. Ach es war egal, sie musste sich jetzt eh erstmal auf ihren Termin konzentrieren.

Es war kurz vor zehn als Mel mit ihrer großen schwarzen Ledertasche, in der sie die Büroskizzen transportierte, Arnos Konferenzraum betrat. Seine Sekretärin testete gerade den Beamer, während eine andere Kollegin den kleinen Beistelltisch an der Längsseite des Raumes mit einer Kaffeekanne und einer Saftflasche bestückte. Mel nickte beiden freundlich zu.
„Guten Morgen. Sie sind schon wieder so eifrig. Sind unsere Gäste schon da?"
Ines, Arnos Sekretärin, schüttelte augenzwinkernd ihren kurzen Rotschopf. „Glücklicherweise noch nicht. Aber das wird sich sicherlich in den nächsten zehn Minuten ändern."

„Und ist Ihr Chef schon da?" Mel ignorierte das freudige Kribbeln in der Magengegend.

„Oh ja, er war heute schon sehr früh im Büro und ist noch nebenan. Wollen Sie ihn kurz sprechen?"

„Nein, nein, das ist nicht nötig. Ich warte einfach hier und genehmige mir eine Tasse von Ihrem köstlichen Kaffee, wenn das in Ordnung ist."

„Bitte, bedienen Sie sich." Ines lächelte Mel noch einmal kurz zu und verließ in ihrem engen grasgrünen Kostüm und auf gefährlich hohen Absätzen den Konferenzraum.

Indessen stellte Mel ihre Tasche auf den Stuhl und nahm ihre großformatigen Skizzen vorsichtig heraus. Dann drehte sie sich um und stellte sie vorsichtig mit der Rückseite zum Konferenztisch auf den vorgesehenen Präsentationsständer. Sie freute sich darauf, ihre Ideen dem Kunden zu erklären und war stolz auf ihre Arbeit. Die letzten Tage waren zwar unendlich langsam vergangen, doch sie war sehr produktiv gewesen. Ihr letztes Treffen mit Arno hatte sie ungeahnter Weise beflügelt. Besonders die kleinen Bürooasen gefielen ihr. Sie verliehen selbst dem riesigen Großraumbüro eine wohltuende Atmosphäre. Dort würden sich die Mitarbeiter bestimmt wohl fühlen.

„Ah, du bist schon da. Sehr gut." Arno betrat den Raum und kam mit lässigen Schritten auf Mel zu. Sie atmete tief ein und versuchte so unbeschwert wie möglich zu lächeln. Das war allerdings gar nicht so einfach, denn Arno sah einfach zum Anbeißen aus. Er hatte sich für einen cremefarbenen Anzug mit weißem Hemd, eine mit hellblauen und cremefarbigen Streifen durchwobene Krawatte und braune Lederschuhe entschieden. Seine blauen Augen blitzten vergnügt. Mel kam sich in ihrem dunkelblauen

Kostüm und ihrem cremefarbenen Top langweilig vor. Den einzigen Farbtupfer bildete ihr locker um den Hals geschlungenes Chiffontuch, dessen rote Klatschmohnblumen sich farbenfroh von dem dunklen Kostümstoff abhoben. Ihr Herz pochte laut, als er sich zu ihr hinunter beugte, um ihr einen flüchtigen Begrüßungskuss auf die Wange zu hauchen.

„Guten Morgen. Alles klar?" Mels blumiges Parfum umhüllte ihn. Plötzlich musste er an eine blühende Blumenwiese denken und grinste.

„Guten Morgen. Mir gehts gut, danke. Und dir?" Mel schaute Arno neugierig an.

„Soweit ist alles in Ordnung. Hoffen wir mal, das wir heute ein erstes Zeichen setzen können."

Enttäuscht nickte Mel. Arno wirkte wie immer. Wahrscheinlich hatte er den Kuss schon längst vergessen.

Zwei Stunden später schüttelte Mel glücklich eine Hand nach der anderen. Ihr Vorschlag mit den großwandigen Fotos und den vier Bürooasen sowie den mannshohen Palmen und der Saft- und Kaffeebar war ein voller Erfolg gewesen. Nach der Beendigung ihrer Erläuterungen hatte sie in eine Reihe zufrieden nickender Gesichter geblickt, der Lohn für ihre harte Arbeit. Nun hatte sie sich ein freies Wochenende wirklich verdient. Schweigend trat sie an den Präsentationsständer und griff nach ihren Skizzen, um sie wieder in die Tasche zu stecken. Arno, der die Kunden bis zum Fahrstuhl begleitete, kam zurück in den Konferenzraum. Lächelnd lehnte er im Türrahmen und beobachtete mit verschränkten Armen, wie Mel die Skizzen, die fast halb so groß waren wie sie selbst, geschickt in die Ledertasche verstaute. Sie hatte ausgezeichnete Arbeit geleistet und ihre Kreativität genau so eingebracht wie sie dem Kunden von bestem Nutzen war. Arno nickte unbewusst. Mel war ein echter Profi.

Als ob sie seinen Blick gespürt hatte, drehte sie sich um und blickte Arno erstaunt an. Langsam verzog sich ihr Mund zu einem siegessicheren Lächeln.

„Und, bist du zufrieden?" Sie schaute ihn arglos an, aber Arno war sich sicher, dass sie bereits seine Antwort kannte.

„Ich gratuliere. Du hast wirklich ihren Geschmack getroffen. Sie waren alle ganz aus dem Häuschen."

Eigentlich hatte sie Arnos Meinung wissen wollen, die Reaktion der Kunden hatte sie schließlich selbst gesehen. Konnte er noch nicht einmal jetzt zugeben, dass sie richtig gut war? Sie nickte kurz und widmete sich wieder ihren Skizzen, damit Arno nicht sah, wie verletzt sie war.

„Und deswegen kannst du ganz unbesorgt am Wochenende ausspannen. Übrigens brechen wir bereits am frühen Nachmittag auf, denn ich habe keine Lust in den Wochenendstau zu geraten. Ich hole dich gegen drei Uhr ab."

Hatte sie sich verhört? Mel wirbelte herum. „Drei Uhr? Arno, das ist bereits in drei Stunden. Ich habe noch nichts gepackt und muss auch noch ins Büro."

„Na, dann leg mal einen Zahn zu. Außerdem brauchst du doch nicht viel. Wir fahren ja nur für zwei Tage weg."

Wütend biss sich Mel auf die Unterlippe. Er spielte sich auf, als ob sie ein dummes kleines Mädchen wäre, das seine Zeit schlecht einteilte. Entschieden griff sie nach ihrer Tasche sowie dem Zeichenblock.

„Ich werde versuchen mich zu beeilen, aber versprechen kann ich nichts. Bis dann." Und schon war sie an Arno vorbei zum Lift gerauscht.

Mit hochgezogenen Brauen schaute Arno ihr hinterher. Mel war wirklich ein Pulverfass. In der einen Minute war sie zahm und in der anderen schlug sie mit Knüppeln um sich. Zu ihrem eigenen Wohl sollte sie sich mal einen Mann angeln, dachte er erbost und wunderte sich, warum ihm dieser Gedanke dennoch missfiel. Er blickte kurz auf seine Armbanduhr. Er sollte sich besser auch beeilen.

4

Arno drosselte die Geschwindigkeit und fuhr vorsichtig um die Bergkurve, um sich zu vergewissern, dass ihm weder ein Auto, noch ein Fußgänger entgegen kamen. Mel blickte voller Erstaunen aus dem Seitenfenster. Vor ihr lag ein grüner Berghang, auf dem die unterschiedlichsten Wildblumen blühten. Dahinter schloss sich ein fast runder Bergsee an, der von mächtigen Bergmassiven eingesäumt war. Sein tiefblaues Wasser lag ruhig in der Abendsonne, deren gelb orangenes Licht sich über die Berghänge und halb über die Wasseroberfläche ergoss.

„Ist das wunderschön", murmelte Mel ehrfürchtig.

„Ja, genau das denke ich auch jedes Mal, wenn ich hierher komme." Vorsichtig lenkte Arno den Wagen den steinigen Weg entlang, der langsam nach rechts führte. Dort bog er in einen kleinen Seitenweg ein und Mel erblickte ein großes Haus, das mit dunklem Holz verkleidet war. Seine Fensterläden waren in tiefem

Grün gestrichen, aber vor der Haustür und auf den Fenstersimsen blühten weiße und gelbe Geranien, die den dunklen Farben Leichtigkeit verliehen. Vor dem Haus parkten bereits ein dunkler Geländewagen sowie ein dunkler Sportwagen. Geübt fuhr Arno auf die breite Wiese vor dem Haus und hielt mit leichtem Reifenknirschen neben dem Sportwagen.

„So, wir sind da." Ohne auf Mels Reaktion zu warten, öffnete er bereits seine Autotür.

„Auf gehts Sportsfreund, oder willst du im Auto bleiben?", fragte er sie über die Schulter gewandt.

„Quatsch", entgegnete Mel und öffnete ebenso ihre Autotür. Frische Bergluft wehte ihr entgegen und sie reckte genießerisch die Glieder. Dann schloss sie für einen Moment die Augen und atmete tief ein. Warum hatte die Bergluft nur einen so eigenen Duft, überlegte sie.

„Nun komm schon, wer so viel Gepäck für zwei Tage mitschleppt, der muss auch mit anpacken helfen."

„Lass mich doch wenigstens einen Augenblick die Bergluft genießen", entgegnete Mel gereizt. „Außerdem überfalle ich sie jetzt nicht gleich mit meinem ganzen Gepäck. Gib mir einfach nur die Blumen, den Rest hole ich später."

„Das kann ich mir ja schon denken, wie das enden wird", brummelte Arno. Mel ignorierte ihn und griff nach dem Seidenpapier, in das der Strauß Sommerblumen eingewickelt war. Ein prüfender Blick verriet ihr, dass sie die Reise von München hierher gut überstanden hatten. Schnell entfernte sie das Papier und warf es achtlos in den Kofferraum. Dabei verfehlte sie nur knapp Arnos Gesicht. Gegen ihren Willen musste sie lachen und erntete einen drohenden Blick.

„Wenn du dich jetzt auch noch über mich lustig machen willst, dann schleppst du gleich dein Gepäck selbst."

„Keine Sorge, das mache ich sowieso. Ich brauche deine Hilfe nicht, vor allem nicht, wenn du sie mir eh nur widerwillig anbietest." Damit drehte Mel sich um und wartete neben der Beifahrertür bis Arno den Kofferraum schloss und mit seiner Reisetasche zur Haustür ging. Sie folgte ihm schweigend und blieb leicht hinter ihm stehen. Während er klingelte, schlug Mels Herz heftig. Hoffentlich war es Christopher wirklich recht, dass sie mitkam. Und wie wohl Jessie war? Sie hatte zwar so viel über sie gehört, aber ein persönliches Kennenlernen war doch immer etwas anderes.

Im selben Moment wurde die Haustür schwungvoll aufgerissen und Chris stand grinsend in Jeans und einem locker darüber getragenen langärmeligen Sweatshirt mit Sportapplikationen vor ihnen.

„Wie schön, dass ihr da seid." Christopher ging auf Mel zu und gab ihr einen leichten Begrüßungskuss auf die Wange. „Herzlich willkommen."

Eilige Schritte näherten sich, dann lachte eine Frauenstimme.

„Dem schließe ich mich gerne an." Mel blickte auf und sah eine junge Frau mit schulterlangem dunklem Haar hinter Christopher stehen. Ihre blauen Augen strahlten voller Wärme. Als sie Mel erblickte, veränderte sich ihr Gesichtsausdruck in pures Erstaunen.

Christopher drehte sich zu ihr um. „Jessie, darf ich dir Mel vorstellen?" Und zu Mel gewandt meinte er: „Mel, darf ich dir Jessie vorstellen?"

„Sie sind Mel?" fragte Jessie immer noch überrascht. Vor ihr stand eine zierliche Frau, die einen Kopf kleiner war als sie selbst. Ihr langes braunes Haar hatte sie zu einem Pferdeschwanz gebunden. Sie trug ein enges gelbes Sommerkleid und hatte sich einen dünnen Seidenschal mit großen orangen und gelben Blumen locker um den Hals geschlungen. An ihren Füßen trug sie hohe Stillettos mit orangen Riemen und einem dicken Bastabsatz. Was für eine elegante und attraktive Frau. Und sie hatte sich einen bärbeißigen verknöcherten Mann Mitte Vierzig mit milchigem Gesicht und Bauchansatz vorgestellt. Wie peinlich. „Entschuldigen Sie bitte, ich hatte Sie mir anders vorgestellt, daher war ich etwas verblüfft." Jessie lächelte herzlich. „Ich freue mich wirklich riesig, Sie endlich kennenzulernen und hoffe, dass Sie sich bei uns wohlfühlen werden."

Mel atmete auf. Jessies direkte Entschuldigung vertrieb ihre Zweifel. Erleichtert schüttelte sie Jessies Hand. „Mein richtiger Name ist Melanie", meinte sie entschuldigend. „Vielen Dank für die Einladung. Es ist wirklich ein wunderschöner Ort." Ein dunkles humorvolles Lachen entrann sich Mels Kehle. „Ich kann mir übrigens denken, wen Sie an meiner Stelle erwartet haben. Entweder eine bösartige Frau in grauem Tweed Kostüm mit Nickelbrille und Dutt oder eine Art Monster. Habe ich Recht?"

Jessie lachte ebenfalls. „Vielleicht nicht ganz so schlimm, aber ich bin jedenfalls sehr froh, dass Sie sind wie Sie sind. Kommen Sie doch bitte herein." Dabei öffnete sie weit die Haustür und ließ Mel ins Hausinnere treten. Dann wandte sie sich Arno zu.

„Hi Jessie, meine Süße", begrüßte er sie herzlich und breitete die Arme aus.

Jessie schüttelte lachend mit dem Kopf und begrüßte Arno, der ihr einen Begrüßungskuss auf die Wange drückte. Während Jessie sich aus seiner Umarmung löste, fiel ihr Blick auf Mels Gesicht, in dem für einen Sekundenbruchteil tiefe Traurigkeit zu lesen war, doch dann wandte sich Mel schnell ab.

„Mein Kompliment, Christopher. Die Inneneinrichtung ist fantastisch." Sie drehte sich begeistert zu Christopher um. „Das hätte ich nicht besser machen können."

„Danke. Ich habe in diese Räume auch ziemlich viel Zeit investiert." Er grinste zufrieden.

„Wenn du keine Lust mehr hast, dich mit diesem da herumzuschlagen", Mel nickte vage in Arnos Richtung, „dann sag mir bitte Bescheid, damit wir Partner werden."

„Ich wusste doch, dass du heute noch nicht genug Gift versprüht hast, du kleiner Giftzwerg", mischte sich Arno ein, „aber Chris überlasse ich dir nicht."

Mel warf ihm einen bösen Blick als Antwort zu.

„Ich denke nach der langen Fahrt von München habt ihr vielleicht Lust, euch kurz frisch zu machen und danach einen Kaffee zu trinken?" Jessie schaute fragend von Arno zu Mel.

Arno strahlte Jessie an. „Das ist echt eine geniale Idee." Dabei griff er in die Hosentasche und zog seine Autoschlüssel heraus. „Hier Sportsfreund, fang." Ohne abzuwarten, warf er Mel seine Autoschlüssel zu, die sie geistesgegenwärtig fing. „Deine Sachen sind noch im Auto, da du sie ja alleine tragen wolltest."

Mel nickte stumm und zwang sich zu einem harmlosen Lächeln, doch ihre Augen schossen wütende Pfeile in Arnos Richtung. Jessie war sprachlos. Plötzlich verspürte sie Mitleid mit Mel. Was war nur mit Arno los? So kannte sie ihn gar nicht. Schnell wandte sie sich an Christopher: „Schatz, könntest du bitte Mels Sachen aus dem Auto holen und ins Gästezimmer bringen? Ich würde ihr gerne kurz den See zeigen. Gleich geht die Sonne unter und dann ist alles dunkel."

Christopher streckte sofort die Hand nach dem Autoschlüssel aus. „Jessie hat Recht, du musst den See in diesem Licht sehen, er ist einfach wunderschön. Ich hole dein Gepäck."

„Bist du sicher?" Mel zögerte.

„Ja, klar."

Vorsichtig legte sie den Schlüssel in seine Hand und folgte Jessie zur Haustür hinaus, ohne Arno eines weiteren Blickes zu würdigen. Sie war stinksauer auf ihn. Er benahm sich wie ein ungezogenes Schulkind. Sie jedenfalls würde sich die kommenden zwei Tage nicht von ihm provozieren lassen, entschied Mel, koste es, was es wolle. Langsam folgte sie Jessie um das Haus herum. Vor ihnen erstreckte sich eine weitläufige grüne Rasenfläche, die auf der einen Seite vom Haus sowie einem kleinen Schuppen, und auf der anderen durch den See begrenzt wurde. Zu Mels Linken stand ein Gartentisch mit sechs Gartenstühlen auf dem Rasen und etwas abseits in Richtung See sah sie zwei Gartenliegen.

„Ich möchte Ihnen gerne den Bootssteg zeigen, von dort hat man den schönsten Blick über den See." Während Jessie langsam vor Mel herging, fuhr sie fort: „Keine fünfhundert Meter von hier befindet sich das Ferienhaus meiner Eltern. Zusammen mit meinen Geschwistern habe ich jede Ferien hier verbracht. Ich liebe diesen See. Ebenso wie Christopher, dessen Eltern dieses Haus gehörte bis er sich hier niedergelassen, es gekauft und umgebaut hat."

„Es muss wunderschön für Sie beide sein, sich schon so lange zu kennen."

Jessie lachte fröhlich auf. „Unglaublicher Weise haben wir uns erst vor zwei Jahren kennengelernt. Komisch, nicht wahr?"

„Das ist wirklich ungewöhnlich", stimmte Mel zu und betrat hinter Jessie den dunklen schmalen Bootssteg, an dessen Ende eine Holzleiter direkt ins Wasser führte. Vor ihnen lag still der See, nur noch erleuchtet von einigen letzten orangeroten Strahlen der Abendsonne. Mels Blick wanderte an den grünen Berghängen hinauf, die sich zu kahlen grauen Felswänden veränderten. Ihre rauen Zacken hoben sich majestätisch vom Abendhimmel ab.

Jessie streckte die Hand aus: „Der Bootssteg dort drüben gehört meinen Eltern und etwas weiter daneben beginnt der Seerosenbereich. Er ist wunderschön und man kann ihn gut vom Boot aus beobachten. Vielleicht haben Sie morgen Lust auf eine kleine Bootspartie oder möchten sogar im See schwimmen? Christopher und ich lieben es, morgens durch den See zu schwimmen. Das Wasser ist dann zwar grausam kalt, aber die Stille des Sees und das morgendliche Licht sind einfach unglaublich schön. Allerdings hat sich unser Langschläfer Arno dazu bisher nicht durchringen können."

„Vielleicht kann ich es ja morgen mal ausprobieren, allerdings bin ich noch nie in einem Bergsee geschwommen."

„Dann probieren Sie es besser am Nachmittag. Und wenn Sie danach Lust auf ein frühmorgendliches Schwimmen haben, können Sie sich uns gerne anschließen."

„Vielen Dank, Jessie. Bitte duzen Sie mich doch."

Jessie lächelte Mel warm an. „Sehr gerne. Das wollte ich dir auch gerade anbieten."

Mel nickte in stillem Einverständnis, dann umwölkte sich ihre Stirn. „Die kleine Szene vorhin tut mir wirklich leid", begann sie leise. „Du darfst Arnos Verhalten nicht ernst nehmen. Aus unerfindlichen Gründen ist unsere Kommunikation leider manchmal etwas, wie soll ich sagen, speziell." Dabei blickte sie Jessie entschuldigend an.

„Keine Sorge", antwortete Jessie überrascht. Mel zuckte mit den Schultern. „Wahrscheinlich kennen wir uns schon zu lange, da bleibt die Höflichkeit manchmal auf der Strecke." Mel verzog ihren Mund zu einem leichten Lächeln, doch Jessie entging der traurige Ausdruck in ihren Augen nicht.

„Magst du dich kurz hinsetzen und das letzte Licht der untergehenden Sonne anschauen?" Dabei hatte Jessie sich an den Rand des Bootstegs gesetzt und ließ die Beine frei über dem Wasser baumeln. Mel tat es ihr gleich.

„Wie lange kennt ihr Zwei euch denn schon?"

„Seit unserem Studium. Christopher, Arno und ich haben zusammen studiert, wobei Arno und ich zwei Wahlfächer gemeinsam hatten. Für die haben wir zusammen gelernt und sind dadurch Freunde geworden."

„Ah, verstehe", meinte Jessie nur. Waren sie bloß Freunde gewesen? Sie musste Christopher heute Abend unbedingt einige Fragen stellen.

„Eigentlich wollte ich dieses Wochenende nicht mitkommen, denn Arno hat mir vergangene Woche zwei Projekte gegeben, die eigentlich meine ganze Zeit beanspruchen. Aber ich war so erschöpft, dass ich mich dann doch habe breitschlagen lassen. Und nun bin ich wirklich froh."

„Ich auch", antwortete Jessie. „Es tut gut, ein weiteres weibliches Wesen im Haus zu haben. Vor allem, da ich dachte, ich müsste mich mit drei Männern rumschlagen." Entsetzt über sich selbst schlug Jessie sich verlegen mit der Hand vor den Mund. Mels Kopf wirbelte herum und ungläubig fragte sie: „Du dachtest, ich wäre ein Mann?" Sie lachte laut auf. „Ich muss gestehen, ich bin sprachlos", keuchte Mel.

„Es tut mir leid, das war mein Fehler. Die beiden haben so ehrfürchtig von Mel gesprochen, ihrem Geschäftspartner, der anspruchsvoll ist und nicht alles mit sich machen lässt. Ich wollte diesen tollen Mann wirklich kennenlernen."

„Und dann stand plötzlich nur ich vor dir." Mel schüttelte ungläubig den Kopf.

„Ja, aber dafür hast du meinen vollen Respekt. Die beiden gut in Schach zu halten braucht schon einiges, denn sie haben einen eisernen Willen."

Mel lachte schelmisch. „Tja, ich eben auch."

Die Sonne war bereits untergegangen und fahles Licht verdunkelte den See.

„Komm, lass uns zurück zum Haus gehen. Ich denke Arno und Christopher hatten genug Zeit, das Gepäck zu verstauen." Dabei war Jessie aufgestanden und reichte Mel die Hand, damit sie mit ihrem Kleid und den hohen Schuhen nicht ins Wasser fiel. Dankbar ergriff Mel Jessies Hand und zog sich behände hoch.

Aus den Fenstern fiel warmes Licht auf den Rasen und die Luft hatte sich seit dem Sonnenuntergang um mehrere Grad abgekühlt. Mel fröstelte.

„Abends ist es hier immer recht kühl. Am besten ziehst du dir etwas Warmes an. Hast du einen Pullover dabei oder soll ich dir einen leihen?"

Mel schüttelte den Kopf. „Das ist wirklich nett, aber ich habe einen Pullover mitgebracht. Ich ziehe mich nur rasch um, denn mir ist in der Tat nun ein bisschen kalt.

Bei diesen Worten drückte Jessie die Klinke der Haustür und führte Mel durch den Flur ins Wohnzimmer. Christopher und Arno saßen plaudernd auf dem Balkon und schienen sie nicht zu bemerken. Jessie durchquerte das Wohnzimmer und trat durch eine Tür in einen schmalen dahinter liegenden Flur. Dann blieb sie vor einer der drei Türen stehen.

„Dies hier ist dein Zimmer." Mit einer ausholenden Geste zeigte sie auf die daneben liegende Zimmertür. „Dies ist das Gästebad, das du leider mit Arno teilen musst, und gegenüber von deinem Zimmer ist Arnos Zimmer." Dann öffnete sie die Tür und Mels Blick fiel in ein gemütliches Zimmer in Weiß und Grün. Neben dem breiten Bett aus cremefarbenen Korbgeflecht standen passende Korbnachttische, auf denen kleine Lampen mit weißen Schirmchen standen. Auf dem linken Nachttisch befanden sich ein leeres Glas und eine kleine Wasserflasche und auf dem rechten Nachttisch eine zierliche Glasschale mit Pralinen. Das Bett selbst war mit einer Tagesdecke, die mit grünen Weinranken bedruckt war, und drei willkürlich darauf verteilten grünen Kissen bedeckt. Gegenüber dem Bett standen zwei kleine grüne Ledersessel mit einem kleinen runden Korbtisch und einer weißen Stehlampe, deren Schirmstoff identisch mit der Tagesdecke des Bettes war. Sie erleuchtete mit warmem Licht die kleine Sitzecke. Auf dem Tisch stand ein Strauß mit frischen rosa Rosen, deren Knospen sich weit öffneten. Das große Fenster, das nun auf den bereits dunklen Garten blickte, war von bodenlangen, doppelt genähten, weißen Vorhängen umrahmt. Mel war begeistert von dem gemütlichen Raum.

„Das ist ein wunderschönes Gästezimmer." Bewundernd drehte sie sich in dem Raum um und entdeckte ihre zwei Reisetaschen säuberlich vor dem Wandschrank aufgereiht.

„Es freut mich, dass es dir gefällt. Ich lasse dich jetzt allein, damit du dich in Ruhe frisch machen kannst. Lass dir so viel Zeit wie du magst. Wir sind auf dem Balkon und warten dort auf dich."

„Gerne", Mel nickte begeistert. Als Jessie sich zur Tür wandte und diese gerade schließen wollte, rief Mel ihr nach: „Ach, Jessie."

Erschrocken wandte Jessie sich um. „Ja, Mel?"

„Vielen Dank für eure Gastfreundschaft." Jessies Mund verzog sich zu einem warmen Lächeln.

„Wir freuen uns wirklich, dass du da bist." Dann zog sie leise die Tür hinter sich ins Schloss.

Christopher und Arno unterhielten sich gerade über die letzten Fußballergebnisse, als Jessie den Balkon betrat. Zwei halbvolle Flaschen Bier standen vor ihnen auf dem Tisch.

„Hey, da bist du ja. Wir haben es uns schon einmal gemütlich gemacht." Christophers Blick wanderte von Jessie zur leeren Balkontür. „Wo ist Mel?"

„Sie macht sich gerade etwas frisch." Jessie schlängelte sich neben Christopher am Geländer entlang und ließ sich in den freien Stuhl neben Arno fallen.

„Was magst du trinken? Auch ein Bier oder lieber ein Glas Wein?" Christopher hatte sich bereits erhoben und wartete auf Jessies Antwort.

„Ein Glas Rotwein wäre super. Vielen Dank." Sie lächelte Christopher dankbar an, bevor er durch die Balkontür entschwand.

„Ich finde es toll, dass Mel mitgekommen ist. Sie ist wirklich richtig nett."

„So lange sie nicht ihre Krallen ausfährt, gebe ich dir recht", stimmte Arno grummelnd zu.

„Warum hilfst du ihr nicht dabei und bist ein bisschen mehr Gentlemen like zu ihr?" Arno wollte etwas erwidern, aber als Jessie ihm versöhnlich die Hand auf den Arm legte, schloss er ihn wieder. „Das ist bestimmt nicht immer einfach, aber könntest du es mir zu liebe dieses Wochenende versuchen? Bitte, Arno." Sie schaute ihm bittend in die Augen und hielt seinem Blick stand. Langsam veränderte sich sein Ausdruck von störrisch über nachdenklich bis nachgiebig. Dann legte er seine Hand auf ihre und antwortete leise: „Gut, weil du es bist." Und nach einer kleinen Pause fügte er hinzu: „Aber wenn sie zu weit geht, dann schlage ich zurück."

Jessie lächelte. „Einverstanden. Ich wusste, dass ich auf dich zählen kann."

Arno stupste sie freundschaftlich auf die Nase: „Zum Glück sind wir Männer sehr viel verständiger als ihr Frauen", und erntete einen skeptischen Blick. Dann griff er zu seiner Bierflasche und trank einen Schluck. In dem Moment betrat Christopher mit zwei Gläsern und einer offenen Weinflasche den Balkon.

„Ich wusste nicht, ob Mel auch gerne Wein trinkt."

Arno nickte bejahend. „Sie liebt Rotwein. Und wenn ich das Etikett der Flasche richtig deute, dann wirst du sie sogar richtig glücklich machen mit deiner Wahl." Jessie beobachtete Arno aus den Augenwinkeln an. Wenigstens schien er Mels Gewohnheiten gut zu kennen.

„Dann bin ich ja beruhigt." Christopher hatte die Gläser vorsichtig auf den Tisch gestellt und goss Jessie ein.

„So, da bin ich endlich", unterbrach Mels Stimme die Stille. „Ich hoffe, ich habe euch nicht zu lange warten lassen." Vorsichtig trat sie auf den Balkon. Sie hatte ihr Sommerkleid gegen eine Jeans und einen orangen Pulli getauscht. Um ihren Hals hatte sie wieder ihren leichten Seidenschal geschlungen. Sie sah frisch und entspannt aus. Christopher drehte sich zu ihr um.

„Keine Sorge, wir haben nur geplaudert. Magst du ein Glas Wein?" Dabei rückte er den Stuhl neben sich für Mel zurecht.

„Sehr gerne, danke." Mel setzte sich und linste zu der Weinflasche. „Oh, das ist sogar mein Lieblingsrotwein. Davon nehme ich sehr gerne ein Glas."

Jessie blickte beeindruckt zu Arno, der ihr zuzwinkerte und schweigend einen Schluck Bier trank. Jessie griff ebenfalls nach ihrem Weinglas und wartete, bis Christopher Mel eingeschenkt hatte.

„Auf ein entspanntes Wochenende." Leise stießen sie miteinander an.

„Und, was hast du dir morgen für uns ausgedacht, Jessie? Sollen wir wieder wandern gehen?

Jessie und Christopher lachten als Antwort laut auf. „Bist du wirklich sicher, dass du das wiederholen magst?" prustete Jessie. „Welche Schuhe hast du denn dabei?"

„Meine zum Wandern degradierten Schuhe natürlich", antwortete Arno entrüstet.

„Sehr gut, Arno." Jessie strich sich immer noch lachend durchs Haar. Als ihr Blick auf Mels irritiertes Gesicht fiel, meinte sie erklärend: „Bei unserer letzten Wandertour ist Arno leider in einen Kuhfladen getreten und hat seine schönen weißen Schuhe ruiniert."

„Das kann jedem passieren", verteidigte sich Arno.

Jessie strich ihm versöhnlich über die Schulter. „Entschuldige, das stimmt natürlich. Aber wenn ich an deinen Gesichtsausdruck denke, dann muss ich einfach lachen."

Gegen seinen Willen musste auch Arno lachen und zuckte dann ergeben mit den Schultern. „Aber die Tour war toll, oder?" Er grinste verschmitzt.

„Das stimmt in der Tat", stimmte Jessie fröhlich zu.

Mel staunte wie problemlos Jessie Arno neckte, ohne dass er ihr böse war. Ganz im Gegenteil, er lachte einfach mit. So etwas passierte ihr nie. Wenn sie mal einen Scherz über ihn riss, dann entstand sofort ein Streit. Vielleicht waren sie doch keine so guten Freunde, wie sie immer gedacht hatte.

Jessie schlug ihre Beine übereinander und strahlte Christopher an. „Nein, morgen werde ich zumindest keine Wanderung machen können, denn ich muss unbedingt mit Thomas wegen des Hochzeitsessens und der Feier sprechen. Außerdem soll es morgen sehr heiß werden. Daher schlage ich einen faulen Nachmittag hier am See vor und morgen Abend können wir grillen. Was meint ihr?"

Neugierig blickte sie in die Runde.

„Das hört sich sehr verlockend an", kam ihr Mel zu Hilfe.

„Wenn du magst, dann würde ich dich sehr gerne mit zu Thomas nehmen, Mel. Er besitzt keine fünfhundert Meter von hier ein wunderschönes kleines Restaurant. Und ich würde sehr gerne deinen professionellen Rat hören. Wir werden auch nicht sehr lange dort bleiben, damit wir den Nachmittag hier richtig genießen können. Was meinst du?"

Mels Gesicht strahlte vor Freude. „Das klingt wirklich verlockend. Klar komme ich gerne mit."

„Typisch Thomas", Arno schaute Christopher mit gespielter Entrüstung an. „Ihm laufen die Frauen einfach so nach, ohne dass er auch nur einen Finger krümmt."

„Tja, wir sind halt keine preisgekrönten Köche. Frauen stehen auf so was."

„Ach lasst den armen Thomas in Ruhe, ihr zwei", unterbrach sie Jessie. „Apropos Essen, ich werde mich jetzt einmal ums Abendessen kümmern, auch wenn es bei weitem nicht mit Thomas' Genüssen mithalten kann." Dabei hatte sie ihr Weinglas auf den Tisch gestellt und war aufgestanden.

„Ich helfe dir dabei", bot Mel an, doch Jessie schüttelte verneinend mit dem Kopf.

„Nein, Mel. Das ist lieb von dir, aber du ruhst dich jetzt erst mal ein wenig hier draußen aus. Arno kann dir Gesellschaft leisten und Christopher kann mir heute helfen."

Christopher nickte resignierend. „Schau genau hin, Arno. So ergeht es dir, wenn du dich einmal auf Frauen eingelassen hast."

„Ich werde mein Bestes tun, um nicht in die gleiche Falle zu tappen, guter Freund." Dabei hob er seine Bierflasche in Christophers Richtung und trank einen großen Schluck zur Bestätigung seiner Worte.

„Dann bis gleich." Christopher legte Jessie einen Arm um die Schulter. Eng umschlungen gingen beide in Richtung Küche. Mel, die ihnen nachblickte sah, wie Christopher Jessie einen Kuss in den Nacken gab und ihr etwas ins Ohr flüsterte, das beide zum Lachen brachte. Dann schloss sich die Küchentür hinter ihnen und Mel drehte sich wieder zu Arno um. In dem schummrigen Licht konnte sie seine Augen nicht sehen, aber sie spürte, dass er sie beobachtete. Irritiert griff sie nach ihrem Glas und starrte über das Balkongeländer in den dunklen Garten. Schweigend saßen sie eine ganze Weile so nebeneinander, bis Arno mit seiner tiefen Stimme die Stille durchbrach.

„Und wie gefällt es dir hier?"

Mel zuckte unwillkürlich bei seinen Worten zusammen.

„Es ist wunderschön, ein richtiges Paradies", entgegnete sie leise. „Ich bin froh, dass ich die Einladung angenommen habe." Sie blickte in Arnos Richtung. Die Kerze auf dem Tisch warf Schatten auf sein Gesicht. „Danke, dass du mich überredet hast, mitzukommen."

Sein Mund verzog sich zu einem Lächeln. „Siehst du, es tut doch gar nicht weh, mal auf mich zu hören." Mel wollte etwas erwidern, schloss den Mund dann aber einfach wieder und meinte stattdessen: „Jessie war völlig überrascht, mich zu sehen." Und mit Grabesstimme fügte sie hinzu: „Sie hatte einen untersetzten mürrischen Mann erwartet."

Bei diesen Worten lachte Arno laut auf und schlug sich vor Vergnügen aufs Knie. „Das ist nicht wahr, oder? Wie kommt sie denn darauf?"

Zorn stieg in Mel auf und mit beherrschter Stimme meinte sie: „Das frage ich mich auch. Was hast du denn über mich erzählt, dass sie sich solch ein Bild von mir gemacht hat, hm?"

Arno schien nachzudenken. „Keine Ahnung. Ich werde sie mal fragen." Er legte den Kopf leicht schief. „Komm, mein kleiner Zwerg, sei nicht sauer. Sieh es mit Humor."

„Nenn mich nicht Zwerg", zischte Mel. „Und ehrlich gesagt, finde ich es erschreckend, wie du über mich redest, wenn ich nicht dabei bin." Und leise, mehr, zu sich selbst als zu Arno, fügte sie hinzu: „Ich dachte, wir sind Freunde."

Obwohl ihre Worte nicht mehr als ein Flüstern waren, hatte Arno sie gehört. „Mel, ich bin dein Freund, auch wenn du mich nur noch selten als solchen behandelst."

„Ach ja? Das Kompliment gebe ich aber gerne an dich zurück."

Arno wollte jetzt nicht mit Mel streiten, denn irgendetwas sagte ihm, dass sie jedes weitere Wort nur falsch verstehen würde. Es war eh schon alles kompliziert genug mit Mel.

„Tut mir leid, aber ich muss mal kurz entschwinden, bin gleich wieder da." Bei diesen Worten hatte er sich erhoben und war an Mel vorbei ins Haus gegangen und ließ sie allein draußen zurück. Bevor er die Tür zum Gästeflur öffnete, blickte er sich noch einmal um. Dort saß sie allein in der Dunkelheit auf dem Balkon, nur bei dem Licht einer Kerze. Sie wirkte so klein und verletzlich, dass er plötzlich das Gefühl hatte, sie beschützen zu müssen. Aber wie sollte er das tun, wenn sie ihn nicht an sich heran ließ und jedes Wort einen potenziellen Streit auslöste? Er seufzte und drückte die Türklinke hinunter.

Jessie stand am Herd und wendete gerade die Fischfilets in der Pfanne. Mit einem Blick über die Schulter vergewisserte sie sich, dass die Tür zum Flur geschlossen war. In leisem verschwörerischem Ton wandte sie sich an Christopher: „Jetzt erklär mir mal bitte, was mit unseren beiden dort draußen eigentlich los ist."

Christopher schaute von seinem Küchenbrett, an dem er verschiedene Kräuter hackte, auf und sah Jessie verständnislos an. „Was meinst du?"

„Christopher, bitte." Jessies Stimme war eindringlich. „Jeder für sich ist super nett, aber zusammen sind sie wie Hund und Katze. Man kann die Spannung ja förmlich in der Luft spüren."

Achtlos zuckte Christopher mit den Schultern. „Sie sind einfach so. Sie können nicht miteinander, aber auch nicht ohneeinander."

„Waren sie denn mal mehr als nur gute Freunde?"

Christopher dachte einen Moment nach, doch dann schüttelte er verneinend den Kopf. „Nein, das wüsste ich. Im Studium dachten alle, dass aus den beiden mal ein Paar würde. Sie hingen immer zusammen ab und keiner konnte seine Augen vom anderen lassen, aber irgendwann fingen sie plötzlich an, sich wie Hund und Katze zu verhalten – bis heute. Keine Ahnung warum."

„Komisch", murmelte Jessie. „Ich könnte schwören, dass da viel mehr ist als nur Freundschaft."

„Du bist einfach zu romantisch, Jessie, und vielleicht beeinflussen dich ja die Hochzeitsvorbereitungen."

„Quatsch", entrüstete sich Jessie. Sie legte den Kochlöffel beiseite, stemmte die Hände in die Hüften und baute sich vor Christopher auf, der lächelnd auf sie herunter schaute.

„Habe ich dir schon gesagt, dass ich es liebe, wenn du dich aufregst?"

„Ach ja? Erklär mir lieber, wie man über eine Frau wie Mel, die selbst ein Blinder als äußerst attraktiv beschreiben würde, so spricht, dass man den Eindruck bekommt, sie sei ein verknöcherter Mann?"

Christopher schaute sie völlig überrascht an. „Echt?"

„Siehst du, selbst dir fällt es nicht einmal mehr auf. Ihr beschreibt sie nur als harten Brocken, kompliziert, schwierigen Diskussionspartner und Sportsfreund."

„Aber das ist sie ja auch", verteidigte sich Christopher. „Du musst sie mal beruflich erleben, da lässt sie den armen Arno ganz schön schwitzen, auch wenn ich zugeben muss, dass er ihr letztendlich immer seinen Willen aufdrückt."

„Aber wenn sie so hart ist, wie schafft er das denn dann?" Jessie schob ihr Kinn leicht vor und blickte Christopher herausfordernd an. Er strich sich durchs Haar und fühlte sich zu Unrecht in die Mangel genommen. Warum fragte Jessie nicht Arno? „Keine Ahnung, sag du es mir."

„Weil sie ihn gewinnen lässt. Und weil sie gar nicht so hart ist, wie ihr sie beschreibt." Ohne auf seine Reaktion zu warten, drehte sie sich wieder um, griff zum Pfannenwender und flippte die Fischfilets auf die andere Seite. „So, nun brauche ich nur noch deine Kräuter und wir können essen. Magst du den beiden draußen Bescheid sagen?" wechselte sie abrupt das Thema.

„Gerne." Erleichtert darüber, Jessies Fragen zu entkommen, schob Christopher ihr das Gemüsebrett zu und küsste sie auf den Hinterkopf. „Ich liebe dich, Sherlock Holmes." Dann strich er ihr sanft über den Rücken und verließ die Küche. Als er das Wohnzimmer durchquerte, sah er Mel allein auf dem Balkon sitzen. Von Arno war nichts zu sehen. Hatten die beiden sich etwa wieder gestritten? Das konnte ja noch heiter werden. Er atmete tief durch und betrat den Balkon.

„Das Essen ist gleich fertig", meinte er leichthin. Bei seinen Worten war Mel zusammengeschreckt und hatte sich schnell mit der Hand über die Wange gewischt. Hatte sie geweint? Christopher traute sich nicht, sie direkt anzuschauen und versuchte für sie beide etwas Zeit zu gewinnen.

„Es ist hier ja schon fast stockfinster. Ich hole uns noch ein paar Kerzen und Mücken abwehrende Zitruslichter, damit wir wenigstens sehen, was wir vor uns auf den Tellern haben."

„Soll ich dir helfen?" bot Mel an.

„Nein, nicht nötig. Das sind nur zwei, drei Handgriffe. Wo ist eigentlich Arno?"

„Der ist kurz ins Bad entschwunden."

„Ah, ok." Vielleicht hatten sie sich ja doch nicht gestritten. Christopher wandte sich um und ging zur Wohnzimmertür, hinter der er verschiedene Kerzen hervorzog. In diesem Moment erschien Arno. Christopher schaute ihn fragend an und machte eine Kopfbewegung in Richtung Balkon.

Als Antwort verdrehte Arno die Augen und zog hilflos die Schultern hoch.

Jessie betrat das Wohnzimmer. Sie trug in jeder Hand eine große Servierplatte und balancierte vorsichtig die darauf verteilten Speisen. Mit ausholenden Schritten eilte Arno auf sie zu, ergriff schnell eine der beiden Platten, auf der sich die Fischfilets auf einem angemachten Salatbett befanden und schnupperte genüsslich daran.

„Das riecht ja fantastisch! Mir läuft schon das Wasser im Mund zusammen."

„Ich hoffe, es schmeckt auch so, wie es riecht. Ich habe mich nämlich zur Feier des Tages an einem neuen Gericht versucht."

„Da bin ich mir bei deinen Kochkünsten ziemlich sicher. Und was hast du dort in der anderen Hand?" Neugierig beugte Arno sich über die andere große Platte, auf der Rosmarinkartoffeln und gegrilltes Gemüse aufgetürmt waren.

„Hm, lecker." Er ließ Jessie den Vortritt und folgte ihr auf den Balkon, wo Christopher bereits die Kerzen anzündete. Mel stand schnell auf, um Arno und Jessie Platz zu machen.

„Kann ich helfen? Ich könnte den Tisch decken", bot sie an.

„Das wäre echt nett." Christopher prüfte mit einem raschen Blick, ob alle Kerzen angezündet waren. „Wir müssen das Geschirr noch kurz von drinnen holen." Freundschaftlich legte er Mel den Arm um die Schultern und führte sie in die Küche.

„Ich glaube, ich werde in der kommenden Woche einige extra Stunden im Sportstudio einlegen müssen. Aber es war einfach zu köstlich." Entspannt lehnte sich Arno in seinem Stuhl zurück und strich sich bedeutsam über den Bauch.

„Ach, so schwer kann der Fisch doch gar nicht gewesen sein", verteidigte Jessie ihr Essen.

„Der Fisch alleine vielleicht nicht, aber die Gesamtmenge schon." Arno grinste sichtlich zufrieden.

„Mir hat es auch ausgezeichnet geschmeckt". Mit einem Seitenblick auf Arno fügte Mel spitz hinzu: „Und ich habe gar kein schlechtes Gewissen."

„Bei den kleinen Spatzenbissen, die du zu dir genommen hast, wäre das ja auch ein wirkliches Wunder", lachte Arno.

Mel kniff kaum merklich ihre Augen zusammen.

„Wie du immer so schön bemerkst, bin ich einiges kleiner als du."

„Genau, sag ich ja immer, du bist halt ein Zwerg." Dabei grinste Arno Mel frech an.

„Ich bin kein Zwerg". In Mels beherrschter Stimme lag ein Hauch von Wut. „Außerdem, wieso beobachtest du eigentlich, wieviel ich esse? Das ist ja ganz schön ungalant."

„Das ist nicht ungalant, sondern ein reiner Schutzmechanismus. Schließlich stehst du ja während deines Urlaubs unter meiner Obhut."

Mel traute ihren Ohren nicht. „Ich stehe unter deiner Obhut? Wie kommst du denn auf eine solche Schnapsidee?"

Arno wandte sich ihr gönnerhaft zu. „Das ist keine Schnapsidee. Ich habe dich mit hierher gebracht und muss nun darauf achtgeben, dass dir während dieser Reise nichts passiert."

Ungläubig lachte Mel auf und warf einen schnellen Blick zu Jessie und Christopher. Beide sahen genauso perplex aus, wie sie sich selbst fühlte.

„Ich glaube, dir ist die Bergluft zu Kopf gestiegen. War heute vielleicht Fön?" Fragend richtete sie sich an Christopher.

„Nicht, dass ich wüsste", antwortete er überrascht.

„Dann war vielleicht die Autofahrt zu anstrengend?" Sie tätschelte Arno mütterlich den Arm. „Siehst du, du hättest im Büro einfach doch nicht so einen Stress wegen der Abfahrt verbreiten müssen."

„Aha, jetzt kommt also die Retourkutsche dafür, dass du deine Siebensachen einfach noch nicht zusammen gepackt hattest." Er wandte sich entschuldigend an Christopher und Jessie. „Die liebe Mel hatte sich nämlich leicht im Zeitplan vertan."

„So ein Quatsch. Wenn du jetzt nicht sofort aufhörst, so einen Blödsinn über mich zu erzählen, dann werde ich langsam echt sauer." Mel atmete hörbar aus, dann zuckte sie mit den Schultern. „Ach, was solls. Arno zu korrigieren ist so wie dem Esel das Lesen beizubringen."

„Bitte was?" Arno drehte sich entrüstet zu ihr um.

Ohne ihn zu beachten wandte sich Mel mit einem Lächeln an Christopher: „Könnte ich vielleicht noch ein Glas Rotwein haben? Da ich schon das Glück habe, meinen Lieblingswein zu trinken?"

„Klar." Christopher griff sofort nach der Flasche und schenkte Mel nach.

„Möchtest du auch noch etwas Wein?", wandte er sich an Jessie. Sie nickte dankbar. „Ja, bitte."

Wenn man Mel und Arno so erlebte, dann hatte man fast das Gefühl, einem alten Ehepaar zuzuhören. Sie hätte sich fast darüber amüsieren können, wenn sie nicht immer das Gefühl hätte, dass etwas Ernsthaftes der wahre Grund für dieses Verhalten war. Aber was mochte das sein?

Mel blinzelte verschlafen. Irgendetwas hatte sie aufgeweckt. Sie drehte sich zum kleinen Nachttisch, auf dem ihr Wecker stand. Es war drei Uhr morgens. Fahles Mondlicht fiel durch den Vorhang und tauchte ihr Zimmer in ein schummriges Licht, so dass sie die Konturen der einzelnen Möbel sah. Ihre Gedanken wanderten zum vergangenen Abend. Sie hatte sich nach dem vergangenen Wochenende so sehr auf diese Zeit mit Arno gefreut, in der Hoffnung, dass sein flüchtiger Kuss mehr gewesen war, als eine belanglose Geste. Sie hatte so sehr gehofft, er wäre ein Zeichen gewesen, ein Funke Hoffnung, dass nach all den Jahren doch mehr zwischen ihnen sein könnte. Aber davon spürte sie nichts mehr. Mel schloss die Augen und versuchte wieder einzuschlafen, aber sobald sie die Augen schloss, tauchte Arnos Gesicht vor ihr auf. Es half nichts, am besten wusch sie sich kurz das Gesicht und vertrieb damit auch Arno aus ihren Gedanken. Entschieden schlug sie die Bettdecke zur Seite und stieg vorsichtig aus dem Bett. Barfuß und in ihrem kurzen Seidennachthemd schlich sie um das Bett herum zur Zimmertür. Alle schliefen. Behutsam öffnete sie die Tür einen breiten Spalt weit und betrat den Flur. Vorsichtig drehte sie den Kopf zu Arnos Tür, die halb offen stand. So ein Ärger. Warum hatte er sie nicht geschlossen, wie es sich gehörte? Jetzt musste sie noch leiser sein. Auf Zehenspitzen wagte sie sich vorwärts in Richtung Badezimmer. Langsam streckte sie ihre Hand in der Dunkelheit aus, um nach der Türklinke zu greifen. Doch bevor ihre Hand den Metallgriff berührte, öffnete sich die Tür schwungvoll und ein großer Schatten stand direkt vor ihr. Ein kurzer spitzer Schrei entrann ihrer Kehle und sie taumelte rückwärts vor Entsetzen. Dabei wäre sie um ein Haar gegen den hölzernen Wandschrank geschlagen, wenn sie nicht in letzter Sekunde von zwei starken Armen gegen den Schatten gedrückt worden wäre.

„Ich bin es, Mel." Arnos tiefe Stimme erfüllte den dunklen Flur. Die Worte schwappten an ihr Ohr, doch drangen nicht zu ihrem Gehirn. Sie zitterte am ganzen Körper. Langsam begriff sie: Arno, es war nur Arno. Sie öffnete den Mund, war aber nicht in der

Lage, etwas zu sagen. Ihr Herz raste und das Blut pochte immer noch in ihren Schläfen.

Arno, der Mels Zittern spürte, zog sie sanft noch enger an sich und strich ihr beruhigend über das Haar. Es fiel ihr offen über die Schultern und fühlte sich so weich unter seinen Fingern an. Er roch den Hauch ihres Mandelshampoos und schloss für einen Moment die Augen. Er spürte Mels zarten Körper eng an seinen geschmiegt. Ihr Herz raste, doch ihr Zittern legte sich langsam. Etwas in seinem Inneren schien sich zu regen und am liebsten hätte er einfach weiter so mit Mel im Flur gestanden. Doch plötzlich hob sie ihren Kopf und schob sich sanft von ihm fort.

„Entschuldige, aber du hast mich zu Tode erschreckt. Ich hatte einfach nicht damit gerechnet, dass du auch wach bist."

„Kein Problem", antwortete er sanft und betrachtete Mel im fahlen Mondlicht, das aus ihrer offenen Zimmertür fiel. Sie sah unglaublich sexy aus mit ihrem offenen langen Haar, dem tiefgeschnittenen Seidennachthemd, das ihr nur bis zu den Oberschenkeln reichte.

„Geht es dir jetzt wieder besser?" erkundigte er sich leise.

„Ja, danke. Ich geh dann jetzt ins Bad."

„Dann wünsche ich dir eine gute Nacht." Bei diesen Worten war Arno spontan dicht an sie getreten. Ohne auf ihre Reaktion zu warten, beugte er sich zu ihr herunter und küsste sie zärtlich auf den Mund. „Schlaf gut", meinte er mit belegter Stimme und strich Mel sanft über die Wange, bevor er sich ohne ein weiteres Wort von ihr entfernte und seine Zimmertür mit einem zufriedenen Grinsen schloss. Er wusste nicht, was ihn plötzlich überkommen war, aber so wie Mel dort gestanden hatte, war sie einfach ein wunderbarer Traum gewesen. Morgen früh würde eh alles wieder beim Alten sein. Schade eigentlich!

Was war geschehen? Hatte sie gerade geträumt oder geschlafwandelt? Oder hatte sie wirklich gerade in Arnos Armen auf dem Flur gestanden. Hatte Arno sie wirklich geküsst? Verwirrt ging Mel langsam ins Bad und wusch sich wie in Trance das Gesicht. Aber auch danach fühlte sie die gleiche Verwirrung. Vielleicht gab es ja doch noch Hoffnung? Plötzlich löste sich ihre Anspannung der letzten Stunden löste und wich einem sanften Gefühl der Vorfreude auf den nächsten Tag. Fast beschwingt schlich sie zurück zu ihrem Schlafzimmer. Dabei warf sie noch einen letzten prüfenden Blick auf Arnos Tür, die nun fest verschlossen war. Ob er bereits schlief? Ein leiser Seufzer entfuhr ihr. Vielleicht war diese Reise ja doch ein Neuanfang für sie beide. Fast glücklich schlüpfte sie zurück in ihr Bett und schlief kurz darauf mit einem Lächeln auf den Lippen ein.

Ein dumpfes Summen ertönte neben ihrem linken Ohr und Mel blinzelte zum Fenster. Gut gelaunt drückte sie mechanisch die Snoozetaste ihres Reiseweckers neben ihr und streckte sich. Was für ein wunderschöner Morgen! Schwungvoll zog sie den Vorhang zur Seite. Vor ihr lag ein langgestreckter Berghang mit unzähligen tiefgrünen Tannen. Sie reichten bis zum grauen Bergmassiv, das direkt dahinter stolz in den wolkenlosen Himmel ragte. Die frühe Morgensonne schickte ihre Sonnenstrahlen über die Steinkuppen, wo sie breit hinab auf die Tannen fielen. Die Intensität der Farben war überwältigend und inspirierend zugleich. Mel drehte sich um, zog sich ihren Morgenmantel über und griff nach ihrem Beauty Case. Wenn sie Glück hatte, dann schlief Arno noch und sie konnte ungehindert duschen. Leise drückte sie die Türklinke hinunter und schaute zu Arnos Zimmertür, die immer noch fest verschlossen war.

Gut gelaunt betrat sie das leere Wohnzimmer, dessen Balkontür weit aufstand. Frische würzige Luft erfüllte den Raum. Mel blickte sich um, es war alles still und von Jessie und Christopher war nichts zu sehen. Die kleine Uhr auf der Anrichte zeigte neun Uhr. Wahrscheinlich schliefen alle noch. sie zuckte mit den Schultern und trat auf den Balkon hinaus. Der Blick auf den See war atemberaubend. Türkisblau grenzte er sich von den hellgrünen Wiesen und dem grauen Berggestein ab. In seiner Mitte wechselte die Farbe zu einem tiefdunklen Blau. Glücklich schloss Mel die Augen und sog die frische Bergluft tief ein. Leises Lachen drang zu ihr hinüber. Neugierig ließ sie ihren Blick schweifen, um festzustellen, woher die Geräusche kamen. Dann sah sie auf einer kleinen Holzinsel zwei Gestalten, die gerade aufstanden und nacheinander ins Wasser sprangen. Jessie und Christopher waren also doch schon auf. Mel erinnerte sich, dass Jessie ihr gestern Abend von ihrem morgendlichen Schwimmen im See erzählt hatte. Fasziniert beobachtete sie, wie beide Seite an Seite zum Haus zurück schwammen. Während Christopher kraulte und immer wieder nach einigen Zügen auf Jessie wartete, schwamm Jessie in regelmäßigen Zügen unbeirrt durch den See. Ja, so stellte Mel sich Jessies und Christophers Beziehung vor. Zwei Persönlichkeiten, die sich bewusst entschieden hatten, den Weg gemeinsam zu gehen, wobei jeder dem anderen seine eigene Freiheit ließ. Mel schüttelte den Kopf, die beiden hatten wirklich

Glück. Aber vielleicht gab es für sie und Arno ja auch noch Hoffnung?

Christopher kraulte in kraftvollen Schlägen durch den See. Jessies Blick fiel auf ihr gemeinsames Haus, das in der Morgensonne vor ihr lag. Stand dort Mel auf dem Balkon? Jessie kniff die Augen zusammen, um besser sehen zu können. Ja, es war Mel. Selbst aus der Entfernung sah sie toll aus. Sie trug eine weiße lange Hose und ein oranges Poloshirt. Um die Schultern hatte sie einen weißen Pullover gebunden und an ihrem Arm konnte Jessie dicke orange Armreifen sehen. Ihre Haare hatte sie zu einem lockeren Pferdeschwanz gebunden, sodass die goldenen Kreolen in ihren Ohren fröhlich die Morgensonne reflektierten. Arno konnte doch nicht so blind sein und eine solche Frau nicht wahrnehmen, schoss es Jessie durch den Kopf. Ob sie ihn mal auf Mel ansprechen sollte? Christophers Stimme unterbrach ihre Gedanken.

„Hey meine Süße, leg mal einen Zahn zu, denn unsere Gäste sind schon wach." Dabei grinste er sie breit an. Wie immer, wenn er dies tat, kribbelte es in Jessies Magengegend.

„Ich gebe mein Bestes", erwiderte sie lachend und schwamm die letzten zwanzig Meter mit kraftvollen Zügen. Als sie erleichtert die Sprossen der Leiter erklomm, hielt Christoper ihr bereits ihren Bademantel offen hin. Flink kletterte sie die letzte Stufe der Holzleiter hinauf und wickelte sich dankbar in den Bademantel ein. Frierend gab sie Christopher einen Kuss.

„Pass auf, was du tust", raunte er ihr zu. „Sonst müssen unsere Gäste ohne uns frühstücken."

Dann legte er ihr einen Arm um die Hüfte und zusammen schlenderten sie die Wiese zum Haus hinauf. Jessie winkte Mel zu.
„Guten Morgen", rief sie fröhlich.
Mel winkte gut gelaunt zurück. „Guten Morgen."
Unterhalb des Balkons blieben sie stehen und blickten zu Mel hinauf, die sich entspannt auf das Geländer stützte und zu ihnen hinunter schaute.
„Ihr habt meinen größten Respekt. Ich bin leider erst durch den Wecker wach geworden."
„Das ist doch völlig ok. Hast du gut geschlafen?" erkundigte sich Jessie.
Mel dachte an ihre nächtliche Begegnung mit Arno und lächelte.
„Ja, sehr gut. Danke."
„Ist Arno auch schon wach?" Christopher blickte suchend hinter Mel.
„Keine Ahnung", sie zuckte mit den Schultern. Seine Tür war noch verschlossen.
„Dieser Faulpelz. Wetten, dass er erst aus seiner Höhle kommt, wenn der Frühstückstisch gedeckt und der Kaffee bereits gekocht ist?" entgegnete Christopher trocken.
„Lass Arno, er hat sich sein Wochenende redlich verdient", verteidigte Jessie Arno. „Magst du schon einen Kaffee trinken oder möchtest du lieber auf uns warten, Mel?"
„Ich kann warten, lasst euch ruhig Zeit", lachte Mel.
„Fein, dann gib mir ein halbe Stunde und wir lassen es uns bei einem ausgedehnten Frühstück gut gehen."
„Das klingt verlockend." Mel nickte zustimmend.

Sie setzte sich entspannt in einen der Gartenstühle. Ihr Blick glitt über das vor ihr liegende Panorama gleiten. Das Zirpen der Grillen durchdrang die Luft und kündigte einen warmen Sommertag an. Nur weit entfernt am Horizont konnte sie drei kleine Kumuluswolken erkennen, die wie kleine Farbkleckse auf den azurblauen Himmel gemalt schienen. Mel schloss genüsslich die Augen und hielt ihr Gesicht der Morgensonne entgegen. Der würzige Wiesenduft umgab sie und das unaufhörliche Zirpen der Grillen war im Hintergrund zu hören. Mel entspannte ihre Muskeln. Wie herrlich es hier war.

„Und, habe ich dir zu viel versprochen?" Arnos Stimme riss Mel zurück in die Wirklichkeit. Er war auf den Balkon getreten und reckte seine Arme in die Höhe, um auch noch den letzten Rest Müdigkeit zu vertreiben. Dann drehte er sich langsam zu ihr um, lehnte sich mit dem Rücken gegen das Balkongeländer und hakte seine Daumen in die Hosentaschen. Entspannt grinste er sie an.

„Hm, inwieweit versprochen?" fragte Mel irritiert. Wie er so lässig vor ihr lehnte, sah er in seiner Jeans mit den blauen Slipper und dem hellblauen Poloshirt unverschämt attraktiv aus. Obwohl er sich Mühe gegeben hatte, seine Haare in Ordnung zu bringen, standen wie immer die vorderen Strähnen widerspenstig ab. Mel biss sich nervös auf die Unterlippe.

Arno beobachtete sie amüsiert und machte eine vage Kopfbewegung hinter sich in Richtung Bergsee.

„Na, all das hier. Es war doch eine gute Entscheidung, dass du mitgekommen bist, oder? Dann kannst du kommende Woche wieder so richtig los legen."

„Stimmt", antwortete Mel schlicht. In ihrem Kopf wirbelten die Gedanken unkontrolliert umher. Vor nur wenigen Stunden hatte er sie im Arm gehalten und geküsst und nun tat er so, als ob gar nichts zwischen ihnen gewesen war. Wie hatte sie nur so dumm sein können zu glauben, dass der kurze nächtliche Moment Arno etwas bedeutete. Sie wusste doch, dass er nur freundschaftliche Gefühle für sie hegte. Als sie ihren Blick über den See schweifen ließ, der immer noch friedlich in der Morgensonne vor ihr lag, kam ihr der Himmel plötzlich weniger strahlend vor.

„Wenn du magst, können wir nachher eine kleine Bootstour machen und im See schwimmen. Es sei denn, ihr Mädels lasst Euch von Thomas einwickeln und kommt gar nicht zurück."

Mel zog eine Augenbraue hoch. „Das ist eigentlich keine schlechte Idee. Wie ist denn Thomas so?"

Arno grinste breit.

„Hast du etwa an dem Knaben Interesse?"

Wenn du nicht so ein Trottel wärest, dann würdest du jetzt nicht so eine dämliche Frage stellen, dachte Mel verletzt.

„Kann ich noch nicht sagen", antwortete sie stattdessen lapidar.

„Also, wie ist er?"

„Thomas ist ein echt cooler Kumpel und kocht göttlich. Keine fünfhundert Meter von hier hat er sein eigenes Restaurant, das mittlerweile Kultstatus bei den Feinschmeckern genießt. Wir pokern regelmäßig." Und nach einer kleinen Pause fügte er langsam hinzu: „Und er ist Single." Dabei beobachtete er scharf Mels Reaktion.

Ein amüsiertes Lächeln umspielte ihre Lippen. „Gut zu wissen", antwortete sie nur. Mit einem Ruck stand sie auf und klopfte sich ein nicht vorhandenes Staubkorn von der Hose. Sie stand kaum einen Meter von Arno entfernt und doch hatte sie das Gefühl, dass eine breite Kluft sie beide plötzlich trennte. Der dazwischen liegende Graben kam ihr unendlich tief vor und sie hatte keine Ahnung, ob es überhaupt die Chance gab, diesen Abgrund jemals zu überwinden. Sie sollte die nächtlichen Ereignisse einfach vergessen. Ja, das war wohl das Beste, entschied Mel und drehte sich um.

„Ich decke dann mal den Tisch, damit wir nicht die ganze Arbeit unseren Gastgebern überlassen."

Und ohne eines weiteren Blickes betrat sie das Haus. Arno blickte ihr gedankenvoll nach, wie sie mit wippendem Pferdeschwanz durchs Wohnzimmer schritt und in der angrenzenden Küche verschwand. Langsam drehte er sich um und blickte über den still vor ihm liegenden See. Dabei rieb er sich gedankenvoll mit der rechten Hand den Nacken. Wie anders Mel heute Morgen war. Letzte Nacht hatte sie ihn fast um den Verstand gebracht. Die ganze restliche Nacht hatte er ihren Anblick vor Augen gehabt und kein Auge mehr zu getan. Mel war so unglaublich verführerisch und gleichzeitig so schutzbedürftig gewesen. So hatte er sie noch nie vorher gesehen. Aber nun bei Tageslicht, war sie wieder die Alte. Etwas umgänglicher zwar, aber genauso kratzbürstig wie immer.

„Guten Morgen, du Langschläfer." Christopher trat auf den Balkon. Arno wirbelte herum.

„Guten Morgen. Habt ihr euer frühmorgendliches Folterprogramm schon hinter euch?"

„Na klar, schließlich haben wir Sommer." Christopher lehnte sich neben Arno ans Balkongeländer. „Mel war übrigens schon wach, als wir zurückkamen. Sie sieht heute viel entspannter aus, findest du nicht?"

Arno warf Christopher einen raschen Blick zu. „Nö, das ist mir nicht aufgefallen. Aber ein freies Wochenende tut ihr garantiert gut. Ihre Präsentation gestern war übrigens super. Ich glaube, so langsam läuft unser störrischer Esel zur Hochform auf."

„Ich hoffe für dich, du sprichst nicht von mir." Mit einem Tablett, auf dem sich das Frühstückgeschirr gefährlich türmte, betrat Mel den Balkon. Mit unsanften Klirren stellte sie ihre Last auf den Tisch, bevor sie sich herausfordernd zu Arno umdrehte und ihr Kinn reckte.

„Darf ich vorstellen, Mel, die Sanftmut in Person. Wie kommst du denn darauf, dass ich von dir rede?" Seine Stimme klang leicht gereizt.

Christopher konnte sich ein Lachen nicht verkneifen und erntete einen prüfenden Blick von Mel.

„Weil Christopher nicht so ein elendiger Lügner ist wie du", antwortete sie schroff und drehte sich schwungvoll um, wobei sie fast mit Jessie zusammenprallte, die leise mit der Kaffeekanne und einem Korb voller warmer Brötchen hinter ihr stand.

„Entschuldige bitte, ich habe dich gar nicht gesehen", stammelte Mel. Ein leichtes Rot überzog ihre Wangen, als sie Jessies erschrockenen Gesichtsausdruck sah, bevor sie sich in Sekundenschnelle wieder gefangen hatte und betont unbeschwert lachte. „Kein Problem. Ich stelle nur kurz die Kaffeekanne ab. Könntest du mir dann vielleicht bei dem Sekt helfen?"

Mel nickte betont eifrig. Hoffentlich hatte Jessie ihre Antwort nicht mitbekommen. Schließlich versuchte Jessie alles, damit sie sich hier wohl fühlte. Ohne die beiden Männer eines weiteren Blickes zu würdigen, verließ sie den Balkon, gefolgt von Jessie, die Christopher einen durchdringenden Blick zuwarf.

„Störrischer Esel ist ja wohl noch freundlich ausgedrückt für diese Furie", brummelte Arno verstimmt. „Ich sag dir eins, wenn sie so weiter macht, dann lege ich sie irgendwann übers Knie und versohle ihr den Hintern."

Gegen seinen Willen brach Christopher endgültig in schallendes Lachen aus und legte Arno versöhnlich eine Hand auf die Schulter.

„Allein die Vorstellung davon ist schon grandios". Arno blickte Christopher zweifelnd an, doch dann stimmte er in sein herzliches Lachen ein.

„Und, was machen wir nun? Bestens gestärkt sind, bin ich jetzt für alle Schandtaten bereit."

„Das ist ja mal eine Aussage." Gelassen stellte Christopher seine Cappuccinotasse auf den Tisch. „Dann können wir ja direkt unsere Arbeitsunterlagen besprechen, während Jessie und Mel zu Thomas gehen. Später können wir alle im Garten faulenzen."

„Falls sie frühzeitig zurück kommen", grinste Arno.

„Stimmt", pflichtete Jessie ihm bei. „Wer weiß, mit welchen Verführungskünsten Thomas uns erwartet? Hoffen wir mal, dass wir euch nicht darüber vergessen."

„Ich hoffe ja schwer, dass du den Grund für euren Besuch nicht vergisst", entgegnete Christopher trocken.

„Quatsch", Jessie gab ihm einen flüchtigen Kuss. Dann strahlte sie Christopher gewinnend an: „Und da wir ja den Tisch gedeckt haben, überlassen wir euch die Aufräumarbeiten." Ohne eine Reaktion abzuwarten, fügte sie beschwichtigend hinzu: „Umso eher sind wir wieder zurück."

Arno grinste frech. „Wer hätte gedacht, dass die kleine süße Jessie den armen Chris so an die Arbeit bekommt."

„Du kannst deinem Freund gerne helfen, was meinst du?"

„Ich trage schwer an meines Freundes Leid", Arnos Gesicht war zu einem quälenden Schmerz verzogen.

„Super, das ist echt lieb von dir, Arno", antwortete Jessie strahlend. „Dann überlassen wir euch jetzt mal dem bösen Schicksal". Und schon war sie aufgestanden. Arno zwinkerte ihr belustigt zu und wandte sich an Mel.

„Pass bloß auf, dass Jessie keinen schlechten Einfluss auf dich ausübt. Und sei vor allem lieb zu dem ahnungslosen Thomas."

Mels Mund verzog sich zu einem diebischen Grinsen.

„Keine Sorge, du sagtest doch, er ist Single." Als sie Arnos überraschten Gesichtsausdruck sah, warf sie fröhlich ihren Kopf zurück.

„Aber das ist Arno auch", entfuhr es Christopher, der sich genüsslich den letzten Rest seines Brötchens in den Mund schob.

Eine peinliche Stille legte sich über den Frühstückstisch. Blitzschnell flog Jessies Blick von Arno zu Mel. War da vielleicht doch mehr zwischen ihnen, als sie zugaben?

„So, wir machen uns jetzt auf den Weg. Bis später, Jungs", wechselte Jessie schnell das Thema.

„Bis später." Mel war ebenso aufgestanden und folgte ihr so schnell wie möglich ins Haus.

Der Weg führte einen schmalen Pfad hinauf, der die letzten hundert Meter steil anstieg. Dann lag das lang gestreckte Haus vor ihnen. Die dunklen Holzfenster, die sich sichtbar vom weißen Hausputz abhoben, waren gekippt, um frische Luft in das Innere zu lassen und die kleinen weißen Gardinen an den Fenstern bewegten sich leicht im Wind. Überall standen große Kübel mit roten Geranien, die dem Haus einen unbeschwerten Farbtupfer verliehen. Als sie den Vorhof überquerten, knirschte der Kies unter ihren Füßen. Die Eingangstür stand weit offen und lud sie ein, das Innere zu betreten. Das Restaurant selbst lag verwaist vor ihnen. Alle Tische waren bereits mit schweren weißen Tischdecken versehen sowie mit Weingläsern und Geschirr eingedeckt. Die gestärkten Servietten standen zu großen Fächern gefaltet auf den Platztellern und umringten die kleinen Wiesensträuße in der Mitte der Tische, die einen milden Wiesenduft verströmten. An den Wänden hingen verschiedene Gemälde mit Landschaftsausschnitten der Region. Während sie langsam den Raum durchquerten, hörten sie aus dem hinteren Teil des Restaurants eifriges Geschirrklappern. Dort war vermutlich die Küche, wo emsige Betriebsamkeit herrschte.

„Guten Morgen", rief Jessie fröhlich in den hinteren Teil des Restaurants.

Stille. Plötzlich schwang die große dunkle Holztür, welche die Küche vom Restaurant trennte, auf und ein groß gewachsener schlanker Mann eilte mit ausholenden Schritten auf sie zu. Seine kinnlangen dunklen Locken waren nach hinten gekämmt und hinter die Ohren geklemmt. Sie verliehen seinem länglichen Gesicht Temperament. Seine hellblauen Augen, die von kleinen Lachfältchen umringt waren, bildeten einen vollkommenen Kontrast zu seiner sonnengebräunten Haut. Er trug eine weiße Kochweste, deren Arme bis zum Ellbogen aufgekrempelt waren. An seinen muskulösen braungebrannten Unterarmen konnte Mel die Sehnen erkennen. Dazu trug er eine schwarze schlichte Hose sowie schwarze Schuhe. Mel war beeindruckt. Vor ihr stand ein äußerst attraktiver Mann. Bei Jessies Anblick verzog sich sein Mund zu einem breiten Grinsen. Wie selbstverständlich beugte er sich zu ihr hinunter und hauchte ihr einen Begrüßungskuss auf die Wange.

„Hallo Thomas, ich hoffe, wir sind nicht zu früh. Ich habe übrigens eine Freundin mitgebracht, die uns dieses Wochenende besucht. Darf ich dir Mel, äh, Melanie vorstellen?"

Thomas' Blick blieb anerkennend an Mel hängen. Dann kam er mit ausgestreckter Hand auf sie zu.

„Herzlich Willkommen, Melanie. Ich freue mich sehr, Sie kennenzulernen."

Mel lachte herzlich und schüttelte Thomas' Hand. Sie war groß und warm und fest. Ihre Finger schienen darin völlig zu verschwinden. Seine blauen Augen schauten sie beeindruckt an, während seine Hand die ihre immer noch hielt.

„Ich bin Thomas."

Dieser Mann nahm mit seiner Erscheinung den ganzen Raum ein. Er drehte sich zu Jessie um und deutete zur Terrasse.

„Das Wetter ist heute einfach grandios, mögt ihr draußen sitzen?" Und zu Mel gewandt fügte er hinzu: „Der Blick von dort ist schlichtweg umwerfend."

„Sehr gerne", antwortete Mel spontan. Jessies Mund verzog sich zu einem amüsierten Lächeln. Mels Wirkung auf Thomas war nicht zu übersehen. Dabei war er sicherlich nicht der einzige Mann, der Mels aparter Erscheinung erlegen war. Warum sah Arno das nur nicht? Kopfschüttelnd folgte Jessie den beiden auf die Terrasse, wo Thomas Mel ausführlich die vor ihnen liegenden Bergkuppen erklärte. Jessie bezweifelte, dass Mel sich auch nur eine davon würde merken können, aber es freute sie, dass Thomas' Charme Mel über Arnos Frotzeleien hinweg half.

Nachdem er Mel den Stuhl mit der Aussicht auf die Bergkette zurecht gerückt hatte, hielt er für Jessie den gegenüberliegenden Stuhl bereit.

„Darf ich euch etwas zu trinken anbieten? Auf Kosten des Hauses natürlich."

„Dann greife ich gerne zu", lachte Jessie. „Ich nehme einen Orangensaft." Sie lehnte sich genießerisch in ihrem Sessel zurück.

„Dem schließe ich mich an", stimmte Mel zu und schenkte Thomas ein dankbares Lächeln, das er mit einem Augenzwinkern erwiderte. „Bin in zwei Minuten zurück."

Mel blickte sich begeistert um. In ihren Gesichtszügen las Jessie, wie schön sie es hier oben fand. Verschwörerisch beugte Mel sich zu Jessie hinüber. Um ihre Mundwinkel zuckte es verräterisch, so dass sich zwei kleine Grübchen zeigten. „Ich hatte mir Thomas ganz anders vorgestellt. Aber das scheint dieses Wochenende ja ein bekanntes Phänomen zu sein, nicht wahr?" Mel lachte glucksend.

„Stimmt", pflichtete ihr Jessie bei und lachte ebenfalls.

Thomas betrat mit einem Tablett, auf dem sich drei Gläser mit frisch gepresstem Orangensaft, eine Schale mit kleinen Schokopralinen und ein Keksteller befanden, die Terrasse. Mit geübten Bewegungen platzierte er alles auf dem Tisch und lehnte das Tablett neben sich an das Tischbein. Dann nahm er wie selbstverständlich auf dem Stuhl neben Mel Platz, strich sich eine Locke hinter das Ohr und erhob sein Glas: „Wie schön, dass ihr vorbeigekommen seid." Dabei blieb sein Blick auf Mel liegen. Sie prosteten sich zu. Dann blickte er Jessie an. „Ich bin ja ganz begeistert, dass ihr Zwei euch endlich auf den September festgelegt habt." Er wandte sich erklärend an Mel. „Wir dachten schon, sie könnten sich wieder nicht auf ein Hochzeitsdatum einigen."

Jessie lachte. „Ja, nun wird es ernst. Wir haben uns für den 7. September entschieden und nehmen dich jetzt beim Wort. Wir brauchen deine ganzen Kapazitäten." Mel beobachtete Thomas, wie er aufmerksam Jessies Worten lauschte. Sein markantes Kinn verlieh seinem Profil Entschlossenheit. Sie stellte sich vor, wie er mit hoch konzentriertem Gesicht und absoluter Präzision an seinen Gerichten feilte. Dabei war er sicherlich vielmehr Künstler, der experimentierfreudig und feinfühlig neue Gerichte kreierte als technikorientierter Koch.

„Wir dachten, dass wir bei dir das Mittagessen einnehmen und dann zum Kaffeetrinken bei uns im Garten feiern. Wir werden überall kleine weiße Zeltpavillons aufstellen, in denen sich die runden Tische zum Essen befinden. Alles wird in cremigen Farben gedeckt sein und auf den Tischen werden weiße Rosensträuße mit Efeuranken stehen. Dazu werden wir der Wiese Kerzenständer mit Windlichtern verteilen, damit die gesamte Rasenfläche mit Fackeln eingerahmt wird." Mit wilden Bewegungen verlieh Jessie ihren Worten Gestalt. Ihre Augen sprühten förmlich vor Energie. Mel wagte einen Blick zu Thomas, der ebenso begeistert zu sein schien.

„Zum Kaffeetrinken hatte ich an ein Kuchenbuffet gedacht, das auf einem langen Tisch an der hinteren Grundstücksseite aufgebaut wird. In der Mitte soll die Hochzeitstorte stehen, die wir noch detailliert besprechen müssen, umrahmt von allen anderen Kuchen. Ich möchte gerne für jeden Geschmack etwas dabei haben, zumal wir an die zweihundert Gäste erwarten. Abends gibt es dann ein gesetztes Essen." Sie blickte vorsichtig zu Thomas herüber. „Wir hatten so an ein fünfgängiges Menu gedacht." Sein Gesicht zeigte keine Regung.

„Und was macht ihr, wenn es regnet?" fragte er lediglich.

„Falls es regnet, wird der Partyservice ein großes Zelt anstatt vieler kleiner Pavillons aufstellen und einen Zeltgang zum Haus dazu installieren. Dann kann jeder trockenen Fußes vom Zelt zum Haus gelangen. Übrigens bringt er auch die Tische, das Besteck und Geschirr mit." Sie blickte erwartungsvoll Thomas an. „Und, was meinst du? Ist das machbar, ich meine, wärest du mit unserem Plan einverstanden?"

Ohne Zögern nickte er. „Es ist mir eine Ehre, dass ich für eure Hochzeit koche. Aber ich werde mich auch als Gast amüsieren, das verspreche ich dir."

„Darauf habe ich sogar gewettet", lachte Jessie.

„Das hört sich alles fantastisch an." Mel war von Jessies Begeisterung angesteckt worden.

„Ich kann die ganze Szene sogar schon richtig vor meinen Augen sehen. Die hellen Tische mit den Rosensträußen, dazu Efeuranken, die jeden einzelnen Platz umrahmen, die lange Kuchentafel, wo zwischen den Kuchenplatten ebenso verwunschen die Efeuranken liegen. Daneben der ebenso mit Efeu eingerahmte Getränketisch. Der Bootssteg mit seinem von weißen Bändern eingefassten Geländer, dessen Rand mit Fackeln erleuchtet ist. An der unteren Seite der Wiese spielt eine Band romantische Lieder und die Gäste tanzen auf der Wiese dazu. Jessie schloss träumerisch die Augen, dann klatschte sie begeistert in die Hände. „Das ist einfach grandios, was du da beschreibst.

Daran hatte ich noch gar nicht gedacht, aber genauso machen wir es. Findest du nicht auch, Thomas?" Erwartungsvoll wartete sie auf seine Antwort.

„Es hört sich sehr gut an", antwortete er schlicht und ließ seinen Blick bewundernd auf Mel ruhen.

„Und was für Gerichte empfiehlst du mir für das Menu?" Jessie beugte sich neugierig zu Thomas herüber.

„Ich denke zum Nachtisch sollten wir auf jeden Fall das Champagnersoufflé anbieten. Außerdem können wir ein Himbeermousse reichen als nicht alkoholische Variante. Oder fällt dir ein besseres Dessert ein?" Bei dem Gedanken an sein Champagnersoufflé, das sie zum ersten Mal probiert hatte, als sie frisch in Christopher verliebt war, lächelte Jessie. „Dein Champagnersoufflé ist definitiv unschlagbar."

„Gut." Er lehnte sich zufrieden auf seinem Stuhl zurück. Seine Beine streckte er entspannt von sich. „Als Vorspeise finde ich irgendetwas mit Flusskrebsen schön, danach vielleicht eine leichte Suppe. Als Hauptgericht passt gut ein Wachtelgericht, gefolgt von einem kleinen Sorbet. Dann etwas mit Schweinemedaillons und schließlich das Dessert."

Triumphierend schaute Jessie Mel an. „Ich glaube, du verstehst nun, warum ich unbedingt Thomas für mein Hochzeitsessen gewinnen wollte, nicht wahr?"

Mel nickte zustimmend, traute sich aber nicht, ihn anzuschauen.

„Wenn es für dich ok ist, Jessie, dann überlege ich mir mit diesen Speisen konkrete Menüvorschläge, die wir dann im Detail diskutieren können."

„Ja, das wäre prima. Übrigens, hast du heute schon etwas vor? Wir haben einen Faulenzernachmittag am See geplant und wollen später am Abend grillen. Du bist herzlich eingeladen."

„Das ist echt verführerisch, mit euch den Nachmittag zu verbringen, aber ich erwarte noch eine kleine Gesellschaft, bei der ich leider anwesend sein muss. Aber zum Grillen komme ich sehr gerne vorbei. Soll ich etwas mitbringen?"

„Hm, wenn du so direkt fragst. Könntest du vielleicht deine selbst gemachte Barbecue Sauce mitbringen? Ich bin ihr wirklich verfallen."

„Kein Problem." Thomas verzog seinen Mund zu einem Grinsen und wandte sich an Mel: „Barbecue Sauce müsste man sein."

Mel lachte herzlich. Sie mochte Thomas' Humor.

„Thomas, sei mir bitte nicht böse, aber wir machen uns jetzt wohl lieber wieder auf den Weg. Schließlich hast du hier noch einiges zu tun", unterbrach Jessie.

„Ja, jetzt werde ich ein bisschen Gas geben, aber keine Sorge, das ist alles schnell unter Kontrolle gebracht. Wann soll ich denn heute Abend vorbei kommen?" erkundigte er sich, während sie durchs Restaurant zurück zur offenen Restauranttür gingen.

„Wir beginnen gegen sieben mit dem Grillen, aber komm doch einfach vorbei, sobald du hier fertig bist", schlug Jessie vor.

„Ok, das mache ich. Dann bis später." Mit diesen Worten beugte er sich zu Jessie hinunter und gab ihr einen Abschiedskuss auf die Wange. Als er sich zu Mel umwandte, schaute er ihr kurz in die Augen bevor er sich ebenso zu ihr hinunter beugte und sie zum Abschied leicht auf die Wange küsste. „Ich freu mich drauf", raunte er leise in ihr Ohr, worauf Mel leicht errötete.

Vorsichtig gingen Jessie und Mel den Weg zurück zum Haus. Anstatt die Haustür zu öffnen, schlug Jessie direkt den Weg zum Garten ein. Auf den beiden Sonnenliegen, die auf der unteren Wiesenhälfte standen, lagen Arno und Christopher in der Sonne. Jeder hatte sich eine Zeitung gegriffen und schien in seinen Teil vertieft zu sein.

„Wir sind zurück", flötete Jessie und riss die beiden damit aus ihrem Lesevergnügen.

Arno blickte auf seine Uhr. „Wir hatten schon gar nicht mehr mit euch gerechnet." Dann wanderte sein erstaunter Blick von Jessie zu Mel. „Was habt ihr denn bei Thomas getrunken, dass ihr so vergnügt zurückkommt?" Die Neugier stand ihm ins Gesicht geschrieben.

Jessie machte eine wegwerfende Handbewegung. „Das würde viel zu lange dauern, euch alles zu erzählen. Schließlich wollen wir noch schwimmen."

„Eine wunderbare Idee." Christopher sah sie über den Rand seiner Zeitung hinweg prüfend an. „Ich nehme an, dass ihr mit eurer Besprechung gut vorangekommen seid. Zumindest, wenn man euren Gesichtern Glauben schenken darf."

„Definitiv, Thomas und Mel sind einfach spitze. Beide hatten eine geniale Idee nach der anderen." Und mit einem Blick auf Arno fügte sie hinzu: „Eine sehr interessante Mischung." Ohne auf seine Reaktion zu warten, fuhr sie fort: „Wir sehen euch dann gleich." Und schon hatte sie sich umgedreht und ging mit Mel zurück zum Haus.

Mel schloss die Zimmertür hinter sich und dachte an Thomas. Was für ein charmanter Mann. Sie hatte sich in seiner Gegenwart wie eine richtige Frau gefühlt und freute sich darauf, ihn heute Abend wiederzusehen. Flink griff sie nach ihrem sonnengelben Bikini und zog sich rasch um. Dann warf sie sich ihr hauchzartes kurzes Strandkleid mit seinen weißen und gelben Blumen über. Mit geübten Bewegungen verteilte sie die Sonnencreme auf Arme und Beine und griff nach ihrer Sonnenbrille. Fröhlich schlenderte sie die Wiese hinunter, wo Arno und Christopher in den Liegestühlen lagen. Als sie die beiden erreichte, blickte Arno sie zunächst überrascht an, dann sprang er auf.

„Hier, die Liege ist für dich. Ich habe mir bereits die Luftmatratze aufgeblasen und mit weichen Kissen ausgestattet." Mel blickte ihn argwöhnisch an, aber er schien sie ausnahmsweise nicht auf den Arm zu nehmen.

„Danke", antwortete sie schlicht und legte sich auf die Sonnenliege. Genießerisch schloss sie die Augen, doch Arnos Stimme unterbrach sie. „Was hältst du von einer kleinen Bootsfahrt? Jetzt ist es noch richtig warm auf dem See."

Mel öffnete die Augen und wandte ihm langsam ihr Gesicht zu.

„Sagst du das jetzt nur, weil dir die Luftmatratze zu unbequem ist und du deine Entscheidung, mir die komfortable Liege zu überlassen bereits bereust, oder hast du wirklich Lust auf eine Bootsfahrt?"

„Also ehrlich, Mel", entrüstete sich Arno. „Du machst es einem wirklich schwer, nett zu dir zu sein."

„Ach ja?", erwiderte sie schnippisch. Doch der Tag war bisher so schön gewesen und sie hatte sich bei Thomas so wohl gefühlt, dass sie sich jetzt nicht von Arno provozieren lassen wollte.

„Gut, ich nehme dein Angebot an." Sie schwang ihre Beine von der Liege und steckte sie geschickt in ihre weißen Ballerina.

Elanvoll stand sie auf und baute sich vor Arno auf. „Los, Kleines." Arno schaute sie nachdenklich einen Moment von unten herauf an. Dann breitete sich ein breites Grinsen auf seinem Gesicht aus.

„Dann komm, Kleines."

Mel beobachtete, wie er aufstand. Sein leicht gebräunter Oberkörper passte perfekt zur hellblauen Badehose, die ihm im Bermudaschnitt bis zum halben Oberschenkel reichte. Schnell schlüpfte er in seine blauen Slipper und drehte sich zu Christopher um.

„Ich dreh mit Mel mal eine Runde auf dem See. Zum Kaffee sind wir aber wieder zurück."

„Kein Problem. Pass mir bloß auf Mel auf", rief Christopher zurück.

„Klar, mach ich", mit diesen Worten war Arno bereits zwei Schritte gegangen. Mel folgte ihm langsam. Wie schön, dass Arno ihr eine Bootsfahr angeboten hatte. Er hatte es also doch nicht vergessen. In ihrem Bauch kribbelte es vor Vorfreude. Am Bootssteg angekommen, kletterte Arno zuerst ins Boot, dann hielt er ihr seine Hand entgegen, um ihr beim Einstieg in das schwankende Ruderboot zu helfen. Dankbar legte Mel ihre Hand in seine, die sie fest umschloss. Arnos Hand ist kleiner als Thomas', durchfuhr es Mel, aber seine Hände elektrisierten sie. Seine langen Finger schlossen sich um ihre Hand und sie fühlte sich plötzlich berauscht. Schnell blinzelte Mel ein paar Mal, um sich wieder zu fangen und fast im gleichen Augenblick hatte Arno ihre Hand auch schon wieder losgelassen. Er nestelte an einer weißen Kordel, bis er deren Knoten endlich gelöst hatte und warf sie achtlos hinter sich ins Boot. Dann nahm er ihr gegenüber Platz und griff nach den Rudern, die seitlich auf dem Bootsrand lagen. Mit vorsichtigen Bewegungen ließ er sie ins Wasser gleiten und drückte sie mit einer präzisen Armbewegung von sich. Das Boot setzte sich langsam in Bewegung.

„So, jetzt rudern wir erst einmal dort drüben zum Seerosenteich, dann zur berüchtigten Insel unserer morgendlichen Turteltauben und danach gehts dort drüben am Haus von Jessies Eltern entlang wieder zurück."

„Danke, dass du die Bootsfahrt mit mir machst", erwiderte Mel leise.

„Kein Problem. Wenn du magst, dann kannst du auch ins Wasser springen."

Mel schüttelte verneinend den Kopf. „Ich denke, dass unternehme ich lieber vom Bootssteg aus. Jetzt genieße ich erst einmal, dass du mich über den See ruderst. Wer weiß, wann ich wieder einmal das Vergnügen habe", antwortete sie lachend.

„Das Vergnügen könntest du viel öfter haben, wenn du nicht immer...", Arno unterbrach sich, aber es war zu spät.

Mels Kopf fuhr aufmerksam zu ihm herum. „Wenn ich nicht immer was?" bohrte sie nach.

„Ach nichts, vergiss es einfach", wich Arno aus.

„Warum sagst du mir es nicht einfach, wir sind hier doch unter uns", forderte Mel ihn auf.

Er blickte sie an, wie sie in ihrem hellen Strandkleid vor ihm saß. Sie sah heute so beschwingt und fröhlich aus. Vielleicht war es gut, einmal in entspannter Stimmung anzusprechen, wie sehr er ihre unbeschwerte Freundschaft vermisste.

Arno atmete tief ein. „Ich meine, wenn du nicht immer so borstig zu mir wärst." So, jetzt war es raus.

Mel hatte das Gefühl, eine schallende Ohrfeige bekommen zu haben, zumindest fühlten sich seine Worte genauso an.

„Borstig?" fragte sie fassungslos. „Wann bitteschön bin ich denn borstig zu dir? Meinst du etwa, nachdem du mich wieder einmal lächerlich gemacht hast oder mich vor aller Welt als ekelhaften Geschäftspartner oder widerspenstigen Esel hingestellt hast? Hm, wann genau bin ich denn borstig zu dir?"

Arno spürte, wie Zorn in ihm aufstieg. Es war einfach unmöglich, mit Mel zu reden. „Jetzt zum Beispiel", antwortete er trotzig. Sie hatten fast die Seemitte erreicht und er legte die Ruder für einen Moment zur Seite.

„So, so. Und wie soll ich mich deiner Meinung nach jetzt verhalten. Soll ich mich dir vor die Füße werfen und flehen, bitte Arno, mach mich weiter schlecht?" Mel hatte sich leicht nach vorn gebeugt. Ihr ganzer Körper war nun angespannt.

„Quatsch. Aber man kann dir nichts recht machen, ich kann ja kaum mit dir reden und schon bist du wieder borstig. Sieh dich doch nur jetzt an." Sie öffnete ihren Mund, um etwas zu erwidern, aber er ließ sie erst gar nicht zu Wort kommen. „Ja, es hört sich vielleicht hart an, aber es ist so. Egal, was ich tue, immer werde ich von dir abgerieben. Ein neues Projekt ist nicht richtig, eine Deadline ist auch zu viel, ein Wochenende in den Bergen und dennoch hast du kein freundliches Wort für mich übrig."

Mel starrte ihn einen Augenblick fassungslos an. „Und warum hast du mich dann zu dieser Bootsfahrt eingeladen? Wolltest du mir mal so richtig die Meinung sagen?" Ihre Stimme klang gefährlich ruhig.

„Nein, das hatte ich eigentlich nicht vor, aber da sich das Thema jetzt nun mal ergeben hat, finde ich, solltest du meine Meinung wissen."

„Dann danke ich dir dafür, dass du mich endlich darüber aufgeklärt hast wie unausstehlich ich bin. Ich werde mich dir gegenüber bessern. Vielen Dank für die unvergessliche Bootsfahrt." Bei diesen Worten stand sie auf und streifte sich ihr Strandkleid über den Kopf. Arno beschlich ein ungutes Gefühl. Als er sah, wie sie achtlos ihre Sonnenbrille auf das bereits ausgezogene Kleid warf und auf die Sitzbank stieg, streckte er die Hand nach ihr aus.

„Mel, lass das. Jetzt sei doch nicht schon wieder eingeschnappt. Du kannst jetzt nicht einfach in den See springen, der ist viel zu kalt. Nun hab dich doch nicht so." Mel hörte nur zu gut Arnos unterdrückte Wut heraus. Er hatte überhaupt keine Ahnung, wie sehr er sie mit seinen Worten verletzt hatte. Gut, sie war nicht immer ausgeglichen, wenn er sie angriff, aber nun war er wirklich zu weit gegangen. Ohne ihn eines weiteren Blickes zu würdigen, sprang sie mit einem eleganten Sprung ins Wasser und tauchte erst einige Meter vom Boot entfernt wieder auf. Das Wasser war wirklich erschreckend kalt, aber es brachte Mel sofort zurück in die Wirklichkeit. Sie wollte weg von Arno und schwamm entschlossen Zug um Zug zum Bootssteg zurück. Sie spürte seine Blicke in ihrem Rücken, aber das war ihr egal. Ihre Wut nahm mit jedem Schwimmzug ab und machte einer tiefen Traurigkeit Platz. Wie hatte sie nur so naiv sein können, zu hoffen, dass sich vielleicht mehr zwischen ihr und Arno entwickeln könnte, wo er sie doch hauptsächlich als „borstig" empfand?

Arno starrte Mel ungläubig nach und schwankte zwischen Zorn und Hilflosigkeit. Verdammt, Mel hatte wieder einmal alles in den falschen Hals bekommen. Er hatte sie wirklich nur zu einer Bootsfahrt eingeladen und auf eine entspannte Stunde mit ihr gehofft. Stattdessen provozierte sie ihn so lange, bis er ihr seine Meinung sagte und dann flüchtete sie sich einfach in den See. Ihr war es wirklich verdammt egal, wie er sich fühlte. Immer nur ging es um sie und ihre Befindlichkeiten. Er stützte seinen Kopf resigniert in die Hände. Wie konnte Mel nur so verschiedene Gesichter haben? Letzte Nacht war sie so sanft und hilfsbedürftig gewesen und jetzt war sie wieder die eingeschnappte Furie. Es war wirklich zum Verrücktwerden mit ihr. Er rieb sich resigniert mit der Hand den Nacken. Besser er ruderte ebenfalls zurück, sonst würde Jessie einen Streit vermuten und ihm auch noch die Leviten lesen. Da ließ er es lieber als harmlose Schwimmeinlage aussehen, auch wenn er nicht schlechte Lust hatte, Mel mal gehörig den Hintern zu versohlen. Missmutig griff er nach den Rudern und lenkte das Boot in Richtung Bootssteg.

„Wow, Mel, das ist aber eine ganz schöne Leistung. Dein Kopfsprung sah toll aus." Jessie reichte ihr ein flauschiges Badetuch, das Mel dankbar um sich wickelte. Das Wasser war trotz der Sommersonne kalt gewesen und sie fröstelte. Dummerweise war ihre Sonnenbrille noch auf dem Boot bei Arno, daher hob sie ihre Hand leicht über die Augen und blinzelte Jessie an.

„Das Wasser war plötzlich so verführerisch, dass ich gar nicht anders konnte als hineinzuspringen. Arno wollte mich zwar noch davon abbringen, aber wie man sieht, ohne Erfolg." Sie blickte kurz zu Arno hinüber, der sich bereits dem Bootssteg näherte. „Darum musste er die Bootsfahrt alleine beenden."

Erleichtert atmete Jessie auf. Sie hatte schon Angst gehabt, dass sich die beiden auf dem See gestritten hatten, so plötzlich war Mel aufgestanden und ins Wasser gesprungen. Glücklicherweise hatte sie sich geirrt.

„Ich glaube, ich lege mich schon einmal in die Sonne", unterbrach Mel ihre Gedanken.

„Klar, ich helfe Arno nur schnell mit dem Vertäuen des Bootes." Und schon war Jessie die restlichen Meter zum Bootssteg gelaufen.

„Das ist aber nett, dass du mir hilfst." Arno wirkte irgendwie müde. „Mir springen die Frauen ja schon buchstäblich aus dem Boot", frotzelte er.

Jessie nickte mitfühlend. „Ja, Mel hat es mir bereits erzählt."

„So?" antwortete Arno fragend, wobei er Jessie scharf beobachtete.

„Ja, sie hat mir gestanden, dass sie der Versuchung des Wassers einfach nicht widerstehen konnte und sie dich armen Kerl einfach allein zurückgelassen hat." Arno nickte erleichtert. Wenigstens war in dieser Hinsicht auf Mel Verlass.

„Na ja, ich habe es ja überlebt. Hier, fang mal", rief er ihr zu und warf das kleine Seil in ihre Hände. Flink befestigte sie das Boot. Er vergewisserte sich, dass die Ruder gesichert waren, dann griff er nach Mels Strandkleid und Sonnenbrille. Für einen flüchtigen Moment stieg ihm Mels Duft in die Nase und das Bild von ihr in ihrem kurzen Seidennachthemd, wie sie mit offenem Haar vor ihm stand, erschien vor seinen Augen. Das war leider nur ein

Traum! Wie zum Beweis hielt er Mels Sachen in die Höhe. „Das ist der Rest einer romantischen Bootsfahrt."

Jessie drückte ihm aus Mitleid einen Kuss auf die Wange. „Na komm, was nicht ist, kann ja immer noch werden."

Gemeinsam gingen sie die Bergwiese hinauf. Mel hatte es sich bereits auf der Sonnenliege bequem gemacht und hielt die Augen geschlossen.

„Ich bringe dir deine Sachen zurück." Er wedelte mit dem Strandkleid und der Sonnenbrille vor Mels Gesicht.

Langsam öffnete sie die Augen und strahlte ihn zuckersüß an. „Das ist aber wirklich lieb von dir. Danke", flötete sie. Mit diesen Worten griff sie nach ihren Sachen, setzte sich sofort die Sonnenbrille auf und wandte ihren Kopf zur Seite, als ob sie weiter ungestört ein Sonnenbad nehmen würde.

„Kein Problem", entgegnete Arno überrascht. Fast war er erleichtert, dass Mel sich an ihr trotziges Versprechen, nett zu ihm sein zu wollen, hielt. Allerdings wurde er das Gefühl nicht los, dass ihm die widerspenstige Mel lieber gewesen war. Zumindest hatte sie sich dabei nie vor ihm verstellt. Missmutig legte er sich auf seine Luftmatratze und starrte schweigend auf den See.

Die Sonne verschwand gemächlich hinter den Bergkuppen. Der Himmel verfärbte sich in orangerot und ließ den See wie einen dunklen Saphir leuchten. Mel beobachtete fasziniert das Naturereignis, das sich direkt vor ihren Augen abspielte. Jeden Moment würde die Sonne ihre letzten hellen Strahlen über die Bergkuppen fließen lassen, bevor sie in einem roten Himmelsschein versinken würde. Leichter Wind kam auf und ließ Mel frösteln. In aller Stille verfärbte sich der Himmel in dunkles

Rot, das sich langsam vor dem immer dunkler werdenden Abendhimmel verflüchtigte.

„Ich werde mich jetzt umziehen, denn gleich kommt bestimmt schon Thomas vorbei", unterbrach Jessies Stimme die Stille.

„Gute Idee", stimmte ihr Mel zu. „Mir ist auch ziemlich kalt."

„Geht ihr beide doch schon mal vor, wir bauen hier draußen noch den Grill auf." Christopher schaute fragend Arno an, der zustimmend nickte.

„Geht klar." Er hatte ohnehin keine Lust, Mel möglicherweise alleine zu treffen. Vielleicht würde ihr Streit dann wieder aufflammen oder gar eskalieren. Für heute hatte er definitiv genug Streit mit ihr gehabt. Er drehte seinen Kopf herum und sah, wie Mel sich langsam erhob und ihre Sachen zusammenraffte. Ohne ihn eines Blickes zu würdigen schlenderte sie in wiegendem Schritt zum Haus. Wie gut, dass Thomas heute Abend zum Essen da sein würde. Das würde den Fokus von ihm und Mel ablenken und eine unbeschwerte Unterhaltung ermöglichen. Hoffentlich war sie wenigstens zu Thomas weniger schroff.

Christopher und Arno standen vor dem Grill, wo Christopher bereits eine leichte Glut der kleinen Kohlenstücke entfacht hatte, die sich nun langsam weiter ausbreitete. Mit ein wenig zusätzlicher Luft würde dies in wenigen Minuten der Fall sein. Arno bedachte ihn mit unermüdlichen Ratschlägen. Plötzlich richtete sich Christopher auf und baute sich in voller Größe vor seinem Freund auf. Sofort verstummte Arno und schaute Christopher abwartend an.

„So, Maestro, nun können Sie mir mal Ihr Können zeigen." Entschieden streckte er Arno den Blasebalg und die Zange entgegen.

Arno zuckte mit den Schultern. „So war das doch gar nicht gemeint. Ich finde eigentlich, dass du das gar nicht so schlecht machst."

„Danke, aber ich will jetzt wirklich von dir lernen, wie ich professionell diesen Grill anwerfe. Also, keine falsche Bescheidenheit." Und um seinen Worten mehr Gewicht zu verleihen, nickte er ungeduldig in Richtung Zange und Blasebalg. Zögernd griff Arno danach und bückte sich über die heiße Glut, während Christopher sich zu den beiden Frauen umdrehte und ihnen siegessicher zuzwinkerte. Mel deutete Applaus für Christopher an. Arno blies konzentriert Luft mit dem Blasebalg an die Kohlenstücke. Nach einigen Minuten drehte er sich strahlend zu seinem Freund um.

„Siehst du, so funktioniert das."

„Toll, ich bin begeistert. Dann kannst du das beim nächsten Mal ja von Anfang an machen", witzelte Christopher und schlug Arno freundschaftlich auf die Schulter. Der strich sich durchs Haar: „Ehrlich gesagt gefällt mir der Teil des besserwisserischen Statisten besser."

„Das kann ich mir denken." Christopher griff nach dem Grillrost, den er in der zweitobersten Grillschiene befestigte. Dann blickte er auf seine Armbanduhr.

„Das nenne ich perfektes Timing. Wenn Thomas gleich kommt, dann ist der Grill richtig heiß und wir können sofort mit dem Grillen beginnen."

„Und bis dahin genehmigen wir uns ein kühles Bier. Verdient haben wir es uns allemal. Komm, Chris." Arno war schon zwei Schritte in Richtung Tisch gegangen, bevor er sich wartend zu Christopher umdrehte, der ihm zustimmend folgte. Sichtlich mit sich zufrieden ließen sich beide in ihre Stühle fallen, die mit der Rückenlehne zum Haus standen. Vor ihnen lag leicht abschüssig der Garten im flackernden Licht der Fackeln, die Jessie vorsorglich in gebührendem Abstand vom Tisch um sie herum in den Rasen gesteckt hatte. Dazu hatte sie große Windlichter um den Tisch herum verteilt, damit sie genügend Licht hatten, denn die Außenlampen des Hauses reichten nicht aus, um diesen Teil des Gartens zu beleuchten. Mel vernahm eine Bewegung aus den Augenwinkeln und schaute hinüber zur Hausseite, wo gerade Thomas um die Ecke bog. Er trug eine weiße Jeans und dazu weißblaue Freizeit Sneakers, deren Blau perfekt zu seinem blauen Sweatshirt passte. Seine dunklen Locken waren noch leicht feucht. Wahrscheinlich hatte er sich vor kurzem erst geduscht. In der linken Hand trug er einen Korb, aus dem zwei Flaschenköpfe ragten. Entspannt, aber nicht desto weniger entschieden steuerte er auf die vier zu.

„Hallo zusammen." Lässig hob er einen Arm zum Gruß. „Dem Geruch nach zu schließen, komme ich genau richtig."

Christopher, Arno und Jessie waren fast gleichzeitig aufgesprungen und begrüßten Thomas herzlich. Langsam erhob sich auch Mel und lächelte ihm warm zu. Über die Köpfe der anderen hinweg trafen sich ihre Blicke. Er überreichte Jessie den Korb.

„Hier sind die bestellten Saucen. Ich habe sie sicherheitshalber in Flaschen abgefüllt. Du wolltest doch beide Varianten haben, richtig?"

„Eigentlich hatte ich nur an eine Sauce gedacht, denn das ist ja schon grandios", stammelte sie. "Aber beide Varianten sind absolut perfekt." Und mit etwas leiserer Stimme fügte sie hinzu: „So kannst du Mel definitiv von deinen Kochkünsten überzeugen."

Thomas zog fragend eine Augenbraue hoch, sagte aber nichts.

„Am besten, ich nehme die Saucen mit und du kannst dich zu den anderen gesellen."

„Das mache ich mit dem größten Vergnügen." Er trat an den Tisch, an dem Mel inzwischen alleine saß, da Christopher ins Haus gegangen war, um Getränke zu besorgen, und Arno Fleischstücke, Spieße und Würstchen auf die Grillroste legte.

„Ist der Platz neben dir noch frei?"

„Klar." Mel beobachtete, wie Thomas sich setzte. Sie konnte sein Aftershave riechen, das sie an kühles Wasser und stürmische Wellen denken ließ. Es passte zu ihm. Klar und dynamisch.

„Ich bin wahrscheinlich der letzte der hier anwesenden Männer, der dir dies sagt, aber du siehst toll aus."

Damit hatte Mel nicht gerechnet. Überrascht schaute sie ihn an.

„Danke", antwortete sie schlicht. Nein, er wiederholte gar nichts, denn weder Christopher noch Arno hatten überhaupt einen Kommentar zu ihrer Erscheinung abgegeben.

Thomas legte seinen Arm entspannt auf ihre Stuhllehne. Seine blauen Augen schauten sie interessiert an.

„Ich war heute Nachmittag von deinen Ideen zur Hochzeitsfeier ziemlich beeindruckt. War das spontan oder bist du vielleicht eine professionelle Hochzeitsplanerin?"

Mel lachte herzlich. Ihre glockenhelle Stimme hallte durch den Garten. Arno blickte überrascht auf. „Hochzeitsplanerin? Ich? Nein, ich bin keine Hochzeitsplanerin. Ich bin Innenarchitektin."

„Ach so, dann arbeitest du mit Chris und Arno zusammen?"

Mel nickte zustimmend.

„Ja, aber nur projektbezogen. Ich habe mein eigenes Architekturbüro. Da es sich in der Vergangenheit allerdings gezeigt hat, dass viele Kunden sich ihre Häuser besser möbliert vorstellen können, vervollständige ich manchmal Arnos und Christophers Entwürfe."

„Das hört sich wirklich spannend an. Und wie hat dir heute mein Restaurant gefallen?" Seine blauen Augen bohrten sich neugierig in die ihren.

Mel lächelte. „Es war schön und sehr gemütlich. Möchtest du denn etwas daran verändern?"

Er zuckte mit den Schultern. „Ich würde den Restaurantteil gerne neu gestalten. Im Moment ist es ein nettes Bergrestaurant, aber um mit den nationalen Sternerestaurants mithalten zu können, muss es exklusiver wirken. Allerdings weiß ich noch nicht genau, wie ich das umsetzen werde, und natürlich sollte es auch nicht zu teuer sein."

„Wenn du magst, dann kann ich morgen noch einmal vorbeischauen und mir ein paar Ideen überlegen", schlug Mel spontan vor.

„Echt? Das wäre super. Ich revanchiere mich sehr gerne mit einem Mittagessen, wenn du magst."

„Warum eigentlich nicht?"

„Versprochen?" Thomas hielt Mel seine Hand entgegen, in die sie lachend einschlug.

„Abgemacht." Thomas Hand hielt ihre Finger genau eine Sekunde länger umfangen als nötig und ein schelmisches Grinsen lag in seinen blauen Augen. Diese Augen mit den dunklen Locken und diesem durchtrainierten Körper waren eine äußerst gefährliche und sehr attraktive Mischung, schoss es Mel durch den Kopf.

Er griff nach seinem Bierglas und hob es hoch zum Toast.

„Auf ein schönes Wochenende hier am See."

Mel hatte ebenfalls ihr Glas ergriffen. „Darauf trinke ich gerne." Sanft stießen sie die Biergläser aneinander und tranken einen Schluck, ohne zu bemerken, wie sie von Arno beobachtet wurden.

„Ach ja, ein Schluck gekühltes Bier nach einem hektischen Arbeitstag tut wirklich gut." Thomas stellte das Glas zurück auf den Tisch.

„Hat denn noch alles geklappt?" erkundigte Mel sich neugierig.

„Ja, die Reisegruppe kam zwar etwas früher als erwartet und blieb länger als geplant und zudem kamen noch einige Touristen kurz vor Ende der Mittagszeit vorbei und bestanden darauf, ein volles Mittagsgericht zu bekommen. Aber Hauptsache, das Restaurant war gut gefüllt."

„Wie lange hast du das Restaurant denn schon?" Mel strich sich unbewusst eine Haarsträhne hinters Ohr.

„Ungefähr vier Jahre. Das Haus selbst hat früher meiner Großmutter gehört und war nur ein ganz normales Wohnhaus in den Bergen. Sie hat es mir, ihrem einzigen Enkel, vererbt, und ich habe es in ein Restaurant umgewandelt. Dabei habe ich versucht, den Charme des Hauses zu bewahren und dennoch ein taugliches Restaurant daraus zu machen."

„Das ist ein ungewöhnlicher Ort für ein Restaurant." Sie fügte rasch hinzu: „Bitte entschuldige, dass ich das so offen sage. Ich meine, es ist ein wunderschöner Ort hier, absolut bezaubernd. Aber doch auch ein wenig abgelegen."

Thomas strich Mel beruhigend über die Schulter. „Kein Problem. Du hast ja Recht. Ich hatte auch anfangs ziemlichen Respekt vor der Abgeschiedenheit, denn ein Restaurant muss sich rechnen, sonst helfen die besten Gerichte nichts. Aber damals hatte ich mich gerade von meiner Freundin getrennt und wollte eine grundlegende Veränderung. Da die langen Arbeitsstunden in der Hotelküche meine Beziehung auf dem Gewissen hatten, wollte ich mein eigenes Restaurant leiten, aber das Geld dafür hatte ich nicht. Das Haus meiner Großmutter war meine Chance, die ich kurz entschlossen genutzt habe."

„Und mit viel Erfolg, wie ich höre", versicherte Mel schnell.

„Ja, ganz manierlich, aber ich denke, richtig geschafft habe ich es erst, wenn ich meinen ersten Stern erkocht habe. Dann kommt das Publikum trotz längerer Anreise. Und dafür wäre dein Rat für die Umgestaltung des Restaurants sehr hilfreich." Verschmitzt lächelte er Mel an.

„So, hier sind nun die Getränke." Christopher stellte eine Kiste mit frisch gekühltem Bier neben den Tisch, dicht gefolgt von Jessie, die zwei große Salatschüsseln trug.

„Gemischter Salat und Kartoffelsalat", entschieden stellte sie beide Schüsseln in die Mitte des Tisches und setze sich erleichtert auf den Stuhl gegenüber von Thomas. Christopher drehte sich zu Arno um.

„Und wie schaut es bei dir aus? Die ersten Würstchen müssten eigentlich schon fertig sein."

„Sind sie ja auch. Ich hatte nur auf euch gewartet. Sekunde", dabei griff er zur Grillzange und legte fein säuberlich eine Wurst neben die andere auf die Servierplatte. Daneben fügte er einige Fleischspieße und kam dann mit ausholenden Schritten zum Tisch. Der Duft gegrillten Fleisches stieg Mel in die Nase. Sie liebte den leichten Kohlegeruch vermischt mit dem Rauch von Feuer und sog ihn tief ein. Thomas beobachtete sie aufmerksam von der Seite, während Arno mit der Fleischplatte zuerst zu Jessie und Christopher und dann zu Mel ging.

„Was hältst du von dem Würstchen da?" bot Arno Mel eine kleine Wurst mit verschrumpelter Pelle an.

„Die überlasse ich lieber dir. Ich nehme lieber diesen hier", dabei griff sie entschieden nach einem saftigen Fleischspieß. Thomas lachte schallend, worauf er einen wütenden Blick von Arno erntete.

„Sorry Arno, aber ich verzichte auch lieber und nehme dieses große Fleischstück."

„Kein Problem, ich muss eh wieder zurück zum Grill", antwortete Arno lapidar, doch bevor er sich umdrehte fragte Mel: „Du willst zum Grill ohne diese kleine wunderbare Wurst zu essen? Also ehrlich." Unschuldig griff sie nach ihrem Bierglas, doch um ihre Mundwinkel zuckte es verräterisch.

Arno kniff die Augen leicht zusammen. Was war nur los mit ihr? Sein Blick glitt zu Thomas, der ebenso sein Glas ergriffen hatte. Wollte Mel Thomas imponieren? Ohne eine Antwort drehte er sich um und ging zurück zum Grill, wo er sich demonstrativ ein großes Fleischstück auf den Teller legte.

„Könntest du mir bitte noch etwas von der Sauce herüberreichen?"

„Natürlich." Mel legte ihr Besteck zur Seite und gab Christopher die neben ihr stehende Sauce.

„Kann ich euch noch etwas von meiner Fleischplatte anbieten?" Arno zeigte stolz auf die gegrillten Spieße und Fleischstücke.

„Wenn du es so großzügig anbietest, dann greife ich gerne noch einmal zu", lachte Mel.

Arno schaute sie überrascht an, stand aber sofort auf und kam mit der gefüllten Platte zu ihr.

„Was hättest du denn gerne?"

Mel ließ ihren Blick über die duftenden Stücke gleiten. „Da du dir solche Mühe beim Grillen gemacht hast und sogar darauf verzichtet hast, die Wurst dort zu essen, werde ich es jetzt tun."

„Aber die ist doch mittlerweile eisig kalt. Warum nimmst du nicht lieber den Spieß hier?", fragte Arno verdutzt.

„Weil du sie doch extra für mich gegrillt hast, nicht wahr?" fragte Mel unschuldig und stach ihre Gabel bereits in die kleine Wurst, dessen erkaltete Pelle leicht knackte. Vorsichtig legte Mel sie auf ihren Teller, dann blickte sie arglos Arno an.

„Danke, Arno."

„Dann lass sie dir schmecken", antwortete er kurz und wandte sich Thomas zu, der sich sofort den heißen Fleischspieß aussuchte. Nachdem auch Jessie und Christopher sich bedient hatten, nahm Arno wieder Platz und lugte zu Mel hinüber. Sie schnitt anmutig ein Stück Wurst ab und schob es sich in den Mund. Dabei erweckte sie den Eindruck, als ob sie eine Delikatesse essen würde, wobei er ganz genau wusste, dass die kalte Wurst ihren Geschmack fast verloren hatte. So eine kleine Schlange.

Christopher schaute sich suchend um. „Ich glaube, ich habe gerade die letzte Flasche Bier getrunken. Ich hole am besten direkt Nachschub."

„Warte, ich helfe dir. Dann können wir auch gleich den richtigen Obstler für später aussuchen."

Jessie schüttelte lachend den Kopf. „Du und deine Obstler." Sie wandte sich an Mel: „Ich habe noch nie so eine große Ansammlung an Obstlern und Schnäpsen wie in Thomas Schränken gesehen."

Thomas zuckte entschuldigend mit den Schultern.

„In den Bergen lockt man halt niemanden mit einer Briefmarkensammlung hinter dem Ofen hervor", worauf alle in schallendes Gelächter ausbrachen. „Also Mel, wenn du mal Lust hast, meine Obstler Sammlung zu sehen, dann sag mir einfach Bescheid."

Lachend warf sie ihren Kopf zurück, wodurch ihre langen Ohrringe wild baumelten. „Abgemacht, ich sag dir dann Bescheid", feixte sie.

Jessie sah beiden Männern lachend hinterher, wie sie im Fackellicht durch den dunklen Garten gingen. Es war wirklich schön, dass sie sich alle so gut verstanden.

Arnos tiefe Stimme unterbrach Jessies Gedanken.

„Du scheinst dich ja köstlich zu amüsieren, Mel."

„Stimmt", antwortete sie leichthin, griff nach ihrem Bierglas, hielt dann kurz inne und blickte Arno direkt an.

„Stört es dich etwa?"

„Nein, ganz im Gegenteil. Ich frage mich nur, was dich in solch eine Stimmung versetzt."

Mel lachte kurz auf, dann beugte sie sich verschwörerisch vor. „Weil du es bist, verrate ich es dir gerne." Sie blickte kurz zum Haus, als ob sie sich vergewissern wollte, dass Christopher und Thomas sie nicht hören konnten.

Arno beugte sich ebenso neugierig näher zu Mel hinüber.

Mel senkte ihre Stimme zum Flüsterton: „Ein Bad im See vollbringt Wunder." Sie griff nach ihrem Bierglas, prostete ihm schweigend zu und trank einen Schluck. Das fröhliche Lachen war jedoch vollkommen aus ihren Augen verschwunden.

Arno schluckte, dann wurde er sich plötzlich Jessies Gegenwart bewusst und griff ebenso nach seinem Glas.

„Komm, Jessie, lass uns miteinander anstoßen, wenn Mel es vorzieht, auf meinem angeschlagenen Ego herumzutrampeln." Dabei grinste er Jessie etwas schief an.

„Dann lass uns schnell anstoßen", antwortete Jessie scherzend.

„Aber, aber, Arno, mein Schatz", mischte sich Mel von der anderen Tischseite in zuckersüßem Tonfall ein. „Wie kannst du so etwas auch nur denken? Sieh es doch von der positiven Seite. Dank dir und der Bootsfahrt bin ich doch erst auf die verlockende Idee gekommen, im See zu schwimmen, nicht wahr?"

Arnos Augen funkelten Mel zornig an. „Wenn ich dich so reden höre, dann bekomme ich direkt Lust, dich", Arno brach abrupt ab.

Blitzschnell beugte Mel sich zu ihm vor. „Mich was? Sag mir, worauf bekommst du Lust, wenn du mich so reden hörst?" Ihre Stimme klang gefährlich weich.

„Dir den Hintern zu versohlen." In seinen Worten klang unterdrückter Zorn, der durch Mels schallendes Gelächter noch angestachelt wurde.

Plötzlich wurde Mels Miene ernst, sie blickte kurz zur sprachlosen Jessie und hielt dann Arno ihr Glas entgegen: „Genug der Neckereien. Lass uns an so einem schönen Abend nicht streiten. Frieden?" Sie hob ihr Glas aufmunternd etwas höher. Mit einem kurzen Blick auf Jessie, ergriff auch Arno sein Glas und stieß widerwillig mit Mel an.

„Frieden."

Der Garten lag bereits in tiefem Schwarz, das nur durch die vereinzelten flackernden Fackeln erhellt wurde. Die Kerzen waren schon weit herunter gebrannt und das abnehmende Licht ließ sie ihre Gesichter nur noch erahnen. Mel strich sich frierend über die Arme.

„Es war ein toller Abend bei euch, aber ich mache mich jetzt auf den Heimweg. Morgen wartet ein harter Arbeitstag auf mich." Thomas stellte sein Glas auf den Tisch.

„Fährst du noch hinunter ins Dorf?" erkundigte sich Christopher. Thomas schüttelte verneinend den Kopf. „Nein, ich bleibe heute Nacht hier oben. Glücklicherweise habe ich endlich meine kleine Ausweichswohnung oben unter dem Dach eingerichtet. Soll ich euch noch kurz beim Aufräumen helfen?"

„Quatsch", entgegnete Jessie energisch. „Du hast schon die wunderbaren Saucen mitgebracht und das Geschirr ist im Handumdrehen verstaut. Der Rest kann ebenso bis morgen früh warten."

„Na dann." Thomas schob seinen Stuhl zurück und stand auf. Zuerst gab er Jessie einen Gute-Nacht-Kuss auf die Wange, dann umarmte er Christopher und Arno freundschaftlich, bevor er sich an Mel wandte. Im flackernden Licht schaute er auf sie hinunter. „Dann sehen wir uns morgen?" fragte er sanft.

„Ja", antwortete sie weich. „Ich komme nach dem Frühstück vorbei, versprochen."

„Ich freue mich darauf. Gute Nacht, Melanie", mit diesen Worten beugte er sich zu Mel hinunter und küsste sie sanft auf die Wange. „Ach Christopher, könntest du mir vielleicht eine Taschenlampe leihen? Ich habe meine leider im Restaurant liegen lassen."

„Klar, komm mit, ich gebe sie dir. Sie steht neben der Haustür."

Thomas griff nach seinem Korb und winkte allen noch einmal kurz zu, bevor er mit Christopher in Richtung Haus verschwand.

„Du triffst dich morgen mit Thomas?" Jessies Stimme platzte vor Neugier.

Mel war aufgestanden und begann konzentriert die Gläser auf das Tablett zu stellen. „Ja, er möchte sein Restaurant umgestalten und da habe ich ihm meinen Rat angeboten. Ich will mir die Räume morgen noch einmal kurz anschauen." Und nach einer kleine Pause fügte sie hinzu: „Als Dank hat er mich zum Mittagessen eingeladen." Ein Lächeln umspielte ihre Lippen.

„Du Glückliche", seufzte Jessie. „Thomas ist ein richtiger Gentleman, aber vor allem ein unschlagbarer Koch".

„Du weißt aber schon, dass wir morgen wieder nach München fahren müssen und ich keine Lust habe, in den Wochenendverkehr zu kommen."

„Du willst doch ohnehin erst am frühen Nachmittag fahren. Bis dahin bin ich auf jeden Fall wieder zurück. Keine Sorge." Sie wandte sich an Jessie: „Wäre es für euch ok, wenn ich morgen nach dem Frühstück zu Thomas gehe und erst nach dem Mittagessen wieder zurück bin? Ich weiß, dass das sehr unhöflich ist. Falls es dir nicht recht ist, verlege ich die Verabredung mit Thomas."

Jessie lachte Mels Bedenken einfach weg.

„So ein Unsinn, Thomas ist ein guter Freund und du sollst dieses Wochenende so genießen, wie du es möchtest. Es ist wirklich gar kein Problem."

„Das ist echt nett von dir", antwortete Mel dankbar.

Arno hatte sich wortlos von den beiden Frauen abgewandt und sicherte den Grill. Geräuschvoll räumte er seine Grillutensilien zusammen. Seine gute Laune war gänzlich verflogen. Was bildete sich Mel eigentlich ein? Sie machte sich über ihn am Tisch und vor Jessie lustig, dann flirtete sie den ganzen Abend ungeniert mit Thomas und verabredete sich sogar mit ihm. Sie wusste doch genau, wie höllisch der Verkehr am Sonntagabend auf dem Autobahnring um München war. Aber seine Bedenken waren ihr völlig egal. Warum konnte sie ihn nicht einmal so nett behandeln wie zum Beispiel Thomas? Aber nein, er bekam immer nur ihre Krallen zu spüren.

Schritte näherten sich. Missmutig blickte Arno auf. Aber es war nur Christopher, der entspannt auf ihn zukam.

„Danke, dass du hier schon alles zusammen geräumt hast. Das war echt ein netter Abend, meinst du nicht auch?"

„Ja". Arno legte geräuschvoll die Grillzange auf den Rost.

„Alles in Ordnung?"

Arno nickte. „Ja, alles bestens. Ich habe nur gerade erfahren, dass Mel sich morgen bei Thomas vergnügt, wodurch wir garantiert in den Wochenendverkehr gelangen."

Christopher konnte sich ein Lächeln nicht verkneifen. „Sie wird bestimmt rechtzeitig zurück sein, mach dir darüber keine Sorgen. Hast du noch Lust drinnen ein wenig zusammen zu sitzen?"

Arno schüttelte verstimmt den Kopf. „Ehrlich gesagt, bin ich ganz schön geschafft und gehe lieber schlafen."

„Klar, kein Problem."

Schweigend gingen beide mit Grillzangen und Fleischplatten bepackt zurück ins Haus.

Mit klopfendem Herzen trat Mel durch die offene Restauranttür in das Innere des Hauses. Wie am Vortag waren alle Tische akkurat eingedeckt und warteten auf hungrige Gäste. Sie schaute sich interessiert in dem gemütlichen Raum um. Er wirkte mit seinen nach traditioneller Art gespachtelten Wänden, den dunklen Holzbalken und Möbelstücken, die aus dem gleichen Holz geschnitzt waren, sehr authentisch und passte hervorragend in das alte Berghaus. Nein, an diesen Dingen sollte Thomas nichts ändern. Wenn er das Innere seines Restaurants aufwerten wollte, dann musste dies mit Details bewerkstelligt werden. Langsam näherte sie sich dem nächststehenden Tisch und schaute sich konzentriert das Besteck, die Servietten, die Gläser und den Tischschmuck an.

„Guten Morgen."

Sie wirbelte herum. Keine zwei Meter von ihr entfernt stand Thomas. Er trug entgegen ihrer Erwartungen keine Kochjacke, sondern eine Jeans und ein eng geschnittenes blauweiß kariertes

Hemd, dessen Ärmel bis zu den Ellbogen hochgekrempelt waren. In der einen Hand hielt er einen kleinen Block und Kugelschreiber. Er lächelte sie entspannt an. Wie sie so vor ihm stand mit ihrer sonnengelben Bluse, die ihre grazile Figur sanft umspielte, ihrer weißen engen Jeans und den gelben Ballerina erinnerte sie ihn an einen exotischen Schmetterling, der sich in eine ihm unbekannte Welt verirrt hatte und diese nun fasziniert zu ergründen suchte. Ihr Blick wanderte von einem Gegenstand zum anderen, und obwohl sie sich kaum bewegte, verströmte sie in ihrer ganzen Erscheinung unglaublich viel Energie. Mels leicht rauchige Stimme riss ihn aus seinen Gedanken.

„Guten Morgen. Entschuldige, ich habe dich gar nicht kommen hören."

„Das war mein Glück. Ich fand es faszinierend, dich zu beobachten."

Ein leichtes Lächeln umspielte ihren Mund. Langsam kam Thomas einen Schritt auf Mel zu.

„Ich meine, du hast dir so konzentriert den Raum angeschaut, dass ich das Gefühl hatte, du wärst in einer anderen Welt. Klingt komisch, wenn man es so ausspricht, nicht wahr?"

„Nein, ganz und gar nicht", antwortete Mel schnell. „Aber es stimmt, wenn ich mich mit einem Raum auseinandersetze, dann konzentriere ich mich nur darauf und vergesse alles andere um mich herum."

„Magst du dich setzen? Vielleicht auf die Terrasse?"

Mel winkte ab. „Ich würde lieber hier im Restaurant mit dir sitzen, dann kann ich besser nachdenken. Wobei ich zugeben muss, dass ich bereits einige Ideen habe."

„Wenn das so ist, dann setzen wir uns besser hier ins Restaurant." Thomas drehte sich leicht um und wies einladend auf einen Tisch, der sich in der Mitte des Restaurants befand.

„Gerne." Sie folgte Thomas, der ihr einen Stuhl zurecht zog und dann ihr gegenüber am Tisch Platz nahm. Nachdem er den Block auf die Tischdecke gelegt hatte, beugte er sich leicht vor und beobachtete Mel abwartend. Seine blauen Augen schauten sie gespannt an. Mel schien ihre Worte mit Bedacht zu wählen.

„Ich glaube, ich habe gute Neuigkeiten für dich. Der Restaurantraum ist fein so wie er ist. Ich mag die urigen und traditionell bearbeiteten Wände, das authentische dunkle Holz der Decken und Balken, die dazu passenden Tische und Stühle. Auch die kleinen weißen Gardinen an den Fenstern passen perfekt zum Ambiente und unterstreichen die Gemütlichkeit des Raumes." Sie machte eine bedeutungsschwere Pause und blickte Thomas lächelnd an. Seine Augen verfolgten jede ihrer Regungen aufmerksam, aber er sagte kein Wort.

„Ich denke, du könntest den Raum aufwerten, indem du dich auf die Details konzentrierst."

Kaum merklich zog er fragend eine Augenbraue hoch, sonst zeigte er keine Regung.

„Damit meine ich, dass du dort an der Eingangstür zum Beispiel einen kleinen Empfangstisch aufstellen könntest, an dem sich die Gäste erst registrieren. Das verleiht dem ganzen Essen direkt einen gehobenen Rahmen." Sie deutete mit ihrer Hand an die Wandstelle, wo im Moment ein Blumengesteck stand. „Dort könnte man den Gästen auch flauschige Erfrischungshandtücher anbieten, die sie dann in eine kleine bereitstehende Schale legen können, bevor sie zum Tisch begleitet werden. Der Tisch sollte auch vor der Bestellung durch zarte Weingläser, edles Besteck, elegante Teller, stilvolle Tischdeko und schwere gestärkte Tischdecken beeindrucken. Hierzu könntest du dir sogar überlegen, ob du ein Logo für dein Restaurant haben möchtest, das sich eventuell eingestickt auf den Servietten oder als Verzierung auf den Platztellern wiederfindet. Zur Abrundung dieses ersten Eindruckes bekommt dann jeder Gast eine vornehme Speisekarte gereicht. Diese muss auf jeden Fall aus dickem Papier bestehen, also mindestens 100 oder 120g Papier, und entweder professionell gedruckt oder künstlerisch und sehr korrekt mit der Hand geschrieben sein. Dabei kommen Spezialitäten, besondere Gerichte der Saison oder eine Tageskarte als zusätzliches Menüangebot sehr gut an. Und für alle Fälle solltest du einige Exemplare auch auf Englisch und Französisch übersetzen lassen. Am besten du investierst in ein professionelles Übersetzungsbüro, damit du keine böse Überraschung mit einer holprigen Übersetzung erlebst. Zudem könntest du dein so berühmtes Obstler Angebot irgendwo stilvoll platzieren. Vielleicht dort drüben an dem hölzernen Pfeiler. Von dort kann man die Flaschen wunderbar von jedem Platz im Restaurant sehen. Der Tisch oder die Kommode, die du dafür auswählst, sollte allerdings aus dem gleichen Holz wie der Rest des Raumes bestehen, damit die Harmonie des Gesamteindrucks nicht gestört wird. Dann könnten deine Obstler nicht nur ein netter Blickfang sein, sondern sogar deinen Umsatz erhöhen. Und dort neben der Verbindungstür ist ein wundervoller Platz, um dem Raum eine saisonale Dekoration und Abwechslung zu bescheren, z.B. durch ein Moosgesteck mit verschiedenen Pilzen, einem großen Osterstrauch mit handbemalten Straußeneiern, einem großen

Sommerblumenstrauß oder einem weihnachtlich geschmückten Tannenbaum. Diese Deko kann auch durch kleine Sträußchen, Kerzen oder Dekoelemente auf den Tischen aufgegriffen werden." Mel holte tief Luft und blickte Thomas neugierig an. Ob er ihre Vorschläge gut fand? Ein Blick in sein Gesicht ließ sie erleichtert aufatmen. In seinen tief blauen Augen las sie Bewunderung. Sein Mund hatte sich zu einem begeisterten Lächeln verzogen, so dass sie die vielen kleinen Lachfältchen um seine Augen wahrnahm.

„Du bist wirklich großartig, Melanie. Allein schon die Art und Weise, wie du deine Ideen beschreibst, lässt mich das Ergebnis erahnen. Wahnsinn." Er atmete tief ein und blickte sich langsam im Restaurant um, bevor er erneut Mel anschaute. „Ehrlich gesagt, bin ich ziemlich erleichtert, dass ich nicht alles verändern muss. Das wäre sonst vielleicht zu teuer gekommen. Mit deinen Vorschlägen kann ich prima leben und werde mich umgehend an deren Umsetzung machen. Und diese hier", dabei nickte er in Richtung der vor ihnen liegenden Gedecke, werde ich nur noch auf der Terrasse verwenden." Er nickte wie zur eigenen Bestätigung. „Ja, ich muss sagen, deine Ideen gefallen mir sehr gut." Unbewusst hatte er bereits zum Stift gegriffen.

„Entschuldige bitte, aber ich muss mir direkt einige Notizen machen, sonst sitze ich nachher oben in meinem Büro und kann mich nur noch daran erinnern, dass ich von deinen Ideen begeistert war, aber nicht mehr an deren genauen Inhalt."

„Klar, lass dir Zeit."

„Möchtest du etwas trinken? Vielleicht ein Glas Champagner, das hast du dir mit deinen grandiosen Ideen definitiv verdient."

„Ich weiß nicht so recht. Eigentlich schmeckt Champagner nicht wirklich, wenn man ihn alleine trinkt."

„In dem Fall, werde ich auch ein Glas trinken." Ohne auf eine weitere Reaktion Mels zu warten, rief er halblaut über die Schulter gewandt: „Claudia?"

Mel beobachtete ihn fasziniert. Er hatte nur dieses eine Wort gesprochen, doch darin hatte er nicht nur eine Frage formuliert, sondern ganz klar signalisiert, wer hier der Chef war. Schon näherte sich eine junge Frau in einem knielangen rosa Dirndl aus dem hinteren Teil des Restaurants und kam mit raschem Schritt auf sie zu.

„Ja, Thomas?" fragte sie eifrig. Thomas, der bereits Notizen in einer völlig unleserlichen Schrift auf seinen Block kritzelte, schaute auf.

„Könntest du uns bitte zwei Gläser Champagner bringen?"

Vor Überraschung riss Claudia ihre Augen auf, doch Thomas fuhr im Plauderton fort: „Darf ich dir bei dieser Gelegenheit Claudia vorstellen? Sie ist meine hervorragende Servicekraft und der Fels in der Brandung für die Mädels, wenn wir viele Gäste haben."

Mel nickte der jungen Frau freundlich zu und musste sich ein Lächeln verkneifen. Wenn Thomas wirklich ein Sternerestaurant haben wollte, dann sollte Claudia ihre Emotionen etwas weniger offen zeigen. Claudias blonder Pagenschnitt umspielte ihr längliches Gesicht mit großen braunen Augen, das sich nach Thomas' Lob gefährlich verfärbte. An der Stirn hatte sie eine Strähne geflochten, um den Kopf herum bis zum Hinterkopf gelegt und dort mit einer Klammer befestigt. Dadurch verlieh sie ihren strengen Gesichtszügen etwas Leichtigkeit, was Mel gefiel.

„Und dies, Claudia, ist Melanie. Sie ist eine sehr erfolgreiche Innenarchitektin in München, die mir gerade wundervolle Ratschläge gegeben hat, damit wir möglichst bald unser großes Projekt angehen können."

„Ah so. Ja, schön Sie kennenzulernen", stammelte Claudia überrascht. Die Röte in ihrem Gesicht wechselte in ein tomatenrot.

„Ich geh dann mal schnell den Champagner holen."

„Ja, bitte tu das. Vielen Dank", antwortete Thomas lächelnd. Als er sich vergewissert hatte, dass sie außer Hörweite war, beugte er sich verschwörerisch zu Mel hinüber und flüsterte: „Entschuldige, aber ich musste Claudia den Grund für den Champagner erzählen, sonst wärst du ab sofort auf unbestimmte Zeit das Gesprächsthema hier im Restaurant und mein Team wäre mit den Gedanken nicht bei der Arbeit." Er lächelte Mel entschuldigend an.

„Versteh ich doch. Außerdem war es sehr schmeichelnd, wie du mich vorgestellt hast." Sie strich sich eine Haarsträhne hinters Ohr, die sich aus ihrem Pferdeschwanz gelöst hatte.

„Das war keine Schmeichelei, Melanie. Du hast mir bereits den Beweis geliefert, wie professionell du bist." Die Ernsthaftigkeit in seiner tiefen Stimme ließ nun Mel gegen ihren Willen erröten. Sie war es einfach nicht mehr gewohnt, ein aufrichtiges Kompliment zu bekommen. Zu ihrer Erleichterung wechselte Thomas das Thema.

„Hast du schon ein wenig Hunger oder möchtest du lieber noch mit dem Mittagessen warten?"

„Ich habe heute Morgen auf Jessies Anraten extra wenig gefrühstückt. Daher überlasse ich ganz dir die Entscheidung, wann wir essen." Plötzlich verschwand das Funkeln aus ihren Augen und sie wurde ernst. Ihr Gesicht wirkte leicht genervt.

„Allerdings habe ich Arno versprechen müssen, dass ich nicht so spät zurück bin, da wir ja noch heute Nachmittag nach München zurück fahren." Sie verdrehte die Augen, bevor sie weitersprach. „Aus irgendeinem unerfindlichen Grund schreckt ihn der Wochenendverkehr um München herum extrem ab."

Thomas spontanes Lachen irritierte sie. Doch dann nickte er verständnisvoll. „Kein Problem. Dann beginnen wir jetzt einfach mit dem Mittagessen. Ich habe diesbezüglich sogar eine kleine Überraschung für dich."

„Eine Überraschung? Für mich? Du machst mich wirklich neugierig."

„Dann habe ich ja mein Ziel erreicht." Er schob seinen Stuhl zurück und stand auf. Schelmisch schaute er von oben auf sei herunter. „Möchtest du einen Blick in die Karte werfen oder vertraust du meiner Auswahl?"

„Welch eine Frage. Natürlich vertraue ich deiner Auswahl." Dabei legte Mel ihren Kopf leicht schief und strahlte Thomas an.

„Braves Mädchen", antwortete er trocken. „Ich bin sofort wieder zurück." Mit ausholenden Schritten ging er auf die kaum wahrnehmbare Holzschwingtür zu und verschwand sofort in der angrenzenden Restaurantküche. Fast gleichzeitig kehrte Claudia mit einem kleinen Silbertablett, das sie gekonnt auf ihrer Hand balancierte, zurück zum Tisch. Behutsam stellte sie die zwei gefüllten Champagnergläser auf den Tisch.

„So, bitteschön", meinte sie beflissentlich.

„Vielen Dank", erwiderte Mel höflich.

Claudia lächelte Mel kurz an und verschwand wieder in den hinteren Teil des Raumes, wo sie, den Geräuschen nach zu urteilen, die Champagnerflasche verstaute. Dann öffnete sich die Schwingtür und Thomas kehrte zu Mel zurück. Er fuhr sich mit der linken Hand durch seine großen dunkelbraunen Locken.

„So, alle Instruktionen sind verteilt. Und wie ich sehe, steht der Champagner auch schon bereit." Rasch setzte er sich erneut Mel gegenüber und griff nach dem Champagnerglas, das er Mel entgegen hielt.

„Vielen Dank für deine Tipps."

„Gern geschehen." Leise stießen sie die Gläser aneinander und tranken einen Schluck, wobei Thomas Mel nicht aus den Augen ließ. „Wunderbar. Ich muss gestehen, mir geht es wirklich ausgezeichnet. Es ist kaum Mittag, da trinke ich schon Champagner und warte auf ein garantiert köstliches Mittagessen mit einem wahren Gentleman."

„Du hast das eigens für dich kreierte Dessert vergessen", fügte Thomas hinzu.

„Es gibt ein eigens für mich kreiertes Dessert?" Sie starrte ihn ungläubig an.

Thomas strich sich mit der Hand übers Kinn. „Sagen wir es so, du hast mich zu diesem Dessert inspiriert und daher darfst du es auch als Erste kosten. Und wenn es den Test bestanden hat, dann werde ich es in mein Menü aufnehmen."

„Wow. Ich bin sprachlos. Ein durch mich inspiriertes Dessert." Ihre Augen funkelten vor Vergnügen. Ob sie sich ihrer Wirkung bewusst war, schoss es Thomas durch den Kopf.

„Ehrlich gesagt, bin ich jetzt wirklich stolz. So ein tolles Kompliment habe ich noch nie bekommen", gestand sie. Ihre

Ehrlichkeit rührte ihn. Nein, sie inszenierte sich nicht, um mit ihm zu flirten. Sie war einfach so. Was für eine Frau.

„Was ist es denn für ein Dessert?" Mels Frage riss ihn aus seinen Gedanken.

„Ein Beerentrifle mit Baiser Krone."

Mel nickte ernst. Auf ihrer Stirn bildeten sich Falten und sie dachte angestrengt nach. Dann schüttelte sie resigniert den Kopf. „Ich bin also ein Beerentrifle mit Baiser Krone, hm."

Thomas lachte herzlich auf. „Quatsch. Es waren eher folgende Attribute, die mich dazu inspiriert haben: sommerlich, abwechslungsreich, erfrischend, fruchtig leicht mit einer süßen sehr verführerischen Note."

Ihre Miene hellte sich auf. „Die Interpretation gefällt mir, auch wenn du mich richtig verlegen machst." Gedankenverloren strich sie sich eine nicht vorhandene Strähne aus dem Gesicht.

„Vielleicht kannst du es mir ja schriftlich geben, dann hänge ich mir diese wunderbare Beschreibung in einem großen Rahmen auf."

„Probiere es erst einmal, auch wenn ich dir diese Attribute jederzeit gerne wiederhole."

Ein Geräusch ließ ihren Blick zur Schwingtür gleiten, durch die Claudia mit zwei großen weißen Porzellantellern auf dem einen Arm balancierend und einen Brotkorb in der anderen Hand haltend auf sie zu kam. Zuerst platzierte sie den Brotkorb seitlich auf dem Tisch, dann trat sie hinter Mel und stellte den Teller vor ihr auf den Tisch, bevor sie dasselbe bei Thomas wiederholte. Zuletzt verschränkte sie schüchtern die Hände hinter dem Rücken.

„Gegrillte Languste an Mangomousse und Kresseschaum mit Zucchiniblüte."

Thomas nickte zufrieden und Claudia verschwand leise. Mel schloss die Augen und sog das Aroma aus Grillfeuer, reifer Mangos und der süßen Zucchiniblüte genießerisch ein.

„Das sieht nicht nur verführerisch aus, sondern riecht auch absolut atemberaubend." Sie strahlte Thomas bewundernd an. „Jessie hat wirklich nicht zu viel versprochen."

„So?" fragte er lediglich. Ein amüsiertes Lächeln umspielte seine Lippen.

„Sie meinte, ich sei ein wirklicher Glückspilz, da du heute für mich kochst. Und diesbezüglich stimme ich ihr aus vollstem Herzen zu."

„Dann lass es dir schmecken. Dieses Gericht ist Teil meines neuen Sommermenüs."

Vorsichtig spießte Mel ein Stück der Languste auf ihre Gabel, bevor sie diese in das daneben arrangierte Mangomousse tauchte und sich neugierig in den Mund schob. Das zarte Fleisch zerfloss mit der süßen Sauce praktisch auf der Zunge.

„Ein absolutes Gedicht."

„Danke", antworte Thomas schlicht, doch Mel sah, wie sehr er sich über ihr Kompliment freute. Er selbst aß das Gericht sehr konzentriert, so, als ob er sicher gehen wollte, dass es genauso geworden war, wie er es entworfen hatte.

„Bist du eigentlich zum ersten Mal hier oben?" fragte er plötzlich. Mel nickte bejahend. „Ja, ich arbeite mit Christopher und Arno zusammen, wobei ich hauptsächlich mit Arno die Projektarbeit abwickle. Und da die letzten Wochen ziemlich anstrengend waren, hatte Arno die Idee, mich für ein Wochenende mit hierher zu bringen."

„Eine wunderbare Idee", unterbrach Thomas sie zwinkernd.

Erst als sie den letzten Schaum ihres Cappuccinos getrunken hatte, schaute Mel verstohlen auf die Uhr. Es war unglaublich, wie schnell die Stunden vergangen waren. Sie musste sich beeilen, wollte sie nicht, dass Arno sauer auf sie war. Sie hatte die Zeit bei Thomas in vollen Zügen genossen. Und das Essen war köstlich gewesen. Es machte sie glücklich zu wissen, dass sie ihn zu einem außergewöhnlichen Dessert inspiriert hatte. Bedauernd schaute sie von ihrem Cappuccino auf und blickte direkt in Thomas' tiefblaue Augen.

„Es tut mir wirklich leid, aber ich muss los, sonst liest mir Arno bis München die Leviten. Und ich kann dir sagen, das ist eine Strafe." Sie lächelte entschuldigend.

„Das kann ich nicht verantworten. Es war toll, dass du vorbei gekommen bist und nicht nur wegen der wertvollen Tipps zu meiner Einrichtung." Bei diesen Worten war er aufgestanden.

„Mir hat es auch sehr gut gefallen." Vorsichtig schob sie ihren Stuhl zurück und stand ebenfalls auf. Dann folgte sie Thomas bis zur Restauranttür, wo er sie sanft zum Abschied küsste.

„Ich würde mich wirklich freuen, dich wiederzusehen."

„Ja, das wäre schön", gab Mel zu und schenkte ihm ein warmes Lächeln, bevor sie sich umdrehte und den kleinen Vorplatz überquerte. Ihr Pferdeschwanz wippte fröhlich. Als sie das Gartentor erreichte, drehte sie sich noch einmal um und winkte Thomas zu, der lässig in der Tür lehnte und ihr lächelnd zuwinkte.

Christophers Haus lag friedlich vor ihr. Von Arno war nichts zu sehen und auch sein Auto stand noch unberührt dort, wo er es am Freitag abgestellt hatte. Schnell drückte sie die Klingel. Eilige Schritte näherten sich, dann öffnete Jessie die Tür.

„Hallo Mel. Wie schön, dass du zurück bist." Und etwas leiser fügte sie hinzu: „Und? Wie wars?"

Mel verzog ihren Mund zu einem glücklichen Lachen. „Es war einfach traumhaft. Du hattest recht, Jessie, Thomas ist ein begnadeter Koch."

„Nicht wahr?" In Jessies Stimme klang Stolz.

„So, hast du dich endlich von Thomas losgeeist. Sehr schön." Arnos tiefe Stimme holte sie unbarmherzig in die Realität zurück. Mit säuerlichem Gesicht stand er in der Wohnzimmertür.

„Hallo, Arno", antwortete Mel zuckersüß. „Danke, mir geht es gut und das Essen war traumhaft."

Überrascht blieb Arno stehen und kniff langsam die Augen zusammen. Unbeirrt fuhr Mel in flötendem Ton fort: „Und wie du siehst, bin ich pünktlich zurück, damit wir beide ganz schnell nach München fahren und in keinen Stau kommen. Ich hole nur noch mein Gepäck, und dann verabschiede ich mich von unseren Gastgebern, wenn es dir recht ist." Ohne ihn eines weiteren Blickes zu würdigen, drängte sie sich neben ihm her ins Wohnzimmer, wobei ihr blumiges Parfum ihn umwirbelte. Überrascht starrte er hinter ihr her, wie sie gut gelaunt und mit wippendem Pferdeschwanz das Wohnzimmer durchquerte und hinter der Tür zu den Gästezimmern verschwand.

„Was ist denn mit der los? Vielleicht sollte ich bei Thomas anrufen und fragen, was er ihr in den Kaffee geschüttet hat."

„Komm schon, Arno. Es ist doch toll, wenn es ihr bei Thomas gefallen hat und sie gut gelaunt ist", versuchte Christopher Arno zu beruhigen.

„Da bin ich aber mal gespannt, wie lange das anhält", erwiderte Arno barsch.

Jessie rollte hinter Arnos Rücken mit den Augen.

„Seid mir nicht böse, aber ich verstaue das hier lieber schon mal im Kofferraum". Energisch griff er nach seiner Reisetasche und trug sie mit bestimmtem Schritt hinaus zum Auto.

„Ich glaube, ich helfe Mel beim Tragen", wandte sich Christopher leise an Jessie, die zustimmend nickte.

„Ja, tu das." Arme Mel, das würde sicherlich keine sehr angenehme Fahrt mit Arno. Den ganzen Vormittag war er schon so schlecht gelaunt gewesen und hatte fast jede Stunde darauf verwiesen, wie unmöglich er es von Mel fand, sich einfach mit Thomas zu verabreden. Hinter sich hörte sie Christophers über etwas, das Mel erzählte, lachen. Neugierig drehte Jessie sich um. Mel kam lächelnd auf sie zu. Sie wirkte so entspannt und energiegeladen. Schade, dass das Wochenende schon vorbei war. Dann stand Mel vor Jessie und umarmte sie herzlich.

„Vielen Dank für eure Gastfreundschaft. Es war ein wunderschönes Wochenende.".

„Es war so schön, dass du uns hier besucht hast, und vielleicht können wir das ein anderes Mal wiederholen?"

Mel atmete erleichtert auf. „Ja, das wäre toll. Vielen Dank nochmal für alles."

„Ich wünsche euch jetzt vor allem eine staufreie Heimfahrt."

Mel lachte laut auf. „Oh ja, das wäre wirklich toll." Dann ging sie langsam zum Auto, wo sie sich ebenso von Christopher verabschiedete. Als sie die Beifahrertür hinter sich zuschlug, startete Arno bereits den Motor. Schnell kurbelte Mel das Fenster herunter und winkte Jessie und Christopher zu. Mels Blick flog den Hang hinauf zu Thomas' Restaurant. Ja, es wäre wirklich schön, hierher zurück zu kommen.

Arnos Stimmung war auf dem Tiefpunkt. Er war stinksauer auf Mel, vor allem, da sie seine Stimmung absolut kalt zu lassen schien. Wie konnte man nur so ignorant gegenüber einem Freund sein? Und dann hatte sie dieses zufriedene Lächeln im Gesicht. Was hatte Thomas zu ihr gesagt, dass sie solch einen träumerischen Blick hinauf zu seinem Restaurant warf? Ach, es sollte ihm egal sein. Die Idee, Mel mit hierher zu bringen, war eine absolute Schnapsidee gewesen und das Wochenende aus seiner Sicht ein echter Reinfall. Schweigend saßen sie nebeneinander im Auto, während Arno missmutig vor sich auf die Straße starrte und rasant auf die Autobahn auffuhr. Tief in Gedanken versunken blickte Mel aus dem Fenster und ließ die Stunden bei Thomas vor ihrem inneren Auge noch einmal Revue passieren. Sie wollte von diesen Stunden nicht ein einziges Detail vergessen, damit sie jede ihrer Erinnerungen hervor holen konnte, wann immer sie ein wenig Aufmunterung benötigte. Sie warf einen kurzen Seitenblick auf Arno, der schweigend über die Autobahn raste und wandte sich wieder ab.

Kaum zwei Stunden später hielt Arno mit quietschenden Reifen vor dem Haus, in dessen obersten Stockwerk sich ihre Wohnung befand.

„Da sind wir", meinte er schlicht. Erst dann drehte er sich zu ihr um.

„Ja, da sind wir", wiederholte Mel nachdenklich und öffnete ohne ein weiteres Wort die Autotür. Sie hatte bereits den Kofferraum geöffnet, als Arno neben sie trat.

„Warte, ich helfe dir mit deiner Reisetasche."

Schweigend wartete sie, bis Arno ihre Reisetasche auf dem Bürgersteig abgestellt hatte. Dann trat sie auf ihn zu und hauchte ihm einen sanften Kuss auf die Wange.

„Danke, dass du mich mit zu Christopher in die Berge genommen hast. Mach's gut." Ohne auf seine Reaktion zu warten, griff sie sich ihre Reisetasche und verschwand im Hausflur. Arno blickte ihr sprachlos vor Überraschung hinterher. Er hatte mit allem gerechnet, aber nicht mit so einer Verabschiedung. Was war nur mit ihr los? Hatte sie sich etwa in Thomas verliebt? Bei diesem Gedanken spürte er einen unerklärlichen Stich in der Magengegend und setzte sich langsam wieder hinter das Lenkrad. Was für ein verrücktes Wochenende. Resigniert schüttelte er den Kopf. Es wurde Zeit, dass die Arbeitswoche begann. Mit laut aufheulendem Motor fuhr er an und lenkte seinen Wagen auf kürzestem Weg zu seiner Wohnung.

5

Mel schloss müde die Augen und drehte langsam ihren Kopf nach erst links, dann nach rechts, um die steife Nackenmuskulatur zu strecken. Gähnend griff sie nach der nächsten Farbpalette, die vor ihr auf dem Schreibtisch lag. Der helle Grauton, den sie ausgesucht hatte, würde hervorragend zu den roten Ledersofas mit ihren klaren Konturen passen. Sie sah die großen luftigen

Büroräume bereits vor ihrem Auge. Die roten Sofas bildeten den Blickfang, umrahmt von Schreibtischen aus dunkelgrauem Stahl und hellgrauen Lederstühlen. Die Fenster- und Türrahmen bildeten mit einem hellen Grau einen luftigen Gegensatz und verliehen dem Rahmen eine zaghafte Leichtigkeit. Schließlich handelte es sich um ein kreatives Büro, in dem sich neue Ideen frei entwickeln sollten. Daher hatte sie für die Wände ein dunkles Weiß mit nur einem Hauch von Grau gewählt, wodurch das Büro hell und ruhig wirkte. Die Kraft der roten Farbe sollte in den Gemälden an den Wänden ungebändigt zum Ausdruck kommen und den Mitarbeitern Mut verleihen, eigene Ideen hervorzubringen. Mel öffnete die Augen und blickte vor sich auf die große Skizze des Konferenzraumes, die sie gerade beendet hatte. In dessen Mitte thronte der große rote Holztisch, der als Konferenztisch diente und von zehn dunkelgrauen Lederstühlen umrankt war, deren hohe Lehnen sie an treue Soldaten erinnerte. Sie schmunzelte. Warum eigentlich nicht? War es nicht der Traum eines jeden Chefs, dass sich seine Mitarbeiter treu um ihn ringten und die Ideen und Produkte des Unternehmens mutig verteidigten? Die Gemälde an der Wand strotzten mit den verschiedenen Rottönen nur so voller Energie. Mel hatte besonderen Wert darauf gelegt, viele verschiedene Nuancen zu verwenden, schließlich sollten die Räume ja etwas Positives ausdrücken. Unschlüssig biss sie sich auf die Unterlippe. Was, wenn der Kunde rot hasste? Langsam fuhr sie mit ihrem Finger über die Zeichnung und blätterte unschlüssig von einer Skizze zur nächsten. Dann nickte sie zufrieden. Ja, sie könnte das gesamte Mobiliar auch in Blau- und Grautönen halten und als weitere Variante vorbereiten. Wenn sie große Vasen oder Blumenkübel mit lebenden Pflanzen verteilte, dann wirkten die Räume etwas lebendiger und wärmer. Schnell griff sie zu ihrem Kohlestift und ließ ihre Hand über das Papier fliegen, bis drei bodenlange Vasen mit großen Blumenranken in den zwei bisher leeren Ecken neben den Fenstern sowie an der Wand neben der Tür zu sehen waren. Dann wählte sie behutsam einen hellgrünen Kohlestift aus und hauchte den gezeichneten Pflanzen Leben ein. Sanft strich sie vom Blattinneren die Farbe zu den Blatträndern und schrak heftig zusammen, als ihr Telefon klingelte. Ihr Herz raste. Ein Blick auf die kleine silberne Tischuhr, deren oberer Rand hinter den Skizzenblättern hervorlugte, bestätigte ihr, dass es bereits kurz vor Mitternacht war. Ungeduldig schob sie die Zeichnungen zur Seite. Die Klingelmelodie ihres Handys war inzwischen zu einem lauten Crescendo angeschwollen. Sie sollte diese Melodie wirklich ändern, das war ja nicht zum Aushalten. Leicht genervt griff Mel neben sich und zog das kleine weiße Gerät mit dem grün blinkenden Display unter den Sofastoffen hervor. In grellen Ziffern las sie Arnos Namen. Typisch, wann hatte er jemals ihre Nachtruhe respektiert? Mel atmete tief ein und drückte auf den Annahmeknopf.

„Hallo Arno."

„Hallo, meine Süße. Wie gut, dass du endlich dran gehst. Ich hatte schon Angst, du würdest bereits schlafen."

„Ich wünschte, ich würde das", antwortete Mel barsch.

„Bist du krank?" Arnos Stimme klang besorgt.

Mel schloss die Augen und atmete tief ein. Ein leises Kribbeln lief ihr über den Rücken. Es tat so gut, Arnos Besorgnis zu hören. Vielleicht bereute er ja sein unmögliches Verhalten von vor zwei Wochen bei Christopher. Sanft schüttelte sie den Kopf.

„Nein, ich bin nur etwas müde, es war ein langer Tag."

„Ach so", antwortete Arno erleichtert. „Ich hatte schon gerade einen Schreck bekommen, denn wir haben einen unerwarteten Termin übermorgen und ich brauche morgen deine volle Tatkraft."

Mel war im Bruchteil einer Sekunde in die Realität zurückgeholt worden. Wie konnte sie nur annehmen, dass Arno sich um sie sorgte, schalt sie sich. Es ging ihm lediglich um die Arbeit, immer nur um die Arbeit. Als Person war sie ihm doch viel zu borstig, ja borstig. Genau so hatte er sich ausgedrückt. Wie hatte sie das bloß vergessen können?

„Was ist es denn diesmal?" Sie wusste nicht, wie sie es schaffte, aber ihr Ton klang ruhig und geschäftlich.

„Ich habe gerade einen Anruf von unserem Lieblingskunden erhalten. Er muss kommende Woche leider in die Staaten."

„Aber da war doch unsere Abschlusspräsentation geplant. Ich habe heute den ganzen Tag an seinen Entwürfen gearbeitet", fiel ihm Mel ins Wort.

„Umso besser. Er hat die Präsentation nämlich bereits auf übermorgen vorgezogen."

„Übermorgen?" entfuhr es Mel entsetzt. „Wir haben doch noch gar nicht angefangen mit der Präsentation. Das geht nicht!"

„Geht nicht, gibt es nicht, schon vergessen, Sportsfreund?" Arnos Stimme klang entschieden. Mel kannte diesen Ton, der keinen Widerspruch duldete. Unbeirrt fuhr er bereits fort: „Und da wir in der Tat einen Riesenhaufen Arbeit vor uns haben, habe ich mir überlegt, dass du morgen früh um acht zu mir kommst und wir dann bei mir ungestört daran arbeiten. Weder in deinem noch in meinem Büro haben wir dafür die nötige Ruhe."

Mel nickte resigniert. Mit ihrem Finger tippte sie in hektischem Rhythmus auf die Tischplatte. „Gut, dann komme ich morgen früh zu dir."

„Prima", Arno klang erleichtert. „Und nun geh schön ins Bett und träum von mir."

„Lieber nicht", entfuhr es Mel spontan.

„Vielleicht überlegst du es dir ja noch mal, du hast ja keine Ahnung, was dir entgeht." Arno lachte herzlich in den Hörer und legte ohne ein weiteres Wort auf.

Ungläubig starrte Mel auf das Handydisplay. Hatte das Arno gerade wirklich zu ihr gesagt, oder hatte sie es sich etwa eingebildet? Traurig wanderten ihre Gedanken zurück an das Wochenende in den Bergen. Mit wieviel Hoffnung war sie dorthin gefahren. Und am Ende hatte sie gar nichts erreicht. Sie hatten sich gestritten wie immer und auf der Rückfahrt hatten sie sich angeschwiegen. Somit hatte sie ihre Antwort erhalten, auch wenn sie sich einen anderen Verlauf der Ereignisse sehnlichst gewünscht hatte. Arno und sie waren Geschäftspartner und mehr nicht. Energisch ignorierte sie das schmerzliche Ziehen in der Magengegend und ließ das Handy zurück in ihre Tasche gleiten. Arno hatte anscheinend beschlossen, ihren Streit in den Bergen zu vergessen und sich mit ihr nur noch auf der Geschäftsebene zu beschäftigen. Wenn es das war, was er wollte, dann würde sie es ebenso tun. Schließlich brauchte sie die Zusammenarbeit mit ihm für ihren eigenen Erfolg. Müde stand sie auf. Mit einer Sache hatte Arno allerdings Recht, es war wirklich höchste Zeit, dass sie ins Bett ging, wenn sie morgen ausgeschlafen sein wollte.

Gut gelaunt schlenderte Arno zum Kühlschrank. Es war wirklich zu schade, dass er Mels Gesicht nicht hatte sehen können. Dabei konnte er sich genau ihren verdutzten Gesichtsausdruck vorstellen, mit den leicht gerunzelten Augenbrauen und aufgerissenen Augen hatte sie bestimmt vor sich geschaut und entweder mit dem Fuß gewippt oder mit dem Stift gespielt, den sie in solchen Situationen immer unbewusst um ihre Finger tänzeln ließ. Nur zu gern hätte er ihre Gedanken gelesen, aber das war leider bei Mel nie möglich. Ob sie wohl von ihm träumen würde? Arno ertappte sich dabei, dass ihm dieser Gedanke gefiel, doch wenn sie ihn in ihren Träumen malträtierte und beschimpfte, dann war das vielleicht keine gute Idee. Er öffnete den Kühlschrank und griff zielsicher nach einer gekühlten Flasche Bier. Lässig drückte er die Kühlschranktür mit dem Fuß zu und griff automatisch nach dem Flaschenöffner, der vor ihm auf der Anrichte lag. Gekonnt schnippte er den Kronkorken in die Spüle. Dann trank er einen großen Schluck und genoss es, wie das kalte Bier seine Kehle hinunterrann. Heiße Mel und kühles Bier, welch eine Kombination, schoss es ihm durch den Kopf. Sein Mund verzog sich zu einem schiefen Grinsen. Es musste doch viel eher eisige Mel und kühles Bier heißen, auch wenn er sich sicher war, dass unter der eisglatten Schicht ein Vulkan tobte. Aber falls den jemals jemand zu Gesicht bekommen würde, er würde es definitiv nicht sein. Schade eigentlich. Er fuhr sich mit der Hand durchs Haar. Ach, es war wie es war. Resigniert zuckte er mit den Achseln, löschte das Licht und kehrte mit seinem Bier zurück ins Wohnzimmer, wo er sich auf seine Couch fallenließ und den Rest der Nachrichten im Fernsehen anschaute.

Wieso redete ihr der Typ so fröhlich ins Ohr? Mel drehte sich auf die andere Seite, aber sie wurde ihn nicht los. Verzweifelt rutschte sie tiefer unter die Bettdecke, aber ohne Erfolg. Schließlich ergab sie sich und öffnete langsam ein Auge, bevor sie blinzelnd zu ihrem Wecker schielte. Mit entschlossener Kraft zog sie ihren Arm unter der Bettdecke hervor und schlug unbarmherzig auf die Wecktaste, die an der Oberkante ihres Weckers hervorstand. Ruhe. Endlich. Erleichtert schloss sie die Augen. Sie hatte fünf Minuten Frieden. Fünf lange Minuten, um wach zu werden, bevor der Radiosprecher sie erneut mit seiner guten Laune aus dem Bett drängen würde. Oh Mann, was für ein Tag. Wenigstens konnte sie behaupten, sie sei von einem Mann geweckt worden. Mel zog die Decke resigniert über den Kopf. So weit war es also schon gekommen! Sie musste sich nun schon mit einem anonymen Radiosprecher begnügen. Das konnte es doch nicht gewesen sein. Sie musste ihr Leben ändern, dringend. Und das würde sie auch tun, schwor sie sich. Gleich nach diesem Projekt würde sie sich verabreden, ausgehen und Männer kennenlernen. Schließlich war sie in ihren besten Jahren, und wenn sie jemals eine Familie gründen wollte, dann konnte sie nicht ewig auf Arnos Liebe warten. Aber erst musste sie dieses Projekt beenden und zu Arno. Sie riss die Augen auf. Sie ging zu Arno. Zum Arbeiten. Wie lange hatte sie gehofft, dass aus ihnen mehr werden könnte als nur Geschäftsfreunde. Acht, neun Jahre? Melanie, du Schaf. Arno ist Vergangenheit, du musst deine Zukunft angehen. Wie zur eigenen Bestätigung nickte sie und schlug die Bettdecke energisch zurück. Genau in dem Moment schlug ihr erneut „Guten Morgen München, hier ist die ultimativste Sendung, um einen wunderschönen Tag zu beginnen", entgegen. Lächelnd drehte sie sich zur Seite und schlug lässig auf die Wecktaste. Dann warf sie ihrem Wecker eine Kusshand zu. „Danke, mein Schatz, ich wünsche dir auch einen schönen Tag."

Er hatte sich heute Morgen ziemlich beeilt. Mel war die Pünktlichkeit in Person und er hatte keine Lust, ihr unrasiert, oder schlimmer noch, nicht vollständig angezogen die Tür zu öffnen. Zufrieden schaute er sich um. Die Wohnung war aufgeräumt und sauber. Er dankte seinem Kunden, dass er erst nach dem wöchentlichen Besuch seiner Putzfrau angerufen hatte. Das vereinfachte es ungemein, Mel kurzfristig in seine Wohnung zu bestellen. Gut gelaunt schaltete er die Kaffeemaschine ein und genoss das Summen des Geräts, als es die Kaffeebohnen für einen Cappuccino mahlte. Ein kurzes durchdringendes Klingeln unterbrach ihn. Auch wenn er Mel nicht erwartete, hätte er gewusst, dass sie es war. Niemand sonst drückte so kurz und präzise auf seine Klingel wie sie. Mit ausholenden Schritten durchquerte er den Flur und drückte auf den Türöffner, zog die Wohnungstür weit auf und lehnte sich entspannt gegen den Türrahmen. Seine Hände steckten locker in den Gesäßtaschen. Er lauschte Mels Absätzen, die in einem flüssigen, aber bestimmten Stakkato auf den Fliesen klapperten. Neugierig schaute er zum Treppenabsatz, wo sie jeden Moment zu sehen sein würde. Hoffentlich war sie heute gut gelaunt. Es wäre so schön, wenn sie wieder so harmonisch wie früher zusammen arbeiten könnten. Überrascht stellte Arno fest, dass er die gemeinsame Zeit mit Mel wirklich vermisste. Seine Gedanken wurden jäh unterbrochen, als Mels dunkler Schopf zum Vorschein kam. Sie hatte ihre langen Haare zu einem luftigen Pferdeschwanz zusammengebunden, der bei jedem ihrer Schritte fröhlich wippte. Unter dem einen Arm klemmten vier große Papprollen, in denen sie ihre Skizzen transportierte. In der anderen Hand trug sie ihre Laptoptasche und über der Schulter hing ihre Aktentasche, die schwer zu sein schien, denn Mels Schulter reckte sich krampfhaft in die Höhe. Meine Güte, warum musste diese kleine Person sich immer so schwer beladen! Mit drei großen Schritten war Arno bei ihr und griff energisch mit einer Hand nach der Laptoptasche, während er mit der anderen die Aktentasche von Mels Schulter streifte und sich selbst umhängte.

„Danke", keuchte Mel erleichtert. „Irgendwie hatte ich die Treppe mit weniger Stufen in Erinnerung."

„Du hättest aber auch einfach den Fahrstuhl nehmen können", entgegnete Arno vorwurfsvoll.

„Ja, habe ich aber nicht. Treppensteigen ist gesünder."

Arno musste gegen seinen Willen lachen. Er wusste, dass Mel niemals alleine in einen Fahrstuhl stieg. Der Grund waren keine gesundheitlichen Aspekte, sondern schlicht und allein ihre Angst, darin stecken zu bleiben. Sie hatte als Teenager mal einen Horrorfilm gesehen, der hauptsächlich in einem steckengebliebenen Fahrstuhl gespielt hatte, und seitdem betrat sie alleine keinen Lift. Und selbst heute konnte sie das nicht einmal zugeben. Typisch Mel! Stattdessen schleppte sie sich mit all dem Zeug die Treppe herauf. Gönnerhaft öffnete er ihr die Wohnungstür und breitete mit einer theatralischen Geste seine Arme weit aus.

„Willkommen in meiner bescheidenen Bleibe. Möge es ein friedvoller und produktiver Besuch sein."

„Möge der Himmel deine Worte hören und Milde walten lassen, während mein Geist in deinen Räumlichkeiten weilt", antwortete Mel huldvoll und schritt würdevoll an Arno vorbei, der ihr bewundernd nachblickte. Er liebte ihre spontane Schlagfertigkeit und hatte fast schon vergessen, wie humorvoll sie sein konnte. Vielleicht stand der Tag ja doch unter einem guten Stern.

Langsam folgte er ihr ins Wohnzimmer, wo sie sich bereits auf die Couch hatte fallen lassen. Ihre Beine, die in einer engen Jeans steckten und an deren Ende sich gefährlich hohe Stillettos befanden, hatte sie von sich gestreckt und lächelte Arno fröhlich an.

„Guten Morgen. Wie sieht es aus? Bekomme ich einen deiner hervorragenden Cappuccinos aus deiner sündhaft teuren Kaffeemaschine?"

„Bist du deswegen so gut gelaunt?" Arno ließ die Aktentasche auf den Sessel fallen und legte die Laptoptasche daneben. Dann stemmte er die Hände lässig in die Seite und wartete auf ihre Antwort.

Mel krauste die Stirn und tat so, als ob sie nachdachte. Dann schlug sie ihre Augen schelmisch auf: „Unter anderem. Aber ich denke, das wäre ein sehr guter Arbeitsanfang."

„Einverstanden. In zwei Minuten hast du deinen Cappuccino." Mit diesen Worten verließ er das Wohnzimmer und Mel hörte ihn kurz darauf in der Küche hantieren. Neugierig schaute sie sich um. Es war schon einige Monate her, dass sie das letzte Mal hier gewesen war, vor allem allein. Das Zimmer war geschmackvoll eingerichtet. Arno hatte dem länglich geschnittenen Raum Gemütlichkeit verliehen. An der Längsseite befand sich ein weißes Bücherregal, das die gesamte Wand einnahm und mit etlichen Büchern bestückt war. Die Querseite hinter ihr bestand aus einer Fensterfront, vor die Arno sein hellgraues Sofa gestellt hatte, das perfekt zu dem schweren Holzcouchtisch passte, der auf einem breiten grauen Schlingenteppich stand. Mel beugte sich vor und strich versonnen über die Holzmaserungen des Tisches. Auch wenn sie lackiert worden waren, konnte man sie noch deutlich sehen. Der gesamte Tisch bestand aus einer einzigen Längsseite eines Baumstammes. Auf der anderen Seite befanden sich zwei Baumstammhocker, die, wie ihr Arno einmal stolz erzählt hatte, aus dem gleichen Baum wie der Couchtisch stammten. Darauf hatte er einfach zwei graue Sitzkissen gelegt. Mel hob ein wenig den Kopf und schaute auf den überdimensional großen Plasmabildschirm, der direkt ihr gegenüber an der Wand befestigt war. Alles in allem war es sehr geschmackvoll, durchgestylt und ziemlich männlich, genau wie Arno.

„So, hier ist dein Cappuccino." Vorsichtig balancierte Arno die Tasse mit dem Untersetzer vor sich her und stellte sie erleichtert vor Mel auf den Tisch. Dann drehte er sich um und kam kurz darauf mit seiner eigenen Tasse und einer Schachtel Kekse unter den Arm geklemmt zurück. Er setzte sich neben Mel aufs Sofa und trank einen großen Schluck.

„Nun sieht die Welt doch gleich schon viel besser aus. Wie weit bist du denn mit deiner Arbeit?"

Mel versuchte, sich ihre Enttäuschung nicht anmerken zu lassen. Sie war doch gerade erst gekommen, da hätten sie sich auch erst ein wenig unterhalten können, anstatt sofort zur Arbeit überzugehen. Aber klar, Arno hatte sie ja schließlich auch nur der Arbeit wegen hierher bestellt. Also würde auch sie sich nur darauf konzentrieren, denn sonst verband sie nichts mehr mit ihm.

„Ich bin zwar noch nicht fertig, aber ich habe einen Entwurf gemacht, der mir sehr gut gefällt. Willst du ihn mal sehen?"

„Klar, zeig her." Arno rutschte ein wenig näher zu Mel hinüber, die bereits an einer der Papierrollen nestelte und vorsichtig einen großen Skizzenbogen herauszog. Dann stellte sie ihre Kaffeetasse auf den Boden und strich prüfend über die Tischplatte, um sicher zu sein, dass sie sauber und trocken war. Nachdem sie ihre Hand kritisch beäugt hatte und das Ergebnis als zufriedenstellend befand, rollte sie vorsichtig die Bögen auseinander.

„Dies ist der Büroeingang", sanft glitt ihr Finger über die Zeichnung. Arno war sprachlos. Der Raum war ganz anders, als er sich ihn vorgestellt hatte. Mel hatte nur Grau- und Rottöne verwendet, die zwar sehr eigen, aber auch sehr einnehmend waren. Der Raum zog ihn in seinen Bann. Mel, die immer noch auf Arnos Reaktion wartete, wurde etwas unsicher und versuchte ihre Entwürfe zu rechtfertigen. „Ich wollte einen Raum schaffen, der professionell, glatt, aber auch gleichzeitig kreativ und warm ist. Er ist sozusagen die Visitenkarte des Büros, das in allen Räumen die gleichen Farben aufweist, wobei jedoch jeder Raum andere Materialien und Farbkombinationen besitzt." Und nach einer kleinen Pause fügte sie hinzu: „Und falls ihm rot und grau gar nicht gefallen, habe ich die gleichen Skizzen auch in blau und grau angefertigt, wobei dadurch alles viel kühler wirkt." Sie warf Arno einen vorsichtigen Blick zu, aber da er nur mit undurchsichtigem Gesichtsausdruck auf das Papier starrte, fuhr sie lieber fort, ihm die anderen Räume zu präsentieren. Sie zog die Seite nach rechts und gab dadurch den Blick auf das darunterliegende Skizzenpapier frei.

„Das ist jetzt zum Beispiel ein typischer Büroraum. Die Wände habe ich hell gehalten, denn es soll ja alles luftig wirken, zumal dein Architekturstil auch loftartig ist. Dennoch wollte ich

Farbaccessoires und Rot ist nun mal die Farbe der Energie." Mel spürte wieder ihre Begeisterung und fuhr, ohne auf Arno zu achten, fort: „Und dies hier ist der Konferenzraum. Ich habe absichtlich Stühle mit hohen Lehnen gewählt, denn sie haben mich an Soldaten erinnert. Sie sollen die entstehenden Ideen und Produkte verteidigen, ohne den Fokus auf sich selbst zu ziehen, daher die Farbe Dunkelgrau. Und natürlich werden überall Pflanzen stehen, die den Räumen Lebendigkeit und Wärme verleihen, wie hier auf diesem Bild." Mel deutete auf das unterste Skizzenblatt. Dann drehte sie sich gespannt zu Arno um: „Und, was meinst du? Gefällt es dir?"

„Gefallen ist gar kein Ausdruck", erwiderte Arno langsam. Er schüttelte ungläubig den Kopf. „Mensch Mel, das ist fantastisch. Du hast damit genau das geschaffen, was Herr Lendwing immer wollte. Du hast dem gesamten Gebäude einen energievollen und individuellen Stempel aufgedrückt. Das ist einfach unglaublich."

„Danke", erwiderte Mel schlicht, denn sie wusste nicht, was sie auf Arnos direktes Lob erwidern sollte. Sie spürte, dass er es ernst meinte und fühlte sich überglücklich. Seine Meinung bedeutete ihr so viel, auch wenn sie ihm das nicht sagen konnte.

„Das nenne ich wirklich einen guten Start in den Tag", unterbrach Arno ihre Gedanken. „Da du ja schon so gute Vorarbeit geleistet hast, können wir uns jetzt direkt dem Storyboard zuwenden und entscheiden, wie wir unsere Präsentation aufziehen wollen und mit welchen Anfangsgedanken wir unsere Kunden in den Bann ziehen und auf deine Entwürfe einstimmen. Dann brauchen wir nur noch unseren jeweiligen Teil vorzubereiten und in die auszuhändigenden Unterlagen schreiben. Was meinst du?" Er schaute sie fragend von der Seite an. Seine wasserblauen Augen strahlten sie energievoll an und sein Mund hatte sich zu einem angedeuteten Lächeln verzogen.

„Hört sich gut an", stimmte Mel zu. „Hast du schon eine Idee für das Storyboard?"

Arno blickte vor sich auf den Tisch und stütze sein Kinn mit der Faust der rechten Hand. Dabei schien er ein imaginäres Dokument zu studieren. Mel kannte diese Pose gut. Wie oft hatte sie ihn so während ihres Studiums beobachtet, wenn er über einem kniffligen Problem brütete oder intensiv nachdachte. Er hatte ein schönes Profil, seine klassischen Gesichtszüge wurden durch seine an der oberen Stirn leicht hochstehenden Haare aufgelockert. Wie es wohl war, dieses Gesicht aus allernächster Nähe zu sehen? So ein Blödsinn, schalt sie sich und blinzelte einige Male, um sich wieder auf die Arbeit zu konzentrieren. Sie musste wirklich lernen, ihre Gefühle für Arno zu kontrollieren. In dieser Hinsicht konnte sie sich wirklich ein Beispiel an ihm nehmen. Langsam kam Bewegung in Arnos Arm und er legte ihn auf sein Bein. Dann drehte er langsam seinen Kopf zu Mel.

„Ich denke, wir sollten zuerst die Auftragszielsetzung nennen und diese dann für unsere Zuhörer klar interpretieren. Dabei könnten wir Stichpunkte wie Kreativität, Gemeinschaftsgefühl, Verfechten der Ideen einbringen. Ich denke, wir sollten uns deine Entwürfe noch einmal im Detail anschauen und zusammenfassen, was sie zur Zielsetzung beitragen. Mir hat dein Vergleich mit der gemeinschaftlichen Verteidigung der Ideen sehr gut gefallen. Das könnte uns helfen, den Bogen so zu spannen, sodass sie uns ganz leicht zur Inneneinrichtung folgen können." Er machte eine bedeutungsschwere Pause. „Allerdings muss ich mir noch überlegen, wie diese Punkte mit der Architektur der

Räume verbunden werden können. Das muss alles stimmig sein. Also, lass uns am besten mit deinen Plänen beginnen."

Gehorsam rollte Mel die Pläne auseinander.

Das Licht im Raum verdunkelte sich bereits, als Arno erleichtert die Speichertaste drückte.

„So, das wars."

„Ja, wir haben es geschafft." Mel dehnte ihren verspannten Nacken, indem sie ihren Kopf erst langsam nach links und dann nach rechts drehte, bevor sie ihre Arme weit nach vorne streckte und die Schultern kreisen ließ.

„Wie spät ist es eigentlich?"

„Kurz nach acht."

„Wow, so spät schon. Dann will ich mich mal aufmachen." Sie beugte sich vor und begann, ihre auf dem Tisch und dem Fußboden verteilten Unterlagen einzusammeln.

„Wenn du magst, kann ich uns etwas vom Chinesen bestellen."

Mel schaute überrascht auf.

„Ich meine, wenn du Lust hast. Schließlich haben wir heute außer diesen Keksen nichts Gescheites gegessen. Der Chinese unten an der Ecke hat sehr leckere Wok-Gerichte. Vielleicht magst du ja ein Chop-Suey oder ein Bami Goreng?"

Der Tag war bisher so friedlich verlaufen, vielleicht sollte sie jetzt einfach nach Hause gehen. Andererseits, gerade weil der Tag bisher so gut war, konnte sie ein gemeinsames Abendessen mit Arno wagen. Unentschlossen biss sich Mel auf die Unterlippe. Sie warf einen kurzen Blick zu Arno, der sie abwartend anschaute. In seinen Augen lag fast so etwas wie ein Flehen, das Mels Widerstand dahin schmelzen ließ.

„Bami Goreng hört sich sehr verlockend an."

„Sehr gute Wahl." Arno griff nach seinem Handy. Dann wählte er die Nummer des chinesischen Restaurants und bestellte zwei Bami Goreng sowie eine Portion Frühlingsrollen, zwei Fischkuchen und gebratenes Krabbenfleisch mit süßer Chillisauce.

„Du scheinst wirklich Hunger zu haben." Mel hatte beeindruckt seiner Bestellung gelauscht.

„Stimmt, aber da wir uns das Essen redlich und hart erarbeitet haben, sollten wir es auch in vollen Zügen genießen. Meinst du nicht?"

„Klar, warum eigentlich nicht?"

Nachdenklich schaute Arno sie einen Moment lang an. „Ich nehme an, du bist mit dem Auto da?"

„Mit dem Fahrrad konnte ich meine Entwürfe unmöglich transportieren, nicht wahr?"

Arno lachte. „Das wäre auf jeden Fall ein tolles Bild gewesen."

Mel stimmte in sein Lachen ein. „Ja, wahrscheinlich schon."

„Hast du trotzdem Lust auf ein Glas Wein?" Er zog seine Augenbraue langsam hoch, um seinen Überredungskünsten mehr Gewicht zu verleihen. „Ich glaube, ich könnte eine Flasche finden, die dir zusagt."

Ein Glas konnte sie ja ruhig trinken. „Wenn du einen leckeren Wein hast, dann sage ich nicht nein."

„Ich wusste es doch, heute ist ein wirklich guter Tag."

Dabei war er aufgestanden und zur Wohnzimmertür gegangen, wobei Mels leicht rauchiges Lachen ihn begleitete. Langsam drehte er sich um. „Magst du nicht mitkommen und ihn dir selbst aussuchen?"

„Gerne." Leichtfüßig stand sie auf und folgte Arno in die Küche, wo er zu einem großen Weinregal ging, das hinter der Küchentür stand. Sein Blick glitt über die verschiedenen Weinflaschen, die ordentlich in den vorgesehenen Fächern gelagert waren. „Was hältst du von einem Brunello?" Er zog die besagte Flasche eine Handbreit hervor und schaute Mel fragend an.

„Brunello ist prima und ein würdiger Abschluss dieses produktiven Tages", stimmte sie zu.

„Das sehe ich genauso." Schon hatte er die Flasche vollständig herausgezogen und beäugte das Etikett kritisch.

„Ich glaube, es ist sogar ein ganz passabler Jahrgang. Sehr gut." Mit diesen Worten stellte er die Flasche auf die Küchenanrichte, zog eine Schublade neben sich auf und entnahm ihr einen Korkenzieher. Mit kontrollierten Bewegungen bohrte er die kleine Winde in den Flaschenhals und zog mit einem gekonnten Ruck den Korken hervor. Prüfend roch er an ihm und legte ihn zufrieden nickend zur Seite.

„So, dann lass ich ihn noch ein bisschen atmen", sagte er mehr zu sich selbst als an Mel gewandt und öffnete den Küchenschrank, um zwei Rotweingläser zu entnehmen. Dann griff er nach den Gläsern und der Flasche Wein und grinste Mel aufmunternd an.

„Darf ich bitten?"

„Gerne", erwiderte sie huldvoll und schritt langsam vor ihm zurück ins Wohnzimmer. Arno stellte die Gläser und den Wein auf den bereits leer geräumten Couchtisch. Dann ließ er sich in die Couch sinken und goss ihnen Rotwein ein, wobei er Mel einen kurzen Blick zuwarf. Behutsam griff er nach den Gläsern und reichte Mel ihres, die es vorsichtig entgegen nahm. Die unbeabsichtigte Berührung seiner Finger ließ sie erschauern und ein Kribbeln lief ihr über den Rücken. Arno beugte sich leicht zu ihr vor und die Gläser klirrten leise.

„Ich finde es wirklich schön, dass", das durchdringende Surren der Hausklingel unterbrach Arno. Mel verzog ihren Mund zu einem schiefen Lächeln.

„Das Essen ist da."

„Ja", antwortete Arno resigniert und stellte sein Glas auf den Tisch. „Dann will ich es mal schnell herein lassen." Mit ausholenden Schritten eilte er zur Wohnungstür, wo er den Knopf zur Gegensprechanlage drückte.

„Oberster Stock", rief er in das Mikrofon, griff nach seinem Portemonnaie, das auf der Anrichte im Flur lag, und öffnete die Wohnungstür. Das Surren des Aufzugs dauerte nicht lange und einen Augenblick später stand der Lieferservice mit einer großen Tüte vor Arno und wünschte, nachdem er Arnos Geldschein verstaut hatte, eine gute Nacht. Arno kickte erleichtert die Tür ins Schloss. Im Wohnzimmer hatte Mel sich bereits entspannt im Sofa zurückgelehnt und die Augen geschlossen. Ein Lächeln umspielte ihren Mund. Arno blieb abrupt stehen und beobachtete sie. Wie viele Seiten diese Frau besaß. Er spürte einen leichten Stich in der Magengegend. Wieso konnten sie nicht immer so friedlich wie heute miteinander umgehen, sie waren doch so ein gutes Team. Was hatten sie für Spaß im Studium gehabt. Mel war nicht nur ein super Freund, sondern hatte unglaublich viel Humor, Witz, Charme und war außerdem blitzgescheit. Das hatte sie ihm heute wieder einmal erfolgreich bewiesen. Und sie war so unglaublich sexy. Sein Blick glitt an ihr herab. Just in diesem Moment öffnete Mel die Augen. Fragend blickte sie Arno an.

Dann wanderte ihr Blick zu der großen Tüte in seiner Hand und sie strahlte.

„Super. Das Essen ist da. Ich habe ehrlich gesagt einen Riesenhunger."

„Lass dich nicht aufhalten."

Schnell stellte er die Tüte auf den Tisch und Mel verteilte eifrig die einzelnen Päckchen. Neugierig schnupperte sie an jedem einzelnen, bevor sie Arno seine Stäbchen reichte.

„Ich schlage vor, wir beginnen mit den Fischkuchen. Danach folgt für jeden eine Portion Bami Goreng. Den Rest kann sich dann jeder nehmen, wann und wie er mag."

Ohne auf Arnos Reaktion zu achten, verteilte sie die Fischkuchen auf zwei praktischerweise mitgelieferte Plastikteller.

„Du scheinst ja alles gut unter Kontrolle zu haben", lachte Arno.

„Besser ist das. Außerdem magst du es doch gerne, wenn man sich um dich kümmert."

„Wie kommst du denn darauf?" Arno schaute Mel irritiert an.

„Nicht?" Sie sah in schweigend an. Nur ihre leicht hochgezogene Augenbraue verriet, dass sie ihn necke.

„Woher willst du das denn wissen?" fragte er erstaunt und wartete neugierig auf ihre Antwort. Doch statt eines lustigen Kommentars, legte sich ein Schatten über Mels Gesicht.

„Stimmt, woher sollte ich das wissen. Vergiss es einfach", meinte sie ernst und biss in ihren Fischkuchen.

Eine drückende Stille legte sich über beide und schweigend aßen sie ihre Vorspeise. Was hatte er jetzt schon wieder falsch gemacht, dass die Stimmung so abrupt gekippt war? Es war ihm egal, er würde sich jetzt nicht von Mel provozieren lassen, wenigstens heute wollte er einen versöhnlichen Abend mit ihr verbringen.

„Und schmecken sie dir?" wechselte er das Thema.

„Sehr gut." Mel hielt sich die rechte Hand schützend vor den vollen Mund.

„Das hast du dir auch verdient nach der tollen Arbeit. Ich freue mich schon auf Lendwings Gesicht, wenn er deine Entwürfe sieht."

Mel schaute ihn für eine Sekunde irritiert an, dann nickte sie langsam.

„Hoffentlich", war alles was sie sagte. Sie versuchte sich ihre Enttäuschung nicht anmerken zu lassen. So schnell waren sie also wieder zum beruflichen Thema zurückgekommen. Kaum dass sie ein paar private Worte miteinander geredet hatten. Es tat ihr weh, dass sie für Arno nichts weiter als ein Geschäftspartner war, mit dem er zusammenarbeitete und dessen Arbeit er schätzte. Dennoch, es war nicht seine Schuld und sie hatte es gewusst, bevor sie zu ihm in die Wohnung gekommen war. Also riss sie sich besser zusammen. Schließlich war allein schon die Tatsache, dass sie einen ganzen Tag mit ihm alleine verbracht hatte und dass sie sich die ganze Zeit nicht gestritten hatten, ein Riesenerfolg. Es war so viel mehr als sie in den ganzen letzten Jahren mit ihm erlebt hatte und es war alles, was sie von ihm erwarten durfte. Sie atmete tief ein, griff nach einer Schachtel Bami Goreng und reichte sie Arno.

„Ich hoffe, es schmeckt genauso gut", meinte sie versöhnlich.

„Ja, hoffen wir es. Möchtest du noch ein Glas Wein?" Er hatte sich bereits leicht nach vorne gelehnt und nach der Weinflasche gegriffen, doch Mel schüttelte bedauernd den Kopf.

„Leider nicht. Ich muss noch fahren und außerdem haben wir morgen früh unsere Präsentation. Zuviel Rotwein ist da nicht sehr förderlich."

Arno nickte verständnisvoll. „Schade." Dann goss er sich selbst noch ein Glas nach.

Mel aß ihr Gericht schweigend. Sie spürte wieder, wie sich die Kluft zwischen ihnen auftat und wollte so schnell wie möglich nach Hause. Der Tag war zu schön gewesen, als dass er mit traurigen Gefühlen endete. Daher erhob sie sich entschuldigend, als sie den letzten Bissen herunter geschluckt hatte.

„Vielen Dank für das leckere Essen, aber ich muss jetzt wirklich los. Soll ich noch schnell alles zusammen räumen?"

Arno beobachtete sie mit einem seltsamen Blick. „Nein, ich räume das gleich weg. Es sind ja nur zwei Handgriffe."

„Ok." Mel griff nach ihrer Umhängetasche, die sie sich flink über die Schulter streifte und sammelte ihre Skizzenrollen ein. Arno sprang auf. „Warte. Ich helfe dir." Mit zwei raschen Handgriffen nahm er ihr die langen Rollen ab und griff die noch auf dem Sessel liegenden.

„Danke", antwortete Mel schlicht. Sie wusste nicht, was sie noch sagen sollte. Ihre Kehle war wie zugeschnürt, denn die wunderbare gemeinsame Zeit war nun vorbei. Der Traum war geträumt, aber Aufwachen wollte sie definitiv nicht jetzt und hier. Entschieden öffnete sie die Wohnungstür.

„Bist du sicher, dass ich nicht mit hinunter kommen soll?"

„Ja, ganz sicher, danke."

„Ok. Dann bis morgen und gute Nacht Mel." Vorsichtig übergab er ihr die Skizzenrollen. Dann beugte er sich ohne ein weiteres Wort zu ihr hinunter und küsste sie einfach auf den Mund. Sein

Kuss war bestimmt, fast ein wenig zornig, aber gleichzeitig sehr sanft. Bevor Mel registrierte, was gerade geschah, hatte sich Arno schon wieder von ihr gelöst. Verwirrt drehte sie sich um und eilte die Treppe hinunter, begleitet vom Klang ihrer Absätze, deren harter Klang auf den Fliesen durch den nächtlichen Hausflur hallte. Warum hatte Arno sie geküsst? Warum machte er das immer wieder mit ihr? Man küsste doch seine Geschäftspartner nicht. Gegen ihren Willen umspielte ein Lächeln ihren Mund und ein wohliges Gefühl breitete sich in ihr aus. Glücklich verließ sie Arnos Haus.


6

Die Anwesenden im Konferenzraum klatschten Beifall und Mel lächelte ihnen dankbar zu. Herr Lendwing, ihr Auftraggeber, drehte sich zufrieden zu Arno um, der ihm gegenüber am Ende des Konferenztisches saß.
„Ich bin mit Ihrem Konzept sehr zufrieden. Es ist zwar in einigen Aspekten ganz anders als ich es mir ursprünglich vorgestellt hatte, aber es macht absolut Sinn." Dann wandte er sich an Mel.
„Vielen Dank für Ihre Präsentation, Frau Lessing, und für Ihre Ideen zur Raumgestaltung. Ich denke, wir werden sie bis auf einige kleine Details genauso umsetzen. Gute Arbeit."
„Es freut mich, dass sie Ihren Vorstellungen entsprechen", erwiderte Mel bescheiden. Ihre Miene verriet nicht, dass sie am liebsten vor Freude laut gejubelt hätte. Stattdessen schaltete sie den Beamer aus und setzte sich abwartend auf ihren Stuhl. Herr Lendwing wandte sich an Arno, um mit ihm die nächsten

Termine zu besprechen. Endlich schüttelten sich beide Männer zum Abschied die Hände und kamen langsam auf Mel zu. Schnell erhob sie sich.

„Ich habe alle weiteren Termine mit Herrn Andersen besprochen und freue mich sehr auf unsere Zusammenarbeit. Dank Ihrer anschaulichen Erläuterungen kann ich schon alles praktisch vor mir sehen."

„Vielen Dank, das ist genau das, was ich erreichen wollte." Mel schüttelte seine Hand.

Herr Lendwing war bereits einen Schritt zur Tür gegangen, als er sich noch einmal zu Arno und Mel umwandte: „Übrigens, wir haben dieses Jahr einen Tisch auf dem Oktoberfest gebucht, genau gesagt am Dienstag kommender Woche. Ich rechne fest damit, dass Sie dort unsere Gäste sind."

„Herzlichen Dank. Wir kommen gerne." antwortete Arno spontan.

Herr Lendwing nickte zufrieden: „Dann bis Dienstag." Und schon war er aus der Tür verschwunden.

Mel wirbelte zu Arno herum, doch der hatte sich bereits von ihr abgewandt und verabschiedete die übrigen Teilnehmer, die nacheinander das Büro verließen. Als sie endlich alleine waren, starrte Mel ihn immer noch an.

„Wieso hast du so spontan zugesagt?"

„Weil wir keine Wahl haben."

„Ich kann aber für mich selbst sprechen."

Arno richtete sich auf und blickte wie ein Lehrer auf seine ungehorsame Schülerin herunter.

„Es tut mir leid, aber wir hatten keine Zeit, eines deiner beliebten Wortgefechte auszutragen." Er ignorierte ihren wütenden Blick und zuckte gleichgültig mit den Schultern. „Außerdem ist es ein Geschäftstermin und wer A sagt muss auch B sagen. So einfach ist das."

„Aha, so einfach ist das also", echote Mel. Dann drehte sie sich um und verpackte schweigend ihre Skizzenblätter. „Warum bist du so zu mir?" stieß sie plötzlich hervor.

„Warum bin ich wie zu dir?" fragte er verständnislos.

Mel schüttelte resigniert den Kopf.

„Ach, vergiss es." Und schon hatte sie den Raum verlassen.

Arno blickte ihr schweigend nach. Mel war wirklich rätselhaft. Erst lieferte sie eine brillante Präsentation, und dann verhielt sie sich wie ein zickiges kleines Mädchen, das man nicht gefragt hatte, ob sie auch ein Eis haben wollte. Es verstand sich doch von selbst, dass sie als Einheit bei Herrn Lendwing auftraten, und da es sich eh um einen Geschäftstermin handelte, war ja nun wirklich nichts dabei zuzusagen. Vielleicht half ja die lockere Atmosphäre im Bierzelt, Mel ein wenig entspannter werden zu lassen. Er verzog den Mund zu einem traurigen Lächeln. Mel war unberechenbar, besser er erwartete nicht zu viel.

## 7

Seit Stunden saßen sie bereits mit Herrn Lendwing und seinen Kollegen in der Loge des gediegenen Bierzeltes, als Arno sich zu Mel herüber beugte und ihr leise ins Ohr raunte: „Hast du Lust mit in ein anderes Zelt zu gehen?"

Mel strahlte ihn dankbar an. „Das ist eine wirklich gute Idee. Ich komme mit."

„Gut, dann lass uns jetzt schnell verabschieden." Er bot Mel seine Hand, damit sie leichter über die Holzbank steigen konnte.

Arno hatte die Frage zur rechten Zeit gestellt, denn so langsam war ihr der Gesprächsstoff ausgegangen und mit Geschäftspartnern zu feiern, zumindest so, wie sie sich feiern vorstellte, kam für sie nicht in Frage. Glücklicherweise sah Arno das genauso. Grazil kletterte sie mit Arnos Hilfe über die Bank, griff nach ihrer Tasche und folgte Arno zu Herrn Lendwing.

Arno streckte dem hoch gewachsenen Mann mit den kurzen graubraunen Haaren und der braun gerandeten Brille die Hand entgegen.

„Vielen Dank für die Einladung, Herr Lendwing. Wir haben leider noch eine andere Verpflichtung, daher werden wir uns jetzt verabschieden."

Herr Lendwing schüttelte Arnos Hand. „Es hat mich sehr gefreut, dass sie meine Einladung angenommen haben und vorbei gekommen sind. Wir telefonieren dann einfach in den nächsten Tagen."

„Sehr gerne." Arno trat einen Schritt zurück, damit auch Mel sich von Herrn Lendwing verabschieden konnte.

„Wie ich schon zu Herrn Andersen sagte, herzlichen Dank, dass Sie vorbeigekommen sind."

Mel lächelte Herrn Lendwing höflich zu. „Ich danke Ihnen für die Einladung."

„Keine Ursache. Ich finde Ihre Entwürfe übrigens immer noch großartig und freue mich schon auf deren Umsetzung."

„Ich werde mein Bestes geben."

„Davon bin ich überzeugt. Ich werde mit Herrn Andersen einen baldigen Termin vereinbaren."

Mel nickte. „Gut. Auf Wiedersehen und Ihnen noch einen schönen Abend hier auf den Wies'n."

„Vielen Dank. Auf Wiedersehen, Frau Lessing."

Mel drehte sich um und blickte Arno grinsend an. „Geschafft", formte sie wortlos ihre Lippen.

Arno nickte in Richtung Zeltausgang und griff nach ihrer Hand. Dann zog er sie einfach hinter sich durch die Menschenmenge. Seine Hand hatte sich fest um ihre geschlossen. Wenn es nach ihr ginge, dann könnten sie immer so weitergehen. Wenn sie sich die Menschen so anschaute, an denen sie sich vorbei drängelte, dann waren Arno und sie sicherlich die noch am nüchternsten Oktoberfestbesucher. Das war allerdings auch kein Wunder, denn beide hatten sich über Stunden an einer Maß aufgehalten. Aber nun begann für sie das Oktoberfest ja erst richtig.

Sie tanzte und tanzte. Die rhythmischen Klänge der gespielten Hits flossen zusammen mit dem bereits getrunkenen Bier durch ihre Adern und rissen sie mit sich fort. Mel hatte das Gefühl zu schweben, obwohl sie auf der schmalen und sehr wackligen Holzbank tanzte, dicht neben Arno. Sie hielt lachend ihre Maß Bier in die Höhe und prostete ihm zu. Die Bank schwankte gefährlich und geistesgegenwärtig griff Arno nach Mels Hand, um ihr bei der Balance zu helfen. Seine Hand löste ein Prickeln aus, zuerst in ihrem Arm, dann in ihrem Kopf, dann im Bauch und schließlich in ihren Beinen. Als die Bank wieder ihren Schwerpunkt zurück gewonnen hatte, hob Arno ihren Arm hoch und Mel drehte sich beschwingt um die eigene Achse. Dann tranken beide wieder einen Schluck und stellten ihre Biergläser vor sich auf den Tisch. Die Band hörte auf zu spielen und trank selbst einen Schluck des kühlen Biers. Musik vom Band erfüllte das Zelt. Mel schielte auf ihre Uhr, es war bereits früher Abend. Seit dem späten Vormittag waren sie hier und sie war sich sicher, dass sie morgen mit einem bösen Kater aufwachen würde. Aber das war ihr egal. Morgen war so weit weg. Sie war jetzt hier mit Arno und nur das zählte. Dieser Moment war so unsagbar kostbar und sie wollte nicht, dass er endete. Jede Sekunde davon musste sie genießen und danach für immer in ihrem Herzen und ihren Erinnerungen einschließen. Arno beugte sich zu ihr herunter. Eine leichte Bierfahne umgab ihn, aber das war nach all den Maß Bier auch nicht verwunderlich.

„Hast du Lust, mit mir draußen die Karussells anzuschauen oder magst du noch hier bleiben?" Wenn sie hier bliebe, dann würde sie wahrscheinlich beim nächsten Lied auf den Boden fallen. Frische Luft war genau das Richtige nach all dem Bier, und die Kirmes gehörte für sie auch einfach zum Oktoberfest dazu.

„Ich ziehe die Karussells vor. Willst du jetzt gehen?"

Arno nickte zustimmend. Im gleichen Moment brüllte der Bandleader irgendetwas ins Mikrofon. Lässig stieg Arno von der Bank, die dadurch wild schwankte und ehe Mel sich versah, hatte er seine Hände um ihre Hüften gelegt und sie mit einem kraftvollen Schwung sicher neben sich gestellt.

„Dann lass uns gehen", rief er fröhlich und legte ihr seinen Arm besitzergreifend um die Taille. Die Luft draußen war kalt und Mel zog fröstelnd ihre dicke Strickjacke enger um sich. Wie zum Schutz drückte Arno sie dicht an sich und schlenderte so mit ihr über die Wiesen.

„Was hältst du von einer kleinen Fahrt in der „wilden Maus", so wie früher?" Fragend sah er sie von der Seite an.

„Meinst du wir schaffen das noch nach all dem Bier? Bei mir dreht sich jetzt schon alles." Mels Stimme klang rau und etwas unscharf. Arno zog sie näher zu sich.

„Sollen wir dann lieber einen Absacker bei mir trinken?" raunte er ihr ins Ohr. Seine Lippen berührten dabei leicht ihr Ohr und hinterließen ein aufreizendes Prickeln.

„Das ist eine viel bessere Idee." Mel lächelte dabei Arno verschmitzt von unten herauf an.

„So sehe ich das auch." Über sein Gesicht zog sich ein breites Grinsen. „Komm, dort drüben stehen die Taxis." Ohne seinen Arm von ihrer Hüfte zu nehmen, gingen sie zum Taxistand, wo zu dieser Uhrzeit kaum Fahrgäste warteten. Schnell stiegen sie ein und Arno nannte dem Taxifahrer seine Adresse. Mel fühlte sich wie ein Teenager und blickte aus dem Seitenfenster, um sich ihre Aufregung nicht anmerken zu lassen. Sie hatten beide den ganzen Tag Bier getrunken und kaum etwas gegessen, aber sie hatten sich auch schon so unendlich lange nicht mehr so gut verstanden. Sie wollte, dass dieser Abend einfach nie aufhörte. Sie drehte ihren Kopf und blickte direkt in Arnos tiefblaue Augen, die sie vollkommen in sich aufzunehmen schienen.

„So, da sind wir", unterbrach der Taxifahrer Mels Gedanken. Arno warf einen kurzen Blick auf den Taximeter und streckte dem Fahrer einen Geldschein entgegen.

„Stimmt so."

„Danke", hörte Mel noch den verdutzt klingenden Taxifahrer murmeln, bevor Arno ihr die Seitentür zum Aussteigen aufhielt. Dann nahm er wieder ihre Hand und zog sie mit sich zum Haus.

„Komm schnell, hier draußen ist es ungemütlich kalt."

Seine Hand umfasste fest ihre zierlichen Finger. Es war ein schönes Gefühl und Mel verstärkte unbewusst den Druck ihrer Finger. Arno schaute sie kurz von der Seite an und lachte ihr verschmitzt zu. Flink schloss er die Haustür auf und drückte auf den Fahrstuhlknopf. Als sich die stählernen Türen öffneten und niemand im Lift war, zog er Mel mit sich hinein und drückte den Knopf zum obersten Stockwerk, wo sich seine Penthouse Wohnung befand. Er trat nah an Mel heran und begann das Gummiband aus ihren Zöpfen zu lösen.

„Das habe ich mir schon den ganzen Tag über gewünscht", murmelte er. Ihr Mund verzog sich zu einem verführerischen Lächeln. Als sich die Fahrstuhltür auf Arnos Stockwerk öffnete, hatte er beide Zöpfe bereits entflochten und Mel schüttelte übermütig den Kopf, sodass ihre langen Haare ungebändigt über ihre Schultern fielen. Sekunden später hatte Arno seine Wohnungstür aufgeschlossen. Lachend trat sie an Arno vorbei und drehte sich erwartungsvoll zwei Schritte später zu ihm um. Im gleichen Moment stieß er mit dem Fuß die Wohnungstür zu und ging langsam auf Mel zu. Mit seinem linken Arm umfasste er ihre Hüfte und zog sie so dicht an sich heran, dass sie seinen Herzschlag spürte. Die rechte Hand vergrub er in ihrem Haar.

„Du machst mich verrückt Mel, weißt du das eigentlich?", fragte er leise. Dabei schaute er ihr tief in die Augen.

„Ach ja?" lachte sie mit rauchiger Stimme, denn das Singen im Bierzelt hatte seinen Tribut gefordert. „Das kann ich mir gar nicht vorstellen."

„Wirklich nicht? Dann zeig ich es dir." Mit diesen Worten beugte er sich zu ihr hinunter und seine Lippen berührten die ihren. Es war ein vorsichtiger Kuss, doch Mel spürte, dass dies nur der

Anfang war und dass die dahinter liegenden wilden Emotionen sich ihren Weg bahnen wollten. Ein einziges Zeichen von ihr würde genügen und der Damm der Beherrschtheit, den Arno so bemüht war aufrecht zu erhalten, würde wie ein Kartenhaus in sich zusammenfallen. Ein tiefes Glücksgefühl durchströmte Mel und sie schauderte vor Erregung. Automatisch öffnete sie leicht ihre Lippen. Als ob er ihr Einverständnis hatte abwarten wollten, wurde Arnos Kuss leidenschaftlich und wild. Dabei drückte er sie fest an sich, sein Herz raste und Mel vergaß Raum und Zeit. Irgendwann löste Arno sich von ihren Lippen und begann ihren Hals, dann ihr Dekolleté zu küssen. Mel glaubte zu schweben. Sie war berauscht und wollte mehr. Wie lange hatte sie auf diesen Augenblick gewartet? Wie lange schon hatte sie von Arnos Küssen geträumt? Plötzlich fühlte sie, wie seine Finger an ihrem Reißverschluss zerrten, und wage nahm sie wahr, dass sie sein Hemd ungeduldig aufknöpfte. Es war wie im Rausch. Als Arno sie dann einfach hochhob und ohne Umschweife in sein Schlafzimmer trug, da wusste Mel, dass es um sie geschehen war.

8

Die ersten Lichtstrahlen fielen fahl durch die Vorhänge ins Zimmer. Mel schlief friedlich. Ihr langes Haar lag wie ein dunkel glänzender Fächer ausgebreitet auf dem Kopfkissen. Arno betrachtete ihre zarten Schultern, ihren schlanken Hals, ihr Gesicht mit den feinen Gesichtszügen, die normalerweise unter einem strengen Make-up verborgen waren. Ihren sinnlichen

Mund umspielte ein leichtes Lächeln. Mel schien mit sich im Reinen zu sein, so wie sie dort schlief. Nichts war von ihrer Härte und Zähigkeit zu spüren. Vielmehr kam sie ihm sanft und unendlich verletzlich vor. Oh Gott, was hatte er nur getan? Mel war seine beste Freundin, seine Geschäftspartnerin. Sie war nicht nur intelligent, sondern unter ihrer warmen Schale auch warmherzig, humorvoll, loyal und standhaft. Sie war immer für ihn da, wenn er sie brauchte. Sie verdiente es, von einem Mann aus ganzem Herzen geliebt zu werden. Aber er hatte mit ihr nach zu viel Alkohol geschlafen. Scheiße. Wahrscheinlich würde sie ihm die Augen auskratzen, wenn sie aufwachte. Er hoffte, dass sie noch weiterschlief und er Zeit gewann, sich auf das Unausweichliche vorzubereiten. Er wollte ihre Freundschaft, auch wenn sie in der letzten Zeit eher schwierig gewesen war, nicht verlieren. Aber wie konnte er das, was geschehen war, erklären? Es war halt passiert. Und es war fantastisch gewesen. Allein der bloße Gedanke daran ließ sein Blut in Wallung geraten. Nein, er bereute nichts, gar nichts. Sie war so unglaublich gewesen, hatte seine Wünsche wie magisch erraten und ihn vollkommen verrückt gemacht. Sie war ihm wie die fehlende andere Hälfte erschienen, mit der er ein Ganzes formte. Ein Lächeln umspielte seinen Mund. Wie oft hatten seine Freunde über Mel spekuliert und wie es mit ihr sein würde. Nun wusste er es. Sie war genial und verdiente einen ebenbürtigen Partner. Die Erkenntnis versetzte ihm einen Stich. Mel verdiente so viel mehr. Panik wallte in ihm auf. Wie konnte er den friedlich neben ihm liegenden Tiger bändigen, wenn er wach war? Er würde sich am besten sofort entschuldigen. Mel würde ihn dann hoffentlich verstehen und ihm verzeihen und sie konnten ihre Freundschaft und geschäftliche Zusammenarbeit retten. Als ob Mel seinen Blick spürte, öffnete sie leicht verschlafen die Augen und lächelte ihn mit einem wohligen Seufzer an.

„Guten Morgen", meinte sie langsam und streckte ihre Arme soweit sie konnte in die Höhe.

„Guten Morgen", ein flaues Gefühl breitete sich in Arnos Magen aus. „Hast du gut geschlafen?"

Mels Mund verzog sich zu einem zufriedenen Grinsen. „In der Tat, sehr gut. Und du?" Neugierig drehte sie den Kopf zu Arno. Fragend blickte sie ihn mit ihren haselnussbraunen Augen an.

„Ja, auch sehr gut." Arno wagte sich zögernd vor und strich Mel sanft mit dem Finger über die Schulter. Sie schloss genießerisch die Augen.

„Du bist eine tolle Frau, Mel. Ich bin wirklich ein Glückspilz, dein Freund zu sein."

Schlagartig öffnete Mel ihre Augen und beobachtete wachsam Arno, der kaum wagte, sie anzuschauen.

„Was soll das heißen?" fragte sie nun vollkommen wach.

Verlegen fuhr er sich durch die Haare. Mochte der Himmel ihm nun beistehen. „Es soll heißen", begann er langsam, „dass es mir leid tut, was heute Nacht passiert ist. Ich hatte mich einfach nicht unter Kontrolle. Du warst so verführerisch und ich habe nicht weiter nachgedacht. Es hätte nie so weit kommen dürfen. Es war mein Fehler, du brauchst die Schuld erst gar nicht bei dir zu suchen."

Mel lag regungslos neben Arno. Ihre Miene war wie versteinert. Aus ihrem Gesicht war alles Blut gewichen. Mit großen Augen starrte sie Arno an, unfähig, das gerade Gehörte zu verarbeiten.

„Es war also ein Fehler, der nur wegen des Alkohols passiert ist, nicht wahr?" fragte sie fast tonlos.

Erleichterung strömte durch Arno. Vielleicht war es doch viel einfacher und Mel war gar nicht sauer.

„Genau", stimmte er erleichtert zu.

„Ich bin für dich also nur eine Freundin und Geschäftspartnerin?"

„Ja, richtig. Und mir liegt viel an unserer Freundschaft und unserer Zusammenarbeit. Ich schätze dich wirklich sehr, Mel."

Noch immer lag sie regungslos neben ihm. Langsam zogen sich ihre Augen zusammen und der eben noch sanfte, dann ungläubige Ausdruck verschwand. Ihre braunen Augen wurden tief dunkel und plötzlich fühlte Arno eine unendliche Distanz zwischen ihm und ihr, obwohl sie doch nur einige wenige Zentimeter neben ihm lag. Wie in Zeitlupe stand sie auf, ohne jedoch die Bettdecke loszulassen. Mit einem geschickten Ruck zog sie diese von Arno weg und wickelte sie um sich. Ohne ihn auch nur eines weiteren Blickes zu würdigen, raffte sie ihre wild herumliegenden Kleidungsstücke zusammen und entschwand wortlos ins Bad. Arno schaute ihr überrascht und fassungslos nach. Mit allem hatte er gerechnet, sogar mit einer Ohrfeige, aber anstelle eines lautstarken Streits war sie einfach ohne ein weiteres Wort aufgestanden. Eine plötzliche Panik stieg in ihm auf. Das war viel schlimmer als alles andere. Was sollte er machen? Vielleicht brauchte sie nur einen kurzen Moment für sich, um sich zu sammeln. Er rollte sich herum, schwang die Beine aus dem Bett und zog sich seinen Bademantel über. Er würde mit ihr sprechen, sobald sie das Badezimmer verlassen hatte.

Zitternd sank Mel auf den Badewannenrand. Sie kniff sich einmal kurz in den Arm, um sicher zu gehen, dass sie auch wirklich wach war und dies nicht alles ein böser Albtraum war. Gestern Abend hatte sie wirklich geglaubt, dass Arno etwas für sie empfand, etwas, das über eine normale Freundschaft und Geschäftsbeziehung hinausging. Aber sie hatte sich geirrt. Nichts hatte sich verändert. Vor ihren Augen tauchte wieder das so schmerzlich vertraute Bild auf. Sie waren im zweiten Semester und Arno stand mit einigen anderen Kommilitonen zusammen vor dem Bibliotheksgebäude. Es war ein wunderbarer warmer Sommertag und am Himmel war kein einziges Wölkchen zu sehen. Die Jungs hatten gerade eine Klausur geschrieben und standen albernd herum, um den Klausurenstress abzureagieren. Sie verließ gerade die Bibliothek, denn sie hatte ein anderes Wahlfach als Arno belegt und somit nicht die Klausur geschrieben. Sie blickte über den Vorplatz. Arno schlug gerade lachend Chris auf die Schulter. Sie schienen sich über etwas köstlich zu amüsieren. Langsam näherte sich Mel ihnen, als jemand zu Arno sagte: „Pass du lieber selber auf dich auf. Ich bin ja mal gespannt, wann du es endlich mit Mel machst. Ich wette, dass es noch vor den Semesterferien passiert."

Mel blieb überrascht stehen. Wovon zum Teufel redeten sie?

Arno schüttelte lachend den Kopf. „Quatsch, Mel ist mein Freund und man schläft doch nicht mit seinem Freund, oder?" Dann deutete er in Richtung einer großen blonden Studentin, die unweit von ihnen auf einem Mauervorsprung saß. Ihre Beine schienen unendlich lang zu sein, wie Mel verdrossen feststellte.

„Ich denke da viel eher an richtige Mädels wie sie zum Beispiel." Die anderen drehten sich um und nickten anerkennend.

„Klar, die passt zu dir, Arno."

Für Mel hatte sich der Himmel plötzlich verdunkelt, sie sah die strahlende Sonne nicht mehr und fühlte heiße Tränen der Enttäuschung in sich aufsteigen. Schnell drehte sie sich um und rannte zum Ausgang des Campus. Sie hörte noch wie jemand aus der Gruppe rief: „Hey Arno, ist das nicht deine Mel?"

Dann verschwand sie aus ihrem Blickfeld. Sie rannte und rannte bis sie endlich in ihrem Studentenzimmer war. Dort sank sie hinter der Tür erschöpft zu Boden und weinte bitterlich. Sie hatte sich in Arno verliebt und war überzeugt gewesen, dass er auch etwas für sie empfand. Aber sie war einem Irrtum unterlegen. Er sah sie nur als Freund. Lag es an ihrer Größe? Die Blondine vorhin war bestimmt zwanzig Zentimeter größer gewesen als sie. Selbst mit hohen Absätzen konnte sie mit ihren 1,65 m niemals die gleiche Erscheinung erreichen. Warum hatte Arno sie nicht wenigstens vor seinen Freunden in Schutz genommen? Er hatte sie vor allen als unweiblich degradiert. Maßlose Enttäuschung breitete sich in ihr aus.

Mel schüttelte auf dem Badewannenrand den Kopf, um die Erinnerung zu verscheuchen. Sie hatte es seitdem gewusst, dass Arno ihr keine Gefühle als Frau entgegenbrachte, und dennoch hatte sie sich gestern von ihm verführen lassen. Nach all den Jahren hatte sie sich immer noch einen Funken Hoffnung bewahrt, dass sie ihn vom Gegenteil überzeugen konnte. Nun hatte sie ihren endgültigen Beweis. Er liebte sie nicht. Er brauchte sie lediglich als verlässlichen Freund und kompetente Innenarchitektin. Basta. Wenn es nur nicht so wehtäte. Sie musste endgültig von ihm los kommen und das würde sie nun auch tun. Egal, wie weh es tat und egal, wie lange es dauern würde. Nie wieder sollte er sie so verletzen können. Ihr Verhältnis war seit dem damaligen Ereignis nie wieder dasselbe gewesen und nun war der Punkt ihres Beziehungsendes gekommen. Was hatte sie denn erwartet? Sie hatte eine Nacht lang träumen dürfen und würde dieses Erlebnis ganz tief in ihrem Herzen einschließen. Niemand sollte auch nur erahnen, wieviel ihr diese Nacht bedeutet hatte. Sollten doch alle denken, sie sei zickig, das war ihr egal. Entschlossen reckte sie ihr Kinn und zog sich an. Sie wollte weg, nur weg von hier und vor allem weg von Arno. Mit einem Ruck zog sie den Reißverschluss ihres Dirndls zu, kniff sich dann noch einmal leicht in die Wangen, um die Blässe zu vertreiben, atmete tief durch und drehte entschieden den Schlüssel im Schloss herum. Sie wollte so schnell wie möglich aus dieser Wohnung raus.

Die Badezimmertür öffnete sich schwungvoll und Mel kam heraus. Sie sah unglaublich verletzlich aus mit ihrem offenen Haar. Ihre Augen waren leicht gerötet und ihr Gesicht wirkte aufgewühlt. Sie war immer noch ungewohnt blass. Sie würdigte Arno keines Blickes und ging schnellen Schrittes wortlos zur Wohnungstür, als Arno, der sich gerade sein Hemd zuknöpfte, einen großen Satz machte und sie noch am Arm fassen konnte.
„Mel, nun warte doch. Ich muss mit dir reden."
Wütend riss sie sich los. „Es gibt nichts mehr zu reden. Du hast bereits alles erklärt. Es war ein Fehler, den du bereust und der ohne Alkoholeinfluss nicht passiert wäre." Ein bissiges Lachen entfuhr ihr.
„Keine Sorge, Arno. Dein Geheimnis ist bei mir sicher und sei beruhigt, es wird sich nicht mehr wiederholen." Zorn sprühte aus

ihren Worten, doch in ihren Augen standen Tränen. Noch nie hatte Arno Mel weinen sehen. Es schnitt ihm ins Herz, dass er es war, der sie dazu brachte.

„Mel, bitte versteh." Er streckte seine Hand aus und wollte sie auf ihre Schulter legen, so wie er es schon hunderte Male zuvor getan hatte, aber sie schlug sie heftig zur Seite. Mit beherrschter Stimme, die jedoch die unterschwellige Wut nicht verdecken konnte, herrschte sie ihn an: „Ich verstehe alles. Und du hoffentlich auch: rühr mich nie wieder an. Nie wieder! Und verschwinde aus meinem Leben." Gegen ihren Willen rollten Tränen über ihre Wangen. Arno starrte Mel entsetzt an, unfähig sich zu rühren. Er wollte etwas erwidern, konnte aber kein Wort herausbringen. Sie hatte sich bereits blitzschnell umgedreht, die Wohnungstür geöffnet, und war fast in der gleichen Sekunde verschwunden. Dann fiel die Tür mit einem lauten Krach ins Schloss, gefolgt vom schnellen Klappern ihrer Absätze auf der Marmortreppe. Resigniert lehnte er sich mit dem Rücken gegen die Wohnungstür. Er hatte alles falsch gemacht. Zum ersten Mal in seinem Leben fühlte er sich als vollkommener Versager. Das Gefühl der Einsamkeit überkam ihn. Ihm war, als ob die Sonne aus seinem Leben verschwunden wäre oder als ob jemand das Licht ausgeknipst hatte. Mels letzte Worte hatten ihn unvorbereitet hart getroffen. Noch während sie gesprochen hatte, legte sich eine kalte Faust um sein Herz. Noch nie hatte er Mel so tief verletzt erlebt. Er fühlte, er hatte sie verloren. Nie hätte er das für möglich gehalten, dass ihre Freundschaft so enden könnte und er allein war daran schuld! Warum nur hatte er sich nicht beherrscht und diese ausweglose Situation heraufbeschworen! Mel war jemand ganz Besonderes, und er hatte nicht verstanden, sie in seinem Leben zu halten. Verdammt!

Er wusste nicht mehr, wie lange er so an der Tür gelehnt gestanden hatte, endlich schleppte er sich in die Küche und holte sich ein Bier aus dem Kühlschrank. Dann griff er zum Blackberry und tippte „Bin heute krank" an seine Sekretärin, bevor er ihn achtlos in einen Sessel warf und sich mit dem Bier aufs Sofa fallen ließ. Er wünschte sehnlichst, er könnte die Zeit zurückdrehen, aber dafür war es nun zu spät.


9

So schnell sie konnte hastete Mel die weißen Marmorstufen hinunter und verfluchte Arno, dass er im obersten Stockwerk wohnte. Sie wollte weg, nur noch weg und allein sein. Bis sie aufgewacht war, war ihre Welt noch in Ordnung gewesen, doch jetzt stand sie vor einem emotionalen Trümmerhaufen. Sie konnte heute nicht arbeiten. Mit zittrigen Händen schloss sie ihr Auto auf, startete es und fuhr mit laut aufheulendem Motor an. So schnell es die Straßenverkehrsordnung erlaubte, fuhr sie zu ihrer Wohnung. Was sollte sie tun? Sie wollte nur noch ins Bett, sich die Decke über den Kopf ziehen und sich verkriechen. Aber wie lange würde es dauern bis Arno bei ihr vor der Tür stand? Einen Tag? Zwei Tage? Nein, sie war mit ihm fertig. Plötzlich kam ihr eine Idee. Sie würde wegfahren, an einen Ort, den nur sie kannte und dort würde sie sich erst einmal verkriechen.

Schnell öffnete sie ihre Schränke, zerrte ihren kleinen Reisekoffer aus der Abstellkammer und warf alles so schnell wie möglich hinein. Dann simste sie Jenny, dass sie kurzfristig verreisen musste und sagte alle Termine für diese Woche ab, auch das versprochene nächste Projektmeeting, das über den Fortgang des Projektes entscheiden würde. Sollte er es halt alleine machen. Sie pfiff auf ihre Versprechen Arno gegenüber. Vielmehr musste sie sich beeilen, bevor sie der Mut verließ. In Windeseile duschte sie sich und zog sich frische Sachen an. Kaum eine halbe Stunde später verschloss sie entschieden ihre Wohnungstür, wuchtete ihren Koffer in den Kofferraum und startete den Motor. Sie hatte keine Ahnung, wohin sie fahren würde. Das würde sie einfach auf dem Ring entscheiden. Zum Glück war es noch Vormittag und der Verkehr hielt sich in Grenzen. Sie wollte raus aus dem Trubel der Großstadt, um allein zu sein, um ihre Wunden zu lecken. Am besten auf einer einsamen Insel. Noch während sie es dachte, hellte sich ihr Gesicht auf. Genau, sie würde auf eine Insel fahren und zwar eine, die gemütlich war und die sie noch nicht kannte. Amrum, entschied sie spontan und fädelte sich in die Abbiegerspur zur Autobahn gen Norden ein.

Erleichtert parkte sie am Fähranleger von Dagebüll. Eine frische Böe fuhr durch ihr Haar, als sie ausstieg und die Luft roch nach Salz. Mel schloss für einen Moment die Augen und sog die Meeresluft tief ein, bevor sie sich in Richtung Fahrkartenschalter begab. Der Mann hinter dem Schalter schaute sie interessiert an, denn außer ihr gab es nur wenige Touristen.

„Guten Morgen", begrüßte Mel den Mann. Er tippte zum Gruß gegen seine Schirmmütze.

„Moin, moin", dröhnte er zurück.

„Ich möchte die nächste Fähre nach Amrum nehmen."

„Da hamse aber Glück, in 20 Minuten legt die ab. Das ist die große Weiße hier direkt am Kai." Er zeigte mit dem Zeigefinger auf die nächstgelegene Fähre. „Wie viele Tickets brauchens denn?" Neugierig rutschte er etwas näher an die Glasscheibe, die ihn von Mel trennte.

„Nur eines für mich sowie ein PKW-Ticket."

„Das macht 32 Euro."

Mel kramte in ihrem Portemonnaie und schob ihm das Geld durch den Schlitz zu, während er ein grünes und ein rotes Ticket von den vor ihm liegenden Papprollen abriss und abstempelte. Dann griff er mit seiner schwieligen Hand nach dem Geld und schob Mel die Tickets entgegen.

„Gute Fahrt und schöne Ferien, junge Frau."

Obwohl sie sich miserabel fühlte, lächelte Mel. „Danke." Der Wind war trotz des Sonnenscheins frisch, sie zog ihre Jacke enger um sich und beschleunigte ihren Schritt. Schnell stieg sie ins Auto und fuhr zur besagten Fähre. Der Einweiser zeigte auf den Platz an der Reling. Vor ihr standen zwei kleine Lieferwagen und neben ihr ein Touristenbus. Vorsichtig parkte Mel und stieg aus, bevor sie die steile Metalltreppe der Fähre langsam hinauf kletterte. Sie suchte sich einen freien Tisch und schaute durch das Fenster hinaus aufs Wasser. Eine laute Sirene ertönte und ein sanftes Vibrieren erschütterte das ganze Schiff. Der Hafen entfernte sich langsam. Fast war sie am Ziel angekommen. Nur noch eine kurze Weile, die sie sich zusammenreißen musste. Überrascht stellte sie fest, dass sie sich selbst und die Situation besser als gedacht unter Kontrolle hatte, wenn sie Arno einfach komplett aus ihren Gedanken ausblendete und sie nichts fühlen, sondern einfach nur funktionieren musste. Die Wellen der Nordsee brachten die Fähre in einen leicht schwankenden Rhythmus und sie spürte die Kraft der Maschinen, die gegen die Wellen das Schiff gen Insel drückten. Man konnte sich daran gewöhnen und irgendwie hatte der eigenartige Rhythmus etwas Beruhigendes an sich. Wie weit doch das Meer war! Sie spürte, dass ihre impulsive Entscheidung nach Amrum zu fahren, richtig war. Hier würde sie definitiv niemand erwarten.

Plötzlich unterbrach eine laute Ansage die Stille. Das Mikrophon knisterte, als der Kapitän die Reisenden aufforderte, wieder zu ihren Autos zurück zu gehen, da sie in wenigen Minuten anlegen würden. Schnell erhob sich Mel und folgte den anderen Touristen in die untere Etage. Kaum hatte sie sich ins Auto gesetzt, ruckte es und schon öffneten sich die großen Schiffsrampen vor ihr. Dann sprang die kleine Ampel am Anleger auf grün und der Lotse wedelte mit seinen Armen, damit sie nun die Fähre verließ. Langsam fuhr sie an und auf die Insel. Erleichtert atmete sie aus. Nun brauchte sie nur noch ein schönes Hotelzimmer. Ein großes rotes Schild mit schwarzen Buchstaben wies ihr den Weg zur örtlichen Touristeninformation. Sie parkte auf dem großen Parkplatz und überquerte die Straße. Dann stand sie vor der breiten Aushängetafel, die ihr die noch freien Hotelbetten auf der Insel anzeigte. Ihr Blick blieb auf einem reetgedeckten weißen Haus mit blauen Fensterrahmen hängen. Das sah gemütlich und nicht zu belebt aus. Schnell griff sie in ihre Tasche und wühlte darin herum, bis sie auf dem Taschenboden ihr Handy fühlte. Sie blinzelte gegen die Sonne und tippte die aufgelistete Telefonnummer ein.

„Hotel Sanddorn", meldete sich eine tiefe Männerstimme.

„Guten Tag, ich möchte gerne ein Zimmer für vier Nächte buchen. Haben Sie eventuell noch eins frei?"

Sie hörte wie der Mann mit Papier raschelte.

„Sie haben Glück. Wir haben kurzfristig eine Stornierung bekommen. Allerdings ist es kein normales, sondern ein Komfortzimmer, das etwas teurer ist."

„Das ist kein Problem. Ich nehme es." Ihr war der Preis egal. Sie wollte in dieses Hotel und so teuer würde es bestimmt nicht werden. „Ich bin binnen der nächsten halben Stunde bei ihnen."

„Gut. Fahren Sie immer in Richtung Norddorf bis sie in Nebel sind, dann biegen sie an der dritten Ampel rechts ab und folgen der Hauptstraße. Nach dem roten Backsteinhaus auf der rechten Seite biegen sie dann erneut rechts ab und finden uns am Ende der Straße."

„Danke. Ich werde es hoffentlich gut finden." Erleichtert legte sie auf.

Die Beschreibung des Hotelmanagers entpuppte sich als sehr hilfreich und kaum eine Viertelstunde später parkte sie bereits ihr Auto vor dem Hotel. Es war das letzte Haus in der Straße, in der sich ein reetgedecktes Haus an das nächste reihte. Wie auf dem Bild an der Aushängetafel war es aus Backstein gebaut und weiß gestrichen. Die Fensterrahmen waren hellblau und mit bunten davor gehängten Blumenkästen geschmückt. Der Hoteleingang bestand aus einer alten friesischen Haustür. Mel drückte erwartungsvoll dagegen und betrat einen lichtdurchfluteten Windfang. Die blauweißen Fußbodenfliesen bildeten einen bunten Kontrast zu den weißen Wänden und den großen

Fenstern, die den Blick auf eine weite Wiese freigaben. Mel wandte sich nach rechts und gelangte in einen hellen großen Raum, an dessen linker Wand ein Empfangstresen stand. Gegenüber davon befanden sich vier kleine Tische mit je zwei beige bezogenen Sesseln. Auf jedem der Tische thronte ein kleiner bunter Blumenstrauß. Es wirkte alles sehr beschaulich. Instinktiv fühlte Mel sich wohl. Dann fiel ihr Blick auf einen großen dunkelhaarigen Mann, der sie vom Empfangstresen aus neugierig beobachtete. Sein langer Stufenschnitt sah ein wenig zerzaust aus. Er hatte ein längliches Gesicht mit einem markanten Kinn und einer geraden Nase. Sein Dreitagebart verlieh ihm einen Hauch von Verwegenheit, aber er schien nur wenig älter als sie selbst zu sein. Mel lächelte und ging langsam ihren Koffer hinter sich her ziehend auf ihn zu.

„Guten Tag. Ich hatte Sie wegen eines Zimmers angerufen."

Ein breites Grinsen überzog sein Gesicht und er legte den Kopf leicht schief. „Ach, Sie sind das. Herzlich willkommen. Ich bin Fynn Sanddorn. Hat Ihnen meine Wegbeschreibung geholfen?"

Mel nickte zustimmend. „Sie war wirklich hilfreich, danke."

Er schaute auf seinen Notizblock, auf dem in ziemlich unleserlicher Schrift etwas gekritzelt stand. „Sie bleiben bis zum Wochenende?" Mit hoch gezogener Augenbraue schaute er Mel an.

„Richtig", antwortete sie nur.

Er nickte, drehte sich zum Regal hinter ihm um und zog aus dem aus dem Fach mit der Nummer 17 einen Schlüssel. Dann griff er zu dem Kugelschreiber, der auf seinem Notizblock lag und schob Mel ein Blatt Papier zu.

„Wenn Sie bitte den Bogen ausfüllen könnten?" Er zuckte entschuldigend mit den Schultern. „Vorgabe vom Fremdenverkehrsverein."

„Kein Problem." Mel griff nach dem Stift und füllte den Bogen aus. Dann gab sie ihm beides zurück. Ohne das Papier eines weiteren Blickes zu würdigen, war er um den Empfangstisch herum gekommen und hatte seine Hand bereits auf Mels Koffergriff gelegt.

„Kommen Sie. Ich zeige Ihnen nun Ihr Zimmer und auf dem Weg dorthin ein bisschen das Hotel. Sobald Sie sich frisch gemacht haben, führe ich Sie gerne ausführlich herum."

Mel drehte sich zu ihm um. Sie reichte ihm in ihren flachen Schuhen noch nicht einmal bis zur Schulter. Sie schaute zu ihm auf und begegnete seinem amüsierten Blick.

„Ich bin in der Tat ziemlich müde und würde mich erst gerne ausruhen."

„Klar, kommen Sie." Er machte eine einladende Handbewegung und ging voraus.

„Hier unten befinden sich neben der Eingangshalle auch der Frühstücks- sowie der Leseraum. In Letzterem finden sie eine Vielzahl an Büchern." Er machte eine kleine Pause und fuhr in leisem, verschwörerischem Ton fort: „Aber ich glaube kaum, dass die Buchwahl Ihrem Geschmack entspricht. Meine Mutter hat sie ausgesucht. Alle."

Gegen ihren Willen musste Mel lachen. Er nickte zufrieden über ihre Reaktion und ging weiter.

„Im unteren Stockwerk befinden sich der Fitnessraum und das Schwimmbad und hier ist der Aufzug." Er drückte den Knopf und mit einem leisen Surren öffnete sich die eiserne Tür. Ihr

Zimmer liegt im dritten und somit obersten Stockwerk. Sie haben von dort einen schönen Blick auf das hinter dem Haus beginnende Schilf. Sehr ruhig und erholsam."

Mel fühlte sich erleichtert. Genau das hatte sie gesucht.

Vor der letzten Tür am Gangende blieb er stehen, steckte den Schlüssel ins Schloss und öffnete die Tür. „Hereinspaziert. Hier ist Ihr Reich."

Neugierig folgte Mel ihm in das weiß eingerichtete Zimmer. Das große Bett stand gegenüber des breiten Fensters, aus dem sie direkt das versprochene Schilf und das dahinter beginnende Wasser sehen konnte. Die Pflanzen wiegten sich leicht im Wind. Das Fenster war gekippt, so dass sich die seitlich angebrachten Vorhänge aus weißem Stoff voller Pastellblumen leicht bauschten. Das graue Sofa war mit mehreren farbenfrohen Kissen bedeckt und bildete einen wohligen Blickfang im Zimmer. Die vielen Messingarmaturen hätten nach Mels Geschmack ruhig durch schlichte Tür- und Schrankgriffe ausgewechselt werden können, gaben dem Raum aber durchaus etwas Verspieltes und Antiquiertes. Rechts neben der Badezimmertür befand sich ein kleiner Wandtisch, auf dem ein Strauß rosa Rosen stand. Ihre Knospen hatten sich bereits leicht geöffnet und verströmten einen süßen Duft. Fynn, der Mel schweigend beobachtet hatte, unterbrach die Stille.

„Ich hoffe, es gefällt Ihnen. Meine Mutter hat leider einen etwas eigenen Geschmack."

„Ja, es ist wirklich schön", versicherte Mel schnell.

„Gut. Dann lasse ich Sie jetzt mal in Ruhe. Falls Sie Fragen haben oder einen Fremdenführer brauchen, ich bin unten."

Mel kniff die Augen zusammen.

Amüsiert verzog sich sein Mund zu einem breiten Grinsen. „Keine Angst. Wir sind ein ganz normales Hotel. Ich bin nur der Sohn des Hauses, der heute Nachmittag ausnahmsweise aushilft." Ohne eine weitere Antwort abzuwarten, tippte er kurz mit der Hand zum Gruß gegen seinen Kopf und schloss leise die Tür hinter sich.

Mel war allein. Sie schloss die Augen. Endlich konnte sie sich um sich und ihren Schmerz kümmern. Aber anstatt sich zu freuen, dass sie endlich am Ziel ihrer Reise war, überkam sie eine tiefe Leere und unendliche Einsamkeit. Sie schaffte es gerade noch ihre Jacke auszuziehen und aufs Sofa zu werfen, bevor sie aufs Bett sackte. Plötzlich schossen ihr Tränen in die Augen und liefen unaufhaltsam über ihre Wangen. Sie rollte sich zu einer Kugel zusammen und schluchzte in ihr Kissen.

Es war bereits früher Abend, als Mel erwachte. Verwundert rieb sie sich die Augen. Wo war sie? Sie schaute ratlos im Zimmer umher. Dann erinnerte sie sich wieder. Sie war auf Amrum. Die tief stehende Sonne schien ihr direkt ins Gesicht und hatte sie geweckt. Mel blickte durch das Fenster in einen wolkenlosen Abendhimmel. Sie wollte noch einen kleinen Spaziergang unternehmen, bevor es dunkel wurde. Vielleicht hatte sie ja Glück und konnte sogar noch zum Strand und sich dort ein wenig in einen Strandkorb setzen, während die Sonne unterging. Langsam rollte Mel sich zur Seite und stand auf. Sie streckte ihre schmerzenden Glieder und schaute in den Wandspiegel, der in einem schnörkeligen Messingrahmen über dem kleinen Wandtischchen angebracht war. Ein blasses, müdes Gesicht schaute ihr entgegen. Mel trat einen Schritt näher zum Spiegel.

Die Frau, die sie dort sah, war das Resultat einer hoffnungslosen Liebe. Wenn sie nicht aufpasste, dann würden sich in ihrem Gesicht bald die ersten zynischen Falten eingraben und sie bitter und verhärmt aussehen lassen. Arno liebte sie nicht. Das hatte sie, wenn sie ehrlich war, schon seit Jahren gewusst, aber nie wahrhaben wollen. Gut, sie hatte nun die Gewissheit, aber deswegen hörte ihr Leben nicht auf! Sie musste etwas ändern und ein Zeichen setzen. Alle sollten verstehen, dass es die alte Mel nicht mehr gab. Die neue Mel wollte das Leben kosten und genießen. Was konnte sie bloß tun? Der Blick fiel auf ihre Haare, die unordentlich um ihren Kopf standen und ihre Miene hellte sich auf. Genau, ab sofort verzichtete sie auf diesen seriösen Haarstyle. Ab jetzt trug sie ihre Haare wieder offen. Dadurch wirkte sie zwar jünger, aber sie war ja auch noch jung. Entschlossen löste sie die große Haarklammer vom Hinterkopf und ihr langes volles Haar fiel in weichen Wellen hinab auf ihre Schultern. Langsam wandte sie sich ab und öffnete ihren Koffer, aus dem sie eine Jeans, ihre Sneakers und einen passenden, dicken dunklen Pullover zog. Die Sonne würde gleich untergehen und sie hatte keine Lust, sich zu all dem Schlamassel auch noch eine Grippe einzufangen. Schnell schlüpfte sie in die Kleidung. Dann griff sie nach ihrem Zimmerschlüssel und öffnete die Tür. Hoffentlich verwickelte Fynn sie jetzt nicht in ein Gespräch, denn ihr war nicht nach Konversation. Sie wollte so schnell wie möglich an die frische Luft und zum Strand.

Als sich die Fahrstuhltür öffnete, schaute sie sich kurz um, aber weit und breit war niemand zu sehen. Erleichtert atmete sie aus und huschte ungesehen zur Hoteltür hinaus. Sie wandte sich nach rechts, wo sie bei ihrer Anreise einige Schilder mit dem Wegweiser zum Strand gesehen hatte. Angeblich lag er unweit auf der anderen Seite der Hauptstraße. Plötzlich kam ihr alles so unwirklich vor. Die friesischen Häuser lagen still in der Nachmittagssonne vor ihr, der Himmel war malerisch blau und sie spazierte hier entspannt entlang. Dabei war ihr hundsmiserabel zumute.

Endlich lichteten sich die Häuserreihen und Mel konnte das Meer förmlich riechen. Sie folgte der leeren Straße und erreichte den Eingang zum Strand. Ein langer Holzsteg führte vom gepflasterten Bürgersteig hinunter zum Meer. Bevor er in hölzerne Stufen überging, befand sich zur Linken ein kleines Häuschen, an dem in großen Buchstaben „Strandkorbverleih" angebracht war. Im Moment war jedoch niemand zu sehen. Langsam stieg Mel die Holzstufen hinunter und tauchte mit ihren Sneakern in den hellen Sand ein. Schnell streifte sie sich die Schuhe von den Füßen und krempelte ihre Jeans bis zur Wade auf. Sie wollte wenigstens ihre Füße kurz ins Wasser stecken. Die Sonne stand schon relativ tief am Himmel und die meisten Strandkörbe waren verwaist auf dem Strand verteilt. Die wenigen verbliebenen Besucher packten ihre Sachen zusammen. Trotz des Rauschens der Wellen und des Windes, der mit ihrem offenen Haar spielte, wirkte der Strand beschaulich und friedlich. Langsam näherte sie sich dem Rand des Strands, dessen Boden durch die immer wiederkehrenden Wellen feucht und kühl unter ihren Füßen nachgab. Mel setzte einen Fuß vor den anderen und genoss es, eine Fußspur zu hinterlassen, bis die nächste Welle kommen und sie wegspülen würde. Die letzten Ausläufer jeder Welle, die ihre Füße umspielten, kamen ihr fast wie eine

Liebkosung vor und gegen ihren Willen musste sie lächeln. Ein Blick zum Himmel verriet ihr, dass die Sonne jeden Moment untergehen würde. Dieses Schauspiel wollte sie sich nicht entgehen lassen. Sie suchte sich eine trockene Stelle im Sand, zog die Beine an und schlang die Arme darum. Dann legte sie ihr Kinn auf ihre Knie und beobachtete still die Sonne. Sie versuchte nicht zu denken, auch wenn sie plötzlich wieder Arnos Gesicht vor sich sah. War es erst heute Morgen gewesen, dass sie glücklich neben ihm aufgewacht war? War es erst heute Morgen gewesen, als er all ihre Hoffnungen und Sehnsüchte für immer zerstört hatte? War es erst heute Morgen gewesen, als sie begriffen hatte, dass es die große erfüllte Liebe in ihrem Leben nicht geben würde? Heiße Tränen rannen ihr lautlos über die Wangen und sie war dankbar dafür, nun allein am Strand zu sein. Verstohlen wischte sie sich über die Wangen. Sie blickte gedankenvoll in die Ferne. Die Sonne würde heute untergehen und morgen wieder aufgehen genauso wie morgen, wie nächsten Monat und wie nächstes Jahr. Auch sie würde ihr Leben genauso morgen leben müssen wie heute, wie gestern und wie in Zukunft. Und sie würde es schaffen, entschied Mel. Heute und morgen durfte sie noch um Arno und ihre verlorene Liebe weinen, aber dann würde sie sich für ihr restliches Leben wappnen und sich überlegen, wie sie mit der Leere und der Einsamkeit dennoch glücklich werden konnte. Tja, und das hieß auch, sich zu wissen, wie sie mit Arno umgehen sollte. Sie musste es schaffen, zumindest professionell mit ihm weiter zu arbeiten. Seine Liebe hatte sie verloren und seine Freundschaft konnte sie nicht behalten. Somit hatte sie auch ihren besten Freund verloren, dachte sie traurig.

Der Himmel hatte sich bereits tiefrot gefärbt und die Sonne schickte einen letzten Farbengruß, bevor auch er verblasste und ein tiefes Blau den Himmel überzog. Wenn sie nicht vollkommen im Dunkeln zum Hotel zurück laufen wollte, dann wurde es nun Zeit zu gehen. Mel stand auf und klopfte sich den Sand von der Hose. Plötzlich hatte sie das Gefühl, beobachtet zu werden. Sie wandte ihren Kopf um und sah am oberen Ende der Holztreppe, nahe des Strandkorbverleihs einen Mann stehen. Mel kniff die Augen zusammen, um besser sehen zu können. Er hatte den Kragen seiner Windjacke hochgeklappt und seine Schirmmütze tief ins Gesicht gezogen. Seine Hände waren in den Jackentaschen vergraben. Reglos stand er da und schaute sie an. Mel wandte sich ab und ging, ohne ihn eines weiteren Blickes zu würdigen, zurück zum Holzsteg. Als sie die unterste Stufe erreichte und ihre Schuhe wieder angezogen hatte, wagte sie einen Blick hinauf zum Ende der Treppe, aber von dem Mann war nichts mehr zu sehen. Vielleicht war es der Eigentümer der Strandkörbe gewesen. Egal. Der Wind war kalt und sie beschleunigte ihre Schritte. Obwohl sie die Zeit am Meer genossen hatte, war sie froh, als sie ihr erleuchtetes Hotel sah. Warmes Licht fiel durch die Fenster auf die Straße. Sie stemmte sich energisch gegen die Eingangstür und betrat den wohlig warmen Windfang. Die frische Luft hatte ihre Wangen gerötet und ihre Haare waren vom Wind zerzaust. Zwei ältere Damen saßen an einem der Tische im Empfangsraum, so konzentriert in ihr Kartenspiel vertieft, dass sie Mel nicht sahen, wie sie den Eingangsraum durchquerte. Auf dem Weg zum Fahrstuhl begegnete ihr plötzlich Fynn. Er hatte also doch noch keinen Feierabend. Auf seinen Armen balancierte er einen gewaltigen Stapel Zeitschriften. Unbekümmert lächelte er Mel an, wobei zwei Grübchen im linken Mundwinkel erschienen und ihm etwas Jungenhaftes verliehen.

„Schön Sie zu sehen. Haben Sie einen kleinen Spaziergang gemacht?" Er verlagerte leicht sein Gewicht, um den Papierstapel fest im Griff zu halten.

Mel nickte. „Ja, ich bin zum Strand gegangen und habe mir dort den Sonnenuntergang angeschaut."

„Das ist heute eine sehr gute Wahl gewesen, denn morgen wird das Wetter wohl nicht mehr ganz so schön sein. Ist das Ihr erster Besuch auf Amrum?"

„Ja, ich war noch nie hier, obwohl ich das schon eine ganze Weile geplant hatte." Mel schaute Fynn entschuldigend an. Seine grünen Augen leuchteten spitzbübisch.

„Hauptsache Sie sind jetzt hier. Ich kann Ihnen morgen einige gute Ausflugstipps geben und wenn Sie mögen, dann zeige ich Ihnen übermorgen Abend das beste Fischrestaurant der Insel, wenn man die Einheimischen fragt."

Mel schaute Fynn für einen Moment überrascht an. Wollte er mit ihr flirten oder war er nur unverbindlich behilflich? Ach, es war ihr egal. Beides war ihr recht. Sie lächelte ihn daher offen an und nickte zustimmend. „Vielen Dank. Ich nehme beide Angebote gerne an."

Fynns Mund verzog sich zu einem breiten Grinsen. „Ich freu mich drauf. Dann bis morgen. Ich muss jetzt leider los und vorher noch schnell diesen Ramsch entsorgen, bevor meine Mutter es verbietet." Dann nickte er Mel entschuldigend zu und eilte mit weit ausholenden Schritten in Richtung Empfang. Gedankenvoll schaute sie ihm nach.

Verschlafen öffnete Mel die Augen und blinzelte. Fahles Licht fiel durch das Fenster direkt in ihr Gesicht und hatte sie geweckt. Der Himmel war, wie Fynn es vorausgesagt hatte, bewölkt. Dunkle grauschwarze Wolken drängten sich aneinander. Es würde bestimmt jeden Moment regnen. Kraftlos schloss sie die Augen. Ihr Kopf schmerzte und fühlte sich an, als ob tausend kleine Nadeln in ihm säßen. Sie hatte die ganze Nacht kein Auge zu getan und sich von einer Seite auf die andere gewälzt. Immer wieder hatte sie Arnos Gesicht vor ihren Augen, spürte seine sanften Berührungen, die ihre Haut zum Kribbeln und sie selbst zum Brennen brachten. Sie sah seine unglaublich blauen Augen, die sie voller Leidenschaft ansahen und hörte seine ernüchternden Worte, dass alles nur ein Fehler war. Wie zum Schutz zog sie die Bettdecke bis unters Kinn und vergrub ihr Gesicht im Kopfkissen. Resigniert musste sie sich eingestehen, dass ihre gute Laune vom gestrigen Tag nicht lange angehalten hatte. So leicht, wie sie es sich vorgestellt hatte, konnte sie Arno und ihre Gefühle für ihn nicht vergessen. Fast zehn Jahre war sie in ihn verliebt, das konnte sie nicht mit einem einzigen Tag einfach so auslöschen. Tränen stiegen ihr in die Augen und strömten über ihr Gesicht. Sie fühlte sich so miserabel. Warum verliebte sie sich in einen Mann, der ihre Gefühle niemals erwidern würde? Warum verliebte sie sich nicht in einen Mann, der ihre Gefühle teilte und für den auch sie etwas ganz Besonderes war? Was hatte sie falsch gemacht? Welche Zeichen hatte sie damals übersehen, die Arno vielleicht dazu hätten bringen können, sie nicht nur als gute Freundin, sondern als Frau zu sehen? Aber all die Fragen halfen ihr auch nicht weiter. Es war nun mal wie es war. Sie hatte nicht nur ihre große Liebe, sondern auch ihren besten Freund verloren.

Sie wusste nicht, was schlimmer war. Es tat so weh. Ein Teil von ihr war immer noch betäubt und würde es wohl auch eine ganze Weile, wenn nicht sogar für immer bleiben, aber der andere Teil von ihr, der wollte leben und Lebensfreude spüren. Aber heute würde er sich noch nicht durchsetzen können.

Ein Summton aus ihrer Tasche durchbrach Mels Gedanken. Normalerweise wäre sie sofort zu ihrer Tasche gerannt und hätte nachgesehen, wer ihr eine SMS schickte, aber im Moment war ihr das egal. Was sollte sie auch antworten? Ihr fehlten die Worte. Erschöpft zog sie das neben ihr liegende zweite Kopfkissen über den Kopf und fiel kurz darauf in einen tiefen, traumlosen Schlaf.

Als sie Stunden später erwachte, regnete es. In langen Fäden fielen die Tropfen zu Boden. Obwohl der Himmel verdunkelt war und alles graublau wirkte, empfand Mel den Regen als überaus tröstlich. Vielleicht wusch er ja auch ihren Schmerz ein wenig fort. Sie wollte einfach nur im Bett liegen bleiben und dem Regen zuschauen. Ihr Blick fiel auf den Wasserkocher auf der Anrichte. Entschlossen schlug sie die Bettdecke zurück und ging barfuß in ihrem hellroten Pyjama zur Anrichte. Der dicke weiche Teppich unter ihren Füßen fühlte sich beruhigend an. Sie setzte den bereits gefüllten Wasserkocher in Gang und suchte sich aus den verschiedenen Teebeuteln, die in der kleinen Porzellandose daneben standen, den friesischen Tee aus. Nach 5 Minuten sollte man laut Aufbrühanleitung das volle Aroma genießen können. Während sie den Beutel in eine weiße mit Muscheln bemalte Porzellantasse hängte und auf das Glucksen des kochenden Wassers wartete, knurrte ihr Magen. Sie hatte Hunger, verspürte aber keine Lust, hinunter zum Essen zu gehen. Vielleicht gab es ja eine kleine Minibar mit ein paar Kräckern oder so. Je ungesünder, desto besser. Schließlich ging es darum, wieder auf die Beine zu kommen. Behände öffnete sie einen Schrank nach dem anderen und entdeckte endlich den kleinen Kühlschrank in der Kommode unterhalb des Spiegels. Die Auswahl war begrenzt, aber die Packung mit Studentenfutter sowie die Nussschokolade würden ihren Zweck durchaus erfüllen. Zufrieden schloss sie die Minibar und warf beides aufs Bett. Dann schaltete sie den Wasserkocher ab und goss vorsichtig das heiße Wasser in die Teetasse. Langsam trug sie diese hinüber zum Bett. Erst jetzt merkte sie, dass es ziemlich frisch im Zimmer war und erleichtert schlüpfte sie zurück in das noch warme Bett, wo sie sich zwei Kissen in den Rücken stopfte. Dann begann sie ihre Eroberungen aus der Minibar zu vertilgen. Nach einigen Minuten griff sie zur Teetasse, entfernte den Teebeutel und zog ein wenig die Knie zu sich heran. Mit der Tasse in der einen Hand und der Schokolade in der anderen schaute sie hinaus in den Regen. Sie verbot sich jeglichen Gedanken und genoss einfach das besänftigende Geräusch der an die Fensterscheibe fallenden Regentropfen. Sie wusste nicht, wie lange sie so verharrt hatte. Der Tee war bereits getrunken und die Schokolade halb gegessen. Eine tiefe Müdigkeit überfiel sie, so dass sie die leere Tasse und die restliche Schokolade auf den Nachttisch abstellte. Ohne einen weiteren Gedanken zog sie sich die Bettdecke tief ins Gesicht und schlief ein.

Erst Stunden später erwachte sie. Sie fühlte sich viel besser. Der Regen hatte aufgehört und die dunklen Wolken hatten sich verzogen. Ein strahlend blauer Himmel begrüßte sie. Wie lange hatte sie denn geschlafen? Wie spät konnte es wohl sein? Mel reckte sich und griff nach ihrer Armbanduhr, die neben ihr auf dem Nachttisch lag. Überrascht schaute sie auf das Zifferblatt. Es war bereits vier Uhr am Nachmittag. Entspannt reckte sie sich. So ein Tag im Bett hatte ihr wirklich gut getan, aber nun wollte sie an die frische Luft. Es war gestern so schön am Strand gewesen. Auch wenn es heute vielleicht keinen so strahlenden Sonnenuntergang geben würde, wollte sie sich dennoch ein wenig die Meeresluft um die Nase wehen lassen. Wofür war sie schließlich auf eine Insel gefahren? Mit neuem Elan stieg Mel aus dem Bett und sprang unter die Dusche. Sie ließ das heiße Wasser ausgiebig über ihren Körper fließen, bis sie das Gefühl hatte, bereit zu sein, dem Leben außerhalb ihres Hotelzimmers zu begegnen.

Der Regen hatte die Temperatur des gestrigen Tages ein wenig sinken lassen und Mel zog den Reißverschluss ihrer Windjacke hoch bis zum Kinn, als sie sich dem Strand näherte. Vielleicht war es doch ein wenig zu frisch und der Sand ein wenig zu nass, um direkt bis zum Wasser zu gehen. Sie erinnerte sich, gestern eine kleine Bank gesehen zu haben, die etwas abseits am oberen Ende des Holzsteges stand. Vielleicht hatte sie ja Glück und kein anderer Tourist hatte die gleiche Idee wie sie. Neugierig näherte sie sich der kleinen Holzhütte, die geschlossen war. Der Strand lag verlassen zu ihren Füßen. Mel wandte sich nach rechts und wanderte langsam den unebenen Pfad in Richtung Dünen. Keine zweihundert Meter vor ihr sah sie die Rückenlehne der Bank. Erleichtert trat sie zu der Holzbank und setzte sich. Während sich vor ihr der Strand erstreckte, begannen hinter ihr grüne Wiesen, die durch ihre erhöhte Lage Schutz vor dem Wind boten. Wie bunte Kleckse verteilten sich die Strandkörbe über den Strand. Nichts außer dem sich rhythmisch bewegenden Meer regte sich. Das Geräusch der sich brechenden Wellen drang an ihre Ohren. Die See war heute viel rauer als gestern, aber wunderschön. Vielleicht musste es heute so sein. Vielleicht musste erst alles aufgewühlt und durchgeschüttelt werden, bevor alles hinweggespült werden konnte. Eine Bewegung in ihren Augenwinkeln ließ Mel erschrocken zusammenzucken. Rasch wandte sie sich um. Der Mann, der sie bereits gestern Abend beobachtet hatte, kam langsam auf sie zu. Mel wollte aufspringen und wegrennen, doch dann sah sie, dass er bereits um die achtzig Jahre alt sein musste. Er hatte genau wie am Vorabend den Kragen seiner Windjacke hochgeschlagen und seine Schirmmütze tief ins Gesicht gezogen. Er trug eine braune Cordhose und feste dunkle Schuhe. Seine Augen waren von buschigen, weißhaarigen Augenbrauen umrahmt, die seine stahlgrauen Augen noch heller erscheinen ließen. Sie schienen weit in die Ferne zu blicken. Er kam Mel irgendwie einsam vor und sie blieb abwartend sitzen. Langsam steuerte er auf die Bank zu und setzte sich schweigend an deren anderes Ende. Er schaute wie gebannt auf das Meer mit seinen weißen Schaumkronen. So saßen sie eine Weile schweigend nebeneinander, bis er langsam zu reden begann: „Ist es nicht ein wundervoller Anblick, unser Meer? Ich lebe hier nun schon mein ganzes Leben und immer wieder erscheint es mir, als ob ich es zum ersten Mal sehe."

Seine warme tiefe Stimme rührte Mel. Sie nickte, doch mehr als ein „Ja, das stimmt wohl" brachte sie nicht hervor.

Ohne sie anzusehen, fuhr er langsam fort: „Ich habe Sie bereits gestern Abend am Strand gesehen wie Sie den Sonnenuntergang beobachteten." Ein trauriges Lächeln umspielte seinen Mund. „Ich spreche sonst nicht unsere Gäste an, aber Sie erinnern mich an jemanden. Und Sie sahen so traurig und irgendwie verloren aus."

Bei seinen Worten spürte Mel einen schmerzlichen Stich. Der Fremde hatte ihr direkt den Finger in die Wunde gelegt. Wie kam er dazu, sich in ihre Angelegenheiten einzumischen?

„Hm", erwiderte sie, schwankend zwischen Unmut und Neugier. „An wen erinnere ich Sie denn?" Sie wandte den Kopf und blickte den alten Mann von der Seite an.

Er rührte sich nicht, sondern blickte weiter wie gebannt in die Ferne. „Meine Enkelin", antwortete er leise.

„Oh, ist sie...?" Mel konnte sich nicht überwinden, die Frage zu Ende zu stellen und atmete erleichtert auf als er verneinend den Kopf schüttelte.

„Nein, aber sie lebt weit weg in Amerika. Nach einem Streit mit mir hat mein Sohn mit seiner Familie die Insel verlassen und ist in die USA gezogen. Ich habe leider keinen Kontakt mehr zu meiner Enkelin. Sie müsste jetzt so alt sein wie Sie. Und sie hat auch so schönes braunes Haar."

„Das tut mir leid", meinte Mel mitfühlend.

„Ist schon gut", er wischte sich verstohlen eine Träne aus den Augenwinkeln. „Das ist das Leben, man macht Fehler, impulsiv und gedankenverloren und hat dann nicht den Mut, sie sich auch einzugestehen. Oder wenn man es tut, ist es einfach zu spät."

„Wie wahr", seufzte Mel. Sie spürte eine seltsame Verbundenheit mit dem alten Mann.

„Meine Frau Ines hatte mich gewarnt, aber ich habe erst zu spät auf sie gehört."

„Gibt es denn keine Möglichkeit, dass Sie sich wieder mit Ihrem Sohn versöhnen?" fragte Mel hoffnungsvoll.

„Vielleicht, vielleicht auch nicht." Endlich wandte der alte Mann sein Gesicht Mel zu. Sie sah seine vielen Falten und die Traurigkeit in seinen Augen. Er lächelte ihr warm zu und sagte: „Ich bin übrigens Pete."

„Ich bin Melanie." Sie streckte ihm spontan ihre Hand entgegen, die er dankbar ergriff. Sein schwieliger Händedruck war fest und warm. Dann schauten beide wieder hinaus aufs Meer.

„Sie haben Recht."

Pete fiel ihr ins Wort. „Bitte sag du zu mir. Auf Amrum duzen wir uns."

Mel lächelte.

„Danke, Pete. Ich wollte sagen, dass du Recht hast. Ich bin in der Tat traurig und versuche, mein Leben wieder unter Kontrolle zu bekommen."

Pete nickte nur und schwieg. Nach einer kleinen Weile fragte er: „Magst du mir deinen Kummer erzählen, Melanie? Manchmal hilft es, sich einem Fremden anzuvertrauen und die ganze Sache mal aus einer anderen Sicht zu sehen."

Der Vorschlag traf sie völlig unerwartet. Wollte sie das? Wollte sie den ganzen Schmerz und ihre Mädchenträume hier vor Pete, einem völlig fremden Mann, ausbreiten? Sie war bisher in ihrem Leben auch so immer klar gekommen. Sie wusste nicht warum, aber plötzlich verspürte sie den Drang, Pete alles zu erzählen. Stockend begann sie ihm von Arno zu erzählen, wie sie sich vor langer Zeit kennengelernt hatten und sparte auch das bittere

Ende, wenn auch ohne Details, nicht aus. Pete hörte ihr schweigend zu und hielt ihr lediglich sein sauberes Stofftaschentuch hin, als ihr die Tränen gegen ihren Willen die Wangen herunterliefen. Sie nahm es dankend und trocknete sich erleichtert damit die Wangen. Nun, nachdem sie all ihr Leid mit ihm geteilt hatte, fühlte sie sich auf unerklärliche Weise besser. Es tat gut, sich alles einmal von der Seele zu reden, auch wenn es an der Situation selbst nichts änderte.

„Magst du meine Meinung hören?" fragte er leise.

„Ja", antworte Mel mit tränengetränkter Stimme.

„Ich kenne diesen jungen Mann ja nicht, aber ich weiß, dass du einen guten Geschmack hast. Das habe ich sofort gesehen. Entweder hat er es einfach noch nicht begriffen wie wunderbar du bist und dass er dich liebt und wird es vielleicht jetzt, wo du aus seinem Leben verschwunden bist, tun. Dann gibt es für euch Hoffnung und vielleicht ein glückliches Ende. Oder aber, er ist ein egoistischer Dummkopf und hat dich nicht verdient." Er atmete tief ein. „In beiden Fällen liegt es an ihm, die richtige Entscheidung für sein Glück zu treffen. Du hast dir gar nichts vorzuwerfen und solltest dein Leben weiterleben und genießen. Irgendwo dort draußen wartet der Richtige auf dich. Und wenn die Zeit reif ist, wirst du es wissen." Er zeigte mit seiner knöchernen Hand auf das Meer. „Schau, wie groß das Meer ist. Und wir sehen nur einen winzigen Bruchteil davon. Wie groß ist erst die Welt und wie unendlich erst das Universum. Was wissen wir kleinen Menschen schon?"

Mel folgte seinem Finger und sah hinaus auf die See, die ihr plötzlich endlos erschien.

„Danke, Pete", meinte sie ernsthaft und aus ganzem Herzen. „Du hast mir wirklich sehr geholfen."

„Ich wünschte es wäre so. Weißt du, Melanie, Kummer ist nicht leicht zu verstehen. Er kommt und geht in Wellen, wie das Meer. Wenn sich das Wasser zurückzieht und den Strand mit seinen Muscheln, Seetang und Getier freilegt, dann vergessen wir den Schmerz und leben. Wenn aber die nächste Welle sich bricht und das Wasser alles bedeckt, dann fühlen wir wieder den Schmerz. Ich glaube, wir müssen dieses Kommen und Gehen einfach akzeptieren, dann tut es immer weniger weh."

„Du bist sehr weise, Pete", meinte Mel nachdenklich und beobachtete die Vor-und Zurückbewegungen der Wellen.

Sie saßen noch eine Weile schweigend nebeneinander. Dann stand Pete langsam auf.

„Ich möchte mich nicht aufdrängen, Melanie, aber ich würde dich gerne morgen zu einer Tasse Tee einladen. Meine Frau Ines macht das beste Teegebäck der Insel." Er lächelte Mel warm an. „Und sie würde sich sehr freuen, das weiß ich." Mel schaute Pete überrascht an und erkannte den flehenden Ausdruck in seinen Augen.

Sie lächelte ihn an. „Vielen Dank für die Einladung. Ich komme sehr gerne."

Petes faltiger Mund verzog sich zu einem erleichterten Lächeln.

„Wir wohnen am Fähranleger 6 in Norddorf, das ist das rote Haus am Ende der Straße, dort wo es zum Leuchtturm geht. Wir trinken unseren Tee um vier Uhr."

„Ich freu mich schon."

Pete tippte zum Gruß an seine Schirmmütze und wandte sich um. Impulsiv rief Mel: „Pete."

Er drehte sich mit vor Überraschung hochgezogenen Augenbrauen um.

„Vielen Dank."

Ein warmes Lächeln war seine einzige Antwort. Dann nickte er, bevor er langsam in Richtung Straße verschwand. Mel blieb noch eine Weile auf der Bank sitzen. Sie fühlte tiefe Dankbarkeit, dass sie Pete getroffen hatte. Ohne zu überlegen hatte er ihr vertraut und von seinen Kummer erzählt und sie so gut verstanden. Kein Wort der Zurechtweisung oder des Kopfschüttelns über ihr Verhalten war über seine Lippen gekommen. Sie dachte an seine Worte über Arno. Gab es vielleicht doch noch Hoffnung? Musste sie nur abwarten und alles würde sich fügen? Tja, auch Pete hatte sich da nicht festgelegt. Vielleicht war Arno doch nur ein egoistischer Dummkopf? Mel strich sich eine Haarsträhne aus dem Gesicht, die der Wind ihr unablässig vor die Augen wehte. Pete hatte Recht, ihr Leben ging weiter und sie musste den Schmerz akzeptieren. Er war da, er würde immer wiederkehren und immer bleiben. Aber sie wollte sich nicht auf ihn, sondern auf die kleinen Pausen dazwischen konzentrieren. Sie würden ihr helfen, die Zeit des Kummers zu ertragen. Wie gut, dass sie nach Amrum gekommen war. Eine kühle Windböe fegte ihr Haar wie zur Bestätigung von hinten ins Gesicht und Mel lachte befreit auf. Wie schön war es, dass es ihr nun gar nichts ausmachte, ein wenig zerzaust auszusehen. Plötzlich verspürte sie einen Riesenhunger. Es war Zeit, endlich etwas Gescheites zu essen. Entschlossen stand sie auf und warf einen letzten Blick aufs Meer.

Aus den Hotelfenstern drang bereits Licht auf die dunkle Straße, als Mel sich dem Hoteleingang näherte. Gerade wollte sie die

Hand auf den Türknopf legen, als die schwere Tür energisch von innen aufgerissen wurde und Fynn herausstürmte. Er hatte Mel gar nicht gesehen und prallte unsanft mit ihr zusammen.

„Aua", entfuhr es Mel, wobei sie durch den harten Aufprall ihr Gleichgewicht verlor. Jede Sekunde würde sie auf den Kiesweg schlagen, doch Fynn streckte geistesgegenwärtig seine Hand aus und vermied so einen unsanften Fall. Impulsiv krallte Mel sich an seinem Hemd fest. Plötzlich war ihr Gesicht ganz nah an seinem und sie konnte die kleinen Sonnenfältchen um seine Augen erkennen. Sein After Shave stieg ihr in die Nase und sie war unfähig, ein Wort zu sagen. Er schaute sie seltsam an und sein Atem ging schnell. Dann schob er sie sanft von sich.

„Entschuldigung. Ich hatte Sie nicht gesehen."

„Keine Ursache." Und mit einem Lächeln fügte sie hinzu: „Ich hatte nicht mit einer so stürmischen Begrüßung gerechnet."

Fynn strich sich ungehalten durch die Haare. „Es war leider weniger eine stürmische Begrüßung als ein stürmischer Abgang. Hauptsache, Sie sind dadurch nicht zu Schaden gekommen."

Sie schüttelte verneinend den Kopf. „Nein, keine Sorge."

„Haben Sie meine Ausflugstipps bekommen?"

Mels schlechtes Gewissen regte sich. „Es tut mir leid, aber ich habe mir heute einen langen Tag im Bett gegönnt und bin dann direkt zum Strand gegangen. Ich verspreche, dass ich mir aber morgen die Insel anschauen werde." Sie schaute Fynn entschuldigend an.

Er schaute mit leicht schief gelegtem Kopf auf sie herunter. „Haben Sie Lust, fangfrische Krabben zu puhlen?"

Überrascht schüttelte Mel den Kopf. „Das habe ich noch nie gemacht. Kann man das denn hier auf Amrum?"

Ein schelmisches Lächeln umspielte seinen Mund. „Klar, es gibt einen kleinen Hafen, der so klein ist, dass dort nur einige wenige Boote anlegen, darunter auch ein alter Krabbenkutter. Von dort beziehen die örtlichen Hotels ihre Krabben und unterstützen dadurch den einzigen Krabbenfischer von Amrum. Ich muss morgen früh dorthin und Krabben fürs Hotel kaufen. Wenn Sie Lust haben, können Sie mich begleiten." Und nach einer kleinen Pause fügte er hinzu: „Sie müssen allerdings früh aufstehen, aber ich verspreche Ihnen, sie werden das beste Krabbenfrühstück bekommen, das man hier auf der Insel essen kann."

Mel strich sich eine lange Strähne hinter die Ohren und nickte zustimmend. „Das hört sich toll an. Da sage ich sehr gerne zu."

„Prima. Dann hole ich Sie um 7 Uhr ab."

Sieben Uhr, das war ja echt früh. Mel schluckte, nickte aber zustimmend. „Ich werde um 7 Uhr auf Sie warten."

„Dann ruhen Sie sich heute Abend aus." Er war schon zwei Schritte an Mel vorbei gegangen, als er sich noch einmal umdrehte und ihr zurief: „Essen Sie heute Abend auf keinen Fall den Lachs. Meine Mutter ist wütend auf mich und in der Regel misslingt ihr dann der Lachs."

Mel musste gegen ihren Willen lachen. „Danke für den Tipp, ich werde einen großen Bogen um den Lachs machen."

„Braves Mädchen", hörte sie Fynn noch sagen. Dann war er bereits um die Hausecke in der Dunkelheit verschwunden.

Mel drehte sich um und betrat den leeren Empfangsraum. Plötzlich steckte eine korpulente Frau Mitte Sechzig mit grau melierten Locken ihren Kopf durch die Tür hinter dem Empfangstresen. „Guten Abend. Sie müssen Frau Lessing sein.

Wir hatten noch keine Gelegenheit, uns kennenzulernen. Ich bin Frau Sanddorn. Meinem Mann und mir gehört das Hotel."

Das war also Fynns Mutter. Lächelnd ging Mel auf sie zu. „Guten Abend, Frau Sanddorn. Sie haben wirklich ein schönes Hotel. Ich bin zwar erst gestern angekommen, aber ich fühle mich hier bereits sehr wohl."

Das rundliche Gesicht von Fynns Mutter strahlte vor Stolz. „Das freut mich aber." Dann drehte sie sich eifrig um und zog einen weißen DIN A5 Umschlag aus einem Fach. „Hier ist eine Nachricht für Sie."

Dankend nahm Mel den Umschlag entgegen, auf dem sie in computergetippter Schrift ihren Namen las. Fynn wollte wohl nicht, dass seine Mutter von seinen Ausflugstipps erfuhr. Sie verabschiedete sich und ging langsam zum Fahrstuhl. Irgendwie kam ihr Fynns Verhältnis zu seiner Mutter komisch vor. Während sie noch über Fynn nachdachte, hatte sie bereits ihr Zimmer erreicht. Sie schob den Schlüssel ins Schloss und öffnete die Tür. Dann drückte sie auf den Lichtschalter. Die wohlige Behaglichkeit des Raumes nahm sie wieder auf. Schnell wusch sie sich die Hände, streifte sich die Sneakers von den Füßen und hängte die Jacke auf. Erleichtert setzte sie sich aufs Sofa und öffnete vorsichtig Fynns Umschlag. Anstelle eines Blattes Papier, befanden sich nur Fotos darin. Verwundert zog sie die Aufnahmen heraus. Eines zeigte den Leuchtturm in der Abendsonne, die sich in seinen Turmfenstern spiegelte und einen langen Schatten auf das Meer warf. Das zweite Foto zeigte etwas unscharf eine bunte Häuserreihe mit einem überdimensionalen roten Ladenschild, auf dem in scharfen Buchstaben „Inselmuseum" stand. Davor standen zwei kleine Kinder mit einer Eiswaffel und versuchten neugierig, durch die geöffnete Tür ins Museumsinnere zu schauen. Auf dem dritten Foto sah sie zwei Möwen am Rande eines endlosen Strands im Sand stehen. Sie blickten in Richtung des Wassers und sahen aus, als ob sie jeden Moment losfliegen würden und nur noch den richtigen Moment abwarteten. Mel legte das Foto zu den anderen zweien neben sich aufs Sofa und blickte neugierig auf das vierte Foto. Auf dem war eine schwarze Windmühle mit weißen Fensterläden und Windmühlrädern zu sehen. Auf dem Balkon, der auf Höhe des Windrades um die Mühle herum führte, lehnte entspannt ein alter Mann mit einer grauen Schirmmütze auf dem Kopf und rauchte seine Pfeife. Man konnte den leichten Rauch daraus aufsteigen sehen und förmlich den Duft des Tabaks riechen. Sie war begeistert. Neugierig zog sie das letzte Foto hervor und lachte laut auf. Darauf strahlte sie Fynn verschmitzt an. Er lehnte lässig an einer Straßenlaterne und hielt ein Schild in der Hand. Darauf stand in Großbuchstaben geschrieben: „Lust auf mehr?" Sie fühlte sich geschmeichelt. Was für eine witzige Idee, ihr die Inselsehenswürdigkeiten auf diese Art zu empfehlen, auch wenn er ihr nicht gesagt hatte, wo sie diese finden konnte. Dabei drehte sie gedankenverloren ein Foto neben sich um und sah, dass Fynn die Wegbeschreibung fein säuberlich auf die Rückseite geschrieben hatte. Einfach genial! Was wohl auf dem Foto mit ihm selbst drauf stand? Schnell drehte sie es um und las: „Bei Interesse einfach mich fragen". Was für ein Spaßvogel. Versonnen schaute sie eine ganze Weile von einem Foto zum anderen. Wo hatte er diese tollen Aufnahmen nur herbekommen? Vielleicht konnte er ihr ja den Fotografen verraten und sie könnte einige seiner Bilder kaufen. Für sich selbst, aber auch für einige

ihrer Kunden, denn großwandige Fotografien in Wohn- und Essbereichen lagen absolut im Trend. Mels Gedanken wanderten zu ihrer Mailbox. Vielleicht sollte sie den Stier nun bei den Hörnern packen und sie abhören. Sie konnte sie ja schließlich nicht für immer meiden. Seufzend stand sie auf und griff in ihre Tasche. Ihr Display zeigte 6 Anrufe und 8 SMS. Stöhnend ließ sie sich wieder auf dem Sofa nieder und begann die Nachrichten abzuhören. Jenny hatte es glücklicherweise geschafft, alle Termine in die kommende Woche zu verlegen und ihr die wichtigsten Nachrichten ihrer Kunden mitgeteilt. Somit war alles mehr oder weniger in Ordnung im Büro. Etwas erleichtert drückte Mel auf ihre SMS Inbox. Arnos Name stach aus den Nachrichten hervor und mit zittrigen Fingern drückte Mel auf den Wiedergabeknopf. In Großbuchstaben las sie: „BITTE VERZEIH MIR UND LASS UNS ÜBER ALLES NOCH EINMAL REDEN. ARNO."
Es gab aber nichts mehr zu reden. Dafür war es zu spät. Traurig löschte sie Arnos Nachricht.

10

In der Hotelhalle herrschte reger Betrieb. Ein Rentnerehepaar war gerade angekommen. Die grauhaarige Frau steuerte erschöpft auf einen der freien Sessel zu und fächelte sich mit ihrer Hand Luft zu, während ihr Mann zum Empfangstisch ging, seinen Hut auf den Tresen ablegte und ernsthaft auf Fynns Mutter einredete. Sie hörte geduldig zu, während sie einem anderen Gast mit freundlichem Nicken einen Briefumschlag aus seinem Hotelfach übergab. Plötzlich erfüllte die Halle ein lautes Gebrüll, und ein

Kind, das zu einer Großfamilie gehörte, lief mit Indianergeheul durch den Empfangsraum, dicht gefolgt von seiner Mutter, die panisch „Kevin, bleib stehen!" brüllte. Mel konnte sich ein Lächeln nicht verkneifen und schaute auf ihre Armbanduhr. Es war kurz vor sieben und Fynn würde jeden Augenblick auftauchen. Aber vielleicht wollte er nach dem gestrigen Streit nicht von seiner Mutter gesehen werden. Vielleicht war es besser, vor dem Hotel auf Fynn zu warten.

Draußen empfing sie lautes Vogelgezwitscher. Der Himmel war strahlend blau und wolkenlos. Der Wind war zwar noch frisch, aber es versprach ein wunderschöner Tag zu werden. Die Morgensonne spiegelte sich in den Fenstern des gegenüberliegenden Hauses. Mel wandte sich um und blickte die Straße entlang. Sie lag friedlich und still vor ihr. Die Reetdächer hoben sich mit ihrer Kornfarbe vom azurblauen Himmel ab und die bunten Heckenrosen verliehen jedem Haus fröhliche Farbkleckse. Mels Blick wanderte zum unteren Ende der Straße, wo ein offenes blaues Käfercabriolet um die Ecke bog. Ihre Augen weiteten sich vor Überraschung, als sie Fynn am Steuer erkannte, der ihr unbeschwert zuwinkte. Spontan hob auch sie ihre Hand und lächelte ihm zu. Mit einem rasanten Schlenker, mit dem er den Wagen wendete, kam er neben Mel zum Stehen und lehnte sich über den Beifahrersitz, um ihr die Tür zu öffnen.
„Guten Morgen. Wie ich sehe, haben Sie unsere Verabredung nicht vergessen. Das freut mich."
Mel griff nach der Autotür. „Guten Morgen. Natürlich nicht, schließlich hatte ich Ihnen gestern doch versprochen zu

kommen." Dabei war sie bereits eingestiegen und schlug die Seitentür mit einem fröhlichen Schwung ins Schloss.

Fynn warf einen flüchtigen Blick in Richtung Hotel. Wahrscheinlich wollte er sicherstellen, dass seine Mutter nicht hinter dem Fenster stand. Dann verzog sich sein Mund zu einem breiten Grinsen. „Ich hoffe, Sie haben heute Morgen gehörig Hunger für ein richtiges Krabbenfrühstück." Dabei schaute er Mel direkt in die Augen. Seine grünen Augen sprühten vor Fröhlichkeit.

„Und wie! Hoffentlich werde ich von den kleinen Krabben satt." Fynn lachte laut auf. „Das will ich doch schwer hoffen." Mit einem kurzen Blick vergewisserte er sich, dass Mel angeschnallt war und fuhr dann in rasantem Tempo zum kleinen Hafen, der unweit von Nebel in einer abgelegenen Inselbucht versteckt lag. Plötzlich drosselte er die Geschwindigkeit und Mel erkannte hinter den Hausdächern einen Schiffsmast. Langsam näherten sie sich dem Ende der Häuserreihe und vor ihnen eröffnete sich eine breite Bucht, die von einer niedrigen Kaimauer begrenzt wurde. An ihr entlang lagen einzelne Boote mit mobilen Motoren vertäut sowie zwei kleinere Fischereischiffe. Fynn parkte den Wagen am Ende des asphaltierten Weges und schaltete den Motor aus.

„So, da wären wir. Unser kleiner Krabbenhafen. Kommen Sie, ab hier müssen wir ein paar Schritte zu Fuß gehen."

Neugierig stieg Mel aus und folgte Fynn, der mit ausholenden Schritten auf das hintere der beiden Fischereischiffe zuging. Ein grauhaariger Mann mit einer Seemannsmütze und einem gestreiften blauweißen Hemd erschien an der Reling.

„Moin, Fynn. Hab schon auf dich gewartet."

„Moin, Owe. Ich habe heute Morgen Besuch mitgebracht." Dabei drehte er sich lächelnd zu Mel um. „Das ist Frau Lessing, ein Gast von uns. Ich habe ihr versprochen, dass sie von dir die besten und frischesten Krabben der ganzen Insel zu probieren bekommt. Hast du noch ein paar extra da?"

Owe schaute zu Mel hinüber und tippte zum Gruß an seine Schirmmütze. Dann blickten seine hellblauen Augen Fynn an und er nickte.

„Klar doch. Wieviel magst du haben?"

„Ich glaube, ein Kilo wird reichen."

Owe nickte und verschwand, während Fynn Mel erklärte: „Owe ist der letzte Krabbenfischer von Amrum. Er fährt zweimal in der Woche hinaus und versorgt uns mit den frischesten Krabben."

Kaum hatte er seinen Satz beendet, als Owe mit einer braunen Papiertüte in der Hand erschien. „Hier, Fynn. Lasst es euch schmecken. Was soll ich denn mit den anderen Krabben für deine Mutter tun?"

„Kannst du sie mit denen von Krügers schon zum Hotel bringen lassen?" Fynn zeigte entschuldigend auf sein Auto. „Hab heute leider nicht den Lieferwagen dabei."

Owe lachte dröhnend. „Was für eine lahme Entschuldigung. Aber verstehe schon, einer so reizenden Begleitung sollte man wirklich keine Krabbenlieferung zumuten. Dann man guten Appetit."

Fynn hob die braune Tüte leicht an. „Und diese setz einfach mit auf die Rechnung."

Owe nickte und schaute schweigend in Mels Richtung. Dann tippte er wieder an die Schirmmütze und verließ das Schiff in Richtung eines länglich gezogenen Hauses, das wie eine

Lagerhalle aussah. Fynn drehte sich zu Mel um und zeigte triumphierend auf die braune Tüte mit den Krabben.

„Nun können wir endlich frühstücken. Warten Sie kurz auf mich." Und schon war er mit langen Schritten, die so lässig wirkten, zu seinem Auto gegangen. Noch während Mel überlegte, was er dort wollte, sah sie Fynn den Kofferraum öffnen und die braune Tüte hineinlegen, dann jedoch entnahm er ihm einen großen Picknickkorb, aus dem die kleine braune Papiertüte herauslugte, sowie eine rote eingerollte Decke. Über die Schulter verschloss er den Wagen mit seinem Funkschlüssel und kam lächelnd zurück. Fasziniert verfolgte sie Fynns Bewegungen, der sie amüsiert beobachtete. Als er sie erreicht hatte, nickte er ihr schlicht zu.

„Kommen Sie, dort drüben gibt es einen netten Platz, an dem wir ungestört unsere Krabben puhlen können."

Neugierig folgte Mel ihm. Sie entfernten sich von den Häusern und der Kaimauer und gingen über ein leicht hügeliges Grasstück, das sanft abfiel und somit windgeschützt war. Mel wandte sich um und konnte nur noch die obere Hälfte des Schiffsmastes erkennen, ansonsten waren sie von einer grünen Hügellandschaft umgeben. Fynn hatte bereits den Picknickkorb neben sich abgestellt und die rote Decke auf dem Boden ausgebreitet. Er machte eine einladende Geste.

„So, da wären wir. Sie können es sich nun gemütlich machen."

„Danke. Da bin ich jetzt aber gespannt", antwortete Mel, während sie sich auf die Decke setzte. Fynn griff unterdessen unentwegt in seinen Picknickkorb und zauberte zwei Teller, Tassen, einen kleinen Korb mit hart gekochten Eiern, vier Gläser, eine Flasche Orangensaft, einen kleinen Korb mit frisch duftenden Brötchen, ein Päckchen Butter, zwei Messer und eine Flasche Sekt hervor. Zuletzt gab er Mel und sich je eine große rot karierte Serviette.

„Sie erstaunen mich, Fynn. Mit so einem opulenten Frühstück hatte ich wirklich nicht gerechnet."

„Schön, dass mir meine Überraschung gelungen ist." Dabei griff er nach der Sektflasche. „Sie mögen doch hoffentlich einen Schluck?"

Mel zuckte mit den Schultern. „Ich bin im Urlaub, warum eigentlich nicht?"

Mit zusammengepressten Lippen und einem konzentrierten Gesichtsausdruck öffnete er die Flasche. Der Korken flog mit einem fröhlichen Plopp neben ihnen ins Gras. Flink goss Fynn Sekt in die zwei Gläser und verstaute die Flasche sicherheitshalber im Picknickkorb. Dann lehnte er sich etwas vor, erhob sein Glas und prostete Mel zu. „Auf ein leckeres Krabbenfrühstück."

„Darauf trinke ich sehr gerne, und auf seinen edlen Spender." Mel trank einen Schluck und sah Fynn dabei an, der sein Glas ebenso zum Mund geführt hatte, ohne den Blick von Mel zu wenden. Seine Augen strahlten in einem hellen Grün. Dann stellte er schweigend sein Glas ab und griff entspannt zur braunen Papiertüte.

„So, nun kommt die Arbeit und die erste Lektion im Krabbenpuhlen." Er schüttete einige Krabben auf Mels Teller und einen großen Haufen auf seinen eigenen.

„Sie nehmen sich jetzt am besten eine Krabbe und greifen sie so zwischen Daumen und Zeigefinger." Er hielt eine kleine Krabbe demonstrativ in die Höhe.

Für einen kurzen Augenblick musste Mel ihre Scheu überwinden, doch dann griff sie gehorsam nach einem der kleinen Tiere auf ihrem Teller und folgte Fynns Beispiel.

„Sehr gut", lobte er. „Nun halten Sie mit dem anderen Daumen und Zeigefinger den Kopf fest und drehen ihn leicht nach rechts und links, bis es leicht knackt. Dann ziehen Sie ihn ab. So." Mit einem raschen Griff hatte er den kleinen Kopf abgetrennt. „Und nun öffnen Sie von den Beinen her den Panzer und ziehen ihn mit dem Schwanz ab." Ein zentimeterlanges rundes weißes Stück Krabbenfleisch lag in seiner Hand. Als Fynn Mels überraschten Gesichtsausdruck sah, befahl er: „Und nun machen Sie die Augen zu und den Mund auf."

Mel tat wie ihr geheißen und spürte plötzlich etwas Salziges auf ihrer Zunge. Unwillkürlich schloss sie ihren Mund. Das Krabbenfleisch war würzig und schmeckte nach der Weite des Meeres.

„Fantastisch", war alles was sie herausbekam und strahlte Fynn an. „Es schmeckt wirklich ganz anders als alles andere, was ich je an Krabben gegessen habe."

Fynn nickte zufrieden. „Dachte ich es mir doch. So, nun sind Sie an der Reihe."

Mel schob vor Konzentration ihre Zunge zwischen die Lippen und begann den kleinen Krabbenkopf zu bearbeiten. Leider sah es bei ihr alles andere als geschickt aus, doch etliche Minuten später hatte auch sie ihre Krabbe gepuhlt und strahlte Fynn siegessicher an.

„Trara, meine erste gepuhlte Krabbe."

„Herzlichen Glückwunsch. Wenn Sie sie jetzt in den Mund stecken, dann dürfen Sie sich etwas wünschen."

Mel schloss die Augen und wünschte sich spontan, dass der so schön begonnene Tag auch weiterhin wunderbar verlaufen mochte.

„Hier." Fynn unterbrach Mels Gedanken und hatte ihr bereits eine weitere Krabbe zwischen die Lippen geschoben.

„Danke. Aber Sie müssen doch auch essen."

„Keine Sorge, ich passe schon auf, dass ich nicht zu kurz komme. Essen Sie am besten ein Brötchen mit etwas Butter zu den Krabben, das schmeckt herrlich." Er reichte ihr den kleinen Brotkorb und Mel griff nach einem der noch warmen Brötchen. Sie wusste nicht, wann sich ein Mann das letzte Mal solche Mühe für sie gegeben hatte. Dankbar blickte sie Fynn an. Er schien ihren Blick auf sich zu spüren und schaute von seiner Krabbe, die er gerade puhlte mit einer hochgezogenen Augenbraue fragend auf, sagte aber nichts. Dann legte er das fertige Stück Krabbenfleisch zu den anderen von ihm gepuhlten Krabben auf Mels Teller. Sie fühlte, wie sie leicht errötete und griff zur Ablenkung ebenso in die braune Tüte.

„Machen Sie öfter so ein Krabbenfrühstück?" fragte sie so arglos wie möglich.

„Manchmal. Ich finde, das ist ein besonderer Start in den Tag. Leider habe ich nicht allzu oft Zeit dazu."

Mel nickte. „Vielen Dank übrigens für die schönen Fotos. Das war wirklich eine geniale Idee, Werbung für die Inselsehenswürdigkeiten zu machen."

Fynn holte die Sektflasche aus dem Picknickkorb und füllte die Gläser nach. „Freut mich, dass sie Ihnen gefallen."

„Ich finde, sie sind ausgezeichnet. Könnten Sie mir vielleicht den Fotografen nennen, denn ich würde mich sehr gerne bei ihm erkundigen, ob er noch weitere Fotos hat – zum Verkauf."

Fynn trank einen Schluck und sah Mel dabei schweigend an. Dann setzte er langsam sein Glas ab. „Sie wollen ein Foto kaufen?"

„Ja. Ich bin auf der Suche nach einem bestimmten Motiv für mein Büro und denke, dass ich auch einige Fotos für meine Kunden gebrauchen könnte."

„Ihre Kunden?"

Mel nickte. „Ich bin Innenarchitektin und arbeite an einigen Bürohausprojekten. Fotos sind absolut im Trend und ich denke, einige überdimensionale Landschaftsbilder würden sich da sehr gut machen."

Fynn krauste die Stirn, als ob er kritisch über etwas nachdachte. „Und wieso kommen Sie darauf, dass gerade diese Fotos passen würden?"

„Weil sie etwas ausstrahlen. Jedes der Fotos, die sie mir geschickt haben, hatte eine ganz spezielle Ausstrahlung. Stellen Sie sich ein modernes Büro mit kühlem Ambiente vor, an dessen ansonsten nackten weißen Wänden flächige Fotoaufnahmen hängen. Das gibt dem Raum doch direkt eine ganz andere Atmosphäre und Ausdruckskraft." Mel trank einen Schluck und schaute Fynn begeistert an. „Vielleicht kann ich ihn ja sogar zu einigen Auftragsarbeiten überreden?"

„Ja, warum eigentlich nicht?" Fynn lehnte sich entspannt zurück. „Wie schmecken Ihnen die Krabben?"

„Immer noch fantastisch. Aber ich denke, wir können uns auch duzen. Ich bin Melanie."

Fynn grinste breit. „Ich weiß. Ich bin Fynn."

Mel erhob ihr Glas. „Danke für das schöne Frühstück, Fynn." Er griff zu seinem Glas und stieß leicht mit Mels an. „Es ist mir ein wahres Vergnügen, mit dir hier zu sein, Melanie." Und nach einer kleinen Pause fügte er hinzu: „Und wenn du magst, zeige ich dir sehr gerne die Insel."

„Hast du denn Zeit dafür?" fragte Mel besorgt.

„Keine Sorge, ich werde sie mir einfach nehmen." Dabei grinste er sie spitzbübisch an.

„Wenn das so ist, nehme ich die Einladung sehr gerne an." Mel griff nach einem gekochten Ei und begann langsam, die Schale zu pellen.

„Darf ich dich was fragen?" Vorsichtig zog sie ein kleines Schalenstück von ihrem Ei ab und legte es auf den Teller.

„Immer zu", forderte Fynn sie auf.

„Arbeitest du auch außerhalb des Hotels?"

Sie erntete schallendes Gelächter.

„Hast du Sorge, dass ich ein kleiner Nichtsnutz bin, der stundenweise im Hotel rumlungert und sich dann die Sonne auf den Bauch scheinen lässt?"

„Quatsch", entrüstete sich Mel. „Das war nur pure Neugier."

„Ach so." Fynn streckte die Beine lang von sich und lehnte sich rücklings auf seine Ellbogen, dabei schaute er Mel aufmerksam an.

„Ich bin Fotograf."

Mel hielt mitten in ihrer Bewegung inne. „Fotograf? Heißt das, die wunderschönen Fotos sind von dir?"

Sie sah wie sein Gesichtsausdruck sich veränderte und der Stolz über ihr Kompliment darin zu lesen war. Ohne etwas zu sagen, nickte er nur zustimmend.

Mel legte ihr Ei auf den Teller. „Wow. Ich bin ein Fan deiner Fotos. Du bist echt begnadet, Fynn."

„Danke fürs Kompliment."

„Nein, ich meine das ernst. Hast du noch mehr Fotos?"

„Klar, mein ganzes Studio wimmelt nur so davon."

Mel legte den Kopf schief und beobachtete Fynn scharf. „Und, bist du an einer Kooperation interessiert?"

Langsam wandte Fynn den Kopf und schaute Mel tief in die Augen. Als sie schon glaubte, er würde ein schroffes Nein von sich geben, verzog sich sein Mund zu einem Lächeln: „Wenn ich nicht daran interessiert wäre, dann wäre ich wohl ein ausgesprochener Dummkopf, und das in jeglicher Hinsicht."

Mel atmete erleichtert auf.

„Wenn du magst, zeige ich dir gerne mein Fotostudio und du kannst dir selbst ein Bild von den anderen Fotos machen."

Begeistert nickte Mel. „Super gerne. Was für ein toller Start in den Tag: ein leckeres Krabbenfrühstück mit allem Luxus und dann auch noch mit dem Meisterfotografen höchst persönlich. Was will man mehr?"

„Da fällt mir noch einiges ein, aber lass uns jetzt erst einmal die restlichen Krabben verputzen, bevor sie trocken werden. Und dann zeige ich dir die alte Windmühle. Hast du Lust?"

„Und wie", lachte Mel und biss herzhaft in ihr gepelltes Ei.

Als sie ihre Picknicksachen einsammelten und zum Auto gingen, war die Temperatur bereits angestiegen und Mel war froh, dass sie unter ihrem Pulli ein kurzärmeliges T-Shirt trug. Kurzentschlossen streifte sie den Pulli über den Kopf und warf ihn mit dem Picknickkorb in den Kofferraum. Sie verließen den Krabbenhafen und fuhren über die Insel. Der laue Fahrtwind spielte mit ihren Haaren und die Vormittagssonne schien warm auf ihr Gesicht. Sie schloss für einen Moment genießerisch die Augen und spürte fast so etwas wie Glück. Das Meer war wohl gerade zurückgewichen, hoffentlich blieb es auch noch eine Weile fort. Sie wollte die nächste Welle so lange wie möglich hinauszögern. Als sie die Augen wieder öffnete, bogen sie gerade in einen kleinen Seitenweg ein und blieben keine fünfhundert Meter weiter vor einer schwarzen Mühle mit imposanten Windmühlenblättern aus weißem Holz stehen. Mel erkannte sie sofort wieder. Das war die Mühle von Fynns Foto. Neugierig schaute sie sich nach dem Mann mit der Pfeife um und war fast ein wenig enttäuscht, als sie ihn nicht entdeckte.

Fynns tiefe Stimme unterbrach ihre Gedanken. „Hier sind wir nun an der einzigen Windmühle auf Amrum, die hier in Nebel schon seit 1770 steht." Ohne auf Mels Reaktion zu warten, war er ausgestiegen und um das Auto herumgegangen. Dann öffnete er die Beifahrertür.

„So, meine Dame, auf gehts. Darf ich bitten?"

Flink stieg Mel aus dem Wagen. Fynn legte ihr leicht seine Hand auf den Rücken und lenkte sie zum Eingang der Windmühle.

„Wir befinden uns hier am höchsten Ort der Gegend. Früher war die Mühle von allen Himmelsrichtungen der Insel aus zu sehen und funktionierte sogar als eine Art Leuchtturm für die vorbeifahrenden Schiffe."

„Aber es gab doch schon einen Leuchtturm", fiel Mel Fynn ins Wort.

Er schüttelte verneinend den Kopf. „Nein, den gab es damals noch nicht. Er wurde erst fast hundert Jahre später gebaut."

„Wow, das hätte ich nicht gedacht."

Sie erreichten die kleine hölzerne Tür. Das Aushängeschild daneben wies auf eine neue Ausstellung hin, die es im nächsten Monat in der Mühle geben würde. Im Moment schien jedoch außer Fynn und Mel kein weiterer Tourist da zu sein. Fynn klopfte dreimal kurz gegen die Holztür. Kurz darauf hörten sie leicht schlurfende Schritte, die sich ihnen von innen näherten. Dann wurde ein Schlüssel im Schloss herumgedreht und die schwarze Tür öffnete sich langsam. Mel reckte neugierig ihren Kopf und erkannte den Mann vom Foto.

„Hallo Jan. Wie gehts? Ich habe hier einen Hotelgast, dem ich sehr gerne deine Mühle zeigen würde. Wir sind leider etwas früh dran."

Der grauhaarige Mann schaute von Fynn zu Mel und ein schelmisches Lächeln breitete sich auf seinem sonnengebräunten Gesicht aus. In der einen Hand hielt er seine Pfeife.

„Hallo ihr zwei. Wenn das so ist, dann nur hereinspaziert!" Er wandte sich an Fynn: „Du kennst dich ja aus. Ich nehme an, du zeigst deiner Freundin selbst die Mühle."

Mel schaute erschrocken zu Fynn, aber der schien über Jans Kommentar nicht im Mindesten überrascht zu sein. Stattdessen meinte er nur: „Danke Jan, das mach ich in der Tat sehr gerne selbst."

Jan nickte.

„Falls ihr mich braucht, ich bin draußen." Er blickte Mel belustigt an: „Passen Sie gut auf, nicht dass Sie hier in die Flügelwelle geraten."

Mel hatte keine Ahnung, was er meinte und antwortete daher vage: „Ich werde mein Bestes tun."

„Besser ist das, wenn sie mit Fynn da hoch gehen", antwortete er lapidar und ließ ein kehliges Lachen ertönen. Dann steckte er sich die Pfeife in den Mund und schlurfte in den hinteren Teil des Raumes, wo er durch eine kleine Holztür verschwand.

Mel drehte sich zu Fynn um. „Was hat er denn damit gemeint? Du versuchst doch nicht, mich da oben umzubringen, oder?"

Fynn, der lässig am Treppengeländer lehnte und eine Hand entspannt in die Hosentasche gesteckt hatte, legte den Kopf leicht schief, als ob er über Mels Frage ernsthaft nachdachte. Dann rieb er sich mit der anderen Hand nachdenklich das Kinn. „Eigentlich keine schlechte Idee." Mit einem Blick auf Mels entsetztes Gesicht lachte er schallend.

„Blödsinn. Die Mühle dient seit jeher schüchternen Teenagern dazu, ihren Mädels einen Schrecken einzujagen, die sich dann schützend in ihre Arme werfen und auf diese Weise häufig ihren ersten Kuss bekommen." Entspannt steckte er die Hand wieder in die Hosentasche. „Wenn du magst, dann kann ich es dir ja zeigen." Sie sah, wie er sich nur mit Mühe das Grinsen verkniff.

„Ich wusste gar nicht, dass du ein verschüchterter Teenager bist."

„Soll ich es dir beweisen?"

„Lieber nicht, wenn ich Pech habe, dann lande ich noch im Klüver, was immer das auch ist."

„Ich habe noch nie ein Mädel in die Flügelwelle geraten lassen." Nun war es an Mel laut zu lachen.

„Verstehe, schüchterner Teenager. Das ist wahrscheinlich die berühmte Inselmasche, hier die Mädels zum Küssen hinzuschleppen."

Fynn machte ein zerknirschtes Gesicht. „Mist, warum konnte Jan auch nicht seinen Mund halten? Jetzt ist mein ganzer Plan hinüber."

„So ist das halt, wenn man sich nichts Neues einfallen lässt. Zeigst du mir jetzt die Mühle?"

„Klar. Lass uns nach oben gehen." Er deutete auf die steile leiterähnliche Treppe, die durch eine kleine Öffnung auf die nächsthöhere Ebene der Windmühle führte. Vorsichtig stieg Mel Stufe um Stufe hinauf und gelangte in einen etwas kleineren Raum voller Geräte. Sie roch Getreide. Fynn war ihr gefolgt und betrat nun ebenso den Raum.

„Wir sind hier in einer Mühle, die bis um 1960 zur Mehlverarbeitung genutzt wurde. Sobald sich also die großen Flügel draußen im Wind drehen, wird die dadurch gewonnene Rotationsenergie über die Flügelwelle dort oben hier ins Innere der Mühle geleitet." Er zeigte mit der Hand zum Obergeschoss und ging zu dem großen runden Zahnrad, das fast die gesamte Decke des Raumes einnahm. „Die Flügelwelle führt dann dazu, dass sich diese sogenannte Königswelle in Bewegung setzt, die wiederum über die sich dort hinten befindende Kappe die Energie nach unten leitet und den Mahlvorgang mit dem Korbrad antreibt. Und dann setzen sich auch die Mahlsteine in Gang." Er drehte sich zu Mel um.

Sie hatte seinen Worten aufmerksam gelauscht und war langsam um die schweren Räder herumgegangen. Dabei berührte sie vorsichtig die großen Zacken der Königswelle.

„Faszinierend. Woher weißt du das denn alles? Man hat ja fast den Eindruck, du arbeitest hier."

„Hab ich auch, früher, als ich noch zur Schule ging und mein Taschengeld aufbessern wollte." Nach einer kleinen Pause fügte er verschmitzt hinzu: „Außerdem kommt das bei den Mädels ziemlich gut an."

„So, so", murmelte Mel und vermied es, Fynn anzuschauen. Sie war sich sicher, dass er sich köstlich amüsierte. Während sie langsam über das alte Eisen des Rades strich, hatte sie plötzlich eine Idee für ihr neues Projekt. Sie sah einen leeren weitläufigen Raum mit Stahlträgern durchzogen und riesigen überdimensionalen Fotos an den Wänden, die entweder Produktausschnitte oder Naturelemente zeigten. „Ich habe gerade eine tolle Einrichtungsidee für einen meiner Kunden. Echt inspirierend, deine Mühle."

„Wow, das hört sich gut an."

Mel schien ihn gar nicht zu hören. Aufgeregt schritt sie durch den kleinen Raum. Dann wandte sie sich abrupt zu Fynn um. Ihre Augen strahlten und sie schien vor Energie zu strotzen.

„Entschuldige bitte, Fynn. Ich bin gerade so in Gedanken." Suchend blickte sie sich um. „Sag mal, hast du vielleicht einen Stift und ein Blatt Papier? Ich würde gerne meine Ideen kurz skizzieren, damit ich sie nicht verliere."

„Klar, Jan hat bestimmt etwas zum Schreiben. Warte hier, ich bin sofort zurück." Und schon war er in zwei Schritten zur Leiter geeilt und in großen Sprüngen hinunter gesprungen.

Mel fuhr unentwegt mit ihrem Finger über den kühlen Stahl des Zahnrades und schloss die Augen. Vielleicht konnte sie sogar eine Strukturwand einfügen, aus Holz oder Backsteinen? Als Kontrast

zu den gewählten kalten Materialien sollten warme Stoffe der Sessel und Stühle Gemütlichkeit in den Raum bringen. Erleichtert blickte sie zur Leiter, wo Fynn gerade die letzte Sprosse erklomm.
„Hier, bitte schön! Ich habe leider nur einen Bleistift gefunden und diesen Stapel Papier."
Mel lachte fröhlich auf. Ihr helles Lachen erfüllte den kleinen Raum.
„Ich wollte eigentlich nur eine Skizze malen, aber vielen Dank." Schnell griff sie nach den Utensilien. Dann blickte sie sich suchend im Raum um und setzte sich kurzerhand mit Stift und Papier auf den Fußboden. Fynn lehnte sich neugierig an die gegenüberliegende Außenwand und hakte seine Finger in die Hosentaschen. Gebannt beobachtete er, wie Mels Hände flink über das jungfräuliche Blatt Papier flogen. Wo eben noch gähnende Leere war, entstanden Raumelemente. Fasziniert wanderte sein Blick zu Mels Gesicht. Sie wirkte hochkonzentriert und doch gleichzeitig entspannt. Dabei schien sie ganz in ihrer Zeichnung zu sein. Sie sah etwas vor ihrem Auge, das mitgeteilt werden wollte. Und so hauchte sie mittels des einfachen Bleistifts dem Papier Leben ein. Was es wohl werden würde? Er drehte leicht seinen Kopf, doch konnte nichts erkennen. Sich zu bewegen, wagte er nicht, denn Mel malte ununterbrochen. Endlich strich sie sich eine Haarsträhne hinters Ohr, begutachtete das Blatt Papier kritisch, fuhr an einigen Stellen noch einmal mit dem Stift über die Linien und nickte endlich zufrieden. Sie blickte auf und schenkte Fynn ein erleichtertes Lächeln. Er sah zum ersten Mal ein wirkliches Glücksempfinden in ihren Zügen. Dieses Gesicht musste er fotografieren, er musste Mel in ihrer Schaffensphase aufnehmen, schwor er sich. Ihr Mienenspiel war

so klar und unverstellt und ihre Ausdrucksweisen so vielfältig. Zu schade, dass er seine Kamera gerade nicht dabei gehabt hatte. In Zukunft war er besser vorbereitet, schwor er sich.

„Geschafft", lachte sie erleichtert.

Neugierig näherte sich Fynn und setzte sich im Schneidersitz dicht neben sie. Gespannt beugte er sich über ihre Skizze. Vor ihm war ein Großraumbüro entstanden, dessen vorderer Teil durch einen Konferenzbereich bestimmt wurde. Die hohe Decke war mit schweren Stahlträgern durchbrochen, die frei durch die obere Raumhöhe verliefen. Die hintere Wand des Raumes bestand aus groben Backsteinen, die ihn an eine Fabrikhalle erinnerten. Als Abtrennung dienten Trennwände, die zwar nicht bis zu den Stahlträgern reichten, dennoch eine normale Raumhöhe zu haben schienen. Auf jeder dieser Wände war ein großformatiges Foto gerahmt, auf denen verschiedene Elemente abgebildet waren. Er kniff leicht die Augen zusammen, um sie besser erkennen zu können. Auf dem vordersten war eine Schraube mit ihrer Mutter gezoomt, auf einem anderen erkannte er ein Mikroskop und auf wieder einem anderen das Schaltgerät eines Fließbandes. Moderne Stillleben aus der Produktion. Wow. Doch im Gegensatz zu kühlen Fabrikhallen war der gesamte Raum mit großen Holzdielen ausgelegt, und die Stühle um den Versammlungstisch wirkten gemütlich. Anstelle eines einfarbigen Stoffes, hatte Mel sich für großkarierte Muster entschieden. Sein Blick wanderte zu den Arbeitsflächen. Auch dort waren großmustrige Stoffe für alle Sitzgelegenheiten verwendet worden. Hohe Pflanzen trennten die einzelnen Bürotische voneinander und verliehen dem Raum zusätzliche Lebendigkeit. Es war ein wunderschöner Büroraum, in dem man Lust zum Arbeiten verspürte.

„Du bist unglaublich. Das ist exzellent."

Sein Gesicht war nur noch wenige Zentimeter von ihrem entfernt. Seine Augen erinnerten sie an Smaragde, die im Licht glänzten. Im linken Auge erkannte sie einen kaum wahrnehmbaren braunen Punkt in der Iris. Sie roch sein After Shave. Er hatte einen schönen Mund mit klar geschwungenen Lippen, schoss es ihr durch den Kopf. Langsam wanderte ihr Blick zurück zu seinen Augen, deren Blick sich verändert hatte und die sie wachsam beobachteten. Plötzlich war die Luft spannungsgeladen und erschreckte sie. Fynn, der sie genau beobachtet hatte, wich impulsiv zurück.

„Den Entwurf solltest du auf jeden Fall umsetzen. Man bekommt sofort Lust darauf, in diesem Büro zu arbeiten", fuhr er in unschuldigem Plauderton fort. Sofort war die seltsame Spannung verschwunden und Mel lächelte ihn dankbar an.

„Ich muss mich bei dir bedanken, es waren deine Erzählungen und dieser Raum, die mich dazu inspiriert haben."

„Das ist mal ein Kompliment. So eine Reaktion hatte ich noch nie auf meine Mühlenführung." Ein spitzbübisches Lächeln lag wieder um seine Lippen. Er schien kurz nachzudenken.

„Wenn du magst, dann zeig ich dir noch schnell die obligatorische Flügelwelle und anschließend fahren wir in mein Fotostudio. Ich würde dir gerne einige meiner Fotos zeigen und deine Meinung dazu hören." Er zog leicht eine Augenbraue hoch. „Und wer weiß, vielleicht fühlst du dich dort ja auch inspiriert?"

„Was für eine wunderbare Idee", stimmte sie begeistert zu. Schnell zog sie sich auf die Knie, sammelte den Stift und das

Papier ein und stand auf. Sie blickte ausgelassen auf Fynn hinunter.

„Also, worauf wartest du?"

Der Fahrtwind spielte mit ihren Haaren und wirbelte sie fröhlich um ihren Kopf. Plötzlich hielt der Wagen mit quietschenden Reifen in einer kleinen Straße mit reetgedeckten Häusern, in denen unterschiedliche Geschäfte untergebracht waren. Fynn war bereits ausgestiegen und zu der blauen Eingangstür eines weißen Steinhauses gegangen. Er steckte den Schlüssel in das Schloss und öffnete die knarrende Tür. Sie war in dem gleichen Hellblau wie die Fensterrahmen gestrichen und gab den Blick in einen lichtdurchfluteten Innenraum frei. Neugierig folgte Mel Fynn, der bereits im Hausinneren verschwunden war. Vorsichtig trat sie über die Schwelle. An den weiß getünchten Wänden hingen großformatige Fotografien. Die hintere Wand des Raumes konnte sie nicht sehen, da der Raum in einer L-Form geschnitten zu sein schien. Neugierig trat sie ein und konnte ihren Blick nicht von den überdimensionalen Fotos abwenden, die sie ganz in sich aufnahmen. Gebannt blieb sie stehen. Fynn, der aus dem hinteren Teil des Raumes erschien, beobachtete Mel neugierig, wie sie konzentriert von einem Bild zum anderen ging. Die Bilder zogen sie in ihren Bann und hinein in die Motive. Sie konnte fast das Rauschen des Meeres hören, die salzige Luft auf ihren Lippen schmecken und den weichen Sand unter ihren Füßen spüren. So klar und lebendig waren die Fotografien. Sie waren außergewöhnlich. Arno wäre bestimmt genauso begeistert wie sie. Schlagartig krampfte sich ihr Magen zusammen und die Magie der Bilder war verflogen. Sie befand sie sich wieder in Fynns Atelier und spürte dessen neugierige Blicke. Sie musste sich besser kontrollieren. Arno hatte kein Platz mehr in ihren Gefühlen. Energisch strich sie sich eine Strähne hinters Ohr und wandte sich mit einem Lächeln zu Fynn um.

„Die Fotos sind einfach fantastisch. Hast du noch mehr davon?" Fynn nickte langsam und ein Lächeln glitt über sein Gesicht. Er schien sich über ihr Interesse aufrichtig zu freuen.

„Dort hinten habe ich eine Reihe weiterer Fotos, die allerdings noch nicht sortiert sind und einfach so aneinander gelehnt in der Ecke stehen."

„Das macht gar nichts. Darf ich sie mir einmal ansehen?" Sie blickte Fynn fragend an, der ihr mit einer lässigen Kopfbewegung den Weg zur hinteren Raumecke wies. Ohne auf eine weitere Reaktion zu warten, trat Mel an den großen Ständer, in dem die Fotos aneinander lehnten. Vorsichtig zog sie eines nach dem anderen heraus. Alle zeigten sie Naturaufnahmen, manche waren schlichte Schwarz-Weißfotos, andere Farbfotografien. Auf einigen war ein kleines Detail messerscharf fotografiert, während alles andere undeutlich verschwamm. Dabei waren die Lichtverhältnisse auf jedem Bild einzigartig, mal tauchten sie die Szenerie in ein warmes goldenes Licht, mal war es klar und man konnte die klirrende Kälte förmlich spüren, mal schwebte das Licht zwischen hell und dunkel und verlieh dem Sturm oder dem bedrohlichen Wolkenhimmel eine besondere Gefahr. Jedes Einzelne sprach eine eigene Sprache und drückte eine spezielle Stimmung aus. Mel spürte, wie es in ihrem Nacken vor Aufregung kribbelte. Sie hatte einen richtigen Schatz gefunden. Das letzte Puzzle im großen Mosaik der zu entwerfenden Büroräume. Diese großwandigen Fotos waren nicht nur ein Blickfang, sondern würden die Seele der Räume werden. Sie würden die Mitarbeiter und Besucher in den Bann ihrer jeweiligen Stimmung ziehen, daran bestand für Mel kein Zweifel. Vorsichtig schob sie das letzte Foto zurück in den Ständer, drehte sich langsam zu Fynn um und schaute ihn einen Moment schweigend an.

„Was ist? Sind mir plötzlich Hörner gewachsen?"

Mel schüttelte verneinend mit dem Kopf. „Nein, ganz und gar nicht. Ich schaue mir nur gerade den Fotografen an, mit dem ich eine berufliche Kooperation eingehen möchte."

„Du willst mit mir eine berufliche Kooperation eingehen? Was soll das heißen?" Er schaute sie völlig ahnungslos an.

„Das soll heißen, dass ich deine Fotos ausgesprochen gelungen finde, genauer gesagt, sie passen perfekt in meine Raumentwürfe, die ich für ein Bürogebäude entworfen habe. Sie sind einfach unglaublich aussagestark und würden den doch sehr kühl gehalten Räumen die richtige Intensität an Lebendigkeit verleihen." Sie machte eine bedeutungsschwere Pause. „Daher möchte ich dir vorschlagen, dass ich von diesen Fotos dort einen Abzug bekomme, die ich in meine Entwürfe einarbeiten kann. Diesbezüglich müssten wir uns natürlich noch preislich einigen. Und falls sie dem Kunden gefallen, dann werden sie zum vollen Kaufpreis bei dir erworben und in die Büroräume gehängt."

„Wow. Bist du dir wirklich sicher?" Er fuhr sich mit der Hand durchs Haar ohne den Blick von Mel abzuwenden.

„Natürlich bin ich das. Also, wieviel verlangst du dafür, dass ich deine Abzüge in meinen Entwürfen verwenden darf?"

„Gar nichts, du kannst sie so verwenden."

Mel schüttelte verneinend den Kopf. „Nein Fynn, jeder andere Fotograf würde auch einen Preis nennen. Ich möchte nicht, dass du weniger als die anderen Fotografen verdienst, nur weil wir uns kennen."

„Und was verlangen die anderen Fotografen so?" Er zuckte leichtfertig mit den Schultern. „Ich habe bezüglich deiner Anfrage keine Erfahrungswerte."

„Normalerweise zwischen 500 und 1000 Euro."

„Nur für die Verwendung der Abzüge in den Entwürfen? Das ist ja Wahnsinn."

„Wärst du mit 800 Euro für die Verwendung von sieben Abzügen einverstanden? Dies ist übrigens völlig unabhängig von deinen Verkaufspreisen, falls der Kunde die Fotos in den Räumen hängen haben möchte."

„800 Euro ist absolut ok. Aber unter einer Bedingung."

Mel zog fragend eine Augenbraue hoch. „Und die wäre?"

Ohne eines weiteren Wortes war Fynn durchs Atelier zurück zur Eingangstür gegangen und nahm eine metergroße Fotografie von der Wand. Dann kam er mit breitem Grinsen zu Mel zurück.

„Meine Bedingung ist, dass du dieses Foto als mein Geschenk annimmst und ihm einen gebührenden Platz in deinem Büro oder deiner Wohnung gibst."

Mel starrte ungläubig von Fynn zur Fotografie und wieder zu Fynn. Sie war sprachlos.

„Du hast dich vorhin so schlecht von diesem Bild loseisen können. Ich hab gesehen, dass du es auf den ersten Blick gemocht hast. Und da ich nun dank dir ein wunderbares Geschäft mache, möchte ich dir diese Fotografie schenken. Bitte nimm es an."

„Du bist ein sehr guter Beobachter, Fynn. Dieses Foto hat mich wirklich sofort in seinen Bann gezogen. Ich liebe es, wie du das Meer durch diese wenigen Halme des Schilfgrases fotografiert hast. Es hat eine unglaubliche Stimmung." Ehrfürchtig trat sie einen Schritt näher und strich sanft über den Bildrand, dann schaute sie Fynn an.

„Danke, Fynn. Ich verspreche dir, es wird einen ganz besonderen Platz bekommen." Dann stellte sie sich auf die Zehenspitzen und reckte sich, damit sie bis zu Fynns Gesicht reichte und hauchte ihm einen Kuss auf die Wange.

„Vielen, vielen Dank."

„Es freut mich wirklich, dass ich dir damit eine Freude mache. Es tut so gut zu sehen, wie sehr du meine Arbeit schätzt. Das erlebt man als Fotograf, vor allem als Fotograf auf dieser Insel, nicht oft." Er blickte auf die Uhr. „So ein Mist." Schuldbewusst sah er auf Mel herunter.

„Wärst du mir sehr böse, wenn wir uns auf den Weg zum Hotel machen? Meine Mutter hat mich gebeten, ihr bei den Abendessenvorbereitungen zu helfen, und ich hatte es dummerweise nicht abgelehnt.

„Quatsch, das ist doch gar kein Problem. Lass uns fahren."

„Danke. Dann verpacke ich dir nur noch schnell dein Bild, damit du es auch unbeschadet transportieren kannst." Und schon war er mit ausholenden Schritten im hinteren Teil des Ateliers verschwunden.

11

Entschieden drückte Jessie auf den Klingelknopf und wartete ungeduldig auf das leise Summen des Türöffners. Dann schob sie die Glastür auf und eilte durch die helle Halle von Arnos

Wohngebäude. Er wohnte im obersten der sechs Stockwerke und Jessie war dankbar, dass sie bequem mit dem Fahrstuhl hinauffahren konnte. Aber was hätte sie auch anderes erwarten sollen? Schließlich befand sich Arnos Apartment in einem Neubau, der alle Annehmlichkeiten eines luxuriösen Lebensstils besaß. Christopher hatte besorgt geklungen. Und weil er für Arno einspringen und einen Termin in Hamburg wahrnehmen musste, hatte er sie nun zu Arno geschickt. Als die Fahrstuhltür leise aufglitt, sah Jessie Arno bereits in der Wohnungstür stehen. Sein blondes Haar war völlig zerzaust, sein zerknittertes Hemd hing halb aus der Jeans und sein Blick wirkte gläsern.

„Hi, schön dich zu sehen." Er lehnte sich schlapp gegen die Wohnungstür und lächelte Jessie schief an.

„Hi, Arno", Jessie reckte sich, um ihm einen leichten Begrüßungskuss auf die Wange zu geben. Der Duft von Alkohol schlug ihr entgegen. Sie runzelte besorgt die Stirn. Das war absolut untypisch für Arno. Was mochte nur passiert sein?

„Komm rein." Arno drückte die Wohnungstür mit dem Fuß weit auf und machte eine ausholende Armbewegung.

„Mein Heim ist auch dein Heim."

„Danke". Sie versuchte sich nicht anmerken zu lassen, wie schockiert sie war.

Er kickte gleichmütig die Wohnungstür zu, die mit einem mittellauten Krach ins Schloss fiel. Dann torkelte er leicht zurück ins Wohnzimmer, wo er sich träge auf sein graues Ledersofa fallen ließ und die Beine von sich streckte. Das Zimmer glich einem einzigen Chaos. Überall lagen Zeitungen und etliche leere Bierflaschen waren auf dem Wohnzimmerteppich verteilt.

„Machs dir bequem." Seine Stimme klang leicht undeutlich.

„Was hast du denn hier veranstaltet? Oder ist ein Tornado durch deine Wohnung gerast?" Kopfschüttelnd raffte Jessie einen Bademantel und zwei Oberhemden zusammen, um sich einen freien Platz auf dem gegenüber liegenden Sofa zu verschaffen. Dann stellte sie ihre Tasche auf ein am Boden liegendes Sofakissen und setzte sich.

„Tornado ist gut", Arno lachte betrunken. „Ja, Tornado ist gut." So kam sie mit Arno nicht weiter.

„Magst du ein Glas Wasser?" fragte sie daher.

„Wasser? Nein, ich will noch ein Bier. Komm her, und trink mit mir." Jessie ignorierte seinen Kommentar und schaute sich in dem verwüsteten Zimmer um.

„Wann hast du denn das letzte Mal die Wohnung verlassen, Arno?"

Desinteressiert zuckte er mit den Schultern und schaute sie aus glasigen Augen an. „Keine Ahnung. War wohl vor drei Tagen oder so."

„Und seitdem vergnügst du dich hier mit Bier?"

Ein zustimmendes Lächeln huschte über Arnos Gesicht. „Genau, du verstehst mich."

„Warst du die ganze Zeit alleine?" Jessie begann sich wirklich Sorgen zu machen. Es musste etwas Gravierendes passiert sein, das Arno so aus der Fassung gebracht hatte. Seit Dienstag war er also hier. Dienstag, Dienstag, was war nur am Dienstag geschehen?

„Hey Jessie, bist du etwa eifersüchtig? Das wusste ich ja gar nicht."

„Arno, jetzt hör aber mal auf", herrschte Jessie ihn an. „Du bist total betrunken und ich mache mir echt Sorgen um dich."

„Süß, da bin ich einmal betrunken und du machst dir Sorgen um mich." Dann bekam sein Gesicht plötzlich einen harten Zug.

„Das ist völlig unnötig. Mir geht es gut, also geh bitte."

„Nein, das werde ich nicht tun." Wütend sprang Jessie auf. „Rutsch mal, ich will mich zu dir setzen."

Arno schaute sie immer noch nicht an und schwieg. Er rührte sich nicht.

„Arno, mach mir bitte etwas Platz." Und in sanftem Ton fügte sie hinzu: „Bitte."

Langsam wandte er ihr sein Gesicht zu, tiefe Traurigkeit sprach aus seinem Blick, der Jessie einen Stich gab. Er nickte kurz und rutschte etwas zur Seite, gerade so viel, dass Jessie sich auf Hüfthöhe neben ihn auf die Sofakante setzen konnte. Dann strich sie ihm langsam über den Arm. Ohne ihn anzuschauen, sagte sie leise: „Arno, ich werde so lange hier bleiben, bis du mir gesagt hast, was los ist. Du kannst jetzt mit mir reden oder später, das ändert nichts an meiner Entscheidung. Ich werde dich nicht in diesem Zustand alleine lassen."

„Ich will aber nicht darüber reden. Also lass mich bitte in Ruhe." Arno drehte seinen Kopf gen Sofalehne. Unbeirrt strich Jessie weiter beruhigend über seinen Arm.

„Hör zu, ich mache dir einen Vorschlag. Du schläfst jetzt erst einmal deinen Rausch aus und ich werde hier in der Zwischenzeit ein wenig aufräumen."

Ruckartig fuhr Arnos Kopf herum und wütend funkelte er Jessie an.

„Du wirst hier nicht aufräumen. Ich habe den Dreck verursacht und werde ihn auch wieder beseitigen. Nun geh schon." Und etwas versöhnlicher fuhr er fort: „Jessie, bitte glaube mir, es ist besser so für dich. Ich bin sturzbetrunken und werde mich morgen wahrscheinlich weder an das erinnern, was ich jetzt sage, noch an das, was ich tue. Sei daher ein vernünftiges Mädel und lass mich allein, ja?"

Kampfeslustig schüttelte sie den Kopf. „Da musst du dir schon etwas anderes einfallen lassen, um mich zu verjagen."

Arnos Kopf wirbelte aus den Kissen hervor. Schmerzend hielt er sich mit einer Hand den Schädel. „Bitte was?" lallte er ungläubig.

Jessie stemmte entschieden die Hände in die Hüfte. „Ich sagte ‚NEIN'. Du kannst gerne auf dem Sofa liegen bleiben oder dich ins Bett bewegen, das ist mir egal. Ich bleibe hier, wie gesagt, und werde jetzt für Ordnung sorgen." Dabei hatte sie bereits zwei Zeitungen gefasst und ging schnurstracks zur Küche. Hinter sich hörte sie Arno fluchen und langsam hinter sich her kommen. Jessie warf die Schachteln in die Küche und atmete beherzt aus. Das Schlachtfeld erstreckte sich leider nicht nur auf das Wohnzimmer. Gerade wollte sie sich umdrehen, als Arno sich drohend vor ihr in der Küchentür aufbaute.

„Du bist störrischer als jeder Esel", knurrte er.

„Ich gratuliere zu der Feststellung." Jessie verschränkte die Arme vor der Brust und schaute Arno kampfeslustig an. Er sollte bloß nicht glauben, dass sie Angst vor ihm hatte.

„Was muss ich tun, damit du gehst?"

„Mit mir reden."

„Du kannst mich nicht zum Reden zwingen, wenn ich es nicht will."

„Und du kannst mich nicht zum Gehen zwingen, wenn ich es nicht will."

„Ich könnte dir Fürchterliches antun." Arnos Oberkörper taumelte leicht.

„Ja, aber du würdest es nicht tun, nicht wahr?" Jessie wandte ihren Blick nicht von Arnos Gesicht.

Arno hob resigniert seine Hand. „Bleib, wenn du willst." Sein Körper schwankte gefährlich und Jessie sah, dass er sich nur mit äußerster Mühe am Rahmen festhielt. Entschlossen trat sie einen weiteren Schritt auf ihn zu und legte behutsam seinen Arm um ihre Schultern. „Komm, Arno, ich bring dich ins Bett. Du wirst sehen, wenn du aufwachst, sieht die Welt viel besser aus."

Gegen seinen Willen ließ er sich von Jessie führen, wobei er seinen Kopf leicht zu ihrem neigte.

„Hm, du riechst gut."

„Komm", sanft aber energisch drängte Jessie vorwärts.

„Dass ich mal mit dir in meinem Schlafzimmer lande, hätte ich echt nicht gedacht", murmelte Arno leise.

Was war nur los mit Arno? Erleichtert öffnete Jessie die Schlafzimmertür und steuerte mit ihm direkt auf das zerwühlte Bett zu. Sie ignorierte die vielen Bierflaschen und drehte sich so, dass sie Arno mit einem Stups aufs Bett drücken konnte. Flink befreite sie sich von seinem Arm und deckte ihn leicht zu. Dann zog sie die Vorhänge zu. Der Raum lag im dunklen Dämmerlicht. Schnell griff Jessie sich die nächsten fünf Bierflaschen und warf einen letzten Blick auf Arno. Sein regelmäßiger Atemzug bestätigte ihr, dass er bereits schlief. Sein Gesicht wirkte so traurig und verletzt. Wenn Arno nicht mit ihr reden wollte, dann war es das Beste, sofort Christopher anzurufen, damit er sich um seinen besten Freund kümmerte. Sie würde jetzt erst einmal Ordnung in dieses Chaos bringen. Leise zog sie die Schlafzimmertür ins

Schloss und ging hinüber in die Küche. Eine Schublade nach der anderen zog sie auf bei der Suche nach einer Küchenschürze. Bei der ihr bevorstehenden Arbeit hatte sie keine Lust, sich ihr neues Kostüm vollends zu ruinieren. Endlich hatte sie gefunden, wonach sie gesucht hatte und zog eine dunkelblaue Grillschürze aus der Schublade, die ihr bis zu den Knien reichte und mit dem Satz ‚Ich bin der Boss' in großen orangefarbenen Buchstaben versehen war.

„Genauso ist es", murmelte Jessie und band sich das Ungetüm um. Dann ging sie ins Wohnzimmer, wo sie zunächst die Bierflaschen entsorgte und alles, was sie an dreckigem Geschirr finden konnte, in die Küche brachte. Anschließend öffnete sie weit die Fenster, um den Biergeruch aus den Räumen zu vertreiben. Die Zeitungen stapelte sie säuberlich neben den Schreibtisch. Die Anzahl an leeren Bierflaschen war erschreckend. Etwas musste Arno völlig aus dem Gleichgewicht geworfen haben. Die Spülmaschine surrte leise im Waschgang und Jessie säuberte die Küchenoberfläche, bevor sie sich den Staubsauger aus dem Wandschrank schnappte und das Wohnzimmer saugte. Nachdem sie gute zwei Stunden damit verbracht hatte, Arnos Designerwohnung wieder in ihren ursprünglichen Zustand zu versetzen, entschied sie sich, ihre Wartezeit mit einem Tee zu versüßen. Sie goss das Teewasser auf und nahm die Schürze ab. Dann stellte sie eine Teetasse, ein Stövchen und die Teekanne auf ein Tablett. Sicherheitshalber griff sie nach einem Wasserglas und einer Wasserflasche. Wahrscheinlich hatte Arno einen riesigen Brummschädel, wenn er aufwachte. Da war eine Tablette lebensrettend. Der Wasserkocher begann zu blubbern und Jessie goss das nicht mehr kochende Wasser auf die Teeblätter. Entspannt trug sie alles zum nun blanken Couchtisch und goss sich eine Tasse Tee ein.

Es war schon später Abend, als Jessies Handy piepste. Schnell klickte sie auf die eingegangene SMS und las Christophers Nachricht. Er stand unten vor dem Haus und bat sie, den Türöffner zu drücken. Flink schaltete Jessie den Fernseher aus und eilte zur Wohnungstür. Als sie an Arnos Schlafzimmertür vorbeikam, blieb sie kurz stehen und lauschte. Es war alles still. Er schlief immer noch seinen Rausch aus, oder aber vielleicht schlief er seit Tagen das erste Mal wieder richtig, überlegte Jessie. Auszuschließen war das, nach allem, was sie hier vorgefunden hatte, absolut nicht. Sie drückte den Türöffner und horchte auf das Surren des Fahrstuhls. Kurz darauf klopfte es leise an der Wohnungstür. Schnell spähte sie durch den Türspion und erkannte Christopher. Fast im gleichen Moment riss sie die Tür auf und strahlte ihn erleichtert an.

„Wie schön, dass du so schnell kommen konntest." Sie schlang ihre Arme um seinen Hals und gab ihm einen langen Begrüßungskuss. Dann zog sie ihn in die Wohnung und schloss leise die Tür.

„Arno schläft noch. Ich habe in der Zwischenzeit die Wohnung wieder in einen halbwegs normalen Zustand gebracht. Es war das absolute Chaos. Überall lagen Bierflaschen herum und Arno war sturzbetrunken. Hast du so etwas schon einmal bei ihm erlebt?"

Christopher hatte sich schweigend umgeschaut und runzelte die Stirn. Er sah angespannt aus. „Ich kann mir das auch nicht erklären. Arno ist überhaupt nicht der Typ, der sich alleine betrinkt."

„Magst du etwas trinken, während wir auf Arno warten? Ich hatte mir eben noch einen frischen Tee gekocht." Und mit einem schiefen Lächeln fügte sie hinzu: „Mittlerweile kenne ich mich in den Schränken hier ganz gut aus."

„Einen Tee nehme ich gerne. Dann musst du mir noch einmal alles im Detail erzählen."

Jessie nickte zustimmend. „Klar, setz dich schon einmal ins Wohnzimmer. Ich hole nur kurz deine Tasse."

Als Jessie kurz darauf ins Wohnzimmer kam, fand sie Christopher am Fenster stehend, die Arme vor sich verschränkt, und er starrte hinaus in die dunkle Nacht. Vorsichtig stellte Jessie die Tasse auf den Couchtisch und trat hinter ihn. Sanft umarmte sie ihn und lehnte ihren Kopf gegen seinen Rücken.

„Etwas muss ihn vollkommen aus der Bahn geworfen haben. Mit mir wollte er aber nicht sprechen."

„Als ich am Montag mit ihm telefoniert habe, da war er noch ganz der Alte und alles schien ok zu sein." Christopher atmete tief ein. „Ich werde am besten warten, bis er aufwacht." Dann drehte er sich zu Jessie um und strich ihr sanft eine Haarsträhne hinter das Ohr.

„Aber du, meine Süße, solltest jetzt nach Hause fahren und dich ausruhen. Du hast hier den ganzen Tag geschuftet und morgen liegt ein anstrengender Tag vor dir."

„Na ja, so schlimm war es ja auch nicht", wehrte Jessie verlegen ab.

„Komm, ich bring dich zum Auto und komme dann sobald wie möglich nach. Ich bleibe übrigens bis kommende Woche in München, denn es kann sein, dass ich für Arno einspringen muss.

Zumindest brauchen wir zwei nicht bis zum Wochenende zu warten, um uns wiederzusehen."

„Dann hat das alles hier ja doch noch seine gute Seite." Sie stellte sich auf die Zehenspitzen und gab Christopher einen flüchtigen Kuss. „Überredet. Ich werde jetzt heimfahren und ein ausgiebiges Bad nehmen, um diesen Biergeruch loszuwerden."

Christopher lachte leise. „So ein Quatsch. Aber komm, ich bring dich zum Auto."


Er hatte sich gerade wieder auf die Couch gesetzt, als sich Arnos Schlafzimmertür öffnete. Schleppende Schritte näherten sich dem Wohnzimmer und kurz darauf lehnte Arno barfuß im Türrahmen. Sein Hemd hing lose über seiner Jeans und seine Haare waren völlig verwuschelt. Er blinzelte angestrengt in Christophers Richtung und kniff die Augen zusammen, um im Licht sehen zu können.

„Du?" war alles, was er sagen konnte.

„Jessie hat mich angerufen", entgegnete Christopher erklärend.

Ein schiefes Lächeln umspielte Arnos Mund. „Hätte ich mir denken können." Suchend blickte er sich um. Allein die Bewegung schien er nur mit äußerster Anstrengung bewältigen zu können. „Wo ist sie überhaupt?"

„Sie hat gewartet, bis ich gekommen bin, und ist dann nach Hause gefahren."

„Wahrscheinlich hat sie heute den Schock ihres Lebens bekommen." Arno machte eine weit ausholende Bewegung. „All das hier ist ihr Werk, vorhin sah das ganz anders aus."

„Mach dir wegen Jessie keine Gedanken. So schnell lässt sie sich nicht schocken. Komm, jetzt setz dich erst einmal."

Arno nickte, hielt sich aber schützend den Kopf.

„Willst du eine Kopfschmerztablette? Jessie hat dir hier bereits eine hingelegt."

Arno nickte nur. „Was für eine Frau." Dann öffnete er die Tablettenpackung, warf die Tablette in das bereitstehende Glas Wasser und beobachtete, wie sie sich sprudelnd darin auflöste. Dann stürzte er alles hinunter. Christopher schaute schweigend zu, wie Arno seinen Kopf stützend in die Hände legte. So saßen sie sich geraume Zeit gegenüber. Endlich schaute er Christopher an.

„Ich habe Scheiße gebaut, Chris."

„Magst du es mir erzählen?"

Arno nickte zustimmend. „Worum geht es?"

„Mel", antwortete Arno mit Grabesstimme.

„Mel? Ich dachte, der Auftrag ist gut gelaufen." Christopher wirkte irritiert. Damit hatte er nun wirklich nicht gerechnet.

„Ich hab mit Mel geschlafen." Arno hatte den Satz fast ausgespuckt.

„Du hast was?"

„Ich hab mit ihr geschlafen. Scheiße nochmal", entfuhr es Arno.

„Wow", war alles was Christopher einfiel. „Und deswegen bist du so von der Rolle?"

„Ja und nein." Arno fuhr sich resigniert mit der Hand durchs Haar. „Wir waren zusammen auf dem Oktoberfest, erst bei Lendwing und Co, dann haben wir uns noch ein bisschen alleine vergnügt und später sind wir dann hier gelandet." Er atmete tief ein. „Na ja, und dann ist es halt passiert." Er schaute Christopher an. „Alles war super, nein einfach perfekt, bis ich am nächsten Morgen neben ihr aufgewacht bin und mir die Reichweite der ganzen Sache klar wurde. Ich habe mich bei ihr entschuldigt, doch anstatt mir zuzuhören, ist sie einfach ins Bad gestürmt und hat wutentbrannt die Wohnung verlassen. Das Einzige, was sie mir noch gesagt hat, war, dass ich aus ihrem Leben verschwinden soll."

Christopher beobachtete Arno aufmerksam und versuchte, das eben Gehörte zu verarbeiten. „Wofür hast du dich denn genau entschuldigt?"

„Na dafür, dass wir miteinander geschlafen haben." Arno blickte Christopher verzweifelt an. „Mel ist meine beste Freundin, Chris, so etwas tut man nicht mit seiner besten Freundin."

„Stimmt, aber woher weißt du so genau, dass sie nicht mehr für dich sein wollte?"

„Mel?"

„Klar Mel. Kann es sein, dass Mel mehr für dich empfindet als pure Freundschaft?"

Arno zuckte mit den Schultern. „Nein, das kann ich mir nicht vorstellen. So wie sie mich behandelt. Ausgeschlossen."

Christopher zog eine Augenbraue hoch. „Jessie ist jedenfalls davon überzeugt. Und wenn ich es mir genau überlege, dann finde ich es absolut möglich. Überleg doch mal. Sie ist doch erst ausgerastet, nachdem du dich bei ihr entschuldigt hast, oder?"

Arno starrte eine Ewigkeit vor sich auf den Couchtisch und schien sich zu konzentrieren. Endlich nickte er langsam. „Stimmt." Ein schiefes Lächeln umspielte seinen Mund. „Aber in mich verliebt? Sie hat mir doch immer nur ihre Krallen gezeigt."

„Kann schon sein, aber vielleicht war das ihr verzweifelter Versuch, auf sich aufmerksam zu machen. Oder sie war einfach verletzt, dass du ihre Gefühle nicht erwiderst. Auf jeden Fall bist du der Einzige, der in den Genuss ihrer Krallen gekommen ist."

Arno schwieg und dachte intensiv über Christophers Worte nach. Dann rieb er sich mit dem Handrücken über die Augen. „Dennoch, sie will nichts mehr von mir wissen. Dabei war doch alles was ich wollte, sie nicht zu verlieren, und genau das habe ich erreicht." Er blickte seinen Freund verzweifelt an. „Ich hätte das wirklich nie gedacht Chris, aber ich fühle mich so verdammt leer und einsam ohne sie. Elendiger Mist, wir waren doch so ein gutes Team all die Jahre."

Christopher nickte verständnisvoll. „Vielleicht ist ja noch nicht alles verloren. Mel steht doch mit beiden Beinen fest im Leben. Wahrscheinlich braucht sie einfach einige Tage, um sich wieder zu fangen und nächste Woche ist alles wieder beim Alten."

„Du hättest sie sehen sollen. So habe ich sie noch nie gesehen, Chris."

„Klar, sie war super verletzt. Hast du denn versucht, sie zu erreichen?"

Arno nickte zustimmend. „Ja, ich hab bei ihr im Büro angerufen. Sie ist verreist und keiner weiß, wohin."

„Mist", entfuhr es Christopher.

„Ja, verdammter Mist", stimmte Arno resigniert zu.

„Aber sie wird zurückkommen, schließlich hat sie hier ihre Arbeit und die wird sie nicht riskieren. Gib ihr ein paar Tage, Arno. Habt ihr denn noch ausstehende Termine?"

Arno überlegte.

„Ja, die finale Präsentation für den gesamten Innenausbau bei Herrn Lendwing."

„Das ist doch die Chance, euch auf neutralem Boden zu treffen, und vielleicht kannst du dann mit ihr reden."

Arno schwieg. „Vielleicht hast du Recht", gab er lahm zu.

„Danke Chris, es tut gut, mit dir darüber zu reden."

„Dafür sind Freunde doch da."

## 12

Sie sah es sofort. Das kleine rote Steinhaus mit seinen weißen Fensterläden war ihr gleich aufgefallen. Die rauen Backsteine, das dicke Reetdach, der solide weiße Gartenzaun, der die bunte Blumenpracht vor dem unerbittlichen Wind schützen sollte, und der Blick zum Leuchtturm, der unermüdlich seine Arbeit tat. Ja, all das passte zu Pete. Genau wie er war dies eine Mischung aus gestählten und weichen Elementen. Mel blickte zum Himmel. Große Schleierwolken verbargen das helle Blau des Sommerhimmels, ließen aber die warmen Sonnenstrahlen hindurch. Der Wind spielte mit ihren Haaren. Schnell steckte sie sich eine Strähne hinter das Ohr und balancierte ihr Geschenk vorsichtig vor sich her. Sie hatte sich nach langen Überlegungen für eine kleine Glasplatte mit verschiedenen Konfekten entschieden, die sie in der kleinen Confiserie förmlich angelacht hatte. Hoffentlich freuten sich Pete und seine Frau darüber. Mels Blick wanderte an dem urigen Haus hinauf. Das Dach wurde von dicken weißen Holzbalken getragen, die genau zu den weißen Sprossenfenstern passten. Ein Blick in das Hausinnere wurde von Gardinenstores verhindert, die sich leicht verdeckt hinter vereinzelten Blumentöpfen mit Orchideen befanden. Vorsichtig öffnete Mel die Gartenpforte und hakte sie nach ihrem Durchtreten wieder ein. Dann schritt sie über den schmalen Kiesweg, der zu beiden Seiten mit blauen, nur wenige Zentimeter großen Bergsandglöckchen gesäumt war und an dessen Ende drei Treppenstufen hinauf zur Haustür führten. Vorsichtig drückte Mel die schwere Messingklingel. Sie lauschte. Leicht schlurfende Schritte näherten sich der Tür. Ein Schlüssel drehte sich im Schloss und fast im gleichen Augenblick stand Pete vor ihr. Er trug zu seiner schwarzen Cordhose ein blauweiß gestreiftes Seemannshemd und ein rotes Tuch um den Hals. Sein graues Haar sah etwas verlegen aus, als ob er gerade geschlafen hätte. In der freien Hand hielt er seine Pfeife. Als er Mel sah, breitete sich ein warmes Lächeln auf seinem runzligen Gesicht aus.

„Da bist du ja. Komm doch herein, Ines hat gerade Tee aufgebrüht." Er machte eine einladende Geste ins Hausinnere. Mel lächelte den alten Mann herzlich an. „Hallo Pete, vielen Dank für die Einladung."

„Dafür nich. Hast du es gut gefunden? Meine Beschreibung war gut, nich?" Er lachte tief.

„Ja, die Beschreibung war perfekt." Mel fiel in sein Lachen ein. Aus den Augenwinkeln nahm sie plötzlich eine Bewegung war und drehte sich impulsiv um. Eine schmächtige Frau mit grauhaarigem Kurzhaarschnitt stand am Ende des Flures und lächelte ihr freundlich, wenn auch etwas scheu, zu.

„Das ist Melanie, Ines", dröhnte Pete.

Schnell ging Mel auf die kleine Frau zu und streckte ihr mit einem warmen Lächeln die Hand hingegen.

„Ich bin Melanie Lessing. Es freut mich so sehr, Sie kennenzulernen. Vielen Dank für Ihre Einladung."

Ein Lächeln breitete sich auf dem Gesicht von Petes Frau aus und sie legte ihre runzelige Hand in Mels. Mel fühlte die zarten Finger in ihrer Hand und wagte kaum, diese zu drücken.

„Ich bin Ines. Es ist mir wirklich eine Freude, dass du heute unser Gast bist. Ich darf doch du sagen?"

„Natürlich", versicherte Mel schnell.

„Fein. Dann komm und setz dich doch schon einmal mit Pete ins Wohnzimmer. Ich hole nur kurz den Tee, sonst wird er zu stark."

„Sehr gerne. Ich habe euch ein kleines Geschenk mitgebracht. Ich hoffe, ihr mögt Pralinen." Vorsichtig übergab Mel ihr Geschenk an Ines.

„Ach Kindchen, das ist doch viel zu viel." Sie blickte Mel ins Gesicht und lächelte verschmitzt. Plötzlich wirkte sie viel jünger. „Aber für eine kleine Sünde wie die hier bin ich immer zu haben. Vielen Dank."

Mel nickte erleichtert. „Wie schön."

„Komm Melanie, hier geht es zum Wohnzimmer." Pete, der ihr gefolgt war, stand wartend in der gegenüberliegenden Tür. „Wir setzen uns schon mal." Leicht schlurfend ging er Mel voraus und ließ sich erleichtert in eine Ecke des Sofas fallen. Er deutete auf den Sessel zu seiner rechten. „Bitte."

Mel setzte sich an den dunklen Eichencouchtisch, der mit dem typischen blauweißen Friesengeschirr gedeckt war. In seiner Mitte thronte eine rechteckige Glasplatte mit einem aufgeschnittenen Kastenkuchen, dessen Oberseite mit einer dicken Puderzuckerschicht bedeckt war. Ihr Blick glitt über das gegenüberstehende Sofa hinauf zu einem gemalten Bild. Darauf war der Strand mit all seinen bunten Strandkörben zu sehen, in dessen Hintergrund weiße Schaumkronen vom Tosen des Meeres zeugten.

„Ein bemerkenswertes Bild. Man kann die Atmosphäre gut nachempfinden."

„Ja, es ist ein wunderbares Bild, gemalt mit viel Liebe." Ines war hinter Mel getreten und betrachtete das Bild gedankenvoll, das in einem dicken Holzrahmen steckte.

„Ist es von einem hiesigen Künstler?" Interessiert drehte sich Mel zu Ines um und erschrak. Tränen rannen Ines die Wangen hinunter. Schnell wischte sie sie fort. „Entschuldige", murmelte sie, bevor sie eilig das Zimmer verließ.

„Unsere Enkelin hat es für uns gemalt." Petes dunkle Stimme klang rau und Mel blickte ihn bestürzt an.

„Es tut mir leid, Pete. Ich wollte deine Frau nicht verletzen. Ich hatte keine Ahnung, sonst hätte ich nicht gefragt."

„Schon gut. Sie liebt dieses Bild und hat sich bestimmt gefreut, dass es dir auch so ging. Nur kann sie nicht von unserer Amelie sprechen, ohne dass ihr die Tränen kommen." Und mit einem tiefen Seufzer fügte er hinzu. „Und wahrscheinlich gibt sie mir dafür die Schuld."

Er blickte kurz zum Bild und sein Gesichtsausdruck wandelte sich in Stolz.

„Ist eine wahre Künstlerin, unsere Lütte. Sie konnte schon immer gut malen."

„Wie alt war sie denn, als sie das Bild gemalt hat?"

„Dreizehn. Es war ihr letztes Bild, das sie auf der Insel gezeichnet hat. Das letzte Bild vor dem großen Streit." Schnell wischte er sich mit der Hand über die Augen und räusperte sich.

„So, nun nimm aber ein Stück Kuchen. Er ist eine Inselspezialität und niemand kann ihn besser backen als meine Ines."

„Du alter Schmeichler." Seine Frau war mit einer vollen Teekanne zurückgekehrt und goss Mel ein.

„Das ist echter friesischer Tee. Hier trinken wir keinen Kaffee zum selbst gebackenen Kuchen."

„Den probiere ich sehr gerne. Vielen Dank."

Nachdem sie alle mit Tee und Kuchen versorgt waren, setzte Ines sich neben Pete und schaute Mel lächelnd an.

„Hattest du schon Gelegenheit, unsere Insel kennenzulernen?"

„Ja, Fynn, der Sohn der Hotelbesitzer, war so nett, mir einige Sehenswürdigkeiten der Insel zu zeigen, unter anderem die wunderbare Mühle und den kleinen Inselhafen."

„Fynn ist ein guter Junge", stimmte Ines ein und ihr Mund verzog sich zu einem verschmitzten Lächeln. „Er bereitet seiner Mutter zwar schlaflose Nächte, aber er hat sein Herz definitiv auf dem rechten Fleck. Er ist zu schlau, um dem Willen seiner Mutter zu gehorchen und das Hotel zu übernehmen." Sie blickte Mel mit ihren hellen blauen Augen an. „Er ist nämlich ein Künstler, der viel lieber mit seiner Kamera draußen in der Natur ist als hinter dem Empfangstresen zu stehen."

Mel nickte zustimmend. „Ja, er hat mir einige seiner Fotografien gezeigt, die ich wirklich ausgezeichnet finde."

„Waren du denn schon einmal auf Amrum oder ist dies dein erster Urlaub bei uns?"

„Es ist mein erster Besuch auf Amrum, für den ich mich zugegebenermaßen sehr spontan entschieden habe." Als sie Ines überraschten Gesichtsausdruck sah, fügte sie erklärend hinzu: „Ich brauchte dringend eine kurze Auszeit, um auf andere

Gedanken zu kommen und auszuspannen und habe mich eigentlich erst während der Autofahrt dazu entschlossen, ans Meer zu fahren. Und da fiel mir spontan Amrum ein, das ich noch nicht kannte." Sie atmete tief ein. „Und ich bin sehr glücklich über diese Entscheidung."

Ines nickte zufrieden. „Das ist schön, dass dir unsere Insel so gut gefällt."

„Ja, sie zieht mich förmlich in ihren Bann, dabei ist es allerdings nicht nur die Insel selbst, dir mir so gut tut, sondern auch ihre Bewohner. Alle sind so unglaublich nett zu mir. Ihr zum Beispiel ihr kennt mich gar nicht und habt mich zum Tee eingeladen."

Ines tätschelte Petes Knie. „Pete hat so von dir geschwärmt, dass ich ganz neugierig war, dich kennenzulernen. Und ich bin sehr froh, dass du die Einladung angenommen hast. Du erinnerst mich sehr an unsere Enkelin." Ines Stimme wurde brüchig: „Sie müsste ungefähr in deinem Alter sein. Dort drüben auf der Anrichte steht ein Foto von ihr." Sie zeigte auf die kleine Anrichte an der Wand, auf der neben einem gerahmten Foto ein Buddelschiff und eine Blumenvase mit rosa Moosröschen platziert waren.

„Darf ich es mir einmal ansehen?"

„Aber natürlich", freute sich Ines und wischte sich schnell über die Augen.

Neugierig stand Mel auf und trat zu dem kleinen Schränkchen. Vorsichtig nahm sie die Fotografie in die Hand. Pete und Ines saßen an einem mit dem typischen Friesengeschirr festlich gedeckten Tisch. Auf jedem Teller lag ein Stück von Ines Kuchen. Hinter ihnen stand ein vielleicht zwölf- oder dreizehnjähriges Mädchen, das seinen Kopf lachend zwischen ihre Köpfe hielt und mit Ines und Pete unbeschwert in die Kamera lachte. Das war also

Amelie. Sie hatte blaue Augen und lange braune Haare, die ihr locker über die Schultern fielen. Sie trug ein einfaches rotes T-Shirt und ein Seemannstuch um den Hals geknotet, genau so, wie sie es bei Pete gesehen hatte. Es war schwer von einem Teenagerfoto etwas über die Persönlichkeit herauszufinden. Auf jeden Fall schien sie ihre Großeltern sehr zu mögen und jenen Nachmittag in vollen Zügen zu genießen. Behutsam stellte Mel das Foto zurück und drehte sich um.

„Sie sieht wirklich sehr nett und fröhlich aus."

„Ja, das war sie auch. Ob ich sie in diesem Leben wohl noch einmal wiedersehe?" murmelte Ines.

„Eines darfst du aber nicht vergessen, Melanie. Du musst noch frisch gepuhlte Krabben essen, bevor du wieder abreist. Unsere Krabben hier sind eine wahre Delikatesse", wechselte Pete brüsk das Thema.

Mel lachte erleichtert auf. „Ich hatte bereits Gelegenheit, echte Amrumer Krabben zu probieren, ja sogar zu puhlen, und ich stimme uneingeschränkt zu. Sie sind wirklich eine wahre Köstlichkeit."

„Sehr gut", Pete zog sichtlich zufrieden an seiner Pfeife. „Und dennoch sind die Krabben nichts gegen den wunderbaren Kuchen meiner Ines. Komm und iss ein Stück. Dein Tee ist bestimmt schon ganz kalt."

Sofort war Ines aufgestanden. „Kalter Tee ist fürchterlich und eine Strafe. Warte, ich gebe dir eine frische Tasse."

Ohne auf Mels Einwand zu achten, war sie mit Mels Tasse in die Küche entschwunden.

Mel blickte hinaus in den dämmrigen Vorgarten. „Ich glaube, ich werde mich nun auf den Rückweg machen, damit ich noch bei Hellem im Hotel ankomme. Es war ein wunderschöner Nachmittag, vielen herzlichen Dank."

„Wir haben dir zu danken, die letzten Stunden haben uns so gut getan." Ines nickte Mel lächelnd an.

„Ich helfe euch nur noch kurz mit dem Geschirr."

„Nein, bitte nicht." Ines schüttelte vehement den Kopf. „Das mache ich gleich in aller Ruhe."

Pete blickte auf die große Standuhr. „Wenn du dich beeilst, dann schaffst du sogar noch den Bus. Die Linie 17 fährt in zehn Minuten am Straßenanfang ab und bringt dich zur Hauptstraße in Nebel. Von dort sind es dann keine fünf Minuten mehr bis zum Hotel."

„Prima. Dann beeile ich mich." Mel war aufgestanden und umarmte Pete und Ines herzlich.

„Bitte besuch uns das nächste Mal, wenn du wieder auf der Insel bist." Ines strich Mel über den Arm.

„Versprochen, das mache ich. Vielen lieben Dank noch einmal für alles."

Lächelnd öffnete Mel die Haustür und trat in das Dämmerlicht. Eine Windböe fuhr ihr frech durch die Haare.

„So, nun lauf", forderte Pete sie auf.

An der Gartenpforte drehte Mel sich noch einmal um und winkte den beiden alten Leuten in der Haustür herzlich zu, bevor sie die Straße zum Bus hinunter eilte.

## 13

„So, da sind wir." Fynn stellte den Motor ab und blickte Mel erwartungsvoll an.

„Was für eine atemberaubende Kulisse."

Vor ihr thronte majestätisch der Inselleuchtturm und ragte hoch hinaus in den Himmel. Stolz präsentierte er sich in seinem rot und weiß gestreiften Kleid. Zu seinen Füßen befand sich blassgrünes Dünengras, das sich sanft im Wind bog. Direkt hinter dem Leuchtturm erstreckte sich die Nordsee, die zahm die Meeresoberfläche ruhig hielt. Das tiefe Blau unterbrach den helleren Ton des Himmels und spiegelte auf seiner Oberfläche die Sonnenstrahlen. In weiter Ferne erkannte Mel einzelne Fischerboote. Der Wind spielte mit ihrem Haar und sie roch den rauen Duft des Meeres. Langsam fuhr sie sich mit der Zunge über die Oberlippe und genoss den salzigen Geschmack.

„Es ist wunderschön. Ich bin wirklich froh, dass du dir Zeit genommen hast, mir diesen Teil der Insel zu zeigen."

„Na, hör mal", entrüstete sich Fynn spielerisch. „Ich kann dich doch nicht im Glauben lassen, dass es nur die Mühle als Sehenswürdigkeit gibt. Schließlich habe ich dir ja per Foto eine umfassende Führung versprochen. Und die sollst du auch bekommen." Zur Bestätigung seiner Worte nickte er vehement.

„Das ist gut, denn ich nehme deine Einladung ohne einen Hauch schlechten Gewissens an", lachte Mel. Ihr Blick wanderte zum hohen Leuchtturm direkt vor ihnen. „Kann man ihn besichtigen?"

Bedauernd schüttelte Fynn den Kopf. „Leider ist das im Moment nicht möglich, aber wir können ihn uns aus der Nähe anschauen, wenn du magst."

Sie nickte enthusiastisch. „Ja, bitte."

Schwungvoll öffnete Fynn die Autotür und ging um den Wagen herum zum Kofferraum und öffnete ihn. Schnell griff er nach seiner Kamera und hängte sie sich um. Als er Mels fragenden Blick spürte, nickte er vage in Richtung Leuchtturm.

„Man weiß nie, wann sich ein gutes Foto ergibt. Es wäre einfach zu schade, es zu verpassen."

„Stimmt." Sie schloss die Beifahrertür des Käfers und näherte sich in wiegendem Schritt dem Leuchtturm. Fynn schaute ihr hinterher. In ihrer weißen Leinenhose, den weißen Ballerina und dem weißen T-Shirt, bildete sie einen perfekten Kontrast zum Dünengras und dem Meer. Nur der orangene umgehängte Pullover störte das Bild. Ihr Haar wehte unbändig im Wind und verlieh ihrer zierlichen Erscheinung eine geheimnisvolle Spannung. Er hatte sein erstes Motiv gefunden und lachte leise in sich hinein. Schnell zog er die Verschlusskappe von der Fotolinse, stellte die korrekte Schärfe ein und schoss eine Serie von Fotos. Er wagte einen kurzen Blick auf die letzten beiden Fotos und schüttelte verständnislos den Kopf. Wie konnte es sein, dass Mel keine Ahnung von ihrer Wirkung zu haben schien? Dies war auf jeden Fall nicht das letzte Foto, das er von ihr schießen würde. Schnell setzte er die Verschlusskappe auf die Linse und rannte hinter ihr her. Sie hatte die Felsenklippe bereits erreicht und schaute gedankenverloren auf die Weite des Meeres. Als sie Fynns Schritte hinter sich hörte, drehte sie sich langsam um. Ihr Mund zuckte verräterisch.

„Und, Herr Fremdenführer? Was können Sie mir zu diesem Leuchtturm erzählen?" fragte sie betont ahnungslos.

„Nichts leichter als das". Er streckte seinen Arm weit aus und deutete galant auf die Düne, auf der sie standen.

„Du befindest dich an einem der höchsten Punkte der Insel und stehst direkt vor einem sehr bekannten Inselwahrzeichen. Unser Leuchtturm ist über 41 Meter hoch und hat die Funktion eines Seefeuers, das höchste an der deutschen Nordseeküste." Er machte eine bedeutungsschwere Pause und nickte in Richtung des Leuchtturms. „Dabei ist unser Leuchtfeuer hier eine ziemlich betagte Dame, die seit 1875 ihre Dienste leistet. Natürlich wurde sie zwischenzeitlich etwas modernisiert und heute ist sie sogar automatisiert. Deshalb ist auch eine Besichtigung nicht möglich." Mel schaute gebannt zum Leuchtturm. „Das hört sich ja richtig spannend an."

„Wenn es dich wirklich interessiert, dann kann ich dir noch etwas zeigen. Komm."

Der Wind wehte ihnen pfeifend um die Nase und Fynn führte sie zielstrebig um den Turm herum, bis sie fast drei Viertel des mächtigen Gemäuers umrundet hatten. Dann blieb er vor einer großen Betonkante am Fuß des Turmes stehen.

„Dies ist die originale Gründungsplattform." Er schaute sie von der Seite an. „Komm, stell dich mal darauf und ich werde dich zusammen mit der alten Lady hier fotografieren." Er streckte die Hand aus, um ihr auf den Betonklotz hinaufzuhelfen, der fast einen halben Meter hoch war. Mel ergriff seine Hand und stieg hinauf, während Fynn leicht die Augen zusammen kniff und nachdachte.

„Würde es dir etwas ausmachen, wenn du mir deinen Pulli gibst? Seine Farbe ist zwar wunderschön, aber etwas unpassend auf dem Foto."

„Klar, warte." Mel löste den Knoten, den sie lose gebunden hatte, um den Pullover daran zu hindern, ihr bei dem stürmischen Wind von den Schultern zu fallen. Dann warf sie ihn Fynn zu, der ihn lässig mit einer Hand auffing und sich über die Schulter warf. Er entfernte die Verschlusskappe seiner Linse und stellte die unterschiedlichen Schärfen ein. „Könntest du etwas näher an den Turm herangehen und dich lässig gegen ihn lehnen?"

Mel tat wie ihr geheißen und Fynn nickte zufrieden.

„Ja, genau so. Und jetzt nimmst du deine rechte Hand als Sonnenschutz vor die Augen und schaust direkt hier in meine Kamera." Er zeigte mit der linken Hand genau auf seine Linse. Dann drehte er an seinem Objektiv und drückte den Auslöser, verschob leicht seine Position und es klickte wieder, dann ging er in die Hocke und drückte erneut den Auslöser. Endlich stand er entspannt aufrecht und grinste Mel zufrieden an.

„Danke, ich hab dich gut in den Kasten gekriegt."

Mel schüttelte gespielt missbilligend mit dem Kopf. „Wenn man dich so reden hört, dann bekommt man einen ganz falschen Eindruck."

„Ach ja? Ist mir gar nicht aufgefallen", gab er scheinheilig zurück.

„Anstatt missverständliche Andeutungen zu machen, erzähl mir lieber, was du sonst noch über die alte Dame weißt. Oder war das bereits alles, was du über diesen Turm berichten kannst?"

„Du kränkst einen alten erfahrenen Inselführer."

„Oder Inselverführer", lachte Mel und schaute ihn herausfordernd an.

„Hm, lass mich überlegen, was ich zu meiner Ehrenrettung noch weiß. Also, falls man ihn besichtigen könnte, müsste man 297 Stufen zum Aussichtsbereich hinaufsteigen. Die technischen

Daten sind relativ langweilig, aber zu jener Zeit doch spektakulär genug, um den ganzen Linsenapparat auf der Weltausstellung in Paris zu zeigen. Du siehst, die Dame ist eigentlich eine Weltberühmtheit."

„Ich bin beeindruckt, und das im doppelten Sinn."

„Wunderbar, dann können wir ja weiterfahren. Komm." Er reichte Mel die Hand, um ihr von dem Podest herunter zu helfen. Dankbar ergriff sie diese und sprang grazil hinunter. Der Wind blies ihr das Haar ins Gesicht und sie versuchte mühsam, es zurück zu halten.

„Und wohin geht es jetzt?"

„An den Strand, aber nicht zu dem Strand, den du kennst."

„Wow, da bin ich jetzt aber gespannt." Schnell stieg Mel ins Auto und verfolgte gespannt die Route zum Strand. Sie passierten das Ortszentrum mit seinen Geschäften und Touristenläden und fuhren zuerst in Richtung Süden, bevor Fynn plötzlich einen kleinen Feldweg auswählte und die Landschaft menschenleer wurde. Sie näherten sich dem Meer. Sie konnte es schon riechen, und als Fynn den Motor abstellte, befanden sie sich in einer, wie es schien, unberührten Dünenlandschaft.

„Ich hätte niemals gedacht, solch eine Dünenlandschaft auf Amrum zu finden." Beeindruckt ließ sie ihren Blick über die sanften Dünenwölbungen gleiten.

„Das dachte ich mir. Von dort vorne hat man einen wunderschönen Blick und es ist relativ windgeschützt."

Gemeinsam ließen sie das Auto hinter sich und gingen ostwärts in die Dünen hinein. Wenige Minuten später erreichten sie einen windgeschützten Platz, der sogleich um einiges wärmer war. Von dort hatte man einen freien Blick über den weiter unter gelegenen

Strand, auf dem vereinzelte Strandkörbe standen und wenige Touristen sich sonnten sowie einige Kinder Sandburgen bauten. Zum Baden war es ihnen heute wohl zu kühl. Mel setzte sich neben Fynn ins Gras.

„Es ist wunderschön. Ich könnte stundenlang einfach auf das Meer hinausschauen."

Er nickte zustimmend. „Ja, es ist in ständiger Bewegung und verändert sich unaufhörlich. Wenn du denkst, dass du es nun in all seinen Facetten auf das Fotopapier gebannt hast, erkennst du im nächsten Moment, dass es schon wieder eine völlig neue Stimmung kreiert."

Mel nickte langsam. „Ja, genauso ist es." Dann schwieg sie und schaute hinaus auf die unendlich erscheinende Weite des Meeres, dessen Wellen sich im unermüdlichen Rhythmus vor- und zurückbewegten, den Strand mit leichten Schaumkronen begrüßten, bevor sie sich mit Schwung zurück ins Meer begaben. Ihre Gedanken begannen zu fliegen und sie wusste nicht, wie lange sie so dort gesessen hatte. Irgendwann drehte sie sich langsam zu Fynn um, der sie mit seltsamem Blick beobachtete.

„Ich hoffe, es ist ok für dich, dass ich dich gerade fotografiert habe."

„Du hast mich fotografiert?" fragte Mel ungläubig. „Das habe ich gar nicht mitbekommen."

„Vielleicht sind sie deshalb so gut geworden. Magst du sie mal sehen?"

„Ja, zeig her. Mel lehnte sich zu ihm herüber. Sie konnte sein After Shave riechen, das so gut zu den Dünen und dem Meer passte. Ihr Herz schlug plötzlich etwas schneller und sie hoffte, das Fynn dies nicht bemerkte. Aber er drückte begeistert auf den

Wiedergabeknopf seiner Kamera. Als sie sich selbst so gedankenverloren dort in der Dünenlandschaft sitzen sah, konnte sie fast nicht glauben, dass sie es war. Es wirkte so authentisch und künstlerisch zugleich.

„Es ist ein wunderschönes Foto, darf ich es haben?"

„Natürlich darfst du es haben. Ich werde dir einen Abzug schicken."

„Danke."

„Ich muss leider langsam zurück ins Hotel. Meine Mutter hat sich für mich wieder besonders zuträgliche Aufgaben ausgedacht."

„Klar, lass uns aufbrechen, damit du deine arme Mutter nicht schon wieder aufregst."

„Hast du Angst um dein Abendessen?"

„Vielleicht", grinste Mel.

„Wenn das so ist, werde ich mich heute nicht mit meiner Mutter anlegen." Doch sein freches Grinsen ließ Mel an seinem Vorsatz zweifeln.

„Deine arme Mutter", tadelte sie ihn lachend, doch dann wurde sie wieder ernst und blickte Fynn direkt in die Augen.

„Ich danke dir für den wunderschönen Tag, Fynn. Es war unglaublich schön, mit dir die Insel zu erleben. Daran werde ich noch häufig denken, wenn ich wieder in München bin."

Bei ihren Worten verschwand der Schalk aus seinen Augen.

„Das freut mich. Kommst du denn bald mal wieder?"

Etwas unschlüssig zuckte sie mit den Schultern.

„Ich denke schon, aber wann genau es sein wird, das weiß ich noch nicht. Vielleicht im Herbst."

„Es würde mich wirklich freuen, dich wiederzusehen, Melanie."

Fynns Stimme klang sanft bei diesen Worten.

„Du kannst ja auch mal nach München kommen und deine Motive um das Stadtleben erweitern."

Skeptisch zog er eine Augenbraue hoch. „Ich bin mir nicht so sicher, ob das das Richtige ist."

„Auf jeden Fall werden wir in Kontakt bleiben." Als sie seinen fragenden Blick sah, beeilte sie sich hinzuzufügen: „Allein schon wegen unserer Fotokooperation, nicht wahr?"

Fynns Mund verzog sich zu einem undurchsichtigen Grinsen. „Klar doch." Dann beugte er sich vor und küsste Mel sanft auf die Wange. Sie roch sein After Shave und konnte sich vor Überraschung nicht rühren.

„Danke für die tolle Zeit, Melanie." Die Luft schien plötzlich elektrisiert zu sein. Dann stand er mit einem beherzten Sprung auf und streckte seine Hand nach ihr aus: „Komm, lass uns zurückfahren, es wird schon ziemlich frisch und ich möchte nicht, dass du morgen krank bist."

Vorsichtig legte Mel ihre Hand in seine. Fynns Finger schlossen sich fest um ihre und galant zog er sie hoch. Dann ließ er sie los und strich sich gedankenverloren durch sein Haar, bevor er nach seiner Kamera griff, die noch im Gras lag. Schließlich gingen sie langsam zurück zum Wagen.


14

Nervös blickte Mel ihr Spiegelbild an. Sie war nun schon zwei Tage zurück in München und gleich würde sie Arno das erste Mal nach ihrer gemeinsamen Nacht wiedersehen. Wieder spürte sie das schmerzhafte Ziehen in der Magengegend, wie immer, wenn sie an ihn dachte. War sie schon so weit, ihm in die Augen zu sehen? Es half nichts. Sie hatte keine Wahl. Gleich würde sie mit ihm im selben Raum sein und ihre verfeinerten Entwürfe präsentieren. Sie war stolz auf ihre Skizzen. Dank Fynns Fotos, die sie an den verschiedenen Wänden eingebracht hatte, wirkte ihre Arbeit nicht nur sehr lebensecht, sondern brachte genau das zum Ausdruck, was sie sich vorgestellt hatte. Was für ein Glück, dass sie Fynn getroffen hatte. Sie dachte an die vergangenen Tage auf Amrum und lächelte ihrem Spiegelbild warm zu. Ihre Haut war noch gebräunt und ließ ihre braunen Augen dunkel strahlen. Ihr Haar, das sie offen trug, fiel in lockeren Wellen auf ihre Schultern und ihr Gesicht wirkte trotz ihres Kummers herrlich entspannt. Das Meeresklima hatte ihr wirklich gut getan. Alles in allem konnte sie mit ihrem Spiegelbild sehr zufrieden sein. Die Entscheidung, ihren Haarstyle zu ändern, bereute sie keine Sekunde. Sie fühlte sich dadurch viel freier. Ihr Blick glitt an sich herunter. Sie hatte sich für ihr dunkelblaues Kostüm entschieden, dessen Rock bis kurz oberhalb des Knies reichte. Ihre eng taillierte Jacket betonte ihre grazile Figur und die verspielten Schößchen auf Hüfthöhe verliehen dem strengen Schnitt einen weiblichen Touch. Zu ihrem weißen Top hatte sie einen großen luftigen Chiffonschal mit rotem Klatschmohn gewählt und sich locker umgeschlungen. Das war ihr Markenzeichen und sollte es auch bleiben. Trotz des weißen Lichtes in der Damentoilette wirkte sie frisch und glücklich, und genau das wollte sie, ja musste sie, heute ausstrahlen. Mel atmete ein letztes Mal tief ein, griff nach ihrer Tasche und verließ dann entschieden den Waschraum.

Schon vor dem Konferenzraum hörte sie Stimmen, die ihr die Ankunft weiterer Teilnehmer in den letzten Minuten ankündigten. Sie selbst war als Erste erschienen, denn bei ihrem heutigen Wiedersehen mit Arno wollte sie nichts dem Zufall überlassen. Mit klopfendem Herzen näherte sie sich dem Türrahmen und betrat leicht zögernd den langgestreckten Raum. Zu ihrer Linken standen vier Männer und zwei Frauen um den Tisch mit den Kaffeekannen und Getränken herum und unterhielten sich eifrig. Wahrscheinlich genossen sie den kleinen Plausch vor der Besprechung. Am Ende des Konferenztisches sah sie Arno und Herrn Lendwing sowie einen weiteren Mann mittleren Alters. Er trug einen hellen modischen Sommeranzug mit braunen Lederschuhen. Den obersten Knopf seines weißen Hemdes hatte er offen gelassen und auf eine Krawatte verzichtet. Wahrscheinlich war dies der Kreativdirektor des Teams, Fabian irgendwas. In diesem Moment wandte Herr Lendwing seinen Kopf und erblickte sie.

„Ah, da sind Sie ja. Guten Morgen Frau Lessing."

Die beiden anderen Männer drehten sich gleichzeitig zu Mel um. Lächelnd schritt sie auf die drei zu. Dann streckte sie Herrn Lendwing die Hand entgegen. „Guten Morgen, Herr Lendwing."

Herzlich schüttelte er ihre Hand. „Darf ich Ihnen Fabian Burkhardt vorstellen? Er ist unser Kreativdirektor und ist schon sehr auf Ihre Entwürfe gespannt."

Mel wandte sich an Fabian und schüttelte ebenfalls seine Hand. Er blickte sie offen an.

„Guten Morgen", meinte er schlicht.

Mels Herz klopfte bis zum Hals. Nun musste sie Arno begrüßen. Beherrscht drehte sie sich zu ihm um.

„Guten Morgen", sagte sie betont fröhlich und wagte einen kurzen Blick in sein Gesicht. Er sah schlecht aus, fuhr es ihr durch den Kopf. Seine Wangen waren schmal geworden und seine blauen Augen, die sonst so strahlten und Schalk versprühten, wirkten dunkel und dumpf. Schnell wandte sie sich wieder ihrem Klienten zu.

„Sollen wir anfangen?"

„Sehr gerne." Mel nickte den beiden Männern zu und ging zurück zu ihrem Platz. Arno würde mit der Präsentation und den architekturbezogenen Elementen beginnen, bevor sie ihre Skizzen präsentieren würde. Hoffentlich hielt sie durch und konnte die Zeit mit Arno im gleichen Raum meistern, denn das schmerzhafte Ziehen in der Magengegend wollte einfach nicht verschwinden.

Den ganzen Morgen hatte er dem Wiedersehen mit Mel entgegen gefiebert und sich gefragt, wie er sich ihr gegenüber verhalten sollte. Ihr ging es bestimmt sehr schlecht, daher hatte er sich geschworen, sehr behutsam mit ihr umzugehen. Doch dann war sie wie das blühende Leben in den Konferenzsaal geschwebt, in diesem engen Kostüm und auf diesen mörderisch hohen Highheels. Von wegen, leidende Mel, dachte er zynisch. Er hatte sie fast nicht wiedererkannt. Ihre Haut war sonnengebräunt und ihre braunen Augen hatten wie strahlender Bernstein geleuchtet. Sie hätte ihm auch eine schallende Ohrfeige verpassen können. Die Wirkung wäre die gleiche gewesen. Und dann ihr Haar, wann hatte er es zuletzt offen gesehen? Das musste irgendwann im Studium gewesen sein. Ihre offenen Haare fielen in sanften Wellen über ihre Schultern. Das war doch purer Hohn, dass sie jetzt, wo sie ihn nicht mehr in ihrem Leben haben wollte, endlich diese elende strenge Frisur abgelegt hatte. Und um die Aufmerksamkeit vollends zu unterlaufen, hatte sie sich diesen roten Klatschmohnschal locker umgeschlungen. Herrgott, wie sollte man sich da auf seine Arbeit konzentrieren? Alles war so anders. Mel war so anders. Sie schien sich gehäutet zu haben. Selbst ihre Entwürfe hatten sich verändert. Missmutig starrte er auf die Skizzen, die sie gerade präsentierte und musste sich eingestehen, dass die Modifikationen sie sogar noch besser machten. Statt pure Zeichnungen hatte sie echte Fotografien eingebaut, die den Räumen sehr viel mehr Ausdrucksstärke verliehen. Sie schien ja blendend über ihre gemeinsame Nacht hinweg gekommen zu sein. Er wagte einen Blick in die Zuhörer. Jeder einzelne lauschte gebannt Mels Ausführungen. Und Fabian Burkhardt hing ja förmlich an ihren Lippen mit zeitweise abwesend wirkendem Blick. Arno wollte sich gar nicht ausmalen, woran Fabian dachte und kalte Wut stieg in ihm auf. Mel wirkte vielleicht wie eine Femme Fatale, wie sie dort vorne ihre Ideen verkaufte, aber in Wirklichkeit war sie sehr verletzlich und bedurfte seines Schutzes. Hoffnung keimte in Arno auf. Vielleicht hatte Mel doch alles besser weggesteckt als er befürchtet hatte und sie konnten ihre Freundschaft retten. Ja, er würde nachher zu ihr ins Büro gehen und ihr die Unterlagen für ein neues Projekt persönlich vorbeibringen. Eigentlich hatte er es ihr zusenden wollen, da er sich vor dem Alleinsein mit ihr fürchtete, doch das hatte er jetzt anders entschieden.

Mel blätterte gerade die neuen Stoffmuster für die Lederstühle durch. Vorsichtig fuhr sie mit ihren Fingern über die

Maserierungen der Stoffproben und versuchte, sich diese auf den Konferenzstühlen vorzustellen. Sie suchte nach einem pflegeleichten Leder, das sich jedoch nicht rau oder hart anfühlte, obwohl es gleichzeitig sehr strapazierfähig war. Sie hatte drei verschiedene Blautöne in die engere Wahl genommen und versuchte nun, die richtige Ledervariante zu definieren. Obwohl es vielleicht als eine Nebensächlichkeit erschien, waren diese Details für sie besonders wichtig, denn einen Raum erfasste man mit allen Sinnen und nicht nur mit den Augen, wie viele Innenarchitekten fälschlicherweise annahmen. Es klopfte dreimal kurz an ihrer Bürotür und Mel schreckte aus ihren Überlegungen auf. Fast gleichzeitig öffnete sich die Tür einen Spalt und Kerstin steckte vorsichtig ihren Kopf ins Büro.

„Besuch für Sie. Kann ich ihn hereinlassen?"

Mel nickte kurz und schaute neugierig zur Tür. Ihr Herz setzte für einen Moment aus, als sie Arno mit langsamen aber nichts desto weniger bestimmten Schritten herein kommen sah. In der einen Hand hielt er eine große Skizzenrolle und in der anderen trug er einen Blumenstrauß. Die orangenen Gerbera und die unzähligen weißen Rosen fielen ihr sofort ins Auge. Wieso schenkte Arno ihr Rosen? Es war Jahre her, dass sie einen Blumenstrauß von ihm erhalten hatte. Wollte er sich noch einmal bei ihr entschuldigen, dass er mit ihr geschlafen hatte? Oh nein, sie würde das Thema nicht wieder mit ihm besprechen. Das war erledigt und hatte keinen Platz mehr in ihrem neuen Leben. Kampfeslustig streckte sie ihr Kinn leicht vor. Ansonsten verriet nichts in ihrer Miene ihre Aufgewühltheit.

„Ach, du bist es", meinte sie nur. Sie versuchte ihrer Stimme einen leicht enttäuschten Unterton zu verleihen.

„Hallo, Mel." Arno wirkte verlegen. Er drehte sich zu Kerstin um, die lautlos die Bürotür schloss. Vorsichtig kam er näher auf Mel zu, die immer noch reglos hinter ihrem Schreibtisch saß und keine Anstalten machte, sich zu erheben. Als er direkt vor ihr stand, streckte er ihr den Blumenstrauß entgegen.

„Für dich."

Fragend hob Mel eine Augenbraue. „Für mich? Wie komme ich dazu?"

„Sieh es als Kompliment für herausragende Arbeit."

„Danke." Sie nahm den Strauß entgegen, wobei sie darauf achtete, nicht Arnos Hand zu berühren. Vorsichtig zog sie die Blumen an sich und schaute sich das Gebinde genau an. Es war ein herrliches Farbengemisch aus orange, gelb, weiß und grün. Erst jetzt sah sie die gelben Lilien, deren Knospen noch nicht aufgegangen waren. Erst in ein oder zwei Tagen würden sie die langen Blütenblätter öffnen und ihren starken Duft versprühen. Für einen kurzen Augenblick schloss sie die Augen und sog den Duft der Blumen ein. Ohne Arno eines Blickes zu würdigen, stand sie auf und durchquerte behutsam den Raum. Er verfolgte gebannt jede ihrer Bewegungen. Als sie die Hand auf die Türklinke legte, drehte sie sich langsam zu Arno um. Ihre Stimme klang kühl. „Ich suche kurz eine Vase. Bin gleich zurück."

Fassungslos schaute er ihr hinterher. Was war denn in Mel gefahren? Sonst hätte sie kurz Kerstin gebeten, eine Vase zu holen, aber stattdessen ließ sie ihn einfach so stehen. Vielleicht brauchte sie einen kurzen Moment, um sich wieder zu fassen. Er wandte sich ab und schaute neugierig auf ihren Schreibtisch. Im Gegensatz zum restlichen Büro herrschte dort immer ein gewisses Chaos. Mel hatte ihm einmal erklärt, dass sie nicht kreativ denken konnte, wenn alles bereits geordnet und in einer klaren Struktur vor ihr auf dem Schreibtisch lag. Langsam wanderte er um den roten Lacktisch herum, auf dem sich die unterschiedlichsten Bücher mit Stoffproben türmten. Einige waren aufgeschlagen, andere wiederum wild gestapelt. Mel schien sich gerade mit den Konferenzstühlen zu beschäftigen, denn drei verschiedene Stoffbücher lagen mit aufgeschlagenen blauen Lederstoffen vor ihrem Sessel. Plötzlich blieb sein Blick an einem großen Umschlag hängen, unter dessen oberer Kante er einen Stapel Fotos entdeckte. Schnell warf er einen Blick zur Tür, doch die war noch immer fest verschlossen. Er sollte es nicht tun, aber seine Neugier siegte. Rasch griff er nach dem Fotostapel und erkannte sofort die großwandigen Fotografien, die Mel in ihre Präsentation eingebaut hatte. Sie wirkten auf dem Fotopapier sogar noch viel klarer und stärker, stellte er anerkennend fest. Neugierig blätterte er den Fotostapel weiter durch. Er sah Landschaftsaufnahmen in unterschiedlichen Perspektiven, zu unterschiedlichen Tages- und Jahreszeiten. Gerade wollte er die Fotos zurücklegen, als er Mel auf dem nächsten Foto in seiner Hand erblickte. Sie stand am Strand, die weiße Leinenhose war bis zur Wade hochgewickelt und die Füße waren von Wasser umgeben, dessen leichte Wellen sie umspielten. Ihre offenen Haare wehten fröhlich im Wind. Dazu trug sie einen pinken taillierten Pullover. Die Hände hatte sie tief in ihren Hosentaschen vergraben. Schelmisch und mit leicht schief gelegtem Kopf lachte sie in die Kamera. Ohne Nachzudenken zog Arno das nächste Foto hervor. Diesmal befand sich Mel in den Dünen, wiederum war sie allein und völlig in weiß gekleidet. Um sie herum war nur das sich im Wind wehende Dünengras zu sehen. Sie schaute verträumt aufs Meer.

Fast künstlerisch hatte der Fotograf den Hintergrund leicht verschwimmen lassen und sich auf ihr Profil konzentriert, das klar hervorstach und das Foto beherrschte. Mel wirkte mit sich im Reinen und schien meilenweit entfernt in Gedanken versunken zu sein. Wieso konnte der Fotograf sie in solch einem Moment erleben? Das zeugte doch von Vertrauen. Arnos Misstrauen wuchs. Mechanisch griff er zum nächsten Foto. Auf dem lehnte sie gegen einen Leuchtturm. Sie war wieder ganz in weiß gekleidet und bildete einen klaren Kontrast zu dem breiten roten Streifen des Leuchtturms. Ihr Haar trug sie wie auf allen vorhergehenden Bildern offen und der Wind blies es ihr aus dem Gesicht. Eine Hand hielt sie schützend über die Augen, damit sie ihren Gegenüber besser sehen konnte. Arnos Laune sank aus unerfindlichen Gründen. Wie hypnotisiert griff er zum folgenden Foto. Mel saß in einer engen Jeans und einem orangenen Neckholdertop lässig auf der Motorhaube eines blauen Käfercabrios. In der einen Hand hielt sie einen Skizzenblock und in der anderen einen Kohlestift. Sie blickte verträumt auf ihre Skizzen. Ein Lächeln umspielte ihren Mund. Es war eine perfekte Momentaufnahme von Mels kreativer Arbeit. Ob sie gewusst hatte, dass sie dabei fotografiert wurde? Arno griff nach dem letzten Foto. Es zeigte Mel alleine in einem Strandkorb. Die weiße Leinenhose hatte sie wieder bis zur Wade hochgekrempelt und ihre nackten Füße lagen ausgestreckt auf der kleinen Ausziehbank. Ihr roter Nagellack stach fröhlich vom grünen Untergrund des Bezugs ab. Ihre Haare fielen locker über ihre Schultern. Zur weißen Hose trug sie ein weißes T-Shirt und hatte darüber den pinken Pullover gezogen. Um ihren Hals hatte sie sich das Chiffontuch mit dem Klatschmohn geschlungen, das sie auch heute Morgen bei der Präsentation getragen hatte. Sie lachte herzlich, doch ihre Augen schauten fragend. Ihre linke Hand hatte sie einladend auf den leeren Platz neben sich gelegt. Arnos Blick wanderte zum unteren Rand des Fotos, wo in großen weißen Buchstaben stand: „Süße Melanie, wem gehört der Platz neben dir?" Wie gebannt starrte Arno auf das Foto. Es faszinierte ihn und schnürte ihm gleichzeitig aus unerklärlichem Grund die Kehle zu. Wer hatte all diese Fotos geschossen und nannte Mel ‚süße Melanie'? Wer war dieser Fotograf? Kannte Mel ihn schon länger oder hatte sie sich nach ihrer gemeinsamen Nacht den Nächstbesten geschnappt, um ihn zu vergessen? Hatte Mel sich in einen anderen Mann verliebt?

„Wieso schnüffelst du in meinen Unterlagen?" Mels scharfer Ton ließ ihn zusammenschrecken. Unfähig etwas zu tun, hob er fragend die Fotos an.

„Von wem sind die?"

Mit finsterem Blick näherte sich Mel dem Schreibtisch. Arno blickte schnell zur Bürotür, doch die war bereits fest verschlossen. Er hatte keine Ahnung, wie lange Mel ihn schon beobachtet hatte. Sorgsam stellte sie die Vase mit den Blumen auf die äußere Ecke des Tisches. Dann kam sie mit festem Schritt auf Arno zu und entriss ihm förmlich die Bilder. „Das geht dich absolut nichts an."

„Wann warst du am Meer?"

Mel schnaubte. „Ich wiederhole mich ungerne. Das geht dich absolut nichts an. Du hast kein Recht meine Sachen zu durchwühlen."

Langsam erwachte Arno aus seiner Starre. „Ich habe nichts durchwühlt. Ich habe lediglich die Stoffmuster auf deinem

Schreibtisch angeschaut, die übrigens offen aufgeschlagen waren. Dabei habe ich den Stapel Fotos entdeckt."

„Das gibt dir noch lange kein Recht, sie dir zu nehmen und durchzuschauen." Sie reckte ihr Kinn kampfeslustig und ihre Augen sprühten vor Zorn.

„Tut mir leid. Von wem hast du diese Fotos?", bohrte Arno nach.

„Das ist meine Privatangelegenheit", antwortete Mel barsch. Sie straffte die Schultern und fragte kühl: „Was kann ich für dich tun?"

Arno blickte auf sie herab. Wie gerne hätte er sie jetzt einfach in die Arme genommen. Aber trotz der wenigen Zentimeter, die sie von ihm entfernt stand, schienen Kilometer zwischen ihnen zu liegen. Er zeigte resigniert auf die Papierrolle.

„Ich habe dir die Pläne für das neue Schulungszentrum mitgebracht, damit du dir schon erste Gedanken machen kannst." Mel hatte ihre Arme vor sich verschränkt und blickte zur großen Skizzenrolle, die Arno auf dem Stuhl abgelegt hatte. Dann nickte sie sachlich.

„Gut. Bis wann brauchst du mein erstes Feedback?"

Arno lächelte matt. „Keine Sorge, du hast zwei Wochen Zeit."

„Gut." Mel schwieg.

„Kerstin hat gesagt, du warst einige Tage verreist. Warst du am Meer? Stammen die Fotos von dort?"

Mels Augen verengten sich zu engen Schlitzen. „Hör zu Arno, ich weiß nicht welcher Teil an meinen Sätzen unklar war, aber es geht dich nichts an, wo ich mich aufhalte, was ich tue und mit wem ich mich treffe."

Arnos Geduld war am Ende. „Und ob es mich etwas angeht, Mel. Du kannst mich nicht einfach so aus deinem Leben streichen, genauso wie du Teil meines Lebens bist."

Mel lachte zynisch auf. „Ich bin Teil deines Lebens? Ach ja, welcher Teil bin ich denn? Die kleine dumme Arbeitsbiene, der man immer brav Arbeit zu seinen eigenen Konditionen aufgibt, die sie dann gewissenhaft abarbeitet? Oder bin ich vielleicht der bequeme Teil, die kleine Dumme, die man aus dem Hut zaubert, wenn einem gerade danach ist, der man sich gegenüber flegelhaft und unmöglich benehmen kann, denn es ist ja egal wie sie sich dabei fühlt?"

„Aber das stimmt doch nicht."

„Das stimmt nicht?" Mels Stimme bebte vor Zorn. „Jetzt will ich dir mal sagen, was stimmt, und hör genau zu, denn ich werde mich nicht wiederholen. Ich habe dir zehn Jahre meines Lebens geschenkt, zehn lange Jahre, in denen ich auf deine Zuneigung gehofft habe. Zehn Jahre, in denen ich dich geliebt habe und alles dafür getan hätte, wenn du meine Gefühle erwidert hättest. Aber stattdessen hast du mich behandelt wie einen Fußabtreter." Sie atmete tief durch und schloss kurz die Augen. Dann blickte sie Arno direkt an. Ihre Stimme klang abgeklärt und müde. „Ja Arno, ich habe dich geliebt, aber das ist nun vorbei. Ich war naiv und bin einem Traum nachgelaufen, doch nun ist er ausgeträumt." Er blickte sie irritiert an. Sie schluckte schwer. „Zehn Jahre sind genug Arno. Ich habe auch ein Recht darauf, mein Leben zu leben. Ich will lieben und geliebt werden, so einfach ist das. Und da mir das nun endlich klar geworden ist, habe ich mein Leben in die Hand genommen."

Arno machte einen Schritt auf Mel zu, doch sie wich instinktiv zurück und hob abwehrend die Hand. „Kein Sorge, ich werde weiter mit dir zusammenarbeiten, aber das ist auch alles, was von unserer Beziehung bleibt. Alles andere ist für mich vergangen. Unsere privaten Wege haben sich endgültig getrennt." Schnell wandte sie sich ab und ging zum Fenster. Sie wandte ihm den Rücken zu blieb mit verschränkten Armen regungslos stehen. Arno sollte ihre aufsteigenden Tränen nicht sehen. „Es ist nun alles gesagt. Bitte geh."

„Mel, ich hatte keine Ahnung", stammelte Arno noch immer fassungslos.

„Das spielt keine Rolle mehr. Das Thema ist hiermit ein für alle Mal erledigt. Bitte geh jetzt."

Jedes einzelne ihrer Worte war ein Peitschenhieb und erwischte ihn mit voller Wucht. Es war vorbei. Die Erkenntnis traf ihn hart. Er wusste nicht, was er noch sagen konnte, um sie umzustimmen. Mel hatte die Entscheidung für sie beide bereits getroffen. Wie benommen ging er zur Tür, wo er sich noch einmal umdrehte. Unverändert stand sie am Fenster und starrte hinaus. Sie wirkte so beherrscht und fremd. Leise verließ er ihr Büro.

Das leise Klicken der Tür ließ Mel zusammenschrecken und sie schlug die Hände vor ihr Gesicht. Sie hatte das letzte Band zwischen ihnen durchtrennt. Es war vorbei. Obwohl sie wusste, dass es unvermeidlich gewesen war und obwohl er nun alles wusste, war der Schmerz fast unerträglich. Sie atmete mehrere Male ein und aus, dann erst ließ sie ihre Hände langsam sinken und starrte lange regungslos aus dem Fenster.

Wie in Trance hatte er Kerstin zugelächelt und war zu seinem Wagen gegangen. Mit jedem Meter, den er sich von Mel entfernte, wurde ihm die Tragweite ihres Gespräches klarer. Mel hatte beschlossen, ihn aus ihrem Leben zu verbannen, aber das war eine einseitige Entscheidung. Sie konnte nicht einfach alles so wegwerfen, was sie beide seit Jahren miteinander verband. Oh nein, das würde er nicht zulassen. Sie war ihm wichtig, sehr wichtig und das musste sie akzeptieren. Sie hatte ihre Entscheidung getroffen und er seine, dumm für sie, dass sie zu unterschiedlichen Ergebnissen gelangt waren. Sie würde schon sehen! Aufgewühlt fuhr er sich mit der Hand durch das Haar. Der Tag war nun wirklich vollkommen ruiniert. Er musste erst einmal wieder zu sich kommen. Arno blickte aus dem Autofenster zu Mels Bürogebäude hinüber. Plötzlich hatte er eine Idee. Ohne Zögern griff er nach seinem Handy und wählte Christophers Nummer.

„Hi, Chris, ich bin es. Arno."

„Hi, Arno. Wie geht es dir?"

„Nicht so besonders. Ich würde mich gerne heute bei dir einladen und bis morgen oder übermorgen bleiben." Er versuchte seiner Stimme einen fröhlichen Klang zu geben, was jedoch nur kläglich gelang.

„Du bist jederzeit willkommen. Ist alles in Ordnung?" Christophers Stimme klang besorgt.

„Keine Ahnung, aber ich brauche deinen Rat."

„Klar. Wann kannst du hier sein?"

Arno blickte auf seine Armbanduhr. „Ich fahre nur kurz heim, um zu packen, dann mache ich mich sofort auf den Weg."

„Super. Bis nachher. Ich rufe dann mal bei Thomas an."

Arno atmete erleichtert aus. „Danke, Chris."

„Nichts zu danken, Arno. Bis später."

„Bis später." Arno legte auf und startete den Motor. Es wurde Zeit, dass er sein Leben wieder unter Kontrolle bekam. Vor allem aber ließ er es sich nicht von Mel aus der Hand nehmen. Entschieden fädelte er sich in den Verkehr ein.

15

Es dämmerte schon, als er den Weg zu Christophers Haus einschlug. Warmes Licht fiel aus den Fenstern auf das dunkle Gras vor dem Haus. Arno bremste, parkte seinen Sportwagen neben Christophers Geländewagen und schaltete den Motor aus. Dann stieg er aus, schnappte sich seine Reisetasche aus dem Kofferraum und verschloss den Wagen per Knopfdruck. Erleichtert näherte er sich der Haustür und klingelte. Fast zeitgleich wurde diese aufgerissen. Christopher stand vor ihm und umarmte ihn freundschaftlich.

„Komm herein. Ich hab schon auf dich gewartet."

„Danke." Arno ließ seine Reisetasche neben dem bodenlangen Spiegel im Flur fallen und stemmte die Hände in die Hüften.

„Man bin ich froh, hier zu sein. So ein verrückter Tag."

Christopher schlug ihm freundschaftlich auf die Schulter. „Jetzt setz dich erst einmal. Ich hole uns zwei Flaschen Bier und dann erzählst du mir alles, ok?"

Arno nickte erleichtert und ging voraus ins Wohnzimmer. Auf dem Esszimmertisch stapelten sich Reiseführer und auf dem Couchtisch lagen eine Auto- sowie mehrere Fußballzeitungen.

Die Tür zum angrenzenden Arbeitszimmer stand einen Spalt weit offen. Das Licht brannte noch und Arno sah, dass Christopher bei seinem Eintreffen wohl am Zeichentisch gestanden hatte. Obwohl hier alles so entspannt wirkte, war sein Freund wieder einmal voll in die Arbeit vertieft gewesen, mutmaßte er. Egal. Er ließ sich auf das cremefarbene Sofa fallen und streckte die Beine erschöpft von sich. Im gleichen Moment kam Christopher mit zwei geöffneten Bierflaschen in der Hand zurück, reichte eine davon Arno und setzte sich auf die gegenüberliegende Couch.

„Prost!" Christopher hob seine Flasche. „Schön, dass du gekommen bist."

Arno grinste matt. „Danke, dass ich kommen durfte."

Dann setzten beide die Flaschen an ihre Münder und tranken einen großen Schluck Bier. Nachdenklich beugte sich Arno vor und drehte die Flasche gedankenverloren in seinen Händen.

„Ich war heute Nachmittag bei ihr."

„Und?"

„Es ist aus. Sie hat entschieden, dass sich unsere Wege trennen, unsere privaten Wege."

„Hat sie auch gesagt warum?" Christopher beugte sich gespannt vor.

Arno nickte langsam. „Ja, hat sie." Er atmete schwer aus. „Sie hat mir erklärt, dass sie mich die letzten zehn Jahre geliebt hat, aber dass dies nun endgültig vorbei ist und der Vergangenheit angehört. Sie will mit mir privat nichts mehr zu tun haben."

„Das hat sie so gesagt?"

„Ja, hat sie. Sie klang so unglaublich kühl und abgeklärt. Ich dachte, mich trifft der Schlag."

Christopher schwieg und dachte über das Gehörte nach. Er trank einen Schluck und schaute dann Arno fragend an: „Und du? Bist du mit ihrer Entscheidung einverstanden?"

„Nein", entfuhr es Arno spontan. „Ich bin absolut nicht damit einverstanden. Was denkt sie sich überhaupt? Sie kann doch nicht einfach so über meinen Kopf hinweg entscheiden und mich vor vollendete Tatsachen stellen."

„Vielleicht kann sie nicht mehr nur eine Freundin von dir sein."

„Sie ist nicht nur eine Freundin, sie ist, ach verdammt." Arno raufte sich die Haare. „Sie kann nicht einfach alles wegwerfen, alles, was wir hatten."

„Und das wäre?"

Arno blickte Christopher irritiert an. „Was soll das? Verteidigst du sie?"

„Nein, aber ich versuche euch beide zu verstehen. Sie liebt dich und will dich daher nicht mehr sehen. Und du willst ihre Freundschaft nicht verlieren. Das ist leider nicht sehr trivial, denn ihr geht von völlig unterschiedlichen Erwartungen aus."

„Ach, ich weiß auch nicht. Sie fehlt mir halt so." Resigniert schüttelte Arno den Kopf. „Ich hätte nie gedacht, dass mein Leben ohne sie so leer ist. Mit ihr ist es nie langweilig, sie hat Humor und Witz, ist blitzgescheit und feurig und steht mit beiden Beinen auf dem Boden der Tatsachen." Er machte eine kleine Pause und fuhr mit zornigem Unterton fort: „Vor allem aber ist sie stolz, so verdammt stolz. Am liebsten würde ich sie übers Knie legen und zur Besinnung bringen." Er hatte Christophers Anwesenheit vergessen und redete zu sich selbst. „Diese kleine egoistische Person mit ihren Launen, entscheidet einfach, dass sie ohne mich leben will. Aber ich will nicht ohne sie leben. Das ist der entscheidende Unterschied. Ich will mit ihr leben." Im gleichen Moment, in dem er die Worte ausgesprochen hatte, realisierte er bestürzt, was er gerade gesagt hatte. Sein Gesichtsausdruck drückte Schmerz und Kummer aus, doch dann ganz langsam erkannte Arno, was er all die Zeit nicht hatte sehen wollen. Es war so nah gewesen, so selbstverständlich und gegenwärtig, dass er sich nicht die Mühe gemacht hatte, es bewusst wahrzunehmen. Ja, es stimmte. Er wollte Mel nicht verlieren und er wollte mit ihr leben, aber nicht wegen ihres Humors oder ihres Stolzes, nein, er wollte mit ihr leben, weil er sie liebte. Weil sie das Zentrum seiner Gravitationskräfte war. Er liebte sie, er hatte sie all die Jahre geliebt. Und wer weiß, vielleicht hätte er es sogar viel eher erkannt, wenn sie sich nicht so plötzlich vor Jahren von ihm zurückgezogen hätte. Langsam hob er seinen Kopf und blickte Christopher direkt in die Augen. „Ich glaube, ich liebe Mel", gestand er leise.

Christophers Mund verzog sich zu einem erleichterten Lächeln.

„Chris, ich liebe Mel. Ich glaube, ich habe sie all die Jahre geliebt und es nur nicht wahrhaben wollen."

„Bist du sicher?"

Arno nickte entschieden. „Ja, ganz sicher." Doch dann legte sich erneut ein Schatten über sein Gesicht. „Verdammte Scheiße, Chris, ich hab es vermasselt und sie verloren. Verdammt, verdammt, verdammt. Ich kann das nicht akzeptieren." Er strich sich resigniert mit der Hand über die Augen.

„Sollst du ja auch nicht."

Arnos Kopf wirbelte herum. „Wie meinst du das?"

„So wie ich es gesagt habe. Du sollst es nicht akzeptieren. Kämpfe um Mel, verdient hat sie es alle mal. Warum solltest du akzeptieren, dass ihr beide für den Rest eures Lebens unglücklich seid?"

Arno kniff seine Lippen zu einem schmalen Strich zusammen.

„Mensch Arno, jetzt ist es an mir dich aufzurütteln, so wie du es bei mir gemacht hast, als Jessie weggelaufen ist. Mel liebt dich und du liebst sie. Also kämpfe um sie. Gib nicht auf."

„Vielleicht hast du Recht", lenkte Arno nachdenklich ein.

„Ich habe garantiert Recht. Jessie und ich sind der lebendige Beweis dafür. Also lass uns lieber überlegen, was du tun kannst, um Mel zurückzugewinnen und sie von eurer Liebe zu überzeugen." Er machte eine kleine Pause. „Liebe kann man nicht von heute auf morgen abschalten. Viel eher liegt es daran, ihr wieder eine Chance zu geben."

Arno nickte langsam. „Das könnte hinkommen. Au man, wenn ich nur wüsste, was ich tun soll."


16

Es war schon später Nachmittag und Mel tippte frustriert einen weiteren Begriff in die Suchmaschine. Den ganzen Tag über hatte sie schon versucht, mehr über den Verbleib von Petes Sohn herauszubekommen, aber nichts. Keinen einzigen Treffer hatte sie gelandet. Und die Suche nach seiner Enkelin war genauso zermürbend gewesen. Sie wollte Pete so gerne helfen, aber was konnte sie tun, wenn schon das mächtige Internet die Segel strich? Sie las den Namen Amelie Fredreksen vor sich auf dem Bildschirm und sprach ihn wie ein Mantra immer wieder aus. Genervt fuhr sie mit der Maus über die Maske der Suchmaschine und tippte aus Versehen auf die Bilderergebnisse. Plötzlich war Mel wieder hellwach. Daran hatte sie ja noch gar nicht gedacht. Aber wie sollte sie Amelie erkennen, deren Foto sie nur kurz gesehen hatte und auf dem sie dreizehn Jahre alt gewesen war? Mel schüttelte den Kopf zur eigenen Überzeugung, aber sie hatte nichts zu verlieren und bevor sie aufgab, konnte sie sich noch die Bilder anschauen. Mel rückte näher an den PC heran und klickte neugierig von einem Bild zum nächsten. Aber auch dort fand sich niemand, der dem jungen Mädchen vom Foto auch nur im Entferntesten ähnelte. Plötzlich erregte ein kleines Bild von einem Gemälde Mels Aufmerksamkeit. Es zeigte einen langen einsamen Strand, der sich vor dem aufgepeitschten Meer, dessen hohe Wellen mit den weißen Schaumkronen beim Auftreffen am Strand brachen. In der Ferne jedoch war eine schemenhafte Figur zu erkennen, mit einer dicken Jacke, dessen Kragen hochgestellt war und mit einer großen Schirmmütze, die zum Schutz vor dem Wind tief ins Gesicht gezogen war. Mel konnte ihren Blick nicht von dem Gemälde abwenden. Es kam ihr so vertraut vor. Vielleicht war es ja der Strand von Amrum, aber die Weite des Strandes war viel zu groß und das Meer wirkte viel rauer. Aber was war es dann, was dieses Bild so vertraut erschienen ließ? Mel vergrößerte es auf die gesamte Fläche ihres Bildschirms und lehnte sich in ihrem Stuhl zurück, ohne den Blick von der Zeichnung abzuwenden. Und dann wusste sie es. Ihre Augen wurden vor Überraschung groß, und sie beugte sich ganz nah vor den Bildschirm. Konnte es sein, konnte es wirklich sein, dass sie die schemenhafte Person im Hintergrund an Pete erinnerte? Er trug genau so eine Jacke und zog sich seine Schirmmütze genauso tief ins Gesicht. Vielleicht taten das ja alle Männer, aber sogar seine Körperhaltung erinnerte sie an ihn. Schnell griff Mel zur Maus. Sie war nun vollkommen elektrisiert. Hatte Amelie vielleicht dieses Bild gemalt? Mels Puls raste vor Aufregung. Schnell verkleinerte sie das Gemälde auf ihrem Bildschirm und suchte die Bildquelle. ‚Gemälde von AP Johnson, 2007', las sie als Quellenangabe. Mel legte die Stirn in Falten und dachte nach. Das war vor zehn Jahren gewesen, damals war Amelie gerade zwanzig Jahre alt und hatte ihren Großvater fast sieben Jahre nicht gesehen. Vielleicht hatte sie ihn vermisst und ihn als Erinnerung gemalt? Aber wofür stand AP Johnson? Schnell gab Mel den Namen in die Suchmaschine ein und wartete aufgeregt auf die angezeigte Trefferliste. AP Johnson schien ein amerikanischer Maler oder Malerin zu sein, der sich in seinen frühen Schaffensjahren mit dem Meer auseinandergesetzt hat, sich dann aber im Laufe der Zeit nicht nur das Meer, sondern Landschaftsmalereien im Allgemeinen als Schwerpunkt gesetzt hatte. Dabei variierten klassische Landschaftszeichnungen mit abstrakteren, das pikante Markenzeichen war aber immer eine schemenhafte Gestalt irgendwo im Gemälde, die sich häufig erst nach längerem Betrachten fand. Diese war über viele Jahre ein Mann mit Jacke und Schirmmütze, wurde aber in den letzten Jahren immer häufiger von einer jungen Frau mit langen Haaren ersetzt. Das pikante an den Figuren war, dass man nie ihre Gesichter sah. In Fachkreisen wurde viel über das Einfügen dieser Elemente in die Landschaftsgemälde diskutiert und der einzige Kommentar des Künstlers AP Johnson war, dass jeder Betrachter dies für sich selbst zu deuten habe. Mel verzog kritisch den Mund. Typisch Künstler, immer gaben sie vage und kaum brauchbare Kommentare ab. Die bisherigen Informationen waren so faszinierend, dass Mel nicht eher mit ihrer Suche aufgeben wollte, bis sie endlich wusste, wer AP Johnson war. Es war ihr egal, dass es bereits weit nach Mitternacht war. Sie konnte jetzt, aufgewühlt wie sie war, ohnehin nicht schlafen. Neugierig klickte sie von einem Link zum Nächsten. Aber alle Artikel bestätigten ihren Verdacht, dass AP Johnson öffentlichkeitsscheu war, kaum Interviews gab und auch sonst ein großes Geheimnis aus seinem Leben machte. Aber das war ihr egal. Sie musste mehr über AP Johnson herausfinden. Wenn die Internetrecherche ihr nicht die Antworten auf ihre Fragen liefern konnte, dann musste sie eben einen anderen Weg finden, um an die Informationen zu kommen. Vielleicht konnte ihr jemand helfen, der die Künstlerbranche besser kannte als sie? Eva. Genau, sie könnte Eva fragen. Als Galeristin hatte sie ein gutes Netzwerk zu den unterschiedlichsten Künstlern, und selbst wenn sie keine direkten Informationen hatte, so konnte sie doch relativ leicht Informationen einholen. Mel fingerte ihren Kalender unter dem großen Skizzenblock hervor und blätterte durch ihr Adressverzeichnis. Eva Käferstein, genau. Mel schmunzelte, Eva hatte aus ihrem Familiennamen, wegen dem sie jahrelang gehänselt worden war, eine kleine aber feine Marke gemacht. Heute sprach man in Köln nicht mehr vom Käferchen, sondern von ‚der Käferstein'. Morgen früh würde sie Eva sofort anrufen. Mel atmete tief ein und schloss für einen Moment die Augen. Wie wunderbar wäre es, wenn AP Johnson Amelie wäre, wenn sie Amelie finden konnte und wenn Amelie sich mit Pete aussöhnte. Aber das war ein langer Weg und sie wäre schon dankbar, wenn sie AP Johnson überhaupt fand. Mit sich im Reinen und voller Neugier auf den kommenden Tag schaltete Mel ihren PC aus und löschte das Licht.

„Galerie Käferstein, Helms, guten Morgen."

„Guten Morgen, Frau Helms. Hier spricht Melanie Lessing. Ich möchte gerne mit Frau Käferstein persönlich sprechen. Sie ist eine gute Freundin von mir."

„Es tut mir leid, aber Frau Käferstein ist nicht im Haus. Kann ich ihr eine Nachricht hinterlassen und sie ruft Sie zurück?"

„Natürlich", antwortete Mel enttäuscht und diktierte der kühlen Stimme am anderen Ende der Leitung ihre Telefonnummer sowie ihren vollen Namen. Dann verabschiedete sie sich und legte auf. Nun hieß es warten und hoffen, dass Eva sie bald anrief. Mel schob ihren Schreibtischstuhl zurück und durchquerte den Raum mit bedächtigem Schritt. Beziehungen konnten wirklich grausam sein, aber vielleicht gab es in Petes Fall noch ein Fünkchen Hoffnung? In Gedanken versunken öffnete sie die Tür.

„Kerstin, könnten Sie bitte mal kommen? Ich möchte mit Ihnen die Stoffe für das Lilienthalprojekt durchgehen, damit wir den Auftrag für die Probestühle noch heute an den Schneider weitergeben können."

Kerstin, die bei Mels Erscheinen im Türrahmen sofort aufgeblickt hatte, nickte eifrig. „Natürlich, Melanie, ich komme sofort. Soll ich uns frischen Kaffee mitbringen?"

Mel lächelte sie dankbar an. „Eine wunderbare Idee, danke."

Sie lauschte gespannt Oskars Ausführungen, der ihr mit wilden Gestik die fehlerhafte Umsetzung ihrer Zeichnungen beim Schreiner schilderte. Still hörte sie seinen Beschreibungen zu und notierte sich ihre Fragen. Sie bewunderte die Detailtreue ihres Projektleiters und den hohen Qualitätsanspruch, den er bei der operativen Umsetzung ihrer Ideen zeigte. Sie wusste um die

Herausforderungen, einem Handwerker die architektonischen Details und die Sauberkeit der handwerklichen Arbeit so nahe zu bringen, dass die anschließende Übernahme schnell und zu beiderseitiger Zufriedenheit abgewickelt werden konnte. Im Gegensatz zu ihr empfand Oskar eine fehlerhafte oder abweichende Arbeit als persönlichen Affront. Mel ließ ihn daher geduldig seine Frustration schildern und versuchte nicht selten, ein Lächeln zu unterdrücken. Gerade schilderte Oskar ihr eine lebhafte Auseinandersetzung mit dem Schreinergesellen, der die Wandverkleidung für eine Werbeagentur lieferte, als es leise an der Tür klopfte und Kerstin ihren Kopf vorsichtig durch die Tür steckte. Als sie Oskars leicht geröteten Kopf sah, grinste sie. „Es tut mir leid, dass ich störe, aber ich habe eine Frau Käferstein am Telefon, die Sie unbedingt sprechen möchte."

Mels Interesse an Oskars Beschreibung erlosch sekundenschnell und sie nickte halb erleichtert, halb zustimmend. „Ich hatte schon auf ihren Rückruf gewartet, legen Sie sie mir bitte auf Leitung eins."

„Klar."

Oskar, dessen braune Augen noch immer leicht zornig funkelten und ihm mit seinem raspelkurzen schwarzen Haar etwas leicht Bedrohliches verliehen, schaute Mel fragend an. Der Schreinergeselle des Kunden tat ihr irgendwie leid, aber vielleicht hatte er ja schon herausgefunden, dass Oskar eigentlich absolut harmlos war und einfach die Theatralik liebte.

„Entschuldigen Sie bitte, Oskar, ich muss unsere Sitzung kurz unterbrechen. Könnten Sie mich kurz allein lassen? In zehn Minuten geht es weiter." Sie lächelte ihm entschuldigend zu.

„Kein Problem. Ich hole mir dann einfach einen Kaffee", und schon war er aufgestanden.

Mel eilte zu ihrem Schreibtisch und drückte die Sprechtaste der Leitung eins. „Hallo Eva, wie schön, dass du so schnell zurückrufst. Wie geht es dir? Es ist ja eine Ewigkeit her, dass wir uns gesehen haben."

„Hallo Melanie, ich glaube, es sind nun fast fünf Jahre, die wir uns nicht gesehen haben. Und als ich dann so unverhofft deinen Anruf erhalten habe, da wollte ich natürlich sofort den Grund dafür wissen."

Mel lachte hell auf. Typisch Eva, immer kam sie sofort zum Punkt.

„Hier ist die Hölle los", fuhr Eva fort. Ihre Stimme klang ein wenig gehetzt, aber fröhlich. „Ich habe kommende Woche eine neue Ausstellung und der Künstler raubt mir den letzten Nerv. Nichts ist seinem Geschmack nach gut genug, dabei sollte er mir eigentlich die Füße küssen, dass ich ihm meine Räume zur Verfügung stelle." Sie lachte übermütig auf. „Aber das ist der normale Wahnsinn mit diesen Kreativen."

„Ich bewundere deine Ruhe und drücke dir für deine Ausstellung die Daumen. Wenn es sich einrichten lässt, dann schaue ich sogar vorbei."

„Das wäre wirklich schön. Aber nun sag schon, was war denn der eigentliche Grund deines Anrufs? Ich platze vor Neugier."

Mel ließ ihren silbernen Kugelschreiber um ihren Finger tänzeln und holte tief Luft. „Ich bin auf der Suche nach einem Künstler mit dem Namen AP Johnson. Kennst du den vielleicht?"

Eva schwieg für einen Moment und schien nachzudenken. „Tut mir leid, aber der Name sagt mir nichts. Hast du irgendwelche Informationen über ihn?"

„Leider nicht viel. Es scheint sich um ein öffentlichkeitsscheues Individuum zu handeln. Er oder sie hat sich, soweit ich weiß, auf Landschaftsmalereien festgelegt und die Besonderheit bei seinen Bildern ist, dass es immer irgendwo im Gemälde eine schemenhafte Figur gibt. Größtenteils zeigt sie einen Mann, aber zunehmend taucht auch eine Frau mit langen Haaren auf."

„Wow, das hört sich ja ziemlich mysteriös an. Wie bist du denn auf den gestoßen?"

„Eher zufällig. Ich bin auf der Suche nach der Enkelin eines guten Bekannten und dabei bin ich auf die Bilder aufmerksam geworden. Ich hatte so gehofft, dass du mir vielleicht weiterhelfen könntest."

„Lass mich mal überlegen. Wenn du mir ein bisschen Zeit gibst, dann höre ich mich mal in der Szene um. In welchem Land lebt denn AP Johnson?"

„Ich glaube in den USA."

Mel hörte Papierrascheln am anderen Ende der Leitung.

„Gut", murmelte Eva. Dann wurde ihre Stimme wieder klar. „Ich habe mir jetzt alles aufgeschrieben und werde mich mal mit meinen Agenten in Übersee austauschen. Die müssten mir eigentlich weiterhelfen können." Sie lachte spitzbübisch ins Telefon. „Und wer weiß, vielleicht stelle ich AP Johnson selber mal aus."

„Ich bin schon sehr gespannt, wie dir seine Bilder gefallen und was du so heraus bekommst. Vielen Dank! Aber wie geht es dir sonst? Was macht Konstantin? Hat er sich endlich aufgerafft und um deine Hand angehalten?"

„Ach der", meinte Eva abwinkend. „Das ist schon lange aus und vorbei. Kunst und Buchhaltung passen einfach nicht zusammen. Dumm nur, dass ich fünf Jahre gebraucht habe, um das festzustellen. Nein, ich bin nun mit Alain zusammen, halb Brite und halb Franzose und unglaublich süß. Ich stelle ihn dir bei der nächsten Gelegenheit vor. Und bei dir?"

„Bei mir ist diesbezüglich im Moment Flaute. Die Arbeit macht es mir einfach unmöglich, jemanden kennenzulernen."

„Und Arno? Wie geht es ihm? Ist er mittlerweile liiert?"

„Wieso Arno?" Mels Stimme klang nervös. Alleine die bloße Erwähnung seines Namens löste ein flaues Gefühl in ihrer Magengegend aus.

„Ach nur so, kam mir einfach in den Sinn", antwortete Eva leichthin. „Ich fand halt immer, dass ihr ein süßes Paar abgebt."

„Niemals", antwortete Mel entschieden. „Aber auf deinen Alain bin ich sehr gespannt und werde versuchen, bald mal bei dir vorbeizuschauen." Hoffentlich hatte Eva ihre barsche Antwort nicht bemerkt.

„Ja, das musst du unbedingt machen. Nach der Ausstellung hat sich der Stress bei mir auch wieder gelegt." Mel hörte, wie jemand im Hintergrund mit Eva sprach.

„Meine Liebe, es tut mir wirklich leid, aber ich muss dringend in den Ausstellungsraum, bevor mir der Handwerker den ganzen Stuck von der Decke schlägt. Ich melde mich wieder bei dir, sobald ich etwas über deinen AP Johnson gehört habe, ja?"

„Ja, das wäre super. Danke nochmal und viel Glück mit der Ausstellung."

„Danke. Küsschen und tschüss." Noch ehe Mel sich von ihrer Freundin verabschieden konnte, hatte sie bereits aufgelegt und Mel schaute verdutzt ihr Telefon an. Dann breitete sich ein Grinsen auf ihrem Gesicht aus. Ja, das war Eva. Wie schön, dass sie immer noch so energiegeladen war wie früher. Und vielleicht hatte sie ja Glück und Eva konnte ihr mittels ihrer Kontakte mehr über AP Johnson sagen. Schnell drückte Mel den Kurzwahlknopf.
„Kerstin, könnten Sie mir bitte Oskar schicken?"
„Nicht nötig, er wartet schon ungeduldig vor der Tür. Sekunde."
Und fast gleichzeitig öffnete sich Mels Bürotür weit. Oskar stand mit der ausgestreckten Hand auf der Türklinke mit einem Bein seiner schwarzen Jeans in ihrem Büro und schaute sie fragend an. Mel lächelte ihm zu. „Danke für Ihre Geduld. Lassen Sie uns weitermachen", und ging in wiegendem Schritt hinüber zum Konferenztisch, auf dem ihre Unterlagen auf sie warteten.

Das unbarmherzige Klingeln ihres Telefons riss sie aus einem tiefen traumlosen Schlaf. Verwirrt schaute Mel um sich und versuchte einen Blick auf ihren Wecker zu erhaschen. Ein Uhr dreißig. Blitzschnell war sie wach. Was war passiert, dass jemand sie um diese Uhrzeit anrief? Schnell sprang sie aus dem Bett und lief in den Flur, wo ihr Handy auf dem kleinen Wandtisch lautstark klingelte und entrüstet vibrierte. Im erleuchteten Display erkannte Mel Evas Nummer. Schnell drückte sie auf den Annahmeknopf.
„Eva?"
„Ach, wie gut, dass ich dich noch erreiche. Ich hatte schon befürchtet, du würdest schlafen."
„Hab ich ehrlich gesagt auch, aber was gibt es?"

„Tut mir leid, meine Liebe, aber ich habe gerade erst mit Charlie telefoniert. Du weißt schon, mein Kunstagent in Massachusetts. Nach deinen geheimnisvollen Beschreibungen heute Vormittag konnte ich einfach nicht aufhören an AP Johnson zu denken und habe mich dann gleich mit Charlie in Verbindung gesetzt." Sie seufzte theatralisch. „Aber diese Amerikaner sind ja immer so beschäftigt, daher konnte ich eben erst mit ihm telefonieren." Sie schwieg bedeutungsvoll. „Jetzt halt dich fest."

Mel umklammerte ihr Handy so fest, dass ihre Fingerknöchel weiß hervortraten. Ihr Herz klopfte bis zum Hals. Als Eva immer noch schwieg, rief sie ungeduldig: „Nun schieß schon los, Eva. Deine Theatralik halte ich nicht aus."

Ein zufriedenes Lachen drang durch den Hörer.

„Richtige Antwort. Also, AP Johnson ist eine sie."

„Nein, das ist ja der Wahnsinn", rief Mel überrascht. „Erzähl!"

„Ihr richtiger Name lautet Amelie Johnson, wofür das P steht, weiß niemand, denn ihr Mädchenname ist Amelie Bergmann. Sie hat früh einen David Johnson geheiratet und lebt mit ihm, einem kleinen Kind und zwei Hunden in Massachusetts. Sie ist äußerst öffentlichkeitsscheu, denn sie hat ihrem Mann, der Börsenmakler ist, versprochen, ihr Familienleben nicht durch ihre Bilder der Öffentlichkeit preis zu geben. Ihre Bilder sind allerdings in Fachkreisen sehr geschätzt. Sie malt sehr detailgetreu und die Landschaftsdarstellungen sind äußerst präzise. Daher ist die schemenhafte Figur, die ja das genaue Gegenteil darstellt, ein Rätsel für die Kunstkritiker. Und da sie selbst nicht daran interessiert zu sein scheint, diese Frage zu beantworten, umgibt sie etwas Rätselhaftes."

„Wow, Eva. Ich glaube, das könnte sie sein. Nur heißt ihr Großvater allerdings nicht Bergmann, sondern Fredreksen."

„Vielleicht hat sie den Namen ihrer Mutter angenommen? In Amerika ist das ja fast an der Tagesordnung, dass man seinen eigenen Namen wechselt."

„Hm, meinst du?" Mel überlegte. „Vielleicht ist das auch ein Grund dafür, warum ich nichts über Amelie Fredreksen im Internet gefunden habe. Hat dein Charlie vielleicht eine Ahnung wie man sie kontaktieren kann?" Mels Frage klang eher wie ein Wunsch als eine ernst gemeinte Frage.

„Meine Liebe, Charlie wäre nicht Charlie, wenn er das nicht wüsste. Er hat mir sogar ihre Telefonnummer gegeben. Zwar hat er auch ihre Adresse, aber da sie wirklich strikt zu sein scheint, wenn man ihre Privatsphäre stört, hat er sie nicht herausgerückt, denn er sieht in ihren Bildern noch einiges an Potenzial."

„Das ist ja unglaublich. Warte, ich hole mir gerade einen Stift." Mel eilte durch den dunklen Flur in ihr Arbeitszimmer, drückte auf den Lichtschalter und hielt, geblendet vom grellen Deckenlicht, einen Moment inne, bis sich ihre Augen an die plötzliche Helligkeit gewöhnt hatten. Dann griff sie nach dem Kugelschreiber, zog ihren Kalender hervor und schlug die letzte Notizseite auf. In großen Zahlen schrieb sie die Telefonnummer auf, die Eva ihr diktierte.

„Ich weiß überhaupt nicht, wie ich dir danken soll, Eva."

„Vielleicht kannst du mich ja mit ihr in direkten Kontakt bringen?"

„Ich werde es auf jeden Fall versuchen, versprochen."

„Super, ich bin jetzt schon gespannt, was du mir später erzählen kannst. Du musst mich auf jeden Fall auf dem Laufenden halten, versprochen?"

Mel lachte übermütig. „Versprochen."

„Gut, dann kann ich jetzt ja beruhigt schlafen gehen. Bis bald, meine Liebe. Kuss und tschüss."

Und wieder hatte Eva einfach aufgelegt.

Mel starrte wie gebannt auf die vor ihr liegende Telefonnummer. Dann hellte sich ihr Gesicht auf. Erregt sprang sie auf, rannte in ihr Schlafzimmer und warf sich ihren Bademantel über, dessen Gürtel sie fest schloss. Dann eilte sie zurück in ihr Arbeitszimmer, griff nach dem Handy und atmete tief durch. Hoffentlich fand sie die richtigen Worte und Amelie legte nicht sofort auf. Mit zitternden Händen drückte sie die einzelnen Tasten und lauschte dem entfernt klingenden Ton.

„Hello", meldete sich eine helle Frauenstimme.

„Hello, my name is Melanie Lessing. Am I speaking with Amelie Johnson?"

"Yes, how can I help you?" Die Frage klang abwartend und leicht ungehalten.

„I am calling from Germany. Do you speak German?"

Einen Moment lang herrschte Stille am anderen Ende der Leitung, dann hörte Mel das Geräusch einer sich schließenden Tür.

„Ja, aber nicht sehr gut."

„Wenn es für Sie ok ist, rede ich auf Deutsch, da ich mich nicht falsch ausdrücken mag."

„Okay."

„Danke. Wie gesagt, mein Name ist Melanie Lessing, ich bin Innenarchitektin in München und bin vor einigen Tagen bei einer Internetrecherche auf ihre Bilder gestoßen."

„Ach so, sie rufen wegen meine Bilder an."

„Ja und nein. Ihre Bilder haben mich fasziniert, weil sie mich an jemanden erinnert haben, einen sehr lieben Menschen, den ich erst vor wenigen Wochen kennengelernt habe." Mel machte eine kurze Pause, doch Amelie schwieg. Die Stille legte sich schwer auf Mels Schultern, doch sie setzte sich widerwillig aufrecht und fuhr fort: „Er lebt auf Amrum, das ist eine norddeutsche Insel, wo er einen Strandkorbverleih betreibt. Er trägt genau die gleiche Kleidung wie der schemenhafte Mann auf Ihren Bildern, sogar die Körperhaltung erinnert mich an ihn." Mel fuhr ohne Pause fort, da sie Angst hatte, Amelie würde einfach auflegen. „Er erzählte mir von seiner Enkelin, zu der er leider keinen Kontakt mehr hat, und von seinem größten Wunsch, seine Enkelin wiederzusehen."

„Und was hat das mit Sie zu tun?"

Amelies Stimme kam in abgehackten Fetzen bei Mel an.

„Er hat mir sehr geholfen, als es mir nicht so gut ging. Und ich möchte ihm gerne helfen, seinen größten Wunsch zu erfüllen."

„Und was hat das mit mich zu tun? Ich kenne diese Mann nicht."

„Ich würde mich sehr gerne einmal mit Ihnen persönlich unterhalten und vielleicht könnte ich Ihnen zumindest ein Bild für ihn abkaufen? Ich glaube, das alleine würde ihn schon sehr glücklich machen."

Amelie schien lange zu überlegen. Mel konnte die Stille fast kaum ertragen. Dann endlich antwortete Amelie. „Wann sind Sie denn in the States?"

„Ich fliege morgen", antwortete Mel spontan. „Ich könnte Ihnen mein Hotel in Boston nennen und wir könnten uns dort in der Lobby treffen. Ich möchte Ihre Privatsphäre wirklich nicht stören. Bitte sagen Sie ja."

„Gut. Schicken Sie mir eine SMS mit Ihre Daten und ich kann Sie übermorgen um 15 Uhr in die Hotel treffen. Ich überlege mir bis dahin, welche Bilder ich kann verkaufen."

Mel traten vor Erleichterung Tränen in die Augen. „Ich danke Ihnen so sehr. Ich weiß Ihr Entgegenkommen wirklich zu schätzen. Ich schicke Ihnen gleich meine Daten. Bis übermorgen also."

„Bis übermorgen. Good bye."

„Good bye."

Mel schlug sich vor Erleichterung die Hände vors Gesicht. Sie konnte es nicht glauben, sie hatte wirklich Amelie gefunden und Amelie wollte sich mit ihr treffen. Aber was hatte sie gesagt? Sie flöge morgen in die Staaten? Wie war sie denn dazu gekommen? Sie hatte eine Woche voller Termine vor sich. Mel biss sich auf die Unterlippe. Es half alles nichts, wenn sie Amelie vertröstete, dann hatte sie ihre Chance vertan. Eine zweite Chance würde Amelie ihr nicht geben. Sie musste morgen fliegen. Entschieden schaltete sie ihren PC ein und suchte den nächsten Flug, den sie kurzerhand buchte. Dann prüfte sie, ob die Hotelkette, mit der ihr Büro in Europa kooperierte, noch ein Zimmer frei hatte und atmete erleichtert auf, nachdem sie eines für zwei Nächte gebucht hatte. Dann öffnete sie ihre Emails und schrieb eine lange und detaillierte Email an Kerstin, in der sie genaue Instruktionen für die Verlegung der Termine, Begründungen sowie neue Terminvorschläge mitteilte. Dann griff sie erneut nach ihrem

Handy und schickte Amelie die versprochenen Informationen. Hoffentlich hielt sie Wort und die ganzen Anstrengungen waren nicht umsonst. Mels Blick wanderte zur Uhr. Es war schon zwei Uhr. Sie musste nun schleunigst packen und zum Flughafen fahren, damit sie den Morgenflug noch erwischte. Schlafen musste sie halt im Flieger. Schnell schaltete sie ihren PC aus und eilte ins Badezimmer.

17

Das Wochenende bei Chris hatte ihm wirklich gut getan. Froh gelaunt stand Arno unter der Dusche und genoss den warmen Wasserstrahl, der ihm ins Gesicht spritzte. Wie hatte er nur so lange so blind sein können? Wieso hatte er es sich nicht schon vor langer Zeit eingestehen können, dass er Mel liebte? Wie viele Jahre hatten sie dadurch verloren und sich an unnützen Streitigkeiten aufgehalten? Aber das hatte nun ein Ende. Er schloss die Augen, nein, nicht so ein Ende, wie Mel es für sie beide definiert hatte, sondern es würde ein Happy End geben. Er würde um sie kämpfen und nicht eher ruhen, bis auch sie das begriffen hatte. Und diesen ominösen Fotografen würde er auch aus dem Feld schlagen. Wahrscheinlich hatte sie sich nur mit ihm getröstet. Allein der Gedanke daran versetzte ihm einen Stich, aber selbst das würde ihn nicht davon abhalten, seinen Entschluss in die Tat umzusetzen. Noch nie in seinem Leben, war er so fest entschlossen gewesen wie jetzt. Gleich heute Morgen würde er Mel zu einem vorgeschobenen Termin einladen, damit sie erst gar nicht auf den Gedanken kam abzusagen. Fröhlich drehte er die

Brause zu, stieg aus der Dusche und schlang sich ein Handtuch um. Dann trat er vor den Spiegel und zwinkerte sich fröhlich zu. „Es wird schon klappen, alter Junge." Mit geübtem Griff drückte er Rasierschaum aus der Tube und seifte fröhlich seine Bartstoppeln ein.

Keine zwanzig Minuten später griff er zum Telefon und wählte Mels Büronummer, das war die sicherere Variante.
„Architekturbüro Lessing, Müller, guten Tag."
„Guten Morgen, Kerstin, hier ist Arno. Kann ich kurz mit Mel sprechen?"
„Guten Morgen, Arno. Wie schön, Sie zu hören. Es tut mir furchtbar leid, aber Melanie ist nicht im Büro."
„Nicht im Büro? Wann kommt sie denn? Ich muss sie nämlich unbedingt treffen."
„Oh, da werden Sie sich wohl gedulden müssen. Sie ist momentan verreist."
Arno lachte ungläubig. „Kerstin, meine Liebe, falls Mel mich nicht sprechen will, ist das ok, dann mache ich eben mit Ihnen einen Termin aus. Sie haben ja auch Zugriff auf ihren Terminkalender."
„Arno, wirklich, es ist die Wahrheit. Heute Morgen habe ich eine lange Email von ihr bekommen, in der sie mir mitteilt, dass sie für diese Woche verreist ist. Sie hat mir sogar genaue Anordnungen für jede einzelne Terminverschiebung gegeben."
Arno verschlug es die Sprache. Seit wann war Mel denn so spontan in ihren Handlungen? Mel liebte eine klare Organisation, und jede spontane und unvorhersehbare Änderung ihrer Pläne

konnte sie aufregen. War sie vielleicht doch in diesen Fotografen verliebt?

„Das ist ja wirklich komisch. Wann hat sie denn diese Email geschrieben?"

Kerstin rückte näher ans Mikro und murmelte leise: „Ich sag es aber nur Ihnen und sie müssen mir schwören es für sich zu behalten, schließlich tratsche ich nicht und verrate es nur Ihnen als Melanies Freund. Um ein Uhr dreißig heute Morgen."

Arnos Laune sank. Er fühlte sich, also ob man ihm einen Eimer mit eiskaltem Wasser über den Kopf geschüttet hatte.

„Und wann gedenkt sie wiederzukommen? Hat sie das auch gesagt?" fragte er mit beherrschter Stimme.

„Nein, leider nicht. Aber bisher sollte ich nur die Termine für diese Woche verschieben."

„Aha. Und hat sie auch gesagt, wohin sie gefahren ist?"

„Nein, leider nicht." Kerstins Stimme klang enttäuscht. „Aber ich denke, sie wird sich bald wieder melden. Dann werde ich sie auf jeden Fall fragen."

„Ja, machen Sie das, Kerstin. Ich melde mich wieder. Ciao."

„Auf Wiederhören, Arno."

Arno legte missmutig auf. Schon wieder verabschiedete Mel sich kurzentschlossen für eine Woche und niemand wusste, wohin sie gefahren war. Wenn sie das zur neuen Methode machte, dann konnte sie bald beruflich mit den ersten Konsequenzen rechnen. Wahrscheinlich steckte dieser Fotograf dahinter, der sie mit irgendeinem romantischen Anruf weggelockt hatte, und verletzt und sensibel wie Mel im Moment war, hatte sie natürlich sofort zugesagt. Das erklärte auch ihre nächtliche Email und die kurzfristige Reiseplanung. Aber er würde diesem Fotografen das

Spiel nicht überlassen. Wenn er nur wüsste, wo er ihn finden konnte. Arno überlegte angestrengt. Dann fielen ihm wieder die Fotos von Mels Schreibtisch ein. Sie war am Meer gewesen, in den Dünen, im Strandkorb und an einem Leuchtturm. Das Meer und der Strand konnten überall sein, aber vielleicht brachte ihn die Suche nach dem Leuchtturm weiter. Entschlossen griff er nach seinem Handy und bat seine Sekretärin, alle Termine für den Tag zu verschieben. Dann ging er hinüber ins Wohnzimmer, griff sich seinen Laptop und setzte sich ins Sofa, wo er sofort den Computer einschaltete und sich eine Landkarte von Europa suchte. Akribisch listete er zunächst alle Inseln und Küstenbereiche im europäischen Raum auf und schaute leicht ernüchtert auf das Papier mit den Inselnamen, die sowohl die Nord- und Ostsee, den Atlantik, das Mittelmeer sowie das Schwarze Meer abdeckten.

Es war schon später Nachmittag als Arno resigniert den Laptop neben sich stellte. So kam er nicht weiter, viele Inseln hatten einen Leuchtturm und ohne das Foto genau mit den Abbildungen im Internet abzugleichen, konnte er unmöglich eine Insel bestimmen. Ob Kerstin ihm vielleicht erlaubte, sich in Mels Büro umzusehen? Aber schon bei dem bloßen Gedanken daran verwarf Arno diese Idee. So nett Kerstin ihn auch finden mochte, an ihrer Loyalität zu Mel gab es nichts zu rütteln. Sie würde alles tun, um Mel und ihre Angelegenheiten zu schützen. In dieser Hinsicht hatte Mel wirklich ein gutes Händchen gehabt, obwohl ihre Mitarbeiter zweifelsfrei anstrengend waren, standen sie wie treue Soldaten zu ihr. Er fuhr sich mit der Hand über die müden Augen. Es half alles nichts, er konnte im Moment nichts anderes tun als abzuwarten und zu hoffen, bald einen Hinweis auf Mels Aufenthaltsort zu erhalten. Am besten, er joggte eine große Runde, um sich auf andere Gedanken zu bringen.

18

Die Anspannung war kaum auszuhalten. In ihrem schwarzen Hosenanzug saß Mel in der großen Hotellobby und trommelte nervös mit ihren Fingerspitzen auf die Sofalehne. Um sie herum herrschte geschäftiges Kommen und Gehen. Die weitläufige Hotelhalle beherbergte nicht nur die Rezeption, den Concierge sowie einen geräumigen, mit dunkelblauen Sofas bestückten Wartebereich, sondern auch im hinteren Teil eine Bar, deren Rückwand mit meterhohen Regalen voller edler Flaschen dem Raum einen heimeligen Touch verlieh. Die schweren Lüster hingen in meterbreiten Abständen von der hohen Decke. Mel hatte sich ihren Platz mit Bedacht ausgesucht, denn von hier aus besaß sie den besten Blick auf den Hoteleingang. Auf keinen Fall durfte sie Amelie verpassen, zumal Amelie ja nicht wusste, wie Mel aussah. Ob sie wirklich Wort hielt und zu ihrem Gespräch kommen würde? Vielleicht hatte sie es sich doch anders überlegt? Oder sie lag trotz aller Übereinstimmungen mit ihren Vermutungen falsch und es handelte sich bei Amelie überhaupt nicht um Petes Enkelin? Vielleicht wollte Amelie nichts mehr von Pete wissen? Was hatte sie sich eigentlich dabei gedacht, sich so tief in eine Familienangelegenheit einzumischen, die sie nichts anging? Sie wusste ja noch nicht einmal, worum es sich bei dem Streit und dem anschließenden Zerwürfnis gehandelt hatte.

Vielleicht war es ja wirklich Petes Schuld gewesen, und nur weil viele Jahre vergangen waren, war er nun milde gestimmt? Mel schüttelte energisch mit dem Kopf und trank einen Schluck des Cappuccino, den sie sich bestellt hatte. Sie war nun so weit gereist, da würde sie sich jetzt nicht wegen all der Zweifel entmutigen. Sie würde mit Amelie sprechen und nach ihrer Unterhaltung würde sie schlauer sein. Alles Orakeln war völlig unnötig. Gerade als sie ihre Tasse absetzte und sich in ihre tiefen Kissen zurücklehnen wollte, hielt sie mitten in der Bewegung inne. Ihr Blick fiel auf eine große junge Frau, die schüchtern die Hotelhalle betrat. Sie trug eine schwarze Hose und ein beiges T-Shirt mit dazu passender gleichfarbiger Blazer Jacke. Ihre langen braunen Haare fielen ihr glatt über die Schultern. Nervös schob sie eine Haarsträhne hinter das Ohr und schaute sich suchend um. Unter ihrem rechten Arm trug sie ein rechteckiges Paket, das vielleicht die Größe eines DIN A3 Blattes hatte. Das musste Amelie sein. Aufgeregt reckte Mel ihren Arm in die Höhe, damit Amelie sie sah. Ein erleichtertes Lächeln huschte über das Gesicht der jungen Frau, die vorsichtig zu Mel hinüber ging. Mel stand sofort auf und ging einige Schritte auf sie zu.

„Amelie Johnson?" fragte sie und lächelte der Unbekannten warmherzig zu. Sie wollte um jeden Preis, dass ihr Amelie vertraute und keine Angst vor ihr hatte.

„Ja", nickte Amelie. „Sind Sie Melanie?"

Mel strahlte sie an. „Ja, genau die bin ich. Vielen Dank, dass Sie gekommen sind." Sie drehte sich halb um und machte eine einladende Geste. „Bitte setzen Sie sich. Möchten Sie etwas trinken? Ich habe mir gerade einen Cappuccino bestellt."

Amelie nickte zustimmend. „Ein Cappuccino ist fein. Danke."

Während Mel einen Ober herbeiwinkte und ihre Bestellung aufgab, ließ sie Amelie genügend Zeit, sich zu fangen und sich einen ersten Eindruck von Mel zu machen. Hoffentlich überzeugte sie. Dann setzte Mel sich in das gegenüber stehende Sofa und versank etwas in den Kissen, worüber beide Frauen spontan lachten. Amelies Lachen klang warm und hell. Dann wurde ihr Gesichtsausdruck wieder ernst und angespannt. Aufmerksam schaute sie Mel an.

„Sie wollten mich treffen. Hier bin ich."

„Ja, hier sind Sie. Ich kann Ihnen gar nicht sagen, wie unendlich erleichtert ich bin, dass Sie wirklich gekommen sind."

Amelies Mund verzog sich zu einem scheuen Lächeln, doch ihre Augen beobachteten Mel wachsam.

„Ich möchte Sie etwas fragen, obwohl ich weiß, dass es mich nichts angeht. Ich habe ein Foto mitgebracht, das ich Ihnen gerne zeigen möchte. Es ist der Mann, an den mich ihre Bilder so sehr erinnern." Mehr traute sich Mel in diesem Moment nicht zu sagen und griff in ihre Tasche, die neben ihr auf dem Sofa lag. Vorsichtig zog sie Petes Foto heraus und legte es vor Amelie auf den Tisch. In Zeitlupentempo griff Amelie danach und hob es behutsam von der Tischkante auf. Sie blickte darauf und alle Farbe wich aus ihrem Gesicht. Sie wurde kreidebleich. „Petroschkaja, Petroschkaja", murmelte sie. Dann strich sie sanft mit ihrem Finger über das Gesicht und ihr Blick verschleierte sich. Mel sah wie eine Träne über ihr Gesicht rann und erschrak. Was hatte sie getan? Plötzlich schien Amelie sich Mels Gegenwart bewusst zu werden und ihre Gesichtszüge wurden verschlossen.

„Woher haben Sie diese Bild?" fragte sie mit beherrschter Stimme.

„Ich habe es vor wenigen Wochen selbst gemacht, auf Amrum." Amelie nickte stumm und schaute erneut schweigend auf das Foto. Dann legte sie es zurück auf den Tisch.

„Und was wollen Sie von mir?"

Mel wurde unbehaglich zumute, denn nach Amelies erster Reaktion hatte sie nicht mit dieser plötzlichen Distanz gerechnet. „Ich hatte ehrlich gesagt gehofft, dass Sie Amelie Fredreksen sind, Petes Enkelin. Er erzählte mir, dass es sein größter Wunsch ist, seine Enkelin noch einmal zu sehen und ihr zu sagen, wie sehr sie ihm fehlt und wie wichtig sie für ihn ist und dass kein Tag vergeht, an dem er nicht an sie denkt und den Streit bereut, der sie auseinander gebracht hat." Mel machte eine bedeutungsschwere Pause. „Als ich Pete traf, da ging es mir schlecht. Wir trafen uns am Strand, ganz zufällig, er kam zu mir und wir unterhielten uns lange. Er machte mir Mut und schenkte mir sein Vertrauen." Mel wagte einen kurzen Blick auf Amelie, deren dunkle Augen wie schwarze Kohlestücke auf sie gerichtet waren. Was konnte sie nur tun, um diese Frau aus ihrer Reserve zu locken? Sie hatte doch gezeigt, dass sie Pete kannte. Unerschrocken fuhr Mel fort: „Ja und dann gibt es noch seine Frau Ines, eine ganz liebe Person. Sie leidet sehr unter dem Verlust ihrer Enkelin. Pete kann es kaum ertragen zu wissen, dass er an ihrem Kummer wohl zum größten Teil Schuld ist."

„Er hat meine Mutter verachtet und verstoßen", brach es plötzlich aus Amelie hervor. „Er hat sie rausgeworfen und wollte sie nie wiedersehen. Und mich wollte er auch nicht wiedersehen."

„Hat er ihnen das gesagt?" fragte Mel ungläubig.

„Er hat es Mom gesagt, aber das ist egal." Amelie drehte ihren Kopf zur Seite und versuchte krampfhaft ihre Haltung zurück zu gewinnen. Mel ließ ihr die Zeit und wartete. Endlich wandte Amelie sich ihr wieder zu.

„Ich habe Petroschkaja geliebt, aber er hat mich aus seinem Leben verbannt. Warum sollte ich ihn wiedersehen wollen?"

Mel biss sich auf die Unterlippe. „Weil Sie ihn vermissen, weil Sie ihn auf jedem ihrer Bilder malen, weil er bereut, was geschehen ist und weil Ihre Großmutter an dem Kummer, Sie verloren zu haben, zu Grunde geht, weil ich glaube, dass beide Ihnen noch sehr viel bedeuten und weil ich überzeugt bin, dass die Geschichte zwischen Ihrer Mutter und Ihrem Großvater nichts mit Ihnen zu tun hat."

„Ich weiß nicht. Ich kann nicht weg, ich habe ein Kind und mein Mann ist viel unterwegs. Ach, ich hätte nicht kommen sollen."

Panik ergriff Mel. Sie durfte nicht zulassen, dass Amelie nun aufstand und einfach verschwand. Sie beugte sich weiter vor und schaute Amelie eindringlich an.

„Bitte Amelie, geben Sie Ihrem Herzen einen Ruck und fliegen Sie mit mir zu Ihren Großeltern, bevor es zu spät ist. Sprechen Sie mit Ihnen. Ich verlange nicht, dass Sie Ihnen verzeihen, denn ich kenne den Grund für die Trennung nicht und er geht mich auch nichts an, aber bitte geben Sie Ihren Großeltern, den Urgroßeltern ihrer Kinder eine Chance für ein klärendes Gespräch."

„Ich muss überlegen. Ich kann nichts versprechen. Sie verlangen viel, so viel. Ich muss erst mit meine Mann sprechen, bitte verstehen Sie."

Mel nickte enttäuscht. „Natürlich. Das verstehe ich. Ich bin noch bis übermorgen hier, dann fliege ich zurück. Falls Sie sich entscheiden, doch zu ihren Großeltern zu fliegen, dann kann ich Sie begleiten, wenn Sie mögen."

„Das würden Sie tun? Warum?"

„Weil mir diese zwei Personen ans Herz gewachsen sind und ich ihre Trauer selbst erlebt habe, als ich bei ihnen zu Besuch war."

„Sie waren bei ihnen, im Haus am Inselende?"

Mel lächelte. „Ja, genau dort. Ihre Großmutter hatte einen Kuchen gebacken."

„Friesischer Seemannskuchen."

Mel lachte erleichtert auf. „Genau, so hieß er. Ich hatte von diesem Kuchen noch nie gehört.

Nun lachte auch Amelie. „Er ist ihre Erfindung, passend zu alten Seemannsgeschichten, die Petroschkaja dazu erzählt hat." Ein wehmütiger Blick sprach aus Amelies Augen und Mel wünschte sehnlichst, sie würde sich dazu entschließen, mit ihren Großeltern zu reden.

Amelie blinzelte kurz und zeigte dann auf das Bild neben sich. „Ich habe ein Bild für Sie ausgesucht, das Sie ihm bringen können, wenn Sie mögen."

„Vielen Dank, Amelie. Es wäre so schön, wenn Sie es ihm geben könnten, aber falls dies nicht möglich ist, dann werde ich es ihm sehr gerne bringen."

„Ich muss los." Amelie stand abrupt auf. „Vielen Dank für den Cappuccino und Ihre Mühe. Ich werde mich bei Ihnen melden." Sie reichte Mel die Hand und verabschiedete sich hastig und verließ schnellen Schrittes das Hotel. Mel sank ermattet in die Sofakissen und ließ das gesamte Gespräch noch einmal Revue passieren. Es war unglaublich, sie hatte Amelie gefunden. Sie hatte Petes kleine Enkelin ausfindig gemacht, die heute eine aufstrebende Künstlerin war, doch alle Distanz und Trennung hatten sie nie über den Verlust ihres Petroschkaja, wie sie Pete nannte, getröstet. So hatte sie ihn als stillen Beobachter in ihren Bildern weiterleben lassen und ihm somit in ihr heutiges Leben integriert. Wie sehr würde es die beiden alten Leute freuen, ihre Enkelin wiederzusehen. Vielleicht war alles auch nur ein Missverständnis. Pete hatte es nie gesagt, dass er Amelie nicht mehr sehen wollte. Vielleicht hatte ihre Mutter ihm die Worte einfach in den Mund gelegt, zornig und verletzt wie sie gewesen sein musste. Vielleicht wollte sie Pete verletzen, indem sie ihm das vorenthielt, was er am meisten liebte, seine kleine Enkeltochter. Mel legte den Kopf leicht schief. Das war gut möglich. Aber die Entscheidung lag bei Amelie und ihrem Mann. Würde er erahnen oder fühlen, wie wichtig es für sie war, ihre Großeltern zu treffen? Würde er seine eigenen Termine in den Hintergrund stellen, damit sie einige Tage nach Europa reisen konnte? Mel hoffte inständig, dass Amelies Mann die richtige Antwort gab. Jetzt, wo das Gespräch vorüber war und die immer stärker werdende Anspannung nachließ, überkam sie eine bleischwere Müdigkeit. Die schlaflose Nacht, der lange Flug, der Jetlag und die Nervosität hinsichtlich des Treffens mit Amelie forderten ihren Tribut. Mel zahlte schnell die Getränke und fuhr mit dem Bild unter den Arm geklemmt hinauf in ihr Hotelzimmer, wo sie sich erschöpft auf das Bett fallen ließ und fest einschlief.

Mel blickte enttäuscht aus dem Fenster. Die Nachmittagssonne warf ihre letzten Strahlen über die Dächer der Stadt, dann wandte sie sich ab und griff nach einem weiteren Pullover, um ihn in ihren Koffer zu legen. Seit ihrem Treffen mit Amelie vor zwei Tagen hatte sie nichts mehr von Petes Enkelin gehört, dabei hatte Amelie ihr versprochen, sich zu melden. Vielleicht fand ihr Ehemann die Idee, dass sie mit einer Fremden nach Deutschland flog, zu Großeltern, die er selbst nie kennengelernt hatte, einfach nicht gut. Wenn sie es genau bedachte, dann konnte sie es ihm nicht verdenken. Vielleicht würde sie aus seiner Sichtweise sogar ähnlich entscheiden. Es tat ihr nur für Pete und Ines so unendlich leid. Ach, all die vergebene Mühe. Ihr Blick fiel auf das eingepackte Bild. Wenigstens kam sie nicht mit leeren Händen zurück. Etwas konnte sie Pete von seiner Enkelin geben. Mels Gedanken wurden durch das schrille Klingeln des Telefons unterbrochen. Neugierig wandte sie sich von ihrem Koffer ab und ging zu dem eckigen Schreibtisch an der Längsseite des Raumes, auf der das schwarze Hoteltelefon stand.

„Hello", meldete sie sich.

„Melanie, guten Abend, hier ist Amelie."

Damit hatte Mel nicht gerechnet und sank auf den neben ihr stehenden Stuhl. „Amelie? Wie schön von Ihnen zu hören."

„Ich habe leider etwas länger gebraucht, um Ihnen Bescheid zu geben."

„Kein Problem", stammelte Mel.

„Wann fliegen Sie?"

„Ich nehme den 5:40 Uhr Flug nach Frankfurt", antwortete Mel mechanisch. Vor Aufregung zitterten ihr die Knie. Wie hatte Amelie sich entschieden?

„Fein. Wann sind Sie am Flughafen?"

„Ich werde um 2 Uhr abgeholt und sollte um kurz nach halb drei dort sein."

„Fein, ich werde Sie dann um kurz nach halb drei am Check-in treffen."

„Nein", hatte Mel fast ungläubig in das Telefon geschrien. „Entschuldigen Sie bitte, aber heißt das, dass Sie mit mir nach Deutschland fliegen?"

Amelie zögerte einen kurzen Moment. „Ja, mein Ehemann hat mich davon überzeugt, dass es besser ist, sobald wie möglich mit meine Großeltern zu sprechen. Also will ich schnell zu sie." Sie machte eine kurze Pause und atmete tief ein. „Steht Ihr Angebot noch, mit mich zu kommen? Ich brauche Ihre Hilfe."

Mel hatte das Gefühl zu schweben. Sie konnte ihr Glück gar nicht fassen.

„Ja, mein Angebot steht. Ich werde morgen mit Ihnen direkt weiter nach Amrum fahren."

„Danke, vielen Dank." Erleichterung klang aus Amelies Stimme. „Ich sehe Sie dann gleich am Flughafen."

„Ja, bis gleich am Flughafen. Ich freue mich wirklich, dass Sie mitkommen."

„Ich weiß. Sie sind ein ganz besonderer Mensch, Melanie. Good Night."

Ohne ein weiteres Wort von Mel abzuwarten legte Amelie auf. Mel saß wie betäubt mit dem Hörer in ihrer Hand und starrte auf die weiß getünchte Wand. Hatte sie das jetzt richtig verstanden und Amelie flog mit ihr nach Europa? Das würde ja bedeuten, dass sie bereits morgen Abend mit Amelie auf Amrum sein würde und sie dort Pete treffen würden. Mit dieser schnellen Wendung hatte sie wirklich nicht gerechnet. Sie musste sich nun beeilen und ihnen eine Unterkunft auf Amrum buchen, einen Mietwagen in Frankfurt reservieren und ihre Termine für die kommenden drei

Tage absagen, da sie ja nun nicht zurück nach München flog, sondern bis zum Wochenende auf Amrum sein würde. Entschlossen griff sie nach ihrem Handy und bat Kerstin per SMS, zwei Zimmer im Hotel von Fynns Eltern zu reservieren und listete wiederum alle Instruktionen zur Terminverschiebung auf. In diesem Fall hatte die Zeitverschiebung sogar noch etwas Gutes, denn Kerstin war erst gerade ins Büro gekommen und konnte sich die nächsten Stunden um ihre Aufträge kümmern, während sie zum Flughafen fuhr und in den Flieger stieg. Wenn sie auch beruflich die kommenden Wochen für diese freien Tage würde bluten müssen, es hatte sich wirklich gelohnt. Sie würde nicht eine einzige Sekunde dieser Woche bereuen. Plötzlich kam ihr eine Idee. Schnell suchte sie Fynns Nummer heraus und tippte: „Komme für zwei Tage nach Amrum, bringe eine Freundin mit…" Wie würde er auf diese Ankündigung reagieren? Plötzlich war sie voller Tatendrang und eilte zum Schrank, um auch die restlichen Sachen in ihrem Koffer zu verstauen. Sie hatte gerade den Arm voller Kleidung, als der Summton ihres Handys eine Nachricht meldete. Neugierig legte sie die Kleider aufs Bett und griff nach ihrem Handy. Eine Nachricht von Fynn.

„Ist sie genauso süß wie du?" Mel lachte schallend. Fynn war unmöglich. Noch während sie die Nachricht vor sich sah, summte ihr Handy erneut. Wieder eine Nachricht von Fynn.

„Ich freue mich auf dich. Darf ich dich übermorgen zum Abendessen einladen?"

Schnell wählte sie die Antworttaste und tippte: „Sehr gerne. Ich freue mich auch, dich zu sehen."

Wie schön, dass es Männer wie Fynn gab. Schnell faltete sie die restlichen Kleidungsstücke zusammen. Sie hatte nur noch wenige

Stunden bis zu ihrem nächsten Abenteuer, das auf sie wartete. Vielleicht konnte sie ja noch einige wenige Stunden schlafen.

Aufgeregt schaute sie aus dem Taxifenster auf die verregnete Straße, die in rasanter Geschwindigkeit an ihr vorbei flog. Es waren nur noch wenige hundert Meter bis zum Flughafenterminal, wo sie Amelie treffen würde. Als das Taxi endlich seine Geschwindigkeit drosselte und sich in die Schlange der parkenden Autos vor der Abflughalle einreihte, atmete Mel erleichtert auf. Schnell zahlte sie den Fahrpreis und öffnete die Seitentür. Geflissentlich überreichte ihr der Taxifahrer den Koffer, den sie dankend und mit einem Trinkgeld bezahlend in Empfang nahm. Mit jahrelanger Übung zog sie den Stab heraus und rollte den Koffer hinter sich her. Suchend blickte sie sich nach Amelie um und entdeckte sie erst, als diese ihr fröhlich zuwinkte. Sie stand neben einem großen blonden Mann, der einen kleinen Jungen auf dem Arm trug. Der Kleine mochte vielleicht fünf Jahre alt sein. Der Mann schaute Mel aufmerksam an und langsam verzog sich sein Mund zu einem warmen Lächeln.

„Hi, I am Andrew." Er streckte ihr die Hand zum Gruß entgegen.

„Hi, I am Melanie." Sie schüttelte seine große warme Hand.

„I know, I just wanted to see you and make sure my wife is fine." Mel nickte verständnisvoll.

"I totally understand. Hopefully you are still ok with her plans after having seen me?"

"Actually, yeah, I am."

"Thank you", antwortete Mel schlicht. Dann wandte sie sich Amelie zu und umarmte sie spontan.

„Thank you, Amelie", sagte sie und konnte es nicht verhindern, dass ihr Tränen in die Augen traten.

„Ok, sweatheart, you have to go. Give me a call once you are there." Andrew umarmte seine Frau. Amelie nickte und küsste ihren Mann zum Abschied. Dann umarmte sie ihren kleinen Sohn.

„Mummy is coming back very soon. Be a good boy, ok? I love you." Tränen flossen ihr über die Wange und durch tränenvolle Augen blickte sie ihren Mann an, der ihr aufmunternd zulächelte. Dann drehte sie sich um und Mel folgte ihr. Sie waren kaum zwei Meter gegangen, als Mel Andrew ihren Namen rufen hörte. Erschrocken drehte sie sich um.

„You promise that you will take good care of my wife, won't you", forderte er sie auf.

"I promise", antwortete Mel verdutzt.

„I take your word. She is the love of my life, so do take good care."

Mel spürte plötzlich einen großen Kloß im Hals und nickte stumm. Als sie sah, dass Andrew die Bestätigung akzeptierte, nach der er gesucht hatte, wandte sie sich erneut um und folgte Amelie zum Check-in Schalter. Zum Glück kamen sie sofort dran und erhielten sogar zwei Sitzplätze direkt nebeneinander, dann gingen sie zum Durchgang, der nur Fluggästen zugänglich war. Als Amelie sich umdrehte und Mel ihrem Blick folgte, sah sie Andrew und den Kleinen noch immer an derselben Stelle stehen, wo sie ihn vor wenigen Minuten verlassen hatten. Beide winkten und Amelie warf ihnen Kusshände zu, die Andrew spielerisch auffing. Mel war gerührt von dieser so offensichtlichen Liebe und schaute beschämt weg. Sie wartete, bis Amelie bereit war und gemeinsam durchschritten sie die große eiserne Tür.

# 19

Erleichtert drehte Mel den Zündschlüssel herum und der Motor verstummte. Sie waren endlich angekommen, nach langen Flugstunden und regem Verkehr auf der Autobahn und einer quälend langsamen Überfahrt, deren kalter Fahrtwind Mel wach hielt. Je näher sie der Insel kamen, umso schweigsamer wurde Amelie. Mel konnte nur erahnen wie viele Emotionen und Eindrücke in ihrem Kopf herumwirbeln mussten und überließ es Amelie, das Gespräch zu suchen. Nach ihrer Ankunft in Frankfurt hatte sie sich kurz bei ihrem Mann gemeldet und ihm die Hoteladresse genannt. Nun standen sie endlich vor derselben und Mel genoss den Anblick des reetgedeckten Hauses mit seinen erleuchteten Fenstern. Als Amelie ihren Blick über das alte Haus schweifen ließ, brach Mel die Stille.

„Dies ist unser Hotel. Magst du hineingehen?"

„Es ist wunderschön. Ich hatte die wunderbare Architektur dieser Häuser schon fast vergessen." Dabei hatte sie bereits die Tür geöffnet.

Kurz darauf betraten sie die wärmende Hotelhalle und Fynns Mutter, die hinter dem Empfangstisch stand, begrüßte sie herzlich. „Herzlich Willkommen, wie schön Sie wiederzusehen!"

„Vielen Dank für die nette Begrüßung. Ich habe heute eine Freundin mitgebracht." Fynns Mutter lächelte Amelie herzlich zu, dann jedoch hielt sie inne und schaute Amelie genau ins Gesicht. Plötzlich blickte sie irritiert von Amelie zu Mel und wieder zu Amelie, bevor sie vor Erstaunen in die Hände klatschte. Mel fuhr erschrocken zusammen.

„Nein, das glaube ich jetzt nicht. Amelie, bist du es wirklich?"

Amelies Mund verzog sich erst zu einem scheuen Lächeln, doch dann schien sie erleichtert und lächelte Fynns Mutter herzlich an. „Ja, ich bin es."
Frau Sanddorn drehte sich voller Freude um und rief ungeduldig in Richtung Küche: „Fred, Fred, komm schnell, die kleine Amelie Fredreksen ist da."
Schritte eilten herbei und eine tiefe Stimme erwiderte fragend: „Amelie Fredreksen? Bist du sicher?" Mit diesen Worten erschien Fynns Vater. Er schaute seine Frau über die Lesebrille hinweg fragend an, bevor sein Blick zu Amelie hinüber wanderte. Seine Füße steckten in dunkelblauen Pantoffeln und zu seiner schwarzen Cordhose trug er ein weißes Hemd und eine dunkelgrüne ärmellose Strickjacke. Für einen Augenblick ruhte sein Blick kritisch auf Amelie, dann aber strahlte er sie an.
„Amelie, mi Dirn, du bist wieder da. Welch eine Freude!"
Amelie nickte ihm zu. „Hallo Onkel Fred."
„Oh, welch eine Überraschung", jauchzte Fynns Mutter, die sich gar nicht beruhigen wollte. „Pete und Ines sind bestimmt ganz trunken vor Glück. Was haben sie denn gesagt?"
Mel bemerkte, wie sich ein Schatten auf Amelies Gesicht legte und erwiderte schnell: „Sie wissen es noch nicht. Es ist eine Überraschung. Wir wollen morgen früh zu ihnen fahren."
„Aber ihr werdet Pete nicht antreffen, der ist dann bestimmt am Strand." Nachdenklich rieb sich Fynns Vater das Kinn. „Aber lasst den alten Fred mal machen, ich rufe Pete jetzt gleich an und bitte ihn unter einem Vorwand, morgen früh zu Hause zu sein. Er muss doch seinen kleinen Augenstern sehen."
„Kinder, was stehen wir hier herum. Kommt herein und setzt Euch und trinkt erst einmal was. Habt ihr Hunger? Kommt,

kommt, ihr müsst ja vollkommen ausgehungert sein von der langen Reise."

„Danke, Tante Ilse. Ein Glas Wasser ist toll", antwortete Amelie und zwinkerte Mel entschuldigend zu. Mel schaute fasziniert von einem zum anderen. Wie schnell sich die ganze Situation verändert hatte. Und sie war mitten drin. Bisher war sie sehr glücklich, dass sie es geschafft hatte, Amelie zu überreden, hierher zu kommen.

Fynns Vater war bereits in Gedanken versunken, wie er das Gespräch mit Pete am besten anfangen sollte. Dann schüttelte er den Kopf und sah Amelie an. „So was aber auch, Petes kleiner Augenstern ist zurück und ich bin der erste, der sie sieht."

Dann drehte er sich um und verschwand. Fynns Mutter war um den Tisch herumgekommen. „Ach mein Kind, lass dich erst einmal drücken nach all den Jahren." Ohne eine Antwort abzuwarten, schlang sie die Arme um Amelie und drückte sie eng an sich. Dann hielt sie sie auf Armeslänge von sich. „Gut siehst du aus, mein Kind. Eine richtige fesche junge Dame aus Amerika. Erzähl mir, wie geht es dir? Was machst du? Hast du einen Freund?"

Jetzt konnte Amelie sich wirklich nicht länger beherrschen und lachte schallend. „Tante Ilse, du vergisst, dass ich Ende Zwanzig bin. Ich bin verheiratet und habe sogar einen kleinen Sohn, Matthew."

Erstaunt blickte Fynns Mutter Mel an.

„Was sagt man dazu, verheiratet und einen kleinen Sohn. Wie die Zeit vergeht. Aber nun kommt, setzt euch." Ohne Umschweife hatte sie die beiden Frauen zum nächststehenden Sofa geführt und in die Kissen gedrückt. Dann war sie schon in Richtung Küche entschwunden.

Mel drehte sich zu Amelie. „Ich wusste nicht, dass du sie kennst." Amelie lachte. „Das dachte ich mir." Dann wurde sie ernst. „Danke, dass du mich überredet hast, mitzukommen. Ich glaube es ist wichtig, endlich mit meinem Petroschkaja zu reden."

„Bestimmt", pflichtete ihr Mel bei. Doch weiter kam sie nicht, denn schon erschien Fynns Mutter bewaffnet mit einer Flasche hausgemachtem Likör und vier Gläsern.

„Zur Feier des Tages", lachte sie und hob die Flasche übermütig in die Höhe. Fröhlich platzierte sie alles auf dem kleinen Tisch, der vor Mel und Amelie stand und war fast unwirsch, als das Telefon am Tresen läutete.

„Entschuldigung, bin sofort zurück." Schnell hob sie den Hörer auf und antwortete leicht ungehalten: „Ach, du bist es, was gibt es denn, mi Jung?"

Mel hörte neugierig zu. Warum rief Fynn an? Wollte er sich vergewissern, dass sie angekommen war?

„Ja, ja, ist ok. Was, ich bin kurz angebunden? Nein, ach es sind gerade neue Gäste angekommen, um die ich mich kümmern muss." Dann schien Fynn auf sie einzureden.

„Wieso willst du das denn wissen? Das interessiert dich doch sonst auch nicht. Es ist alles in Ordnung, nun schlaf du mal schön. Ja, ist gut, komm morgen früh mit den Krabben vorbei, das ist gut. Ja, gute Nacht." Kopfschüttelnd starrte sie auf den Hörer, doch dann eilte sie zurück zu Mel und Amelie.

„Das war Fynn, erinnerst du dich noch an ihn? Ach ja, damals war er ja noch ein kleiner Junge, aber mittlerweile ist er ein richtiger Mann." Über ihr Gesicht huschte ein trauriger Ausdruck, doch dann schüttelte sie mit den Schultern. „Er arbeitet leider nur stundenweise hier und hat sich in der Stadt mit einem Fotostudio selbständig gemacht, als Fotograf sozusagen", schob sie erklärend nach und strich sich über die kurzen Locken. „Aber ich binde ihn gut ein, dann kann er jederzeit hier einsteigen. Vielleicht siehst du ihn morgen früh, er bringt mir die Krabben vorbei, dann habt ihr die frischesten Krabben zum Frühstück."

„Darauf freue ich mich wirklich", strahlte Amelie. Mel dachte an Fynn, der so rabiat von seiner Mutter am Telefon abgebügelt worden war und der morgen früh noch im Morgengrauen zu dem kleinen Fischerhafen fahren würde, um die Portion Krabben zu kaufen, die Owe extra für seine Eltern reservierte. Ob er vielleicht auch kam, um sie, Mel, zu sehen?

Es war schon spät und Amelie gähnte hinter vorgehaltener Hand. Fynns Vater schaute auf die Uhr. „Ilse, nun lass die beiden Dirn mal ins Bett gehen. Sie sind ja hundemüde und morgen ist ein anstrengender Tag. Pete wird ganz schöne Augen machen, wenn er diese hübschen Dirn vor seiner Tür stehen sieht und nicht mich", er lachte dröhnend.

„Ich hoffe es", flüsterte Amelie.

„Da gibt es nichts zu hoffen, mi Dirn, das ist so sicher wie das Amen in der Kirche. Vertrau deinem Onkel Fred. Und nun ab ins Bett mit euch." Um seinen Worten Gewicht zu verleihen, hatte er sich erhoben und reichte seiner Frau die Hand. „Los Ilse", meinte er brüsk.

Mel und Amelie folgten erleichtert seinem Beispiel. Auch wenn es ein unerwartet vergnüglicher und sehr kurzweiliger Abend gewesen war, waren sie nach mehr als 28 Stunden auf Reisen zum

Umfallen erschöpft. Mit letzter Kraft schleppte Mel sich die Treppe hinauf, wünschte Amelie eine gute Nacht und ließ sich erschöpft auf ihr Bett fallen, wo sie sofort einschlief.

Lautes Klopfen weckte Mel. Irritiert schaute sie sich um. Wo war sie? Dann dämmerte es ihr langsam. Sie war mit Amelie auf Amrum, bei Fynns Eltern. Sie wollte gerade wieder die Augen schließen, als erneutes Klopfen sie hochschrecken ließ.
„Kinder, aufwachen, guten Morgen. Frühstück ist gleich fertig. Auf, auf, nicht trödeln."
Müde drehte Mel sich auf die Seite und blickte überrascht an sich herunter. Sie war noch voll bekleidet und ihr Nacken tat ihr weh. Sie hatte es also doch nicht mehr geschafft, sich auszuziehen. Ergeben rieb sie sich über die Augen. Der Jetlag machte sich in seiner vollen Härte bemerkbar. Wie gerne hätte sie sich das Kissen über den Kopf gezogen und einfach weiter geschlafen. Aber das ging ja nicht, heute wollte sie mit Amelie zu Pete. Pete. Bei dem Gedanken riss sie die Augen auf und war hellwach. Energisch raffte sie sich auf, zog sich aus und stieg unter die Dusche. Danach sah die Welt schon gleich anders aus. Schnell streifte sie sich ihre Jeans und dazu einen cremefarbenen Rolli über und schlang ihr blaues Chiffontuch mit den beigen Seesternen um ihren Hals. Dann föhnte sie sich die Haare und verließ leise ihr Zimmer. Vorsichtig klopfte sie an Amelies Tür, aber nichts regte sich. Vielleicht schlief sie noch. Am besten entschuldigte sie Amelie. Schnell stieg sie die ihr bereits vertraute Holztreppe hinunter und ging in Richtung Frühstücksraum, als sich jemand hinter ihr räusperte. Erschrocken drehte Mel sich um und stand direkt vor Fynn, dem sie kaum bis zur Schulter reichte. Amüsiert

blickte er auf sie herunter. Seine grünen Augen strahlten und er grinste breit.

„Ich hatte schon Angst, du verschläfst das gesamte Frühstück. Dabei habe ich doch extra für dich die Krabben geholt", flüsterte er leise. „Herzlich Willkommen, Melanie." Er beugte sich zu ihr hinunter und hauchte ihr einen leichten Begrüßungskuss auf die Wange.

Mel errötete gegen ihren Willen. „Ich freue mich, dich wiederzusehen."

„Ganz meinerseits. Komm, wir sind alle hinten im privaten Bereich. Aber sei vorgewarnt, meine Mutter ist ganz in ihrem Element, weil Amelie zurück ist." Er legte Mel leicht einen Arm auf den Rücken und führte sie sanft durch den Gang in den privaten Teil des Hotels, woher sie fröhliche Stimmen vernahm. Als Fynns Mutter sie erblickte, rief sie: „Kommen Sie, meine Liebe. Wir warten schon auf Sie." Und mit stirnrunzelndem Blick an Fynn gewandt fügte sie hinzu: „Wo warst du denn die ganze Zeit?"

Er verdrehte theatralisch die Augen und führte Mel zum Tisch, an dem bereits Amelie saß und herzhaft in ein Krabbenbrötchen biss.

„Guten Morgen", begrüßte sie Mel. „Diese Brötchen musst du unbedingt probieren, sie sind mit die besten Krabben belegt, die du je gegessen hast."

Mel warf Fynn einen kurzen Blick zu, der lachend nickte. „Ich kann dem nur zustimmen."

„Dann nehme ich natürlich auch gerne ein Krabbenbrötchen", beeilte sich Mel zu sagen und nahm neben Amelie auf der Küchenbank Platz. Fynn hatte ihr gegenüber Platz genommen und sich entspannt auf seinem Stuhl zurück gelehnt. Amüsiert beobachtete er das Treiben am Tisch. Seine Mutter nahm Amelie vollkommen in Beschlag. Mel aß schweigend ihr Brötchen, lachte, wenn man sie ansprach und schien sich aufrichtig über das Gespräch zwischen Amelie und seiner Mutter zu freuen. Fynn beobachtete sie fasziniert. Diese kleine Person wirkte so harmlos und versuchte alles, um in dieser heimeligen Szene im Hintergrund zu verschwinden, dabei hielt sie alle Fäden dieser Situation in ihren zierlichen Händen. Davon war er überzeugt. Was aber führte sie im Schilde? Woher kannte sie Amelie? War es purer Zufall oder hatte sie Amelie mit Absicht auf die Insel geholt? Er würde es sicherlich heute Abend erfahren. Im Moment genoss er es einfach, ihr gegenüber am Tisch zu sitzen und sie zu beobachten. Sie schien seinen Blick zu spüren und sah in immer wieder fragend an. Er grinste nur zurück oder zog belustigt eine Augenbraue in die Höhe, was sie sichtlich zu irritieren schien. Er genoss dieses kleine Spiel in vollen Zügen und war enttäuscht, als Mel auf ihre Uhr blickte.

„Es tut mir wirklich leid, aber wir müssen los. Ihr Mann sagte, dass Pete um 9:30 Uhr auf ihn wartet."

„Ich kann euch ja dorthin bringen, dann geht es schneller und ihr verfahrt euch nicht."

Mel wollte schon widersprechen, aber sie musste Fynn Recht geben. Amelie war vor mehr als einem Jahrzehnt das letzte Mal auf der Insel gewesen und sie kannte sich überhaupt nicht aus. Daher nickte sie zustimmend. „Das wäre wirklich eine große Hilfe. Danke."

„Kein Problem", antwortete er gelassen und rieb sich die nicht vorhandenen Krümel von den Oberschenkeln.

„Fynn, fahr mir bloß vorsichtig mit den beiden Frauen."

„Amelie, was hast du mit meiner Mutter gemacht, dass sie wieder das Gefühl hat, ich sei zehn?"

Amelie zuckte entschuldigend mit den Schultern.

„Dann will ich die teure Fracht mal zu dem guten alten Pete bringen. Wenn ich die Damen bitten dürfte?" Er hatte seinen Stuhl zurück geschoben und war aufgestanden. Wie er da in seiner vollen Größe vor ihnen stand, wirkte er hünenhaft in der Küche. Ohne auf eine Antwort zu warten, nahm er seine Fleece Jacke, die achtlos über der Stuhllehne hing, und zog sie über sein hellblau kariertes Hemd. Ohne ein weiteres Wort verließ er die Küche. Mel folgte ihm und war froh, ihn alleine im Vorraum anzutreffen.

„Ich hole nur kurz meine Jacke. Bin sofort wieder da", rief sie ihm zu und wollte die Treppe hinauf eilen, als er sie am Arm fest hielt. Erstaunt drehte sie sich zu Fynn um, der keinen Meter von ihr entfernt stand. Sie roch sein After Shave und dachte für den Bruchteil einer Sekunde, er würde sie in seine Arme ziehen, aber stattdessen flüsterte er: „Bleibt es bei heute Abend? Ich hatte so an 20 Uhr gedacht." Abwartend blickte er sie an.

„Ja, natürlich bleibt es dabei." Mel zögerte und blickte rasch zur Küchentür, um sicherzustellen, dass niemand sie hörte.

„Aber wie schaffe ich es, dich allein zu treffen? Ich hatte die Situation etwas anders eingeschätzt."

Fynn nickte amüsiert. „Das denke ich mir. Meine Mutter hat deine Pläne bestimmt gut durchkreuzt. Mach dir nichts draus. Das ist ihre Spezialität."

Mel nickte lachend. „Ja, stimmt. Aber es ist eine schöne Überraschung und ich freue mich riesig für Amelie."

„Das musst du mir heute Abend genau erzählen. Ich lass mir was einfallen, keine Sorge." Er schaute kurz zur Küche. „Übrigens siehst du heute super aus", raunte er ihr ins Ohr, bevor er sie zeitgleich los ließ.

Mel hastete die Treppe hinauf. Aufgekratzt öffnete sie ihre Zimmertür und griff nach ihrer Jacke. Sie wollte gerade die Tür hinter sich zu ziehen, als ihr Blick auf das eingepackte Bild fiel. Fast hätte sie es vergessen. Schnell ging sie zu dem kleinen Tisch, auf dem sie das Bild abgelegt hatte und trug es unter dem Arm die Treppe hinunter. Fynn war verschwunden, stattdessen warteten seine Eltern und Amelie auf Mel.

„Ich bin fertig, wir können los. Bist du bereit?" fragte sie Amelie.

„Ja, bin ich, aber ich bin auch sehr aufgeregt."

„Kopf hoch, mi Dirn. Es wird alles gut, glaub deinem Onkel Fred", beruhigte Fynns Vater sie.

„Ich hoffe", flüsterte Amelie und folgte Mel zur Eingangstür. Draußen wartete schon Fynn auf sie und zeigte mahnend auf seine Uhr. „Fliegen kann selbst ich nicht."

Schnell stiegen die beiden Frauen ins Auto, wobei Mel sich geschickt für den Platz auf dem hinteren Sitz entschied. Es ging so viel durch ihren Kopf und es war viel leichter für Amelie, wenn sie sich mit Fynn unterhielt. Außerdem hatte sie die Insel seit Jahren nicht gesehen und sollte den besseren Blick genießen. Mit sich im Reinen kuschelte Mel sich in ihren Sitz und schaute verträumt aus dem Fenster. Wie wunderschön diese Insel doch war. Erst zogen Häuserreihen an ihnen vorbei, dann fuhren sie über die grüne Insellandschaft, bis sie das nördliche Städtchen erreichten, an dessen Ende Pete und Ines wohnten. Langsam wurde Mel nervös und wandte ihren Kopf gerade aus. Dabei blickte sie direkt in Fynns Augen, die sie im Rückspiegel beobachteten. Sie lächelte ihm zu und sah, dass sich auch seine Augen zu einem Lächeln verzogen. Amelie selbst war tief in Gedanken versunken und schaute schweigend aus dem Seitenfenster. Fynn setzte den Blinker und schon bogen sie in ihre Zielstraße ein. Dort am Ende sah sie das rote Backsteinhaus. Mels Puls begann schneller zu schlagen. Sie beugte sich vor und legte eine Hand auf Amelies Schulter.

„Amelie, ich möchte Pete ein bisschen schonend auf deinen Besuch vorbereiten. Bist du einverstanden, wenn ich erst allein hineingehe, während du hier bei Fynn wartest? Ich hole dich dann in fünf Minuten herein."

Amelie atmete hörbar erleichtert auf. „Das ist eine ganz wunderbare Idee. Danke, Melanie", sagte sie und drückte kurz Mels Hand.

„Ist das ok für dich Fynn? Ich meine, hast du noch so viel Zeit?"

„Aber klar, gar kein Problem", beruhigte er sie. Als er etwas entfernt von Petes Haus hielt, half er Mel aus dem engen Käfer auszusteigen.

„Du machst das schon. Komm her", mit diesen Worte zog er sie zu sich heran und spuckte dreimal hinter ihre rechte Schulter. Als er ihren entsetzten Gesichtsausdruck sah, lachte er. „Nun guck nicht so, so wünscht man sich Glück."

„Aha", war alles was Mel herausbrachte. Dann strich sie sich eine Haarsträhne hinter das Ohr und ging ums Auto herum zu Petes Haus. Sie zwinkerte noch einmal aufmunternd Amelie zu, bevor sie den Klingelknopf betätigte. Wie musste der Armen erst zumute sein, wenn sie schon weiche Knie hatte? Aber wer A sagte, musste auch B sagen und beherzt drückte sie den kleinen

Knopf. Ein tiefes Läuten ertönte und schlurfende Schritte näherten sich der Tür. Dann sah sie Petes überraschtes Gesicht. Doch kaum, dass er realisiert hatte, wer bei ihm geklingelt hatte, verwandelte sich seine Überraschung in Freude und er strahlte Mel an.

„Melanie, was für eine schöne Überraschung. Ich hatte mich schon gefragt, weswegen Fred mich unbedingt zu Hause treffen wollte. Komm herein, komm herein." Er trat auf Mel zu und schüttelte ihre Hand mit beiden Händen. Über die Schulter gewandt rief er: „Ines, komm mal her. Melanie ist wieder da." Schon hörte Mel eilige Schritte und sah Ines hinter Pete treten. Sie wischte sich ihre Hände an der Küchenschürze ab.

„Wie schön, dich wiederzusehen. Entschuldige, ich habe gerade Teig geknetet. Komm bitte herein." Dann piekte sie scherzend ihren Mann in die Seite. „Pete, wo sind deine Manieren? Lass die Dirn doch nicht so lange draußen stehen." Pete riss sofort die Tür weit auf und Mel folgte ihnen ins Wohnzimmer. Als sie sich gesetzt hatten und Pete und Ines sie erwartungsvoll anschauten, begann Mel mit leicht belegter Stimme: „Ihr fragt euch sicherlich, warum ich so unangemeldet bei euch klingele." Eifriges Nicken der beiden älteren Leute gab ihr Recht.

„Nun, ich wusste es auch bis vorgestern nicht." Mel drückte ihren Daumennagel fest in ihre Handinnenfläche, um sich ihre Nervosität nicht anmerken zu lassen. „Ich habe nämlich jemanden getroffen, der mich kurz entschlossen hierher begleitet hat. Sie wartet draußen im Wagen und freut sich sehr, euch wiederzusehen."

Pete und Ines schauten sie verständnislos an. „Ja, wer kann das denn sein? Kennen wir sie denn überhaupt?"

„Ja, ihr kennt sie sogar sehr gut." Dann schwieg Mel und schaute Pete lange in die Augen. Und plötzlich verstand er. Seine Augen weiteten sich und ungläubig blickte er Mel an.

„Nein", sagte er. „Nein, das kann nicht sein. Oder doch?" Er blickte Mel fragend, fast verzweifelt an und als sie langsam nickte, griff er nach der Hand seiner Frau. Seine Augen füllten sich mit Tränen, die ihm übers Gesicht liefen.

„Mein Gott, Pete, wer ist es denn?" fragte Ines erschrocken. „Sprich doch! Mir wird ja Angst und Bang."

Pete wandte ihr sein tränenüberströmtes Gesicht zu. „Amelie, Ines. Es ist unsere Amelie."

Ines griff sich bei diesen Worten ans Herz. „Amelie?" hauchte sie fragend und blickte hilfesuchend Mel an. „Ist das wahr?"

Mel nickte feierlich.

„Oh Pete, unsere Gebete wurden erhört. Amelie, mein Kind. Warum kommt sie denn nicht herein und wartet wie eine Fremde draußen auf der Straße?" Ines war völlig aufgelöst.

„Ich habe sie dazu überredet, da ich zuerst mit euch reden wollte. Wenn ihr mögt, dann hole ich sie jetzt."

Beide nickten wild und wischten ihre Tränen fort. Pete schnäuzte sich laut, während Mel erleichtert zur Tür gegangen war. Sie eilte zum Gartentor, das das Grundstück von der Straße trennte und winkte Amelie und Fynn zu. Sofort öffnete sich die Autotür und Amelie kam langsam auf sie zu. Mel ging ihr entgegen.

„Es ist alles gut. Sie freuen sich so sehr, dass du da bist."

Amelie schluckte schwer. Mel legte ihr freundschaftlich den Arm um die Schulter und führte sie zum Gartentor. In der Haustür standen Pete und Ines.

„Amelie, mein Augenstern", rief er und breitete seine Arme aus.

Da lief Amelie den Weg hinauf und flog förmlich in seine Arme. „Petroschkaja, oh mein Petroschkaja", rief sie schluchzend und hielt ihn fest umschlungen. Dann löste sie einen Arm und umarmte ihre Großmutter.

„Oh meine liebe Omama, was habe ich euch vermisst." Ines legte Amelie den Arm um die Taille und schluchzend standen die Drei in ihrer Wiedersehensfreude versunken beisammen. Mel wagte kaum zu atmen. Langsam drehte sie sich um und reckte ihren Daumen dezent in die Höhe, damit Fynn getrost fahren konnte. Dann wandte sie sich wieder um und hörte, wie der Motor des Käfers ansprang. Plötzlich kam Bewegung in Amelie und Pete zog sie ohne ein weiteres Wort und ohne sie loszulassen mit sich ins Wohnzimmer. Ines streckte ihre Hand Mel entgegen: „Komm, mi Dirn. Komm."

Als Mel die Stufen zur Haustür heraufgekommen war, umarmte Ines sie plötzlich. „Ich habe sofort zu Pete gesagt, dass du ein Geschenk des Himmels bist. Du hast uns unser Glück zurückgebracht. Das werde ich dir nie vergessen." Mel erwiderte die Umarmung, bis sie spürte, dass Ines sich wieder gefangen und sie selbst ihre Beherrschung zurück gewonnen hatte. Mit so viel Dankbarkeit hatte sie nicht gerechnet. Sie war so unendlich erleichtert, dass das Wiedersehen mit solcher Freude verbunden war. Sie wollte sich gar nicht ausmalen, was alles hätte schief gehen können.

Pete und Amelie hatten bereits auf dem Sofa Platz genommen und Ines setzte sich zu ihnen. Beide hielten eine Hand von Amelie, als wollten sie sie nie wieder los lassen. Mel schaute Amelie an, die sie glücklich mit Tränen in den Augen anlachte. Es würde alles gut, das spürte Mel. Nun war es an der Zeit, sich zu verabschieden, denn die drei hatten noch viele Gespräche zu führen, die für ihre Ohren nicht bestimmt waren.

Sie räusperte sich leise.

„Ich möchte mich für den Moment verabschieden. Bis später."

Pete und Ines waren so in Gedanken vertieft, dass sie leicht aufschreckten.

„Kein Problem, Melanie. Ich weiß ja, wo ich dich finde. Bitte genieß den Tag." Amelie lächelte ihr aufmunternd zu.

„Ja, das mache ich", stimmte ihr Mel zu und verließ leise das Haus.

Tief in Gedanken zog sie das Gartentor hinter sich zu, ging die Straße hinunter und schlug den Weg in Richtung Stadtzentrum ein. Vielleicht hatte sie ja Glück und erwischte einen Bus?

„Na, junge Frau, auf der Suche nach einer Mitfahrgelegenheit?"

Sie wirbelte herum und erblickte Fynn, der die Fensterscheibe herunter gekurbelt hatte.

„Was machst du denn noch hier? Ich dachte, du bist längst weg-gefahren."

„Ich warte auf dich, denn du kannst ja nicht den ganzen Weg zu Fuß laufen. Ich lade dich auf eine Tasse selbst gekochten Kaffee in meinem Fotostudio ein. Hast du Lust?"

„Oh ja", rief Mel erleichtert. „Ein Tasse Kaffee kann ich jetzt echt gut gebrauchen."

„Fein, dann steig ein. Und bei der Gelegenheit kannst du mir alles brühwarm erzählen."

Mel schüttelte lachend den Kopf. „Daher also die freundliche Geste. Ich dachte schon, dir liegt was an mir." Dabei hatte sie die Autotür geöffnet und war auf den Beifahrersitz geglitten.

„Du scheinst ja unerschöpfliche Energien zu haben. Erst organisierst du das Familienwiedersehen des Jahrhunderts und wirst damit in die Inselanalen eingehen und dann flirtest du ungeniert mit mir. Ich muss schon sagen, meine Krabbenbrötchen haben es wirklich in sich." Er lachte Mel frech ins Gesicht.

„Ach du, bilde dir nur nichts ein. Ich lechze einfach nur nach einer Tasse Kaffee."

„Die sollst du bekommen", antwortete Fynn und startete den Motor.

So, bitte, hier ist dein Kaffee." Vorsichtig stellte Fynn die große Tasse mit dem dampfenden Kaffee vor Mel auf den Tisch. Sie hatten sich in den hinteren Teil seines Fotostudios gesetzt, der nicht von der Straße einsehbar war und den er als Büro nutze. Um sie herum stapelten sich Fotos, Papiere, Rechnungen. Rahmen unterschiedlicher Größe lehnten an der Seitenwand. Fynn hatte kurzerhand den kleinen Tisch in der Ecke frei geräumt, indem er einfach zwei große Fotostapel sowie eine Lupe auf das bereits vorhandene Chaos auf seinem Schreibtisch gelegt hatte.

Er zog entschuldigend die Schultern hoch und schaute Mel schuldbewusst an: „Ich hatte einfach keine Zeit, dieses Chaos zu beseitigen."

„Du brauchst dich nicht bei mir zu entschuldigen. Mir macht es nichts aus. Auf meinem Schreibtisch herrscht auch immer eine Grundunordnung, sonst kann ich gar nicht richtig arbeiten."

„Ja, mir geht es auch so. So penibel ich bei den Fotos, ihrer Entwicklung, Rahmung und so bin, umso chaotischer sieht es hier drin aus, denn diese Abzüge hier sind einfach alle nur fürs Archiv.

Normalerweise mache ich diese Aufgaben immer, wenn meine Mutter eine besonders ungeliebte Arbeit für mich hat oder sich einfach nichts anderes ergibt", er machte eine bedeutungsschwere Pause, „oder wenn das Chaos zu dominant wird."

Er wandte sich von dem Durcheinander hinter ihm ab und setzte sich Mel gegenüber. Dann streckte er seine langen Beine entspannt aus, so dass sie fast Mels Beine berührten. Gelassen rührte er in seiner Kaffeetasse, sagte aber kein Wort. Mel, die ihn beobachtete, spürte, dass dies nur die Ruhe vor dem Sturm war. Wahrscheinlich platzte er vor Neugier und überlegte sich, wie er ihr am besten die ganze Geschichte entlockte. Nun, den Spaß würde sie ihm nicht verderben. Also trank auch sie schweigend einen Schluck. Sie könnte es ihm ja auch ein wenig schwerer machen, dachte sie belustigt und fragte unschuldig: „Wohin gehen wir eigentlich heute Abend?"

Als Fynn sie überrascht anschaute, hätte sie am liebsten laut gelacht.

„Ich meine, damit ich weiß, was ich anziehen soll", fügte sie arglos hinzu.

„Ach, das ist relativ egal. Zieh einfach etwas an, was dir gefällt. Du siehst in allem toll aus."

„Hm", meinte Mel nur, während Fynn seinen Kopf leicht schräg legte und sie anschaute.

„Darf ich wissen, worüber du bei meinem Anblick grübelst?"

Fynns Mund verzog sich zu einem leichten Lächeln. „Darfst du, ich warte sogar förmlich darauf, dass du fragst. Ich überlege nämlich, welche Rolle du bei der Geschichte von heute Morgen spielst. Woher du Amelie kennst, wieso du mit ihr hier bist, warum du dieses Treffen arrangiert hast."

Mel nickte beeindruckt von seiner Ehrlichkeit. Fynn spielte keine Spielchen oder neckte sie mit dämlichen Kommentaren. Fynn war gerade heraus, was ihr sehr gefiel.

Bevor sie antworten konnte, fragte er: „Und? Hilfst du mir die Antworten auf all diese Fragen zu bekommen? Ich besteche dich auch gerne mit einer weiteren Tasse meines hervorragenden Kaffees."

Mel lachte fröhlich. „Wie kann ich bei solch einem Angebot nicht kooperieren?" Dann wurde sie jedoch ernst und beugte sich leicht vor. Ihre Hände umfassten die warme Kaffeetasse, so als sollte diese sie wärmen. Fynn beobachtete fasziniert, wie sich ihre Gesichtszüge veränderten und sie plötzlich ganz weit weg zu sein schien, als sie ruhig anfing zu sprechen.

„Bei meinem letzten Besuch hier auf Amrum habe ich Pete kennengelernt und mich mit ihm gut verstanden." Sie blickte kurz zu Fynn. „Aber das weißt du ja. Er erzählte mir von seiner Enkelin und wie sehr er sie vermisste. Auch an jenem Nachmittag bei ihm und Ines zu Hause merkte ich, wie sehr beide darunter litten, keinen Kontakt mehr zu haben, nicht zu wissen, wie es ihr geht." Mel trank einen Schluck Kaffee. Dann blickte sie Fynn an. Ihre Augen hatten sich verdunkelt und pure Traurigkeit sprach aus ihnen.

„Bei meinem letzten Besuch ging es mir nicht so gut. Ich kam mit Pete ins Gespräch und seine Worte halfen mir sehr, darum wollte auch ich ihm helfen." Mit dem Finger strich sie sanft über den Löffelstil, der aus ihrem Kaffee herauslugte. Plötzlich sprühten ihre Augen wieder voller Energie. Fynn traute sich nicht, sich zu bewegen, zu fasziniert war er von Mel.

„Nun ja, und da habe ich einfach nach meiner Rückkehr beschlossen, Amelie zu suchen." Sie lachte spitzbübisch auf. „Das war gar nicht so einfach, denn unter ihrem Mädchennamen war nichts über sie zu finden. Irgendwann bin ich dann bei meiner Recherche auf ein Bild des Künstlers AP Johnson gestoßen, dessen Schwerpunkt Landschaftsgemälde sind mit der Besonderheit, dass es irgendwo im Bild immer eine schemenhafte Figur gibt." Sie beugte sich theatralisch vor und schaute Fynn direkt in die Augen. „Und nun rate mal, wie diese schemenhafte Figur aussieht?"

„Keine Ahnung. Sag du es mir."

„Sie sieht aus wie Pete, die gleiche Jacke mit dem hochgestellten Kragen, die gleiche Schirmmütze und sogar die gleiche Haltung." Sie lehnte sich wieder entspannt zurück und genoss Fynns bewundernden Blick.

„Ja, und weil ich selber aber nichts über diesen Künstler herausfinden konnte, hat eine gute Freundin mir weitergeholfen und sich in ihren Künstlerkreisen umgehört. Und dann habe ich zuerst mit AP Johnson telefoniert und bin danach in die Staaten geflogen, wo ich sie getroffen und überredet habe, mit mir nach Deutschland zu fliegen."

Nun beugte sich auch Fynn vor Überraschung vor. „Willst du etwa sagen, dass Amelie AP Johnson ist?"

„Ja, genau das. Bitte behalt das aber für dich, da AP Johnson extrem öffentlichkeitsscheu ist, um ihr Privatleben zu schützen."

„Klar behalte ich es für mich, aber das ist ja der Wahnsinn. Ich muss mir unbedingt mal ihre Bilder ansehen."

„Ja, tu das, sie sind nämlich wirklich großartig. Sehr einfühlsam und sehr detailgetreu, so wie deine Fotografien."

Fynn schien in Gedanken weit weg zu sein.

„Du bist wirklich unglaublich. Es gibt so viele Leute hier, die versucht haben, Amelie für Pete zu finden oder einen Kontakt herzustellen, aber vergebens. Und dann kommst du für ein paar Tage auf die Insel, findest Amelie, überredest sie hierher zu kommen und es gibt ein Wiedersehen mit Pete und Ines mit Happy End. Weißt du eigentlich, was du da geleistet hast?"

Mel zuckte mit den Schultern. „Ich hatte einfach sehr viel Glück, dass alle Beteiligten willens waren, einem Happy End eine Chance zu geben. Ich bin so erleichtert, dass ich Pete und Ines ihren größten Wunsch erfüllen konnte und auch Amelie etwas für sie sehr Wichtiges wiedergeben konnte. Das macht mich richtig glücklich."

„Du verdienst es glücklich zu sein, Melanie", meinte Fynn leise. Als er sah, wie sich Mels Blick verdunkelte, wechselte er das Thema.

„Und was sind deine Pläne für den restlichen Tag, nachdem du dein Vormittagsprogramm so erfolgreich beendet hast?"

„Ich werde mich in mein Hotelzimmer begeben und schlafen." Sie lachte vergnügt. „Gestern Abend war ich so müde, dass ich einfach aufs Bett gefallen und eingeschlafen bin. Als ich heute Morgen aufwachte, da hatte ich sogar noch meine Jacke an." Sie gluckste amüsiert.

„Der Jetlag schlägt bei mir auch immer zu. Wenn du magst, dann fahre ich dich jetzt zum Hotel, damit du heute Abend fit bist."

„Auch wenn ich ein schlechtes Gewissen habe, dass du mich den ganzen Tag durch die Gegend fährst, nehme ich dein Angebot jetzt selbstsüchtig an." Dabei stand sie auf und wollte nach den Kaffeetassen greifen, als sich plötzlich alles um sie herum drehte.

Geistesgegenwärtig griff sie nach der Tischkante, doch bevor sie diese noch richtig zu fassen bekam, fühlte sie Fynn direkt hinter sich, der behutsam den Arm um sie legte.

„Ich glaube, ich habe einfach zu viel Kaffee und zu wenig Schlaf gehabt."

„Alles ok?" fragte Fynn, ohne sie jedoch loszulassen. Das Drehen hatte aufgehört, aber sie regte sich nicht. Fynns Nähe tat ihr gut. Sie spürte seine Wärme und fühlte die Muskeln seiner Arme. Sein Herz schlug schnell und Mel verharrte in Fynns Armen länger als notwendig. Dann hob sie leicht den Kopf und sah ihn an.

„Danke." Seine grünen Augen erinnerten sie an das weite Gras der Dünen. Sie war ihm noch nie so nahe gewesen und erkannte in dem Grün seiner Iris einen hellgrauen Kranz um die Pupille. Er hatte kleine Sonnenfältchen um die Augen, die seinem schmalen Gesicht mit den klassischen Gesichtszügen Weichheit verliehen. Noch während diese Gedanken durch ihren Kopf schwirrten, beugte Fynn sich langsam zu ihr herunter und küsste sie ganz leicht auf die Lippen. Zuerst küsste er ihre Unterlippe, dann ihre Oberlippe, danach ihren rechten Mundwinkel, dann den linken und zuletzt gab er ihr einen warmen, zärtlichen Kuss mitten auf den Mund. Danach lächelte er Mel zärtlich an und gab sie frei. Irritiert öffnete sie die Augen.

„Komm, ich bring dich jetzt ins Hotel", war alles was er sagte. Schnell nahm er die Tassen und verschwand in der kleinen angrenzenden Küche. Mel versuchte sich zu sammeln, doch alles in ihr war aufgewühlt. Sie hatte das nicht erwartet, nicht mit Fynn und nicht jetzt. Schnell griff sie nach ihrem Mantel und war dankbar, dass er die Situation so gut im Griff hatte. Als er wieder erschien, warf er einen kurzen Blick auf Mel und sein Mund verzog sich zu einem zufriedenen Lächeln. Ohne ein weiteres Wort griff er nach seiner Jacke und den Autoschlüsseln und ging voran zur Studiotür. Mel folgte ihm schweigend.

Er öffnete galant die Autotür und sie sank auf den Beifahrersitz. Als er sich hinter das Steuer gesetzt hatte, meinte er leichthin: „Ich denke, Amelie wird sicherlich den heutigen Abend mit ihren Großeltern verbringen. Ich werde gleich meiner Mutter sagen, dass ich mich mit dir heute Morgen unterhalten habe, du an meinen Fotografien interessiert bist und ich sie dir heute Abend zeigen möchte, um dir eine zu verkaufen. Schließlich fährst du morgen ja schon wieder?"

„Erfindest du eigentlich immer Geschichten?"

„Nein, tue ich nicht. Wenn es dir lieber ist, erzähle ich meiner Mutter, dass ich dich heute Abend zu einem romantischen Abendessen einlade und zwar ohne Amelie. Ist dir das lieber?" Er lachte ihr direkt ins Gesicht.

„Nein, nicht unbedingt. Wahrscheinlich kann sie dann die ganze Nacht nicht schlafen."

„Wieso, gedenkst du denn die ganze Nacht bei mir zu bleiben?" Gegen ihren Willen wechselte ihre Gesichtsfarbe in ein unverkennbares Rot. Fynn genoss die Situation sichtlich und Mel musste über ihre eigene Dummheit lachen.

„Du hast recht, so oder so wird deine Mutter eine geruhsame Nacht haben."

Als er vor dem Hotel hielt, sprang er aus dem Auto und hielt ihr die Tür auf. „Für den Fall, dass meine Mutter aus dem Fenster schaut", raunte er.

Mel stieg kopfschüttelnd aus.

„Ich hole dich um halb acht ab, ok?"

„Fein, bis dahin sollte ich ausgeschlafen sein. Machs gut."

„Du auch." Und schon war er wieder um das Auto herumgegangen und eingestiegen.

Sie sah ihm nach, wie er die Straße entlang fuhr und betrat dann müde aber gut gelaunt das Hotel. Die Eingangshalle lag still und verwaist vor ihr. Erleichtert, dass niemand sie mit Fragen bombardierte oder sie zwang, die ganze Geschichte von Amelies Wiedersehen mit Pete und Ines noch einmal zu erzählen, stieg sie die Treppe zu ihrem Zimmer hinauf und fiel kurz darauf in einen tiefen Schlaf.

Es war bereits dunkel. Wie lange hatte sie geschlafen? Verschlafen drehte Mel den Kopf und versuchte aus dem Fenster zu schauen. Oh nein, sie hatte doch nicht das Abendessen mit Fynn verschlafen? Erschrocken rollte sie sich zur Seite und blickte auf ihren Wecker. 18 Uhr. Gott sei Dank! Erleichtert ließ sie sich zurück in die Kissen fallen. Sie hatte also noch genügend Zeit, sich zu duschen und für das Essen fertig zu machen. Genüsslich kuschelte sie sich in ihre Kissen und dachte an den vergangenen Vormittag. Wenn sie es recht überlegte, dann war es ein perfekter Vormittag gewesen, das Wiedersehen mit Pete, Ines und Amelie und dann der nette Plausch mit Fynn, der mit einem wunderschönen Kuss geendet hatte. Fynn war wirklich einfühlsam. Er hatte nichts von ihr gefordert, sondern einfach nur gegeben. Es war ein toller Kuss gewesen, auch wenn er sie nicht so eingenommen hatte, wie Arnos Küsse. Energisch schüttelte sie den Kopf. Arno hatte keinen Platz mehr in ihren Gedanken und es war egal wie sie sich in seinen Armen gefühlt hatte. Sie strich sich eine Strähne aus der Stirn. Ob Fynn sie heute Abend wieder küssen würde? Was sollte sie bloß anziehen? In ihrer Eile und dem Ziel, Amelie mit ihren Großeltern zu versöhnen, hatte sie wild einige Sachen in den Koffer gepackt. In Gedanken ging sie seinen Inhalt durch, der eigentlich nicht auf ein romantisches Abendessen ausgerichtet war. Vielleicht konnte sie ihren kurzen schwarzen Rock mit dem enganliegenden schwarzen Rolli anziehen? Dazu würden auch ihre schwarzen Pumps gut passen. Als Accessoire würde sie nur ihre langen silbernen Ohrringe tragen. Ja, schlicht und trotzdem elegant. Mal sehen, was Fynn dazu sagen würde. Sie spürte ein leichtes Kribbeln der Vorfreude und stand vergnügt auf.

Gerade befestigte sie ihren rechten Ohrring, als es zaghaft an ihrer Tür klopfte. Mel schrak zusammen. War das etwa Fynn? Doch es war Amelies Stimme, die leise durch die Tür drang.

„Melanie, bist du da?"

Erleichtert eilte Mel zur Tür und öffnete sie. Vor ihr stand Amelie. Ihr Gesicht strahlte und in der Hand trug sie eine Tüte, die mit allerlei Dingen vollgestopft war.

„Wie schön dich zu sehen. Magst du herein kommen? Es ist leider gerade etwas unordentlich."

„Danke, sehr gerne", erwiderte Amelie und ging an ihr vorbei ins Zimmer.

„Hast du ein Date? Du siehst so schick aus."

Mel blickte betont arglos an sich herunter. „Findest du? Fynn hat mich heute Abend zum Essen eingeladen, aber bitte behalt es für dich, sonst fühle ich mich wie siebzehn."

Amelie lachte hell auf. Ihre warme Stimme erfüllte den Raum.

„Ja, ich weiß was du meinst. Das muss wirklich nicht sein. Ich werde schweigen."

„Danke", antwortete Mel. „Aber nun erzähl, wie war es? Konntet ihr euch aussprechen?"

Amelie hatte sich auf den freien Stuhl am Fenster gesetzt und ihre langen Beine übereinander geschlagen.

„Ja, wir konnten über alles reden. Es war nicht einfach, aber wir haben nun alle verstanden, dass die alten Geschichten ruhen und wir uns eine neue Chance geben müssen." Sie blickte Mel schweigend an. „Du hattest übrigens Recht, er hat nie die Dinge gesagt, die meine Mutter mir erzählt hat. Das war wohl ihre Art der Rache."

„Das freut mich. Wirklich. Es war so schön, euch drei zusammen zu sehen."

„Ja, ich finde das auch. Omama hat mir dies hier für dich mitgegeben." Amelie zeigte bedeutungsschwer auf die volle Tüte. „Mehr Kekse und Kuchen hatte sie gerade nicht im Haus."

„Das soll alles für mich sein"? Mel schaute ungläubig auf die prall gefüllte Tasche neben Amelie.

„Ja, alles für dich. Ich habe übrigens mit Andrew telefoniert. Er lässt dir ausrichten, dass du wunderbar bist und du uns unbedingt in den Staaten besuchen musst."

„Das werde ich gerne irgendwann tun."

„Und ich möchte dir sagen, dass ich dir sehr viel schulde, Melanie. Wenn ich dir also irgendwie oder irgendwann helfen kann, dann sag es mir bitte."

Mel hob abwehrend die Hände. „Nein Amelie, du schuldest mir nichts. Aber ich hätte in der Tat eine Bitte. Meine Freundin Eva, durch deren Hilfe ich dich erst finden konnte, würde dich sehr gerne kontaktieren. Sie hat eine Galerie in Köln und ist sehr an deinen Bildern interessiert. Vielleicht darf sie dich anrufen?"

„Das ist alles, das ist deine Bitte? Du bist wirklich wundersam, Melanie." Sie schob ihr langes Haar hinter die Schulter. „Natürlich darf sie mich anrufen. Meine Nummer hast du."

„Schön. Sag mal, warum nennst du Pete eigentlich Petroschkaja? Hat er russische Wurzeln?"

Amelie schaute sie erst erstaunt an, dann brach sie in schallendes Lachen aus.

„Entschuldige, aber ich finde deine Frage sehr lustig. Nein, es gibt keine russischen Wurzeln. Mein Großvater war früher bei der Marine und hat mir immer Seemannsgeschichten erzählt. Ich habe diese Geschichten geliebt und dabei natürlich die Seemannskuchen meiner Großmutter gegessen. In einer seiner Geschichten war ein russischer Seemann namens Petroschkaja. Er war der Kapitän eines berühmten und gefürchteten Piratenschiffes, das hoch oben im Europäischen Nordmeer sein Unwesen trieb. Eines Tages, als er ein großes Wikingerschiff plünderte und die Besatzung des geenterten Schiffes gefesselt am Boden lag, hörte er das Schluchzen eines kleinen Mädchens. Suchend ging er durch das Schiff, aber er fand das Kind nicht. Üblicherweise verließen er und seine Leute das leer geraubte Schiff und überließen die gefesselten Menschen ihrem Schicksal. Der Gedanke, dass ein kleines Kind wegen ihm hilflos auf dem Meer herumtrieb, ließ ihn nicht los. Immer und immer wieder suchte er nach die Mädchen, aber er konnte es nicht finden. Da entschloss er sich, seine Leute zurück auf sein eigenes Boot zu beordern und ging zu dem gefesselten Kapitän. Schnell löste er die Fesseln und befreite den armen Mann.

„Beweg dich erst, wenn ich von Bord und mein Schiff außer Sicht ist, damit meine Leute nicht wieder zurückkommen."

Der Kapitän nickte vor Überraschung und tat wie ihm befohlen. Dann verließ Petroschkaja das Schiff und wendete schnell sein eigenes. Als sie sicheren Abstand gewonnen hatten, griff er nach seinem Fernrohr und suchte nach dem Schiff. Er stellte es scharf und sah, wie der Kapitän ein kleines Mädchen eng umschlungen auf dem Arm trug. Das rührte Petroschkaja und er gelobte, nie wieder ein Boot zu überfallen." Amelie machte eine kleine Pause. „Ich liebte diese Geschichte und die Wirkung von die kleine Mädchen auf Petroschkaja. Deshalb habe ich meinem Großvater diesen Kosenamen gegeben."

„Das ist wirklich eine wunderschöne Geschichte. Danke, dass du sie mir erzählst hast."

„No worries. Eigentlich wollte ich dir fragen was du heute Abend machst, aber die Frage hat sich erledigt", fügte Amelie mit einem schelmischen Blick hinzu. „Ich werde also alleine mit meinen Großeltern essen."

„Bitte grüß sie von mir und danke ihnen sehr herzlich für die Leckereien."

„Kein Problem", dabei stand Amelie auf. „ Da wir uns morgen früh vor deinem Abflug nicht mehr sehen können: vielen Dank für alles. Ich hoffe, wir sehen uns bald wieder." Sie umarmte Mel herzlich.

„Ich danke dir für dein Vertrauen. Es wäre wirklich schön, dich bald wiederzusehen." Amelie wischte eine Träne fort. „Take care." Und schon war sie in den Hotelflur getreten und hatte die Tür leise hinter sich ins Schloss gezogen.

## 20

„Also Kerstin, wirklich. Wie lange kennen Sie mich schon? Ich muss dringend mit Mel sprechen." Arno beugte sich zu Kerstin hinunter, dabei stützte er sich mit beiden Armen auf ihren Schreibtisch. Lächelnd blickte er sie an. In seinen Augen lag ein Flehen. Kerstin rutschte unsicher auf ihrem Stuhl zurück.

„Es tut mir wirklich leid, Arno. Mel will nicht gestört werden. Das hat sie klar gesagt." Sie zuckte entschuldigend mit den Schultern.

„Kerstin", Arnos Stimme senkte sich zu einem eindringlichen Flüstern. „Ich muss mit Mel sprechen und kann nicht warten, bis sie wieder zurück ist. Ich übernehme die volle Verantwortung, wenn sie sauer ist. Versprochen."

„Sie wird mir das nie verzeihen", flüsterte Kerstin hilflos.

„Sie geben mir die Info doch nur, weil ich Mel als Freund und nicht als Geschäftspartner dringend sprechen muss", beruhigte sie Arno. Er beugte sich noch etwas näher zu Kerstin herüber. „Es ist ein Notfall, Kerstin. Ehrlich." Jedes Wort sprach er bedeutungsvoll aus."

Kerstin biss sich verzweifelt auf die Lippen. Ihr Hals war übersäht von hektischen roten Flecken, doch sie sagte nichts.

Es hatte keinen Sinn. Resigniert wich Arno zurück und fuhr sich hilflos mit der Hand durchs Haar.

„Ok, vergessen Sie es einfach", seine Stimme klang müde. Er drehte sich um und griff nach der Türklinke.

„Warten Sie, Arno", Kerstin war aufgesprungen.

Schweigend fuhr Arno herum und schaute sie abwartend an.

„Aber nur weil es ein echter Notfall ist, sage ich Ihnen, wo sie ist."

„Klar doch." Sofort war er einen Schritt näher auf Kerstin zugegangen.

„Sie ist im Hotel Sanddorn auf Amrum."

Auf Arnos Gesicht breitete sich ein erleichtertes Lächeln aus. Er konnte es kaum fassen, dass Kerstin ihm endlich Mels Aufenthaltsort verraten hatte. Unzählige Telefonate und beschwichtigendes auf sie Einreden hatten alles nichts genutzt. Was auch immer sie umgestimmt hatte, er war unendlich erleichtert. Spontan griff er nach Kerstins Schulter und drückte ihr einen Kuss auf die Wange.

„Danke, Kerstin. Sie haben mir unglaublich geholfen."

Ohne eine Reaktion der völlig überraschten Sekretärin abzuwarten, stürmte er bereits durch die geöffnete Bürotür.

Die Ampel konnte jetzt wirklich mal auf grün umschalten. Ungeduldig tippte Arno mit seinen Fingern auf das Lenkrad. Er war die letzten Stunden wie im Rausch gewesen. In Windeseile hatte er seine Sachen gepackt, sich ins Auto gesetzt und war in Richtung Norden gefahren. Jetzt, fast zehn Stunden später, wollte er nur noch ankommen, falls diese dämliche Ampel ihn auch ließ. Genervt blickte er auf das durchdringende Rot, das sich gehorsam auf Gelb umschaltete. Sofort heulte Arnos Motor auf und der rote Sportwagen setzte sich mit quietschenden Reifen in Bewegung, nur um sich keine zwei Kilometer weiter in eine lange Autoschlange vor den Fähren einzureihen. Arno sprang aus dem Auto und rannte zum Ticketschalter, wo bereits einige andere Autofahrer geduldig warteten. Das war wirklich zum verrückt werden. Sein Blick schweifte gehetzt umher und blieb an einer grauen Maschine an der ungeschützten Außenwand des Kiosks hängen. Schnell rannte er dorthin und drückte erleichtert die Eingabeknöpfe. Plötzlich prasselten dicke Tropfen auf ihn hinab, doch das war ihm egal. Hauptsache er bekam noch die nächste Fähre. Schnell steckte er das Ticket in die Hosentasche, um es vor dem Regen zu schützen. Dann rannte er so schnell er konnte zurück zum Auto und ließ sich erleichtert hinter das Steuer gleiten.

Es war genau zwei Minuten nach acht, als sie durch die Eingangstür des Hotels in die Dunkelheit trat. Suchend blickte Mel die Straße hinauf, aber von Fynn war nichts zu sehen. Hatte er sie vergessen?
„Kein Grund traurig zu sein, ich bin hier."
Mel fuhr zusammen, als Fynn sich langsam aus dem Schatten der Straßenlaterne löste und auf sie zukam. „Ich habe den Wagen an der Ecke geparkt", beantwortete er ihre unausgesprochene Frage. Sie war ebenso auf ihn zugegangen und lächelte ihn kopfschüttelnd an.
„Darf ich dir meinen Arm anbieten, schöne Frau, und dich aus dem Einzugsbereich meiner Eltern entführen?" Mit einem spitzbübischen Grinsen hielt er ihr seinen Arm entgegen.
„Sehr gerne." Mel hakte sich unter. Erst jetzt wurde ihr bewusst, wie klein sie neben Fynn wirkte, dem sie selbst mit ihren Absätzen nur bis zur Schulter reichte. Seine tiefe Stimme unterbrach ihre Gedanken.
„Konntest du dich noch ein wenig ausruhen?"
„Oh ja", sie lachte belustigt auf. „Ich habe geschlafen wie ein Stein und fühle mich jetzt wieder richtig fit."
„Sehr gut."

Als er den Motor startete, warf er einen kurzen Blick zu Mel hinüber und fuhr sich mit der Hand durchs Haar.

„Ich habe mir gedacht, dass wir heute Abend nicht bei mir, sondern in meinem Fotostudio essen." Ohne Mels Reaktion abzuwarten, fuhr er fort: „Du mochtest die Fotografien so gerne. Und da ich einen besonderen Ort für unser Essen wählen wollte, habe ich mich gegen meine unordentliche Wohnung entschieden. Ich hoffe, das ist ok für dich."

„Absolut. Ich habe noch nie in einem Fotoatelier gepicknickt."

„Wer hat denn etwas von Picknick erzählt?" Fynn schaute sie betont irritiert an.

„Ich dachte ja nur. Entschuldige."

Er grinste breit. „Angenommen."

Zehn Minuten später hielt er mit quietschenden Reifen an. „So, da sind wir auch schon. Ein weiterer Vorteil hier zu essen ist, dass wir nun keine Parkplatzprobleme haben." Dabei parkte er den Wagen ungeniert direkt vor seinem Atelier und öffnete Mel zuerst galant die Auto-, dann die Ateliertür.

„Herein spaziert." Er machte eine weit ausholende Geste und Mel betrat den erleuchteten Raum.

Vor Erstaunen blieb sie wie angewurzelt auf der Schwelle stehen. Unzählige meterhohe Vasen mit dicken weißen Christrosen waren im ganzen Raum verteilt. Ihre hellen Farben bildeten einen edlen Rahmen für die übergroßen Farbfotografien. In der Mitte des Raumes stand ein festlich gedeckter Tisch, dessen langes Tischtuch bis auf den Boden reichte und von zwei an den Kopfenden stehenden dunklen Holzstühlen eingerahmt war. Auf dem Tisch lagen weiße Rosenblätter verstreut und drei dicke blaue Kerzen warteten darauf angezündet zu werden.

„Gefällt es dir?"

Mel blickte überwältigt zu Fynn. „Gefallen ist gar kein Ausdruck. Es ist fantastisch."

„Das ist doch schon mal ein guter Start. Komm, gib mir erst einmal deine Jacke. Dann kannst du dich in aller Ruhe umsehen, während ich die Kerzen anzünde und uns einen Aperitif hole."

„Entschuldige, ich habe ganz vergessen, dass ich immer noch in der offenen Tür stehe." Schnell trat sie einen Schritt nach vorn, damit Fynn die Tür ins Schloss drücken konnte. Dann streifte sie ihre Jacke ab und reichte sie ihm. Sein Blick glitt anerkennend an ihr herab.

„Wow. Du siehst toll aus."

„Danke", antwortete Mel schlicht, doch sie freute sich über sein Kompliment.

Erleichtert schaltete er die Autoscheinwerfer aus und schaute auf das weiße Backsteinhaus vor ihm. Er hatte sie nun endlich gefunden. Nun würde er ihr keine Ausreden mehr zubilligen, sie musste ihn anhören. Und selbst wenn sie nicht alleine war, davon ließ er sich nicht abhalten. Nicht jetzt. Er war schließlich nicht den ganzen Weg umsonst gefahren. Mit diesem Entschluss stieg Arno aus, öffnete den Kofferraum und griff nach seiner Reisetasche. Mit weit ausholendem Schritt betrat er die verwaiste Hotelhalle. Suchend blickte er sich um. Nichts rührte sich, so dass er vorsichtig die Klingel drückte. Ein scheppernder Ton zerriss die Stille. Plötzlich näherte sich das schnelle Klacken von

Absätzen, bevor eine grauhaarige Frau Mitte Sechzig durch die Tür trat.

„Entschuldigen Sie bitte, ich war gerade in der Küche. Herzlich willkommen auf Amrum. Ich bin Frau Sanddorn. Meinem Mann und mir gehört dieses Hotel. Ich nehme an, Sie sind Herr Andersen?" Sie legte ihren Kopf leicht schief und strahlte Arno an. Er lächelte ergeben.

„Richtig, der bin ich."

„Wie schön, dass Sie sich für unser Hotel entschieden haben. Hatten Sie eine gute Anreise? Das Wetter ist ja heute ausgesprochen schön, da sollte die Überfahrt ruhig gewesen sein."
Arno dachte an den Regenschauer, nickte aber zustimmend. „Ja, mit dem Wetter habe ich richtig Glück gehabt."

Sie schob ihm einen kleinen Block mit Stift entgegen. „Wenn Sie mir dies bitte ausfüllen?" Und mit einem resignierten Schulterzucken fügte sie hinzu: „Vorschrift."

„Kein Problem." Arno griff nach dem Stift und füllte schnell den Fragebogen aus. Als er aufblickte, baumelte bereits der Zimmerschlüssel vor seinem Auge.

„Hier ist er schon", lachte Frau Sanddorn. „Kommen Sie, ich zeige Ihnen Ihr Zimmer. Es ist im ersten Stock." Ihr Blick wanderte zu seiner Reisetasche. „Brauchen Sie Hilfe mit dem Gepäck? Dann rufe ich schnell meinen Mann."

„Vielen Dank, aber ich habe nur diese Reisetasche mit."

Sie nickte erleichtert.

„Gut, dann kommen Sie. Sie sind ja bestimmt ganz müde von der langen Reise."

„Ehrlich gesagt, schon. Es war ziemlich viel Verkehr auf der Autobahn. Ich bin übrigens durch eine Freundin auf Ihr Hotel aufmerksam geworden, Frau Lessing. Ich glaube, sie ist auch im Moment Gast bei Ihnen."

Abrupt blieb Fynns Mutter stehen und drehte sich zu ihm um. Mit zusammen gekniffenen Augen starrte sie Arno prüfend an. Ihm wurde zunehmend unwohl.

„Es ist wirklich so. Ich bin mit Frau Lessing schon seit Studienzeiten gut befreundet und wir arbeiten sogar zusammen. Und wegen eines wichtigen gemeinsamen Projektes muss ich ganz dringend mit ihr sprechen." Er erwiderte fast flehentlich den prüfenden Blick der Hotelbesitzerin, der sich langsam milderte. Dann lächelte sie ihm freundlich zu. „Ja, Frau Lessing ist in der Tat unser Gast. Und sie ist wirklich ein ausgesprochen netter Gast", fügte sie mit Bestimmtheit hinzu.

„Das kann ich mir gut vorstellen", nickte Arno zustimmend und unterdrückte das mulmige Gefühl, das sich in ihm regte. „Ist sie denn da? Vielleicht kann ich gleich mit ihr sprechen?"

„Oh, das tut mir leid. Ihr Schlüssel hängt zwar nicht an der Rezeption, aber sie ist momentan außer Haus."

Arno stieß einen leisen Seufzer aus. „Kein Problem", antwortete er betont gelassen. „Dann mache ich mich erst einmal frisch und warte einfach in der Hotelhalle auf sie.

„Tun Sie das. Sie finden dort auch unsere Barkarte."

„Das klingt verlockend." Er war erleichtert, als sie ihm mit ausholender Geste die Zimmertür öffnete und ihm den Schlüssel in die Hand drückte.

„Dann ruhen Sie sich erst einmal aus. Ich sehe Sie unten." Sie nickte ihm noch einmal lächelnd zu und ging zurück zur Treppe. Müde trat Arno ins Zimmer, schloss leise die Tür und setzte seine Tasche ab. Er blickte auf seine Armbanduhr. Am besten er duschte rasch und setzte sich dann mit seinem Laptop in die Halle, damit er Mel nicht verpasste. Endlich, endlich würde er ihr alles sagen können. Der bloße Gedanke verlieh ihm Energie und schnell zog er den Reißverschluss seiner Reisetasche auf.

Das weiche Licht des Raumes gefiel ihr. Sie schloss genießerisch die Augen und lauschte den leisen Bluesklängen, die von Fynns Geschirrklappern untermalt wurden. Verträumt drehte sie den Kopf langsam erst nach links, dann nach rechts. Wahrscheinlich war ihr der Champagner ein wenig zu Kopf gestiegen. Vor ihrem Auge erschien wieder Fynn mit zwei Champagnergläsern in der Hand. Wie er da in seinem dunkelblauen Hemd, passend zur Jeans und mit seinem strahlenden Lächeln auf sie zugekommen war, hatte sie sich wie im Märchen gefühlt. Aber es war ja auch wie im Märchen. Langsam öffnete sie die Augen und blickte auf die blauen zugezogenen Vorhänge, die dem Raum Schutz verliehen und die Realität ausschlossen. Und das war gut so. Sie wollte jetzt nicht daran denken, dass sie morgen früh abreiste. Sie wollte nicht an ihre leere Wohnung und an ihr Leben in München denken. Sie wollte den heutigen Abend einfach genießen. Und Fynn tat wirklich alles, damit dieser Abend unvergesslich blieb. Das Sushi als Vorspeise schmeckte ausgezeichnet und der anschließende Hauptgang mit seinem in Papier gebackenem Fisch auf Gemüse zerfloss förmlich auf der Zunge. Nun wartete sie gespannt auf das Dessert. Gedankenverloren griff sie nach ihrem Glas und trank den letzten Schluck Champagner.

„So, hier kommt der süße Abschluss." Vorsichtig balancierte Fynn zwei Teller mit kleinen braunen Gratin Töpfen, in denen brennende Wunderkerzen steckten.

„Ich bin überwältigt."

„Das glaube ich dir gern", lachte er. „Aber warte lieber ab, bis du dein Dessert gekostet hast."

Erleichtert platzierte er beide Teller und setzte sich Mel gegenüber. Dann griff er zur Champagnerflasche und füllte erneut ihr Glas.

„Nicht so viel, bitte. Ich glaube, ich habe schon einen Schwips." Sie winkte entschuldigend ab.

„Ein Schwips ist völlig in Ordnung. Heute ist dein letzter Urlaubstag hier, also feiern wir ihn gebührend." Er hob sein Glas und Mel stieß lächelnd mit ihm an.

„Danke für das wundervolle Abendessen. Ich habe jede Minute davon genossen."

„Das freut mich, aber es ist ja noch nicht vorbei. Ich hoffe, du genießt den Rest auch." Dabei zog er eine Augenbraue vielsagend in die Höhe und trank einen Schluck.

Frustriert blickte Arno auf seine Uhr. Es war schon Mitternacht und Mel war immer noch nicht zurück. Er saß seit Stunden in der Hotelhalle. Langsam fielen ihm die Augen zu. Selbst die Hotelbesitzer hatten sich schon vor einer Weile verabschiedet. Er musste halt bis morgen warten. Schließlich entschied sein Gespräch mit Mel über ihr zukünftiges gemeinsames Leben, falls es noch nicht zu spät dazu war. Resigniert fuhr er seinen PC hinunter und stieg mit schwerem Schritt die Treppe zu seinem Zimmer hinauf.

Mel lehnte sich entspannt zurück. Leise Bluesklänge erfüllten den Raum, als Fynn sich plötzlich erhob.

„Darf ich dich zum Tanz auffordern?" Er blickte fragend auf sie herunter.

Mel schaute ihn völlig überrascht an.

„Es sieht uns auch niemand. Bitte." Er streckte ihr seine Hand entgegen, die sie zögernd ergriff.

„Na dann", meinte sie nur und erhob sich. Sanft zog Fynn sie an sich und legte seinen Arm um sie. Schweigend bewegten sie sich im Takt der Musik. Als sie zu ihm aufblickte, lächelte er sie warm an und drehte sie behutsam um sich selbst, bevor er sie wieder sanft an sich zog.

„Du hast mich verzaubert, Melanie". Seine gedämpfte Stimme schwappte wie Wellen an ihr Ohr. In seinen Augen lag ein undefinierbares Funkeln. Langsam beugte er sich zu ihr herunter.

„Fynn, ich", setzte Mel plötzlich an.

„Psst", flüsterte er. „Ich verlange kein morgen von dir, das du heute nicht geben kannst. Ich bitte nur um diesen Moment, diesen einen Moment". Dabei war er ihr so nah gekommen, dass sich nur wenige Millimeter zwischen ihren Gesichtern befanden. Langsam küsste er sie zärtlich auf die Stirn. „Nur diesen einen Moment", murmelte er, bevor er einen Kuss auf ihre Nasenspitze hauchte. Dann beugte er sich tiefer zu ihr und küsste sie zärtlich auf den Mund. Zuerst ganz zaghaft. Dabei zog er Mel sanft an sich heran. Als sie ihre Hand leicht auf seinen Rücken legte, küsste er sie leidenschaftlich. Ein Kribbeln lief ihr über den Rücken und sie schmiegte sich unbewusst näher an Fynn, der die unausgesprochene Forderung verstand. Sie ließ sich tragen von diesem Kuss, sie schwamm auf einer Welle in ein schönes unbekanntes Land. Doch plötzlich sah sie Arnos Gesicht vor sich. Ein schmerzhaftes Ziehen in der Magengegend riss sie mit Gewalt zurück in die Gegenwart. Schlagartig war alle Magie verflogen. Vorsichtig entzog sie sich Fynn.

„Fynn, ich kann nicht." Sie wich einen weiteren Schritt zurück und wagte nicht, Fynn anzuschauen, der sie überrascht beobachtete.

„Bitte entschuldige, aber ich bin einfach noch nicht so weit. Ich brauche mehr Zeit." Sie blickte ihn entschuldigend an. In ihrem Blick lag ein Flehen, dass er sie verstehen und ihr verzeihen möge. Schweigend trat Fynn einen Schritt auf sie zu und strich ihr sanft über die Wange. „Klar, kein Problem", sagte er nur, doch sein Blick drückte Enttäuschung aus. „Es war ein absolut perfekter Moment. Einfach unvergesslich. Danke." Seine Hand berührte leicht ihren Arm, dann griff er sanft nach Mels Hand.

Sie lächelte scheu. „Danke, Fynn."

„Komm, lass uns noch ein letztes Glas Champagner trinken. Dann fahr ich dich zurück zum Hotel. Bitte."

„Ja, gerne", stimmte Mel erleichtert zu.

21

Das Surren neben ihrem Kopf hörte einfach nicht auf. Entnervt drehte Mel sich zur Seite und schlug auf den Snoozeknopf ihres Weckers. Sie kniff die Augen zusammen und starrte auf das Ziffernblatt. Sieben Uhr. Warum um Himmels Willen hatte sie den Wecker so früh gestellt? Am besten sie schlief sich einfach aus. Genüsslich kuschelte sie sich in ihre Kissen. Heute wollte sie doch nur abreisen. Kaum hatte sie dies gedacht, riss sie die Augen weit auf. Abreisen, dazu musste sie die Fähre nehmen, sonst käme sie heute nicht mehr in München an. Ach ja, sie wollte vorher noch zum Strand. Deswegen die unmenschliche Weckzeit. Verschlafen rieb sie sich die Augen und dachte an den gestrigen Abend. Ein verträumtes Lächeln umspielte ihren Mund. Was für ein Abend: ein wunderschönes Ambiente, ein tolles Essen, ein romantischer Tanz, ein feuriger Kuss und ein verständnisvoller Fynn. Keine Vorwürfe waren über seine Lippen gekommen, stattdessen hatte er sich bei ihr für den Kuss bedankt. Zum Abschluss hatten sie noch gemeinsam die Champagnerflasche geleert und sich entspannt unterhalten, bevor er sie weit nach Mitternacht zurück zum Hotel gebracht hatte. Zum Abschied hatte er sie freundschaftlich umarmt und ihr einen Abschiedskuss auf die Wange gegeben. Ach, es könnte alles so schön sein, wenn sie doch schon über Arno hinweg wäre und sich in Fynn verlieben könnte. Wahrscheinlich brauchte sie wirklich noch etwas Zeit. Apropos Zeit, nun wurde es wirklich Zeit aufzustehen, wenn sie noch an den Strand wollte. Entschlossen warf sie die Bettdecke zurück und eilte ins Badezimmer.

Eine Stunde später griff sie nach ihrer Windjacke und schaute sich kurz im Zimmer um. Ihr Koffer stand gepackt neben dem Bett und das Zimmer war reisefertig aufgeräumt. Nun konnte sie endlich zum Strand. Gut gelaunt öffnete sie die Tür und eilte die Treppe hinunter und durch die Eingangshalle. Sie dankte dem Himmel, dass niemand zu sehen war und sie aufhielt. Fröhlich ging sie die Straße hinunter und berührte kurz darauf mit ihren Füßen den kühlen Sand. Weit und breit war niemand außer ihr zu sehen. Das klare Blau des frühmorgendlichen Himmels schien auf das ruhige Meer. Sie schloss die Augen und genoss das Spiel des

Windes mit ihren Haaren. Tief sog sie die Meeresluft ein und schlenderte von seichten Wellen umspült am Strand entlang. Welch ein Geschenk, dass sie so unverhofft wieder auf die Insel kommen konnte und so wunderbare und herzliche Momente erleben durfte. Jeden einzelnen Augenblick dieser Reise wollte sie für immer in ihrer Erinnerung einbrennen, sie wollte sich an jedes einzelne Detail erinnern, wenn sie in ihrem leeren Leben in München war. Das würde ihr Kraft und Mut verleihen. Und vielleicht konnte sie an einem freien Wochenende wieder hierher kommen. Hier wurde sie geschätzt und gemocht. Der Gedanke an München legte sich wie ein bleierner Umhang um sie. Die Last der Leere, der Einsamkeit und der notwendigen Disziplin, wollte sie ihr Leben in die Hand nehmen und trotz der tiefen Verletzungen weiter mit Arno zusammen arbeiten, wogen schwer. Was hieß aber wollte? Sie brauchte Arnos Aufträge und konnte es sich nicht leisten, seine Projekte abzulehnen. Resigniert setzte sie sich in den Sand, zog ihre Beine dicht zu sich heran, schlang die Arme um sie und stützte ihr Kinn auf die Knie. Wenn sie doch nur wüsste, wie sie Arno begegnen konnte, ohne dass seine bloße Anwesenheit die schmerzhafte Wunde wieder aufriss. Der Anblick der morgendlichen Sonnenstrahlen, die sich auf der Meeresoberfläche spiegelten, beruhigten sie und verliehen ihr auf sanfte Weise neuen Mut. Wie hatte Pete es ihr doch so anschaulich erklärt? Sie musste ihren Schmerz akzeptieren, der wie die wogenden Wellen in regelmäßigen Abständen zu ihr kommen würde, ein zuverlässiger Begleiter. Wichtig war nur, dass sie die Abstände zwischen den Wellen erkannte und sie mit Freude ausfüllte. Ihre Zeit auf Amrum bewies ihr, dass es möglich war, unbeschwerte und glückliche Momente zu verleben und neue Menschen kennenzulernen. Gut, sie war noch nicht bereit, sich auf eine Beziehung einzulassen, aber die Zeit würde ihr helfen. Irgendwann, ja irgendwann würde sie hoffentlich wieder jemanden lieben können. Auch wenn es nie wieder so sein würde wie ihre Liebe zu Arno.

Gut gelaunt nahm er die letzten zwei Treppenstufen und betrat den Frühstücksraum, in dem Frau Sanddorn gerade zwei Tische neu eindeckte.

„Guten Morgen", begrüßte Arno sie fröhlich.

„Guten Morgen, Herr Andersen, haben Sie gut geschlafen?"

„Ja, ich habe tief und fest geschlafen." Er schaute sich in dem gemütlichen Zimmer um. Die einzelnen kleinen Tischchen waren frisch eingedeckt und an der rechten Zimmerwand befand sich ein üppiges Frühstücksbuffet.

„Sehr gut", nickte sie zufrieden. „Sie sind heute nämlich mein erster Frühstücksgast."

Genau das hatte er hören wollen. Der Tag fing zum Glück viel besser an als der vergangene Abend geendet hatte. Arno schenkte ihr ein charmantes Lächeln und nahm an einem kleinen Tisch am Fenster Platz. Er war extra so früh aufgestanden, um Mel ja nicht zu verpassen.

„Dann warte ich auf Frau Lessing", antwortete er und lehnte sich entspannt auf seinem Stuhl zurück.

Frau Sanddorn schüttelte entschuldigend den Kopf. „Das glaube ich kaum, denn sie ist heute Morgen schon sehr früh aus dem Haus." Und missbilligend fügte sie hinzu: „Ohne Frühstück."

„Ist sie abgereist?" aus Arnos Gesicht war jede Fröhlichkeit gewichen. Entsetzt schaute er die ältere Frau an.

„Ich glaube, sie ist zum Strand gegangen."

Arno war mit einem Satz aufgestanden. „Wie komme ich zum Strand? Ist es weit?"

Als er ihr überraschtes Gesicht sah, fügte er erklärend hinzu: „Ich muss sie wirklich dringend sprechen."

„Sie müssen nur die Straße hinunter gehen, über die Ampel und weiter der Straße folgen, dann sind sie schon da."

„Gut. Ich muss sofort los. Bitte entschuldigen Sie mich." Bei diesen Worten hatte er nach seinem Pullover gegriffen, den er über die Stuhllehne gehängt hatte und eilte zur Tür, wo er sich noch einmal kurz umdrehte.

„Vielen Dank für den Tipp." Und schon war er in Richtung Hoteleingang verschwunden. Er stürmte regelrecht aus dem Hotel. Auf der Straße beschleunigte er seinen Schritt bis er den letzten Kilometer zum Strand lief. Es war wie ein Sog, der ihn immer schneller dorthin zog. Er durfte Mel dieses Mal nicht entwischen lassen, er musste mit ihr reden, hier und jetzt. Als er die letzte Straßenbiegung hinter sich ließ, sah er den Strand. Kurz blieb er stehen und holte Luft. Schließlich wollte er Mel nicht völlig außer Atem gegenüber stehen. Mit großen Schritten näherte er sich der Treppe, die hinunter zum Strand führte und schaute sich suchend um. Der Strand lag noch verwaist vor ihm, die einzelnen Strandkörbe standen verschlossen in der Bucht, und von Touristen war weit und breit keine Spur zu entdecken. Er kniff die Augen zusammen, um bei dem grellen Licht überhaupt etwas sehen zu können. Plötzlich hielt er inne, am Ende des Strandes, wo kein Strandkorb mehr stand, saß jemand im Sand und schaute gebannt auf das Meer hinaus. Es war eine Frau, deren langes dunkles Haar locker im Wind wehte. Nein, es war nicht irgendeine Frau, es war Mel! Schnell zog er sich die Schuhe aus und eilte die Treppe hinunter und den Strand entlang.

Eine Bewegung aus den Augenwinkeln riss sie aus ihren Gedanken. Jemand spazierte am Strand, nein, er rannte zielsicher in ihre Richtung. Die Sonne blendete sie und Mel hob eine Hand über die Augen, um besser sehen zu können. Sie erschrak. Das gab es doch nicht. Das konnte nicht möglich sein. Ungläubig starrte sie dem Mann entgegen. Was machte Arno hier am Strand? Plötzlich realisierte sie, was sie gerade sah und sprang auf. Schützend verschränkte sie ihre Arme vor sich.
„Guten Morgen", rief er und winkte ihr fröhlich zu.
Mel regte sich nicht und starrte ihn wie hypnotisiert über die wenigen Meter, die sie noch voneinander trennten, an. Der Wind spielte mit ihren Haaren und wehte ihr frech eine Strähne ins Gesicht. Doch sie ignorierte es.
„Was machst du hier?" fragte sie ihn brüsk.
„Das ist eine lange Geschichte." Arno strich sich nervös durchs Haar und lächelte Mel scheu an.
„Ich habe glücklicherweise das Unmögliche möglich gemacht und dich endlich gefunden. Das war wirklich Schwerstarbeit."
Mel schwieg eisig und schaute ihn aus ihren haselnussbraunen Augen abwartend an. Wie sie so barfuß vor ihm stand, reichte sie ihm noch nicht einmal bis zur Schulter und er verspürte plötzlich das unbändige Verlangen, sie einfach in die Arme zu schließen und nie wieder los zu lassen. Ja, er liebte Mel, nur wie machte er ihr dies klar?
„Ich bin schon gestern Abend angekommen, allerdings habe ich dich leider verpasst. Heute Morgen bin ich sogar extra früh

aufgestanden, um dich beim Frühstück zu erwischen, aber du warst wieder einmal schneller. Glücklicherweise konnte mir Frau Sanddorn sagen, wie ich zum Strand finde und da bin ich." Er streckte beide Arme zum Beweis von sich.

„Warum?"

„Was warum?"

„Warum bist du hier? Warum all dieser Aufwand? Was ist passiert?"

„Weil ich mit dir reden muss."

Mel atmete hörbar aus und schaute hinaus aufs Meer. „Ich habe dir schon in München gesagt, dass alles gesagt ist. Akzeptier das bitte. Es tut mir leid, aber dein ganzer Aufwand war umsonst." Dabei bückte sie sich, griff nach ihren Schuhen und wandte sich zum Gehen.

Panik stieg in Arno auf. Jetzt oder nie. „Oh nein, es ist noch lange nicht alles gesagt und du wirst jetzt nirgendwo hingehen, bevor wir nicht miteinander gesprochen haben."

Irritiert drehte Mel sich um. Ihr Gesicht hatte einen verschlossenen Ausdruck angenommen und ihre Lippen waren fest aufeinander gepresst. „Ich habe dir aber nichts mehr zu sagen", stieß sie hervor.

„Das ist mir egal", polterte Arno. „Bisher hast immer nur du geredet und entschieden. So geht das aber nicht in einer Beziehung. Da muss man miteinander reden."

Mel lachte zynisch auf. „Träumst du oder hast du zu viel Sonne abbekommen? Wir sind in keiner Beziehung und deswegen muss ich dir nicht zuhören. Ich muss nämlich überhaupt gar nichts, verstehst du? Ich bin frei und mein Leben gehört mir. Was war, das war und ist Teil der Vergangenheit und nicht der Gegenwart, geschweige denn der Zukunft." Energisch drehte sie sich um und eilte davon.

Plötzlich wurde sie von hinten am Arm gefasst und herum gewirbelt. Entsetzt schrie Mel auf. Arno stand direkt vor ihr. Sein eiserner Handgriff umfasste ihren Arm und er blickte wütend auf sie herab.

„Du tust mir weh", fauchte sie. Sofort ließ er ihren Arm los.

„Entschuldige, das wollte ich nicht. Aber du musst mir zuhören."

Mel wollte nur noch weg und drehte sich einfach um. Doch kaum war sie zwei Schritte gegangen, schlossen sich von hinten zwei Arme um sie, wirbelten sie herum und wenige Sekunden später warf Arno sie über seine Schulter.

„Lass mich sofort herunter." Sie trommelte mit ihren Fäusten heftig gegen seinen Rücken.

„Ich denke ja gar nicht daran, auch wenn du mir noch so viele blaue Flecken machst. Sobald du festen Boden unter den Füßen hast, rennst du wieder davon. Ich bin diese Spielchen jetzt wirklich leid." Seine Stimme klang bestimmt und bebte vor Wut. Mel ignorierte diesen Ton, der keine Widerrede zuließ.

„Lass mich herunter." Sie trommelte weiter mit ihren Fäusten gegen seinen Rücken.

„Nur, wenn du versprichst nicht wegzulaufen."

„Ok, versprochen." Erleichtert spürte sie, wie Arno sie vorsichtig herunterließ und der weiche Sand ihre Füße umgab.

Wütend schaute sie zu ihm auf. „Ich gebe dir genau zwei Minuten", stellte sie klar und verschränkte die Arme vor der Brust.

„Okay." Nervös fuhr er sich mit der Hand durchs Haar und blickte kurz aufs Meer hinaus. „Mir ist in den letzten Tagen einiges klar geworden. Du warst für mich immer meine beste Freundin und ich wollte dich nie verlieren. Aber dann haben wir miteinander geschlafen und ich dachte, dass ich dadurch alles kaputt gemacht habe und nur deshalb habe ich mich bei dir entschuldigt."

„Das sagtest du alles schon." Mels Stimme klang hart, doch ihre Augen füllten sich mit Tränen.

„Aber das ist noch nicht alles. Als du einfach so aus meinem Leben verschwunden bist, da wurde mir klar, dass ich ohne dich weder sein kann, noch will, Mel, denn ich liebe dich."

Mel schüttelte den Kopf und hob abwehrend die Hände. „Nein, nein, du liebst mich nicht. Sag es daher auch nicht, nur um unsere Freundschaft zu retten." Heiße Tränen rannen über ihre Wangen und sie wandte sich ab.

„Mel, ich meine es ernst."

„Nein, das stimmt nicht."

„Doch", Arnos Stimme klang ungehalten.

Sie drehte sich impulsiv um. „Das ist eine Lüge."

Er trat einen Schritt näher auf sie zu und umfasste ihre beiden Arme. „Woher nimmst du das Recht mir zu sagen, meine Gefühle für dich seien eine Lüge?" Sie hörte den Zorn in seiner Stimme. Er schüttelte sie leicht. „Woher, wenn ich fragen darf?"

Stolz reckte sie ihm ihr Kinn entgegen und schaute ihn mit tränenüberströmten Gesicht an. „Du hast es selbst gesagt."

„Bitte was?" fragte er ungläubig.

„Damals, du hast es gesagt", stammelte Mel. Plötzlich brach der gesamte Schmerz, der sich all die Jahre aufgestaut hatte, über sie herein und sie sackte zusammen. Sofort nahm Arno sie in den Arm und drückte sie sanft an sich. Beruhigend strich er über ihr

Haar, das sanft durch seine Hände glitt. Schluchzend ließ sie es geschehen, sie hatte keine Kraft mehr, weder sich zu kontrollieren, noch Arno von sich zu schieben. Sie spürte wie er vorsichtig mit ihr in den Sand sank. Dabei hielt er sie weiterhin fest im Arm. Der ganze angestaute Schmerz brach wie eine Riesenwelle über sie herein, der sie nichts entgegenzusetzen hatte.
„Mel, ich verstehe nicht, was du meinst. Bitte erkläre es mir."
„Damals nach der Statik Klausur warst du mit Christopher und den anderen draußen vor dem Unigebäude", schluchzte sie. „Ich kam gerade aus der Bibliothek, aber ihr habt mich nicht gesehen. Irgendjemand neckte dich und zog dich mit unserer Freundschaft auf. Du lachtest und sagtest, dass das völliger Quatsch sei und für dich nur eine richtige Frau in Frage käme." Ihr Mundwinkel verzog sich abfällig. „Dabei hast du auf eine langbeinige blonde Studentin gezeigt." Sie strich sich über die Augen und schaute aufs Meer hinaus. Arno anzuschauen traute sie sich nicht, vor allem, da er nichts sagte.
„Ist das der Grund, warum du dich von mir zurückgezogen hast, damals? Weil du einfach deine Schlüsse gezogen hast, ohne mit mir zu sprechen?"
Mel zuckte ungeduldig mit den Schultern. „Du hättest genau dasselbe getan."
„Vermutlich, aber es war falsch. Du warst mir einfach zu wichtig, als dass man über dich Witze reißen sollte."
Verletzt drehte sie sich zu ihm um: „Ach so, also ist es deiner Meinung nach besser, als unweiblich hingestellt zu werden und eine mögliche Beziehung einfach zu verleugnen? Verstehe." Zorn stieg in ihr auf. „Weißt du was, es ist egal. Aus und vorbei."

„Nichts ist aus und vorbei, Mel. Hast du nicht gehört, was ich dir eben gesagt habe? Ich liebe dich. Ich habe dich schon so lange geliebt, nur habe ich es vorher nicht realisiert. Aber nun weiß ich es. Ich will nicht mehr ohne dich sein, ich will mit dir zusammen leben, verstehst du das denn nicht?"

„Du hast gesagt es war ein Fehler."

„Vergiss, was ich gesagt habe, alles, was ich gesagt habe, war ein Fehler. Verflixt Mel, was muss ich denn tun, dass du es verstehst?"

Sie blickte ihn schweigend an. Ihr Blick drückte Unsicherheit aus und suchte lange in seinen Augen nach Antwort, nach Bestätigung und der Wahrhaftigkeit seiner Worte. Jede Sekunde war für ihn unerträglich, denn er spürte, dass sie über alles entscheiden würde. Mit aller Disziplin zwang er sich zu warten und Mel die Zeit zu geben, die sie brauchte. Sein Mut sank mit jeder Sekunde, in der Mel schwieg. Nach einer gefühlten Ewigkeit schien sie endlich die Antwort, die sie suchte, gefunden zu haben, denn wandte sie den Kopf ab und blickte erneut aufs Meer. Arno schloss für einen Augenblick resigniert die Augen. War jetzt alles vorbei?

„Sag und zeig es richtig", murmelte sie.

Überrascht öffnete er die Augen. Als ihre Worte endlich in sein Bewusstsein drangen, kniete er sich ihr gegenüber in den Sand. Sie hielt ihren Kopf gesenkt. Daher legte er sanft seine Hand unter ihr Kinn, so dass sie gezwungen war, ihn anzuschauen.

„Mel, ich liebe dich und zwar aufrichtig und aus vollem Herzen. Ich habe das lange nicht begriffen, aber jetzt weiß ich es und es gibt keine Zweifel. Du bist die Frau meines Lebens, die einzige, mit der ich zusammen sein will, mit der ich lachen, weinen und auch streiten will. Du bist die Sonne in meinem Leben, die ich zum Leben brauche. Ich liebe dich." Bei den letzten Worten beugte er sich so weit zu Mel herüber, dass nur wenige Millimeter seine Lippen von den ihren trennten. Er schaute ihr tief in die Augen: „Ich liebe dich, Mel", flüsterte er und küsste sie sanft.

Die Berührung seiner Lippen elektrisierte ihren ganzen Körper und brach den Bann. Als sich ihre Lippen öffneten wurde sein Kuss fordernder. Raum und Zeit verschmolzen. Sie wusste nicht, wie lange sie sich geküsst hatten, doch als er sie endlich frei gab, strahlten seine Augen mit dem azurblauen Himmel um die Wette und sein Gesicht wirkte befreit und glücklich. Sanft streichelte sie seine Wange.

„Ich liebe dich auch." Sie lächelte und schob sich eine Haarsträhne hinters Ohr.

Neugierig beobachtete sie, wie Arno nervös mit seinen Fingern über ihre Hände strich.

„Mel, ich muss dich noch etwas fragen."

„Dann frag", ermunterte sie ihn.

„Hast du jemand anderen kennengelernt?"

„Warum fragst du?" Sie neigte ihren Kopf und beobachtete ihn neugierig.

„Ich habe das Gefühl", wich Arno aus. Sein Blick bohrte sich in den ihren.

Mel lächelte geheimnisvoll. „Ja, ich habe jemanden kennengelernt." Sie atmete tief ein. Doch bevor sie weiter sprechen konnte, umfasste er ihre Hände. „Mel, bitte sag mir, wem gehört der Platz neben dir im Strandkorb? Ist er noch frei?"

Er hatte die Frage so arglos wie möglich gestellt, doch sein Herz schlug schnell. Irritiert schaute Mel ihn an, dann verstand sie und lachte hell auf.

„Ach so, nein, ich befürchte, der Platz ist nicht mehr frei, er ist schon seit langem vergeben."

Arno nickte langsam. Sein Blick verdüsterte sich. „Und wer ist er, dem der Platz gehört? Ist es dieser Fotograf?"

Gegen ihren Willen lachte Mell hell auf. „Na wem gehört wohl der Platz seit langem, du Scherzkeks? Dir natürlich."

„Ist das wahr?" Arno strahlte und nickte bestätigend.

„Das ist gut. Nein, das ist sogar sehr gut. Den Platz gebe ich auch nicht wieder her", lachte er erleichtert.

Die Welt schien aus den Angeln gehoben zu sein. Stürmisch schlang er seine Arme um Mel und küsste sie leidenschaftlich.

22

Mel betrat den mit weißen Bändern geschmückten Bootssteg. Dort würden am Abend die großen Windlichter stehen und ihn erleuchten, doch im Moment lag er im hellen Sonnenlicht, das ungehindert vom wolkenlosen Himmel auf ihn herabschien. Die majestätischen Berggipfel umringten den See und erschienen ihr wie stille Hochzeitsgäste, die würdig die Feier umrahmten. Dazu glitzerte die Wasseroberfläche im Sonnenschein und verlieh dem blauen Wasser einen goldenen Glanz. Ein perfekter Rahmen für eine perfekte Hochzeit, für ein perfektes Hochzeitspaar. Jessie und Christopher passten so gut zusammen. Mels Mund verzog sich zu einem romantischen Lächeln als sie an die

Hochzeitszeremonie dachte. Sie hatte Christopher zum ersten Mal nervös erlebt, wie er in seinem grauen Cut am Altar auf Jessie wartete. Als sie endlich in ihrem Traum in Weiß die Kirche betrat und langsam im Takt der feierlichen Musik den mit weißen Orchideen geschmückten Mittelgang auf Christopher zuschritt, war in seinem Gesicht so klar Liebe zu lesen gewesen, dass ihr vor lauter Rührung die Tränen gekommen waren.

„Hier bist du." Arnos Stimme unterbrach ihre Gedanken und Mel wandte sich lächelnd um. Er trat auf sie zu und gab ihr einen Kuss, der sie wie jeher elektrisierte.

„Hast du Lust auf eine Bootsfahrt?" Er lächelte schief. „Allerdings nur unter der Bedingung, dass du nicht wieder ins Wasser springst, sondern brav mit mir zurückruderst."

Mel lachte belustigt. „Mein Sprung ins Wasser ist dir ja lebhaft in Erinnerung geblieben. Aber keine Sorge, ich möchte mein Kleid nicht ruinieren. Außerdem möchte ich den Rest der Feier nicht verpassen."

Arnos Blick glitt an Mel herab. Ihre Haare waren locker hochgesteckt, so dass zwei gelockte Strähnen ihr Gesicht umrahmten. Ihr schulterfreies rosa Chiffonkleid, das nur von einem Neckholder gehalten wurde, war eng geschnitten und betonte ihre grazile Figur. Die lockeren Chiffonwellen des langen Rocks wehten sanft im Wind und verliehen Mels Erscheinung zusätzliche Weiblichkeit. Wenn er Mel nicht bereits vor Wochen seine Liebe gestanden hätte, spätestens heute wäre es um ihn geschehen gewesen. Ohne Zweifel, aber das behielt er lieber für sich. Er nickte langsam.

„Es wäre wirklich ein Jammer, wenn du dein wunderbares Aussehen wegen eines Bads im See ruinieren würdest. Komm, wir haben noch Zeit bis zum nächsten Programmpunkt." Er streckte Mel seine Hand entgegen, die sie sofort ergriff. Fest umschloss er ihre kleinen Finger, damit sie in ihren gefährlich hohen Stillettos sicher ins Boot steigen konnte.

Vorsichtig löste er die Leinen und griff nach den Rudern, die er sachte ins Wasser tauchte. Das Boot glitt lautlos auf dem See in Richtung Seerosenteich. Mel genoss den Moment in vollen Zügen und schloss träumerisch die Augen. Es war schon später Nachmittag und das grelle Sonnenlicht wich einem orangenen Licht, das warm über die grauen Felswände in den See floss. Arno legte die Ruder ins Boot und Mel blickte ihn überrascht an.
„Das nenne ich mutig, so nahe an die Seerosen heran zu rudern."
„Eine mutige Situation erfordert einen passenden Rahmen."
Mel lachte vergnügt auf. „Wieso mutige Situation? Hattest du etwa Angst alleine mit mir eine Bootsfahrt zu unternehmen? Also wirklich."
Arno nestelte an seiner Jackettasche, dann blickte er Mel direkt in die Augen. „Schließlich weiß man bei dir ja nie, wie du reagierst." Sein Mund zuckte verräterisch.
„Du musst nur einfach lieb zu mir sein, dann brauche ich meine Krallen nicht auszufahren."
„Das ist ja beruhigend zu wissen." Arno wendete seinen Blick ab und schaute konzentriert auf den Boden des Bootes, bevor er entschuldigend mit der Schulter zuckte. „Die Situation verbietet mir leider, mich so zu bewegen, wie ich es möchte, daher muss es nun auch so gehen." Ohne auf Mels überraschten Gesichtsausdruck zu reagieren, hatte er sich so weit hinüber gebeugt, dass seine Knie die ihren berührten. Er nahm Mels

Hände in die seinen und blickte sie schweigend an. Das Blau seiner Augen funkelte in der vorabendlichen Sonne. Eine ungewohnte Festlichkeit lag in der Luft. Mel schluckte nervös, wagte sich aber nicht zu bewegen. Stattdessen schaute sie gebannt Arno an, der sie wachsam beobachtete. Seine Stimme durchbrach die Stille: „Mel, ich kann dir gar nicht sagen, wie glücklich ich bin, dass wir zwei endlich zueinander gefunden haben, nach all den Jahren, in denen ich sogar Angst hatte, unsere Freundschaft zu verlieren. Du hast viel früher als ich begriffen, dass wir zusammen gehören, und es tut mir wirklich leid, dass wir so viel Zeit vertan haben, weil ich es nicht eher verstanden habe. Ich denke, ich habe es gefühlt, aber es mir nicht eingestehen können." Er schwieg bedeutungsvoll. Mel wagte kaum zu atmen. „Und heute ist mir klar geworden, dass ich nur mit dir zusammen glücklich sein kann. Du bist nicht nur eine umwerfend attraktive Frau, sondern auch meine beste Freundin, meine Vertraute und auch mein schärfster Kritiker. Ich liebe deinen Humor, deinen Charme, ja sogar deine Kratzbürstigkeit. Ich liebe deinen Mut, deine Ideen, deine Professionalität und deine Verletzlichkeit. Wenn ich mit dir zusammen bin, dann ist alles bunter, aufregender und lebendiger. Und da heute nicht nur ein wunderbarer Tag, sondern dies auch ein gebührender Rahmen ist, frage ich dich hier und jetzt: möchtest du meine Frau werden?"

Mels Augen weiteten sich vor Überraschung, dann breitete sich ein überglückliches Strahlen auf ihrem Gesicht aus. „Ja." Sie atmete aus und warf übermütig ihren Kopf in den Nacken und rief inbrünstig: „Ja, ja und nochmals ja."

Arno schüttelte lachend den Kopf. „Das war deutlich." Dann nahm er ihr Gesicht in seine Hände und küsste sie feierlich.

Ein Geräusch ließ sie aufhorchen. Von der Hochzeitsfeier klang ein Tusch der Kapelle herüber. Mel und Arno drehten sich neugierig um. Alle Hochzeitsgäste hatten sich zu ihnen umgewandt und hielten ihre Gläser in die Höhe.

„Jetzt kannst du nicht mehr aus der Sache raus, wir haben nun alle dort drüben als Zeugen", meinte Arno lapidar.

„Aber das gilt auch für dich", strahlte Mel und winkte fröhlich zum Ufer hinüber.

„Frau Andersen in spe, sei nicht übermütig."

„Wer hat denn gesagt, dass ich deinen Namen annehme?"

In gespielter Theatralik hielt Arno sich die Ohren zu. „Oh nein, was habe ich getan? Lass uns das ausdiskutieren, wenn wir wieder festen Boden unter den Füßen haben, ok?"

„Einverstanden, da fallen mir spontan nämlich noch einige weitere Punkte ein, die wir diskutieren sollten", dabei lachte Mel hell auf und gab Arno einen Kuss auf die Nasenspitze.

„Ich wusste ja, mit dir wird es nicht langweilig." Augenzwinkernd griff er nach den Rudern und steuerte das Boot gezielt zurück zur Feier.